크리스마스 캐럴•디킨스 단편선

찰스 디킨스

일신서적출판사

차   례

크리스마스 캐럴

찰스 디킨스 지음
강영길 옮김

말리의 망령

먼저 얘기해 둘 것은 말리가 죽었다는 것이다. 그것은 의심할 여지가 없는 일이다. 목사, 교회 서기, 장의사, 그리고, 상주(喪主)까지 그의 매장 등록부에 서명을 했으니까. 스크루지도 그것에 서명했고 그리고 그가 서명하겠다고만 하면 스크루지의 이름은 거래소에선 무슨 일에든지 그 신용이 통한다.

말리 영감은 죽어서 문에 박는 징처럼 **빳빳**해졌다.

하지만! 징이란 말에 특별히 죽음을 의미하는 뜻이 있다는 것을 내가 알고 있다고 해서 그걸 자랑하려는 게 아님을 알아주기 바란다. 나로서는 철물 가운데서도 그 중 안 팔리는, 그야말로 죽은 물건인 관(棺) 못을 두고 말한 것이라 생각하고 싶다. 그렇지만 이 비유(比喩)—문에 박는 징같이 죽었다는—속에는 조상들의 지혜가 어려 있는데 감히 이 더러운 손으로 그걸 망가뜨려서는 안 되겠으니까 말이다. 그랬다간 나라가 망해 버릴 것이다. 이제 여러분들은 『말리는 죽어서 문에 박는 징처럼 **빳빳**해졌다』고 내가 되풀이 하여 강조하는 걸 용서해 줄 것이다.

스크루지가 그 영감이 죽은 걸 알았다고? 물론이다. 어떻게 모를 수가 있겠는가? 나로서는 얼마나 오랜 세월인지 모를 만큼 스크루지와 그 영감은 오랜 동업자였던 것이다. 게다가 스크루지는 그 영감의 유일한 유언 집행인이며, 유산 관리인이며, 유산 상속인이며 또한 유일한 친구요 유일한 호상(護喪)이기도 했다. 그런 스크루지임에도, 바로 그 영감의 장사 당일 그는 몹시 슬퍼하기는커녕 기막힌 장사꾼의 솜씨를 발휘하여 싼 비용으로 장례를 치뤄 버리고 말았다.

말리의 장례 얘길 했으니 처음으로 되돌아가서 얘길 하자. 말리가 죽었다는 건 의심할 여지가 없다. 이걸 명확하게 이해해 줘야지 그렇잖으면 지금부터 시작하려는 얘기에 신기할 것이 아무것도 없게 된다. 만약 연극 《햄릿》이 시작되기 전에 그의 아버지가 죽었다는 걸 확신하고 있지 않다면, 그 아버지가 밤에 동풍에 휩싸여 성곽(城郭) 위를 거닌다는 것은 한 중년 신사가 날이 저문 뒤에 마음 약한 아들을 놀래 주려고, 말하자면 성(聖) 바울 사원 같은 데에 느닷없이 나타나는 것과 뭐가 다르겠는가.

스크루지는 말리의 이름을 지워 버리지 않았다. 몇 년이 지난 뒤에도 〈스크루지와 말리〉라는 간판이 가게 문 위에 그대로 있었다. 다들 그 가게를 〈스크루지와 말리〉 상회로 알고 있었던 것이다. 어떤 때는 사람들이 스크루지, 스크루지 하고만 불렀고 또 어떤 때는 말리라고만 불렀지만 그는 어느 쪽에나 모두 대답했다. 그에겐 마찬가지였던 것이다.

아, 하지만 지독한 노랑이 스크루지! 돈을 짜내고 움켜쥐고 긁어모으고 발발 떠는 욕심꾸러기, 죄많은 영감탱이! 쇠뭉치로 두들겨도 불똥 하나 푸지게 일지 않는 부싯돌처럼 꼿꼿하고 지독하며 제대로 입 한 번 떼놓지 않는 영감. 그의 냉랭함이 늙어빠진 얼굴에 꽁꽁 얼어붙어 있고 비틀린 뾰족한 코, 뻣뻣한 걸음걸이, 쪼글쪼글한 뺨, 충혈되어 뻘건 눈, 푸르죽죽한 입술, 거기다 듣기 싫은 목소리로 쉴새없이 잔소리를 해 대는 늙은이. 냉정한 늙은이의 하얗게 센 머리카락과 눈썹, 쪼그라진 아래턱의 수염까지도 싸늘하게 서릿발이 돋은 것처럼 보인다. 그는 자신의 그 싸늘함을 몰고 다니는지 무더위 속에도 자기 사무실은 싸늘하게 만들었고 크리스마스 같은 명절 때도 단 1도의 온기조차 감돌게 하지 않았다.

바깥의 더위나 추위 같은 건 스크루지에겐 끄떡없는 것이었다. 그의 마음이란 어떤 더위에도 누그러지지 않았고 어떤 추위에도 얼어붙지 않았다. 스크루지는 휘몰아치는 바람보다 훨씬 매섭고 퍼붓는 눈보라보다도 지독했으며 억수같이 내리퍼붓는 소나기보다도 매정하였다. 고약한 날씨 같은 것은 그에겐 두 손들고 말았다. 지독하기 짝이 없는 눈이나 비, 우박이나 진눈깨비가 스크루지를 당해 낼 수 있는 게 있긴 있었다. 때로는 그러한 지독한 눈, 비, 우박 같은 것들도 부드럽게 그냥『내려올』때도 있다는 점이다. 하지만 스크루지는 그렇게 인자해지는 적이 없었다.

아무도 길거리에서 그를 붙잡고
「안녕하세요? 스크루지. 저희 집에 놀러오세요.」
하고 반가운 얼굴로 말하는 사람은 없었다. 거지도 그에게는 구걸하지 않았고, 몇 시나 됐느냐고 그에게 시간을 묻는 아이들도 없었다. 남녀를 막론하고 그에게 어디어디로 가는 길을 물었던 사람은 평생토록 한 명도 없었다. 심지어 장님을 안내하는 개들조차 스크루지는 알아보는지 그가 걸어오는 걸 발견하면 개들은 주인을 문간이나 골목으로 끌고 들어가선 꼬리를 흔들며 이렇게 말하는 것 같았다.

「주인님, 악질 눈보다는 차라리 앞 못 보는 눈이 낫죠?」

그러나 그게 스크루지에게 무슨 상관이랴. 그게 바로 그가 바라던 바인데야. 인정 따윈 멀찌감치 비키라고 경고하면서 인생의 복잡한 길을 헤쳐나가는 게 스크루지에게는 세상 살아가는 법을 아는 사람들이 말하는 『실속』이란 것이었으니까.

어느 날, 1년 중 가장 신나는 날인 크리스마스이브에 스크루지 영감은 그의 사무실에서 바쁘게 일하고 있었다. 날씨는 춥고 쓸쓸하고 살을 엘 것 같았으며 안개까지 자욱했다. 그는 바깥 골목에서 몸을 녹여 보려고 가슴을 툭툭 치며, 발을 동동 구르며 숨가쁘게 길을 오르내리는 사람들의 소리를 들을 수 있었다. 거리의 시계가 겨우 3시를 지났는데도 날이 이미 어두워져서(하루 종일 해가 나온 적이 없었지) 이웃 사무실의 창문에서는 누르칙칙한 공기 위의 붉은 얼룩들처럼 촛불이 너울거리고 있었다. 안개는 열쇠 구멍 같은 모든 틈바구니로 스며들어왔고, 바깥은 안개가 몹시 짙어서 무척 좁은 골목인데도 건너편 집들이 무슨 환영(幻影)처럼 보였다. 거무스름한 구름이 내려깔려서 모든 걸 뒤덮어 버리는 걸 본다면 누구든지 자연의 신(神)이 근처에 살고 있으면서 대규모로 구름을 만들어 내고 있다고 생각할 것이다.

스크루지의 사무실 문은 열려 있어서 그는 일종의 웅덩이와도 같이 음침한 방 한쪽 구석에서 서류를 베끼고 있는 서기를 지켜볼 수 있었다. 스크루지의 난로도 무척 불기 없는 것이었지만 서기가 쬐고 있는 것은 그보다도 훨씬 더해서 마치 석탄 한 덩이를 쬐고 있는 것같이 보였다. 그렇지만 석탄 궤를 스크루지가 자기 방에 꼭 안다시피 하고 있으니 서기는 불을 더 지필 수도 없었다. 더욱이 그는 삽을 들고 스크루지의 방에 들어갔다가 당장 목을 비틀어 놓아야겠다는 주인의 으름장을 당하곤 했으니까. 그래서 서기는 흰 목도리를 두르고 촛불에라도 몸을 녹여 보려고 애썼지만, 상상력이 그다지 풍부하지도 못하다 보니 그나마의 노력도 허사로 돌아가 버렸다.

「아저씨! 성탄에 복 많이 받으세요!」

즐거운 목소리가 들렸다. 그건 스크루지의 조카가 소리친 것이었는데 그녀석이 어찌나 잽싸게 다가왔던지 스크루지는 그 소리를 듣고서야 조카녀석이 곁에 와 있는 걸 깨달았다.

「흥! 무슨 빌어먹을 헛소리냐!」

스크루지가 대꾸했다.

스크루지의 조카는 뿌옇게 내린 안개 속을 어찌나 급하게 달려왔던지 몸이 온통 화끈하게 달아올라 있었다. 그의 말쑥한 얼굴은 발갛게 물들어 있었고 두 눈은 맑게 빛났으며 아직 숨이 차서 헉헉거렸다.

「빌어먹을 크리스마스라고요, 아저씨? 설마, 진정으로 하신 말씀은 아니겠죠?」

스크루지의 조카가 말했다.

「정말이잖구, 즐거운 성탄이랬지. 네깐 놈이 즐거울 권리나 있어? 뭣 때문에 네가 즐겁다는 거야? 가난해 빠진 녀석이.」

스크루지가 말하자, 조카가 유쾌한 목소리로 대꾸했다.

「좋아요, 그렇다면. 아저씬 우울해 할 권리가 있어요? 뭣 때문에 아저씨가 언짢아하시는 거죠? 돈 많은 양반께서?」

금방 대꾸할 적당한 대답이 생각나지 않자 스크루지는 다시,

「흥! 무슨 빌어먹을 헛소리야!」

하고 말을 이었다.

「언짢아 마세요, 아저씨.」

조카가 말했다. 그러자 그는

「화 안 내게 됐니? 이런 멍청이 같은 세상에 살고 있으니. 즐거운 크리스마스라고? 빌어먹을 크리스마스래지! 돈은 없고 청구서는 갚아야 하고…… 이런 것 말고 크리스마스가 네게 무슨 뜻있는 때냐? 나이나 한 살 더 처먹지, 그것도 다만 한시라도 부자가 되어 보지도 못하면서. 1년 열두 달 동안 어느 조목 하나 적자 못 면해 본 주제에 장부나 결산하는 때지 뭐야!」

하고 스크루지가 약이 바짝 올라서 소리쳤다.

「내 마음대로라면, 즐거운 크리스마스 어쩌고 나불거리며 다니는 맹추들은 그저 그 녀석들이 먹는 푸딩(밀가루에 우유, 달걀, 과일, 향료 등을 넣고 구운 과자의 일종)과 함께 푹 삶아서는 가슴에다 가시나무를 꿰어 파묻어 버려야 돼! 아암, 그게 마땅하고 말고!」

「아저씨!」

하고 조카가 대들자 그가 엄숙한 표정으로 대답했다.

「이 녀석아! 넌 네 멋대로 크리스마스를 보내렴, 난 나대로 지낼 테니까.」

「지낸다고요?」

조카가 말을 되받았다.

「아저씨는 크리스마스를 지내지 않잖아요!」

「그럼 안 지내는 대로 내버려둬.」

하고 스크루지는 계속했다.

「크리스마스가 네 밥 먹여 주는 모양이구나, 여태까지 그게 네 밥 먹여 준 모양이야!」

조카가 대꾸했다.

「밥 먹여 주는 건 아니지만 유익한 걸 얻을 수 있는 게 세상엔 많지요. 크리스마스도 그런 것들 중에 하나라고 말하 수 있잖아요. 그래서 난 크리스마스가 다가오면 이렇게 생각하곤 했죠. 성탄일이라는 그 이름의 신성함이나 그 기원에서 생기는 존경심을 떠나서도…… 만약 그럴 수 있다면 말이죠…… 크리스마스는 즐거운 때라고 너그럽고 인자하고 신나는 때라고 말이에요. 그 기나긴 한 해 중에서도 말이에요, 사람들이 한마음이 되어서 그 동안 닫혔던 마음을 탁 터놓고, 자기보다 비천한 사람들도 그들대로 정해진 다른 길을 걷는 별다른 종족이 아니라 자신들과 같이 무덤까지 가야 할 길동무라고 생각하는 것은, 제가 알기론 크리스마스 때뿐이에요. 그러니까 말이에요, 아저씨. 크리스마스래서 제 호주머니에 금이나 은 한 조각 생긴 적이야 없지만 저는요, 크리스마스는 즐거웠었고 또 앞으로도 즐거울 거라고 믿는 거죠. 그러니 저는 크리스마스를 축복하는 겁니다.」

이때 웅덩이 같은 방 안에서 서기가 자신도 모르는 사이에 박수를 쳤다. 그러나 곧 그는 자기가 잘못한 걸 깨닫고는 엉겁결에 불을 쑤셔서 조금 남은 불씨를 아주 꺼뜨려 버리고 말았다.

「또 한 번 손뼉을 쳐 보시지, 실업자가 되어 크리스마스를 지내고 싶으면.」

스크루지는 조카에게로 다시 얼굴을 돌리고 말했다.

「이 녀석, 제법 그럴 듯한 열변을 토하시는데 왜 국회의원이 안됐누?」

「아저씨, 화내지 마시고 내일 저희 집에서 식사나 같이 해요.」

14

「그래 어디 두고보자……. 」

영감은 차마 여기다 쓸 수도 없는 악담을, 그래, 아주 또렷또 렷하게 조카에게 퍼부었다. 크리스마스나 즐기다가 굶어 돼지 는 꼴을 두고보겠다고 말이다.

「뭣 때문에요?」

조카가 소리쳤다.

「왜냐고! 왜 넌 장갈 들었지?」

스크루지가 따졌다.

「사랑했기 때문이죠.」

「사랑했기 때문이라고!」

스크루지는 세상에서 메리 크리스마스라는 말보다 더 멍청한 단 하나의 말이라도 된다는 듯 그 말에 화가 나서 투덜거렸다.

「가봐!」

「아니, 아저씨. 제가 장가들기 전에도 아저씬 절 찾아오신 적 이 없잖아요. 그러면서 왜 그 핑계를 들고 나오시나요!」

「잘 가보라고!」

「전 아저씨한테 아무것도 바라지 않아요, 아무것도 달래지 않 는다고요. 그런데 왜 가까이 지낼 수 없죠?」

「가보라니까!」

스크루지는 그 말만 되풀이했다.

「아저씨께서 이렇게까지 고집을 부리실 줄은 몰랐는데, 참 너 무 섭섭합니다. 언제 제가 아저씨에게 맞서서 말다툼한 적이 있어요? 전 단지 크리스마스를 축복하는 뜻으로 한 번 해본 것 뿐이에요. 전 끝까지 크리스마스 기분을 잃지 않겠어요. 그럼 아저씨, 즐거운 크리스마스를 보내세요!」

「잘 가봐!」

스크루지는 계속 같은 말만 되풀이했다.

「그리고 새해 복 많이 받으세요!」

「잘 가보라니까!」

그런데도 조카는 한 마디 화내는 말없이 사무실을 떠났다. 그는 바깥 문에서 잠깐 멈추고 서기에게 성탄 축하 인사를 했다. 그는 몸은 비록 춥지만 충심으로 답례를 하는 걸 보면 마음은 스크루지보다 훨씬 따스했다.

「멍청이가 또 한 녀석 있군.」

서기의 답례를 엿들은 스크루지가 중얼거렸다.

「1주일에 15실링 받아서 처자식까지 먹여 살리는 서기 주제에 성탄이 즐겁다고? 베들레헴 정신 병원에나 보내야겠군.」

이 정신 병자는 조카를 내보내고 두 명의 다른 사람을 맞아들였다. 그들은 멀쑥한 신자들이었는데 지금 모자를 벗어 들고 스크루지의 사무실로 막 들어선 참이었다. 그들은 장부와 서류를 들고 스크루지에게 인사를 했다.

「스크루지와 말리 상점이죠?」

그 중 한 신사가 명부를 보며 물었다.

「실례지만 선생님이 스크루지 씬지 말리 씬지?」

「말리 씨는 7년 전에 죽은걸요. 7년 전 바로 오늘 저녁에 죽었습죠.」

스크루지가 대답했다.

「고인(故人)의 녀그러우심은 살아계신 동업자께서 잘 대표해 주실 줄 믿어 의심치 않습니다.」

신사는 신임장을 내놓으며 말했다. 그건 사실이다. 스크루지와 그는 비슷한 성질이었으니까. 『너그러우심』이란 기분나쁜 말 때문에 스크루지는 얼굴을 잔뜩 찌푸리고 고개를 절레절레

흔들며 신임장을 돌려주었다.

신사는 펜을 들며 말을 시작했다.

「스크루지 씨, 1년 중 가장 즐거운 명절을 맞이하여, 이 좋은 날에도 커다란 고통을 당하고 있는 헐벗고 굶주린 사람들을 위하여 다소나마 적선을 하는 것은 보통 때보다 더욱 뜻있는 게 아니겠습니까. 몇천 명의 동포가 생활 필수품이 없어 허덕이고 있으며, 몇만 명이 따뜻한 마음에 굶주리고 있죠, 선생님.」

「감옥도 없수?」

스크루지가 반문했다.

「감옥이야 많죠.」

신사가 펜을 놓으며 말했다.

「그리고 빈민 수용소도 있잖소? 그게 아직도 운영되고 있을 텐데?」

스크루지가 따지고 들었다.

「운영되고 있죠. 그렇잖다고 말씀드리고 싶지만…….」

신사는 대답했다.

「그럼 처벌이나 빈민 구제법이 이상 없이 시행되고 있군?」

「그렇습지요, 선생님.」

「아, 난 또 놀랐지. 처음 당신 얘길 듣곤 그 좋은 사업들이 무슨 일로 중단이라도 된 줄 알았지. 거, 참 다행이오.」

「저…… 그런 사업만으로는 수많은 빈민들에게 그리스도 교도로서의 심신의 기쁨을 채워 줄 수 없으리란 점에서 말입니다…….」

하고 신사가 말을 이었다.

「저희 몇몇 사람들이 그들에게 약간의 먹을 것과 생활 도구를 사다 줄 기금을 모으고 있습니다. 저희들이 크리스마스를 택한 것은 이때가 가난한 사람들에겐 한층 뼈저릴 때이며 부자들에겐 즐거운 때이기 때문입니다. 그럼 누구시라고 적을까요?」
「아무것도 적지 말아요!」
스크루지가 대답했다.
「익명(匿名)으로 하시려는군요?」
「날 가만히 내버려둬 달라는 거요.」
하면서 스크루지가 이어서 말했다.
「이봐요, 신사 양반. 댁에서 물으니까 하는 말인데 난 크리스마스 따윈 나 자신도 지내지 않지만 게을러빠진 사람들이 그걸 지내도록 해줄 여유도 없어요. 아까 얘기했던 그런 사업은 나도 돕고 있으니 그 돈만으로 충분해요. 가난한 사람들은 그리 가면 돼요.」
「거기조차 갈 수 없는 사람이 많죠. 거기 가느니 차라리 죽겠다는 사람도 많구요.」
「차라리 죽겠다면 거 좋은 생각이군요, 인구도 너무 많으니. 그뿐 아니라, 아니, 이거 실례했소, 아무튼 내 알 바 아니오.」
「선생님께선 아실 만한 분이신데…….」
신사가 그렇게 말하자 스크루지가 말했다.
「나하곤 상관없는 일이오. 사람은 자기 일만 하면 그뿐이지 남의 일에 끼어들 건 없어요. 난 내 일만으로도 눈코 뜰 사이 없는 사람이오. 가보시오.」
더 설명해 봤자 바늘 구멍 하나 안 들어갈 영감인 줄 알아챈 신사들은 돌아갔다. 스크루지는 전에 없이 으쓱한 기분이 되어

서 일을 계속했다.

그러는 동안 안개와 어둠이 짙어져서 사람들은 횃불을 치켜 들고 마차 앞에서 길을 안내하겠다고 야단이었다. 스크루지의 옛날식 창문을 통하여 늘 내다보이곤 하던, 털털거리는 소리를 내는 종이 매달린 교회의 오래된 탑(塔)도 보이지 않았다. 그리고 매시간과 그리고 15분마다 울리는 종소리도 마치 싸늘한 해골이 이빨을 맞부딪는 소리처럼 구름 속에서 덜덜 떨리는 소리를 길게 끌었다.

추위는 더해 갔다. 큰 길의 한 골목 모퉁이에는 노동자들이 난로에다 이글이글 불을 피워 놓고 가스 관을 고치고 있었는데 그 둘레에는 누더기를 걸친 어른과 아이들 떼거지가 모여들어 눈을 껌벅거리며 정신없이 불을 쬐고 있었다. 수도꼭지는 열린 채 내버려두어서 거기서 흘러나온 물이 끔찍스럽게도 꽝꽝 얼어 붙었다. 등불이 켜진 창가에서 호랑가시나무와 그 열매(붉은 열매가 열리며 잎에 가시가 돋친 크리스마스 장식용 활엽 교목)가 바스락거리는 상점의 환한 불빛 아래 지나가는 사람들의 창백한 얼굴을 발갛게 비춰 주고 있었다. 새를 파는 새집이나 식료품점에는 이변이 일어나 믿어지지 않을 만큼 물건이 바닥이 나버려 그까짓 홍정을 하고 어쩌고 한다는 것이 장사와 무슨 상관이 있느냐고까지 하게 되었던 것이다.

시장 나리께서는 으리으리한 큰 저택에 들어앉아서 그의 하인과 요리사 50명에게 시장 집안에 손색이 없도록 크리스마스를 지낼 수 있도록 준비하라고 일렀으며, 전번 월요일날 거리에서 술이 취해서 행패를 부린 죄로 5실링의 벌금을 물었던 하찮은 재봉사까지도 그의 깡마른 아내와 아이가 쇠고기를 사러 쫄랑거리고 나간 동안에 크리스마스에 먹을 푸딩을 좁은 다락방에서

젓고 있었다.

안개와 추위는 점점 짙어지고 심해졌다. 살을 에는 듯 파고드는 추위였다. 만약 성(聖)던스턴(악마의 코를 불에 달군 부젓가락으로 지져서 쫓았다는 대장장이의 수호신)이 부젓가락을 쓰지 않고 이런 지독스런 추위로 악마의 코를 얼려 버렸더라도 그 놈은 소리지르며 도망쳤을 것이다. 개한테 물어뜯긴 뼈다귀처럼 추위에 물어뜯기고 할퀸, 코가 조그만 어린 녀석 하나가 스크루지 상점의 열쇠 구멍을 들여다보며 크리스마스 캐럴을 부르려고 했다.

그러나

복 받으소서, 기쁜 그대여,
그 무엇이라도 그대 이루리.

하고 첫 마디를 시작하려는 순간 스크루지가 우악스럽게 그의 자(尺)를 움켜잡았기 때문에 어린 녀석은 기겁을 하고 줄행랑을 쳐버리니, 안개와 그리고 스크루지 영감의 쌀쌀맞은 성질에 훨씬 어울리는 서리 속에 열쇠구멍만이 남게 되었다.

이윽고 가게 문을 닫을 시간이 되었다. 마지못하여 스크루지가 걸상에서 내려앉음으로써 몹시 기다리고 있던 서기에게 폐점 시간을 넌지시 알리자 그는 잽싸게 촛불을 끄고 모자를 집어 썼다.

「자네 내일은 온종일 쉬고 싶을 테지?」

스크루지가 물었다.

「괜찮으시다면요, 나리.」

「괜찮질 않지.」

스크루지는 계속하여 말했다.

「그리고 정당한 일도 아니지. 내가 그 때문에 자네 봉급에서 반(牛)크라운을 깎는다면 자넨 지독하다고 생각할 게 틀림없을걸?」
서기는 쓴웃음을 지었다.
「게다가 말이야.」
스크루지는 또 말을 계속했다.
「일 안한 날까지 봉급을 쳐서 줘봤자 자넨 내가 억울하리라고 생각지도 않을거고.」
서기는
「1년에 단 하루잖아요.」하고 말했다.
「그래 매년 섣달 스무닷새 날마다 남의 호주머니에서 돈을 날치기하면서 겨우 그 소리야!」스크루지가 외투 단추를 맨 위까지 채우면서 말했다.
「그래도 내일은 종일 쉬고 싶을 테지. 대신 모레는 새벽부터 출근하라구!」
서기는 그러겠다고 약속했고 스크루지는 투덜거리며 걸어나갔다. 사무실은 눈 깜짝할 사이에 닫혀졌고 서기는 그의 하얀 목도리를 허리까지 내려뜨리고는(외투가 없는 걸 자랑하는 듯이) 크리스마스 이브를 축하하는 아이들의 행렬을 따라 콘힐의 미끄러운 언덕을 족히 스무 차례는 되게 오르내렸다. 그리곤 장님놀이를 할 양으로 캠든타운에 있는 집으로 있는 힘을 다해서 달려갔다.
　스크루지는 그가 늘 드나드는 음침한 선술집에서 꺼림칙한 기분으로 저녁을 들고는 신문을 모조리 읽어치우고 나서 예금통장을 뒤적거리며 나머지 시간을 보내다가 집으로 가서 잠자리에 들었다. 그는 한때는 이미 고인이 되어 버린 동업자인 말리의 소유였던 방들을 쓰고 있었다. 그 방들은 대지 위쪽의 음침한 건물들 안에 죽 잇달아 있는 기분나쁜 것들이었다. 그 물이 있는 장소란 건물이 들어설 만한 곳이 못 되기 때문에 마치 다른 건물들과 숨바꼭질을 하다가 출구를 찾지 못해서 그대로 주저앉은 것이 아닌가 생각하지 않을 수 없을 만한 곳이었다. 이젠 낡고 쓸쓸해져서 스크루지밖에는 아무도 살지 않기 때문에 다른 방들은 사무실로 빌려 주고 있었다. 마당은 너무 어두워서 거기 있는 돌멩이 하나하나까지 다 알고 있는 스크루지도 엉금엉금 기어다녀야 할 판이었다.

시커멓게 낡은 대문은 서리와 안개가 덕지덕지 눌어붙어 있어서 마치 날씨를 조종하는 신(神)이 서글픈 생각에 잠겨 쭈그리고 앉아 있는 것 같았다.

그건 그렇고 노커(현관이나 대문에 달린 문 두드리는 고리쇠)가 유난스럽게 크다는 것밖에는 거기 대해서 이상한 점은 전혀 없었다. 또한 스크루지가 거기 사는 동안 아침저녁으로 그걸 늘 봐 왔다는 것도 사실이었다. 그리고 런던에 사는 여느 사람과 마찬가지로 (감히 말하자면 시청 직원, 시 참의원, 또는 일반 시민 등) 스크루지가 그 영감에 대하여 소위 상상력이란 걸 가지고 있지 않은 것도 또한 사실이었다. 오늘 오후에 스크루지가 죽은 지 7년이나 되는 그의 동업자였던 말리 영감에 대하여 잠깐 얘기한 것밖에는 한 번도 그 영감 생각을 한 적이 없다는 걸 여러분은 명심해 둬야겠다. 그리고 어떻게 스크루지가 다음과 같은 일을 당했는지 누가 할 수 있으면 설명해 주기 바란다. 즉, 노커에는 전과 다름없이 아무 이상이 없었는데, 그가 열쇠 구멍에 열쇠를 집어넣자 노커에는 노커가 아니라 말리 영감의 얼굴이 나타났던 것이다.

말리 영감의 얼굴. 마당에 있는 다른 물건들처럼 그늘 속에 잠겨 있는 것이 아니고 컴컴한 방 속의 썩은 새우처럼 무시무시한 빛을 내고 있었다. 화를 내거나 사나운 표정도 아니었고 살았을때처럼 스크루지를 빤히 바라다보고 있었다. 유령다운 이마에는 유령다운 안경을 걸치고 있었다. 머리털은 산들바람이나 더운 바람에 나부끼듯 이상스럽게 살랑거렸다. 눈알은 커다랗게 부릅뜨고 있었지만 까딱도 하지 않았다. 그런 눈에다 얼굴빛까지 창백해서 머리카락이 쭈뼛거리지 않을 수 없었다.

그러나 정작 무서운 것은 그 얼굴 자체의 표정이라기보다 얼굴이면서도 얼굴과는 관계없는 다른 것처럼 보이는 점이었다.

스크루지가 거기서 눈을 떼지 못하고 있자 그건 다시 노커로 변했다.

그가 지금 놀라지 않았다거나 난생 처음으로 유령을 보고서도 피가 얼어붙는 듯한 공포감을 느끼지 않았다면 그건 거짓말일 것이다. 그러나 그는 놓쳤던 열쇠를 다시 쥐고 힘차게 돌려서 안으로 걸어들어가 촛불을 켰다.

그는 문을 닫기 전에 마음을 가라앉히지 못하여 엉거주춤 멈춰서 있지 않을 수 없었고 조심스레 문 위를 쳐다볼 수밖에 없었다. 그 모습은 말리 영감의 땋아내린 머리끄덩이가 문을 비집고 들어올 것 같아 겁을 먹은 듯했다.

그러나 문 뒤에는 노커를 잡아 매놓은 나사못밖에는 아무것도 없어서 그는 「에잇! 제기랄!」하면서 문을 쾅 닫았다.

그 소리는 천둥처럼 온 집안을 울려 댔다. 위층에 있는 방이란 방 전부와 술장수가 쓰고 있는 지하실의 술통 전부가 각각 저대로의 메아리를 울리는 것 같았다. 그는 그따위 메아리에 놀랄 사람은 아니었다. 그는 문을 닫아 걸고 마루를 건너 천천히 2

충으로 올라가며 촛불 심지를 가다듬기까지 했다.

여러 필의 말이 끄는 마차로 매우 오래된 충계를 올라간다거나 갓 통과된 국회의 악법을 통과한다거나 하는 따위의 애기는 누구나가 막연하나마 할 수 있을 것이다. 그러나 내가 지금 애기하려는 것은, 영구차를 스크루지 방으로 오르는 충계로 끌어 올려서 가름대(마차의 스프링 위에 가로지른 받침대)를 벽 쪽으로 돌리고, 문은 난간에서 보이도록 해서 그것도 쉽사리 끌어올릴 수 있는가 하는 것이다. 그 충계는 그럴 수 있을 만한 충분한 넓이와 공간이 있었다. 그래서 스크루지가 어둠침침한 충계에서 자기 앞으로 지나가는 영구차를 보았다고 생각했는지 모르겠다. 충계가 얼마나 어두웠는가 하는 것은 자리에 있는 가스등 여섯 개를 비춰도 그렇게 밝지 못할 터인데 스크루지의 촛불 하나 뿐이었으니 상상할 만할 것이다.

스크루지는 그까짓 어둠 따윈 신경쓰지도 않고 올라갔다. 밝게 하는 데는 돈이 들고 그건 그가 좋아하는 바가 아니었으니 말이다. 그리고 그는 방마다 돌아다니며 아무런 이상이 없는가 확인한 뒤에야 무거운 방문을 닫았다. 그렇게 하지 않고서는 꺼림칙해서 못 배길 만큼 말리의 얼굴이 뇌리에서 지워지지 않았던 것이다.

안방, 침실, 목욕탕 모두 그대로였다. 탁자나 안락의자 밑에도 아무도 없었고 난로에는 불기가 조금 남아 있었으며 숟갈과 물그릇도 차려 둔 대로였고 난로 선반 위에도 죽을 담아 놓은 작은 남비가 놓여 있었다(그는 코감기에 걸려 있었다). 침대 밑이나 벽장 속에도 이상이 없었고 괴상한 모양으로 벽에 걸려 있는 잠옷에도 누가 숨어 있지 않았다. 광 속에도 이상이 없었다. 낡아빠진 난로 망(網)과 구두, 생선 바구니 두 개, 다리가 셋 달린 세면대, 불쏘시개도 그대로였다.

아주 마음이 놓인 그는 문을 잠가 버렸다. 보통 때와 달리 두 겹으로 잠가버렸다. 이 정도로 단속을 해놓은 뒤에야 그는 목도리를 끌러 놓고 잠옷으로 갈아입었다. 슬리퍼를 신고는 나이트 캡을 쓴 다음 난롯가에 앉아 죽을 마시려고 했다.

그토록 매섭게 추운 밤에는 있으나마나한 약한 불이었다. 그는 난로에 바싹 다가앉아 불 위로 몸을 구부리는 수밖에 없었다. 그렇잖고는 한줌밖에 안되는 땔감으로 따뜻한 기분을 맛볼 수조차 없었으니까. 그 난로란 것은 오래 전에 네덜란드 상인이 만든 것이었는데 그 둘레에는 그림을 장식한 네덜란드 타일을 붙여 놓은 고물이었다. 거기에는 카인과 아벨, 파라오의 딸, 시바의 여왕, 새털 같은 구름을 타고 하늘에서 내려오는 천사들과 아브라함, 벨쉐저, 버터 그릇 같은 배를 타고 바다로 나가는 사도(使徒)들, 이렇게 그의 눈을 끄는 인물들이 수없이 그려져 있었다. 그러나 이때 죽은 지 7년이나 된 말리 영감의 얼굴이 옛날 예언자의 지팡이처럼 나타나자 이런 모든 것들을 집어삼키는 듯 했다. 만약에 그 매끄러운, 타일들에 애초부터 그런 그림들이 그려 있지 않아서 스크루지의 두서없는 공상의 조각조각을 그 위에 그려 넬 수 있었더라면 타일 한 장마다 말리 영감의 얼굴이 그려져 있었을 것이다.

「빌어먹을!」

스크루지는 투덜거리며 방 한쪽으로 걸어갔다.

몇 차례 그렇게 방 안을 서성거리다가 그는 제자리에 와 앉았다. 그가 의자 등받이에 머리를 기대었을 때, 우연히도 그의 시선이 방 안에 걸려 있는 초인종에 멎었다. 그것은 지금은 사용하지 않고 있지만 맨 꼭대기층의 방과 지금은 생각도 나지 않는 어떤 목적으로 서로간에 연락용으로 사용되던 것이었다. 스크루지가 이루 형용할 수 없는 공포감으로 전율하지 않을 수 없는 일은 그걸 쳐다보고 있는 순간 그 초인종이 흔들리기 시작한 것이었다. 처음에는 거의 아무 소리도 들리지 않을 정도로 가볍게 흔들리더니 금새 요란하게 울렸고 그 집의 모든 종들이 일제히 울려 댔다.

그건 30초나 1분쯤 울려 댔으나 그로서는 한 시간은 되는 것 같았다. 종들은 시작될 때처럼 일제히 멈췄다. 그 소리가 멈추자 저 아래 깊숙한 곳에서 쇠사슬을 절그럭거리는 소리가 들려 왔다. 그것은 마치 누군가가 술장수의 지하실에서 술통을 넘어 무거운 쇠사슬을 끌고 다니는 것 같았다. 그러자 스크루지는 흉가에서 귀신들이 쇠사슬을 끌고 다닌다는 얘기를 들은 것이 생각났다. 지하실 문이 쾅 하고 열리는 소리가 나더니 조금 전의 그 쇠사슬 끄는 소리가 들려 오고 그 소리는 점점 요란해져서 바로 아래층에서, 그리고 층계를 올라와 곧바로 그의 방으로 향했다.

「그럴 리가 없지, 제기랄!」

스크루지가 투덜댔다.

「그럴 리가 없어!」

그렇지만 그의 얼굴은 새파랗게 질렸다. 그 소리가 멈추지도 않고 그 무거운 방문을 뚫고 안으로 들어와 그의 눈앞에 나타났기 때문이다. 그 순간 꺼져 가던 촛불이 활짝 피어오르더니

「난 알고 있어요, 말리의 망령이에요!」

하고 소리치기라도 하는 듯 꺼져 버렸다.

그 얼굴, 바로 그 말리의 얼굴. 머리를 땋아내리고 늘 입던 그 조끼에 홀태 바지에 장화를 신은 말리다. 그의 머리털처럼

뻣뻣한 장화의 장식 술, 저고리 자락, 그리고 땋은 머리. 허리에 묶어서 끌고 다니는 쇠사슬. 그것은 꼬리처럼 길게 휘감겨 있었는데(스크루지가 자세히 보니) 돈궤, 열쇠, 맹꽁이 자물쇠, 장부, 증서, 강철제의 무거운 돈지갑으로 만들어져 있었다. 유령의 몸은 투명체여서 자세히 보면 조끼를 꿰뚫고 뒤까지 볼 수 있었기 때문에 등 쪽에 달려 있는 저고리 단추 두 개까지 보였다.

스크루지는 그가 살아 있을 적에 사람들이 말리를 보고 무자비하다고 하는 말을 종종 들은 적이 있었으나 지금까지 그 말을 믿어 본 적이 없었다.

그럼, 지금도 그는 그 말을 믿지 않는다. 아무리 그놈의 유령(幽靈)을 뚫어지게 바라보고 또 봐도 그대로 서 있다. 죽음처럼 싸늘한 눈에서는 오싹함을 느끼게 하며 생전에는 본 적이 없었던 천을 머리에서 턱으로 둘렀는데 그 올이 뚜렷하게 보였으니 스크루지는 아직도 그의 눈을 의심하였다.

「웬일인가! 뭣 때문에 왔나?」

한결같이 쌀쌀하고 날카롭게 스크루지가 말했다.

「볼 일이야 많지!」

말리의 목소리, 틀림없는 그의 목소리였다.

「자넨 누군가?」

「누구였느냐고 물으라구.」

「그래 자넨 누구였는가?」

스크루지는 목소리를 높여 말했다.

「귀신인 주제에 꽤 까다롭군.」

그는 『죽은 녀석이』 하려다가 위의 말이 더 적합한 것 같아 그렇게 바꿔 말한 것이다.

「살아 있을 적에 자네와 동업했던 제이콥 말리야.」
「자네…… 자네 앉을 수는 있나?」
의아스럽게 그를 쳐다보며 스크루지가 물었다.
「있지.」
「그럼 앉게나.」
스크루지가 앉으라고 한 것은 투명체인 유령이 과연 의자에 앉을 수 있는지 알 수 없었고 못 앉는다면 스스로 난처한 변명을 해야 하는 입장에 처하게 되리라 생각했기 때문이다. 그러나 유령은 제법 익숙한 몸짓으로 난로에서 떨어진 쪽에 앉았다.
「자넨 내가 지금 여기 있다는 걸 못 믿는군.」
유령이 말했다.
「그래.」
스크루지가 대답했다.
「자네 눈으로 보는 것 이상 뭘로 내 존재를 증명해야 된다는 거야?」
「모르겠어.」
「왜 자네는 자신의 눈을 의심하나?」
「그건 사소한 일에도 영향을 받거든.」
하고 스크루지가 이어서 말했다.
「위가 조금만 거북해도 눈은 헛걸 볼 수도 있다는 말이야. 자네가 바로, 그 체한 고기 조각이나 눈꼽만한 겨자거나, 치즈 부스러기거나 설익은 감자 조각인지도 모르잖아. 자네가 뭐든지 간에 무덤보다는 고깃국 냄새가 더 난단 말이야!」
스크루지에게 농담을 잘하는 버릇이 있는 것도 아니요, 어떤 익살맞은 생각이 방금 마음 속에서 떠오른 것도 아니었다. 사실인즉, 유령의 목소리가 그의 마음을 뼛속까지 들쑤셔 놓아 버렸기 때문에 무슨 재치있는 소리라도 애써 지껄이므로써 자신의 주의력을 딴 데로 돌려 그 소름끼치는 마음을 눌러 보려는 것이었다.

 잠시 동안이라 할지라도 말없이 노려보고 앉아 있는 눈을 마주 겨눠보고 있다는 것은 정말 자기로서는 미칠 일이라고 스크루지는 생각했다. 또 유령의 몸에는 정말 진저리치는 독특한 바람이 감돌고 있어서 무시무시하기도 했다. 스크루지가 바로 그 바람을 직접 느낀 것은 아니지만 이것은 바로 그런 따위의 것임이 분명하였다. 유령은 전혀 움직이지 않고 앉아 있는 데도 머리털이나 옷자락, 구두 장식 술 등이 난로에서 오르는 수증기 때문이라기도 한 것처럼 줄곧 나부끼고 있었으니 말이다.

 「이 이쑤시개가 보이나?」

 스크루지가 물었다. 앞서 얘기한 그런 이유로 그는 다시 말다툼을 시작했다. 그는 단 1초라도 좋으니 유령의 꼼짝달싹도 않는 시선을 딴 데로 돌리고 싶었던 것이다.

 「보이지.」

하고 유령이 대답했다.

 「보고 있지도 않으면서.」

하고 스크루지가 다시 말했다.

 「그래도 보이지. 보고 있지 않더라도 말이야.」

 유령이 그렇게 대꾸했다.

 「이거 원, 내가 이놈의 이쑤시개라도 집어삼키고 내 머리 속에서 멋대로 만들어 낸 마귀들한테 일생 동안 쫓겨다니기라도 했으면 좋겠군. 빌어먹을! 정말 이놈의 빌어먹을 세상!」

 스크루지가 다시 대꾸했다.

 이때 유령은 무시무시한 소리를 지르며 쇠사슬을 흔들어 대어 가슴이 덜컥 내려앉고 간담이 서늘한 소리를 내는 바람에 스크루지는 정신을 잃을 것 같아 의자에 바싹 달라 붙었다. 그러나, 유령이 이 방은 너무 더워서 머리에 붕대를 못 감고 있겠다는 듯 붕대를 끄르자 그의 턱이 가슴으로 떨어져 나가 버렸으니, 스크루지는 얼마나 소스라치게 놀랐겠는가!

스크루지는 그의 무릎 앞에 꿇어 엎드려 얼굴 앞에 두 손을 갖다 대고 말했다.

「아이구! 두려우신 유령님, 절 왜 이토록 괴롭히십니까?」

「이 속세(俗世)에 닳고 닳아빠진 녀석아! 아직도 나의 존재를 안 믿느냐?」

하고 유령이 대답했다.

「믿지요, 안 믿을 도리가 있습니까? 하지만 왜 유령들이 속세에 나타나며 무엇 때문에 소인에게로 오시는 겁니까?」

하고 스크루지가 물었다. 그러나 유령이 대답했다.

「어느 사람이나 모두 각자의 영혼이란 게 밖으로 나가서 여러 동포들 사이에 돌아다녀야만 하는 거지. 멀리 골고루 말이야. 그리구 그걸 생전에 그렇게 못하면 죽은 뒤에라도 그래야만 하는 운명을 지니게 되지. 아아! 이 슬픔! 생전에 그들과 괴로움과 즐거움을 같이하여, 그래서 행복해질 수 있었던 것을, 이젠 그저 그들의 괴로움과 즐거움을 지켜보기만 할 수밖에 없다니!」

또 한 번 유령은 큰소리를 지르며 쇠사슬을 흔들고 그림자 같은 두 손을 쥐어 비트는 것이었다.

「왜 쇠사슬에 묶여 있는지…… 말씀해 주실 수 있습니까?」

떨리는 목소리로 스크루지는 물었다.

「생전에 내가 만든 쇠사슬에 얽혀 있는 거지. 난 한 고리씩,

한 야드 한 야드씩 그걸 만들었어. 나는 스스로 그 놈을 허리에 감고 스스로 그걸 몸에 걸치고 다니는 거지. 이런 것들이 낯설지 않을 텐데? 네겐 말이야.」

스크루지는 와들와들 몸을 떨었다.

「혹시 너는, 네가 만든 쇠사슬의 무게와 길이를 알고 싶어하는 게 아냐? 넌 이미 7년 전 크리스마스 이브에 내 사슬과 똑같은 무게와 길이의 것을 가지고 있었지. 그러나 그 뒤로 너는 쇠사슬을 만들기에 여념이 없었지. 이젠 아주 묵직한 쇠사슬이 되었을걸!」

유령은 마구 지껄여 댔다.

스크루지는 오륙 십 길이나 되는 쇠사슬에 휘감겨 있는 것 같은 생각에 사로잡혀 방바닥을 휘둘러 보았으나 거긴 아무것도 없었다.

「제이콥! 여보게 제이콥 말리 영감! 더 자세히 얘기해 줘. 날 좀 편하게 해 줘요. 제이콥.」

「편히 해 줄 능력이 없어. 그런 건 딴 세상에서나, 그리고 우리 같은 놈이 아닌 다른 사자(使者)에 의해서 자네 아닌 다른 사람들에게나 하는 거야. 에비니저 스크루지. 하고 싶어도 난 더 애기해 줄 수가 없어. 이젠 시간도 얼마 안 남았군. 난 쉴 수도 멈춰 있을 수도 없지. 어딜 서성거릴 수도 없구. 날 잘 봐둬! 생전에 내 영혼은 우리의 사무실을 한 번도 나가 본 적이 없었어. 콧구멍만한 사무실 밖으로 나가 본 적이 없었단 말이야. 그래서 죽은 지금 나는 지리한 여행을 해내야 하는 거야!」

스크루지는 생각에 잠길 때면 바지 호주머니에 두 손을 꽂아 넣는 버릇이 있었다. 유령의 애기를 곰곰이 생각하며 그는 지금 바지 호주머니에 손을 집어 넣었다. 그러나 눈은 아래로 내리깔고 두 무릎을 꿇은 채였다.

「제이콥, 아주 천천히 여행을 해 오셨군.」

하고 스크루지는 사무적이지만 겸손하고 공손하게 말했다.

「천천히라구?」

유령이 되받아 뇌었다.

「죽은 지 7년이 됐는데, 그래 그 동안 내내 여행만 하셨수?」

스크루지가 생각에 잠긴 채 물었다.

「그렇지, 쉴 사이도 없이, 마음 편할 날도 없이, 양심의 가책으로 끊임없이 고통에 시달리면서…….」

「빨리빨리 여행하셨수?」

하고 스크루지가 다시 물었다. 유령이 대답했다.

「바람의 날개를 타고.」

「7년 동안 굉장히 많은 데를 돌아다녔겠구료?」

스크루지가 물었다.

이 말을 듣자 유령을 다시 한 번 큰소리를 지르고 나서 고요한 밤에, 소름끼치게도 쇠사슬을 절그럭거렸다.

잘못하면 안면 방해 죄로 고발당할까 겁날 정도였다.

「아아! 붙잡히고 옭아매이고 겹겹의 쇠사슬로 얽매인 이 몸!」하고 유령은 외쳤다.

「불멸(不滅)이라는 인간들이 이 세상을 위하여 끝없는 세월을 땀흘려 일하지만 그 성과가 나타나기도 전에 죽음이란 영원의 세계로 떠나야 한다는 걸 모르다니, 그리고 좁디좁은 이 세상에서 제아무리 그리스도교의 박애 정신으로 갖가지 온정을 베풀지라도 좋은 일을 베풀 길은 너무나 많아서 짧은 인간의 생애로써 그걸 다 이룩하기엔 너무나 시간이 모자란다는 사실을 모르다니! 또 한 번밖에 없는 인생에서 잘못을 저지르면 나중엔 아무리 후회해야 소용 없다는 걸 모르고 있다니! 하지만 그런 것이 바로 나였지. 아! 바로 내가 그랬단 말이야!」

「하지만 제이콥, 당신은 늘 훌륭한 사업가였잖아?」

스크루지는 떠듬거리며 말했다. 그는 지금 유령의 말을 자기 자신에게 비추어 생각하기 시작한 것이다. 유령은 두 손을 비벼대며 외쳤다.

「사업이라고! 인류를 생각해야 하는 게 내 일이었지. 인류 공동의 복리가 내가 할 일이었어. 나는 자선과 인정과 관대함과 박애, 이 모든 걸 행했어야 했다고. 상업상의 거래 같은 것은 넓고넓은 대양(大洋)과 같이 많은 해야 할 일 가운데 한 방울 물에 불과했던 거야!」

유령은 그 쇠사슬에 달려 있는 것들이 이젠 후회해야 소용도 없는 그의 모든 슬픔의 원인이라는 듯 팔을 한껏 뻗쳐 쇠사슬을 들어올렸다가는 발바닥에 내동댕이쳐 버렸다.

「흘러가는 세월 가운데서도 요즈음이 가장 괴로워. 생전에 어째서 눈을 내리깔고 동포들 사이를 모르는 채 지나다녔던가. 내 어째서 눈을 쳐들어 동방의 현자들을 가난한 집으로 인도한 별(동방의 현자들을 예수가 태어난 마굿간으로 인도한 베들레헴의 별)을 우러러보지 못했던가. 어째서 그 별빛이 나를 인도해야 할 가난한 집이 없으리라고 나는 생각했던가.」

스크루지는 유령이 이렇게 지껄이는 것을 듣자 당황해서 부들부들 떨기 시작했다.

「들어 봐! 이젠 시간이 없어!」

유령이 외쳤다. 스크루지가 대답했다.

「그러지요. 하지만 잘 좀 봐줘요. 너무 과장해서 얘기하지는 말아 줘요. 제발, 제이콥 제발!」

「어떻게 해서 내가 자네에게 보일 수 있는 모습으로 나타났는지는 말할 수 없어. 난 오래 전부터 자네 옆에 앉아 있었지만 날 볼 수 없었지.」

그건 기분좋은 일은 아니었다. 스크루지는 덜덜 떨면서 이마의 땀을 씼었다.

「이것도 속죄의 한 부분이지만 쉬운 일은 아냐.」하고유령은 계속해서 말했다.

「하지만 내가 오늘 저녁 여기 나타난 것은 자네가 아직도 나 같은 운명을 피할 기회와 희망이 있다는 것을 알려 주기 위해서야. 내가 모처럼 자네한테 일러 주는 기회와 희망이란 말씀이야, 에비니저.」

「자넨 언제나 내게 좋은 벗이었으니까. 고마우이!」

스크루지가 말하자 유령이 다시 말했다.

「세 유령이 자넬 쫓아다닐걸세.」

스크루지의 얼굴은 턱이 떨어져 나갔던 유령만큼이나 숙여졌다.

「제이콥, 그게 자네가 말한 기회와 희망이란 건가?」

「그래.」

「난, 난 차라리 유령들에게 안 쫓기는 게 낫겠는걸.」

「그들에게 쫓기지 않고는, 내가 걸어온 그 길을 피할 도리가 없지. 내일 새벽 1시를 칠 때 첫번째 유령이, 나타날 테니 기다려 보게.」

「제이콥, 한꺼번에 세 유령님을 맞을 수는 없겠는가?」

스크루지가 넌지시 물었다.

「모레, 같은 시각에 두 번째 유령이 나타날 테니 그리 알라구. 그리고 세 번째 유령은 그 다음날 자정을 울리는 마지막 종소리가 그치자마자 나타날걸세. 이제 나는 더 만날 수 없으니 그리 알게. 그리고 자네 자신을 위해서, 우리가 한 얘기들을 명심해야 한다는 것도 알아 두게!」

유령은 이렇게 말하면서 탁자 위에서 턱싸개를 집어 전과 같이 머리에 감았다. 유령의 턱이 붕대로 동여매어질 때 그 이빨에서 나는 날카로운 소리를 낼 때야 스크루지는 그걸 알았던 것이다. 그는 망설이며 다시 한 번 눈을 들어 보니 이 초자연의 방문객은 쇠사슬을 팔에 감고 꼿꼿한 자세로 그의 앞에 버티고 서 있었다.

유령은 그를 피하여 뒷걸음질쳤다. 한 발자국씩 유령이 물러설 때마다 창문이 조금씩 열리더니 창가에까지 다다르자 창문은 활짝 열리는 것이었다. 유령은 거기서 스크루지에게 가까이 오라고 손짓했다. 그래서 그는 가까이 다가갔다. 그들이 두 걸음 이내로 가까워지자 말리의 망령은 더 이상 가까이 오지 못하도록 손을 들었다. 스크루지는 걸음을 멈췄다.

명령에 따랐다기보다는 놀라움과 공포 때문이었다. 왜냐하면 유령이 한 손을 들었을 때 허공에서 시끄러운 잡소리가 들리는 것을 그는 알았으니까. 그것은 비탄과 후회가 뒤범벅이 된 소리였다. 형용할 수 없이 비통하고 자책하는 듯한 통곡이었다. 유령은 잠시 그 소리를 듣더니 그 구슬픈 노래를 함께 부르며 둥실둥실 떠서 어둡고 쓸쓸한 밤 하늘로 나가 버렸다.

그의 신비스러운 사라짐에 넋을 빼앗긴 스크루지는 창가까지 따라가서 밖을 내다보았다.

창 밖 하늘에는 쉴새없이 이쪽저쪽으로 방황하며 신음 소리를 지르는 유령들로 가득 차 있었고 그들은 모두 말리의 유령처럼 쇠사슬을 끌고 있었다. 그 가운데는(아마 죄를 저지른 관리들일 것이다) 함께 묶여진 유령들도 몇몇 있었다. 자유롭게 풀려 있는 유령은 하나도 없었다. 생전에 스크루지가 잘 알고 지내던 자들의 망령도 많았다. 특히 흰 조끼를 입고 발목에는 무척 커다란 금고를 달고서, 아래 출입문 층계에서 만난 젖먹이를 안고 있었던 아낙네를 도와 줄 수 없는 것이 한이라고 하며 슬피 울고 있는 늙은 유령과는 아주 가까운 사이였었다. 그 유령들의 안타까움이란 모두가 이 인간들의 일에 끼어들어 자선을 베풀어 주려고 아무리 애써도 이젠 영원히 그럴 기회를 잃어버렸다는데 있는 것이 분명하였다.

유령들은 안개 속으로 사라져 간 것인지 또는 안개가 그들을 휩싸 버린 것인지 스크루지는 알 수 없었다. 아무튼 그들 유령들과 그 혼령의 목소리는 모두 사라져 버렸다. 밤도 그가 집으로 돌아오던 때와 똑같이 되살아났다.

스크루지는 창문을 닫고 유령이 들어왔던 문을 살펴 보았다. 그건 자기가 채웠던 그대로 이중으로 잠겨 있었고 빗장에도 손을 댄 흔적은 전혀 없었다. 그는 『빌어먹을 놈의 것!』하고 투덜대려다가 첫 음절에서 딱 멈춰 버렸다. 그리고는 마음에 깊이 느낀 것이 있어선지 그 날의 피로함 때문인지 아니면 눈으로 볼 수 없는 영혼의 세계를 잠깐 동안 보았던 때문인지, 또는 유령과의 기분나쁜 대화나, 밤이 깊었던 까닭인지 그는 옷입은 채 곧장 잠자리로 들어가 곯아떨어져 버렸다.

첫번째 유령

스크루지가 잠을 깼을 때는 몹시 캄캄해서 잠자리에서 내다보아도 투명한 창문과 불투명한 담벼락을 거의 구별하지 못할 정도이었다. 그는 족제비 같은 눈을 하고 어둠을 꿰뚫어보려고 애를 쓰고 있었는데 그때 이웃 교회당의 종이 15분을 쳤다. 그래서 그는 시(時)를 치는 소리에 귀를 기울였다.

그러나 놀랍게도 그 무거운 종은 6시에서 7시로, 다시 8시로 이렇게 규칙적으로 12시까지를 울리고 나서 딱 멎어 버리는 것이 아닌가! 12시다! 그가 잠자리에 든 것이 새벽 2시였었다. 시계가 틀렸던 것이다. 고드름이라도 그 속에 들어가 박힌 게 틀림없다. 12시라니! 그는 시계 태엽을 잡고 이 엉터리 시계를 고치려고 했다. 그러나 기계의 조그만 맥박도 역시 재빨리 12시를 치고는 멎어 버렸다.

(이럴수가, 그럼 내가 종일을 내리 자고 또 이틀째 밤늦도록까지 계속 잤단 말인가? 태양에 이변이라도 생겨서 지금이 낮 12시가 된 것도 아닐 테구!)

이렇게 생각하니 스크루지는 가슴이 덜컥 내려앉았다. 그래서 그는 침대에서 기어나와 덧문으로 더듬어 갔다.

　그는 바깥을 내다보기 위해서 잠옷 소매로 창문에 낀 서리를 문질러 없앨 수밖에 없었다. 그래도 그는 아무것도 볼 수가 없었다. 그가 기껏 볼 수 있었던 것은 여전히 안개가 자욱하고 지독히 춥다는 것과 이리저리 뛰어다니며 마구 들끓어 대는 사람 소리가 들리지 않는다는 것뿐이었다. 만일 밤이 밝은 낮을 때려 눕히고 밤낮을 모두 차지했다면 사람들은 틀림없이 대소동을 일으켰을 터인데 말이다. 그러나 낮이 사라졌다면 참 다행한 일이다. 왜냐하면『제1 어음 일람(一覽) 후 3일 뒤에 에비니저 스크루지 씨 또는 그의 지명인에게 지불할 것』따위의 귀찮은 일도, 만약 낮이 없다면 날짜도 지나가지 않을 것이므로 한낱 미국 증권처럼 쓸데없는 게 되어 버릴 것이기 때문이다(그 무렵 미국 증권은 휴지나 마찬가지였다).

　스크루지는 다시 잠자리로 들어가 곰곰이 생각해 보았지만 통 알 수 없는 일이었다. 생각하면 할수록 점점 더 갈피를 잡을 수가 없었다. 생각하지 말아야겠다고 다짐할수록 점점 더 깊이 골몰하게 되었다.

　말리의 망령은 그를 말할 수 없이 괴롭혔다. 깊이깊이 생각해 본 끝에 그게 모두 꿈이었다고 마음속으로 결론을 내리고 나면, 풀어 놓은 용수철처럼 생각은 원점으로 되돌아가서『그게 정말 꿈이었던가?』하는 의문점에 도달하게 되는 것이다.

　종이 15분을 세 번 더 칠 때까지(시를 칠 때까지) 스크루지는 그런 상태로 누워 있었는데 그때 별안간, 1시를 치면 유령이 나타날 것이라던 말리의 말이 머리에 떠올랐다. 그는 1시가 지날 때까지 눈을 뜨고 있어야겠다고 마음먹었다. 그런 그의 결심은, 그가 잠을 다시 이루는 것이 천당으로 가는 것만큼 어렵다는 사실을 생각해 볼 때 아마 가장 현명한 결심이었을 것이다.

15분이란 시간은 참으로 긴 것이어서 그는 모르는 사이에 지나쳐 버린 게 아닐까 생각한 것이 한두 번이 아니었다. 이윽고 기울이고 있는 그의 귀에 종소리가 울렸다.

「뎅, 뎅!」

「15분 지났군.」하고 스크루지는 세면서 말했다.

「뎅, 뎅!」

「반 시간 지났구나.」

「뎅, 뎅!」

「이제 15분 남았구.」

「뎅, 뎅!」

「1시군.」

스크루지는 의기 양양해서 계속 지껄였다.

「아무 일도 없잖아!」

그가 이렇게 말하고 나자 비로소 1시를 알리는 종소리가 울렸다. 깊고 흐리멍덩하고 공허하고 우울한 종소리였다. 그때 갑자기 불빛이 방 안에서 번쩍하더니 침대 자락이 휙 젖혀졌다.

누군가가 침대 자락을 젖혔다는 얘기다. 발치의 자락이나 등 뒤쪽의 것이 아니라 바로 스크루지 정면의 자락이 젖혀졌고, 그래서 스크루지가 엉거주춤하고 반쯤 몸을 일으키자 바로 그 침대 자락을 젖혀 놓은 지하(地下)에서 온 손님이 그의 눈앞에 버티고 서 있었다. 지금 내가 여러 독자들의 눈앞에 있는 것처럼 말이다. 정신적인 의미에 있어서는 바로 독자 여러분의 곁에 내가 서 있는 것이니까.

유령은 어린아이같이 이상한 모습을 하고 있었다. 하지만 초자연적인 어떤 매개물을 통해서 보기 때문인지 어린아이라고 하기엔 이상한 그런 모습이었다. 그 매개물은 유령을 아득하게 보

이게 하고 어린아이처럼 조그맣게 보이게 하였으며, 목덜미에
서 등으로 늘어져 있는 머리털은 노인처럼 하얗게 보였으나 얼
굴에는 주름이 잡히지 않았고 살결도 그지없이 부드러워 핏기마
저 감돌았다. 팔은 무척 길었고 근육이 억세었다. 손도 마찬가
지였으며 뭘 움켜쥐는 힘은 엄청나게 억셀 것같이 보였다. 다리
는 몹시 가냘프게 생겼는데 팔처럼 다리도 맨발에 맨종아리였
다. 유령은 새하얀 속옷에다가 허리에는 번쩍이는 띠를 두르고
있었다. 그 띠의 광채는 아름다웠다. 손에는 싱싱하고 푸르른
사철나무 가지를 하나 쥐고 있었고, 옷은 여름꽃 무늬가 놓인
것을 입고 있어서 그 싸늘한 상징(유령)과 묘한 대조가 되고 있
었다. 이 유령에게서 무엇보다도 이상한 것은 머리 꼭대기에서
눈부시게 밝은 빛이 솟아나왔다는 것과 그 빛으로 모든 것이 보
였다는 점이다. 그런데 유령이 그다지 활동하지 않는 경우에는
지금 겨드랑이 밑에 끼고 있는, 모자 대신으로 쓰는 큼직한 소
등기(消燈器)를 사용하는 것이 분명했다.

  그러나 스크루지가 점점 마음을 가라앉히고 유령을 바라보니
그런 것쯤은 아무것도 아니었다. 더 해괴한 광경을 보게 된 것
이다. 즉, 유령의 띠가 한편이 번쩍하는가 하면 금새 다른 쪽이
빛나고 다시 이쪽이 환해지는가 하면 또 금새 저쪽이 어두워지
면서 유령의 모습 그 자체의 명암이 뚜렷하게 일렁이는 것이었
다. 한쪽 팔뿐인가 하면 곧 한쪽 다리뿐이고 다시 다리가 스무
개나 있는가 하면 어느 새 머리는 없이 두 다리뿐이었다가 또다
시 몸뚱이가 없는 대가리만 남게 되곤 하는 것이었다. 이렇게
없어지는 부분은 캄캄한 어둠 속에 녹아내려서 모습이 도무지
보이지 않았다. 그리고 이처럼 해괴한 요술을 부리며 유령은 다
시 처음과 같이 깨끗하고 분명한 모습으로 되돌아가곤 하는 것

이었다.

「유령님, 당신이 바로 오늘 올 것이라던 그 분이십니까?」

스크루지가 물었다.

「그렇다.」

그 목소리는 부드러웠다. 이상스럽게 낮은 그 목소리가 멀리 떨어져 있는 것처럼 느껴졌다.

「유령님은 누구시며 또 뭘 하시는 분인가요?」

「난 옛날 크리스마스의 유령이지.」

「오랜 옛날인가요?」

스크루지는 난쟁이 같은 유령의 몸뚱이를 들여다보면서 물었다.

「아니야, 너의 옛 시절이라는 거지.」

왜 그런 생각을 했는지 누가 물었더라도 까닭을 말해 줄 수는 없겠지만, 유령이 모자를 쓰고 있는 것을 봤으면 하는 마음이 간절해서 결국 스크루지는 유령에게 모자를 써 봐 달라고 청했다.

「뭐라구? 넌 벌써 네 더럽혀진 손으로 내가 주는 빛을 꺼버 릴 심보냐? 욕심이 나서 이 모자를 만들어 가지고 그걸 줄곧 몇 년 동안 억지로 이마 깊숙이 쓰고 다니게 한 사람들 중에 하나가 바로 넌데 그것만으로 부족하단 말이냐?」

유령은 소리쳤다. 스크루지는 역정을 내게 할 생각은 전혀 없었다는 것과 일부러 유령에게 모자를 쓰게 한 기억은 평생에 없었다는 것을 공손히 말하였다. 그리고는 배짱 좋게도 무슨 일로 오셨느냐고 유령에게 물었다.

「너의 행복을 위하여!」

유령은 이렇게 말했다. 스크루지는 겉으로는 대단히 고맙고 말했지만 하룻밤을 편안하게 자도록 해주는 것이 그 편을 위해서는 더 낫겠다고 생각되었다. 그가 생각하는 것을 유령은 이미 알아차렸는지 이렇게 말했다.

「그렇다면 내가 네 마음을 고쳐줄 테다. 조심해!」

유령은 억센 손으로 스크루지의 팔을 지그시 휘어잡았다.

「일어나! 나와 같이 가자!」

(날씨가 시간으로 보아 지금은 나가 돌아다니기에는 적당치 않은데요. 저 침대 속은 따뜻하지만 온도는 영하인걸요. 제가 몸에 걸치고 있는 것은 슬리퍼와 잠옷에 나이트 캡밖엔 없고요. 더우기 전 지금 감기가 들었거든요.) 이렇게 구구한 사정을 늘어놓아 봤자 아무 소용도 없으리라. 붙잡고 있는 손은 여자의 손처럼 부드러웠지만 거역할 수 없는 힘이 있었다. 스크루지는 일어났다. 그러나 유령이 창문 쪽으로 가는 것을 알자 그는 애원하듯 유령의 옷에 매달렸다.

「저는 인간이올시다, 그래서 떨어지기 십상이죠.」

스크루지는 빌었다.

유령은 스크루지의 가슴에 손을 얹으며 말했다.

「여기다 내 손을 조금만 대고 있으면 이보다 더 높은 곳에서도 안 떨어지게 돼!」

이 말이 떨어지기가 무섭게 그들은 벽을 뚫고 나가 길 양쪽이 밭으로 된 널찍한 시골 길 위에 서 있는 것이었다. 도시는 어디론지 사라졌다. 흔적도 없이 사라진 것이었다. 어둠도 안개도 다 사라지고 땅 위에 눈이 쌓여 있는 맑게 갠 추운 겨울 대낮이었다.

「야, 이것 봐라. 내가 자라난 마을이구나. 내가 어린 시절을 보낸 곳이야!」

스크루지는 두 손을 가슴에 모아쥐며 말했다. 유령은 부드러운 눈으로 그를 바라보았다. 가볍고 잠깐이기는 했지만 그 부드러운 감각은 아직도 이 늙은이에게 남아 있는 것 같았다. 공중에 떠오는 갖가지 냄새가 코를 찔렀다. 그리고 그 냄새 하나하나에는 이미 잊어버린 지 오랜 갖가지 추억과 희망과 기쁨이 담겨 있었던 것이다!

「입술이 떨리고 있군. 그리고 뺨에 그건 또 뭐야?」

유령이 물었다. 스크루지는 전에 없이 목멘 소리로 여드름이라고 웅얼거리고 나서 유령이 가고 싶은 데로 데려가 달라고 부탁하였다.

「이 길이 생각나나?」

유령이 물었다.

「나구말구요, 제 눈을 가리고도 갈 수 있는 길입니다!」

스크루지는 열을 올려 대답했다.

「이렇게 낯익은 거리를 여러 해 동안 잊어버리다니, 자, 어서 가자구!」

그들은 길을 걸어갔다. 문도 기둥도 나무도 모두 낯익은 것들이었다. 이윽고 다리가 놓여 있고 교회당이 서 있고 개울이 굽이굽이 흘러가는 조그만 상점거리가 나타났다. 그러더니 이번에는 동네 아이들을 태운 몇 필의 텁수룩한 작은 말이 이쪽으로 뛰어오는 것이 보였다. 그 말 등에 올라탄 아이들은 농부가 몰고 가는 시골 마차와 짐마차에 타고 있는 아이들을 향하여 소리치는 것이었다. 이렇게 아이들이 모두 활기에 차 있고 서로 외치고 법석을 떠는 바람에 그 넓은 벌판은 즐거운 음악으로 넘쳐 흐르고 상쾌한 공기도 그들의 소릴 듣고 미소짓는 듯하였다.

「이건 모두 예전에 일어났던 일의 그림자에 지나지 않아. 저

들은 우리를 전혀 알아 볼 수 없지.」

　유령이 말했다. 명랑한 길손들이 가까이 다가왔다. 스크루지는 모두 알고 있고 하나하나 이름 부를 수 있는 아이들이다. 그 아이들을 보고 스크루지가 몹시 기뻐한 것은 무슨 까닭일까? 그 아이들이 스크루지의 옆을 스쳐갈 때 그의 싸늘한 눈에 눈물이 괴고 그의 가슴이 뛰는 것은 무엇 때문이었을까? 그리고 그 애들이 네거리나 갈림길에서 각자의 집으로 헤어지면서『메리 크리스마스』하고 유쾌한 인사를 주고받는 것을 들으면서 그의 가슴이 기쁨으로 채워진 것은 어째서인가? 크리스마스 인사와 스크루지가 무슨 상관이란 말인가? 뭐 말라비틀어진 크리스마스인가! 즐거운 크리스마스라니 그게 무슨 이득이 있단 말인가?

　「학교에 아무도 없진 않군. 친구들에게 따돌린 외로운 아이가
　　아직 남아 있는걸.」

　유령이 말했다. 스크루지는 그 아이를 자기가 알고 있다고 말하고는 흐느껴 울었다. 그들은 길을 벗어나서 기억에도 새로운 골목길로 접어들었다. 이어서 퇴색한 붉은 벽돌 건물인 저택이 눈앞에 나타났다. 지붕에는 조그만 바람개비가 얹혀 있는 둥그런 탑이 있고 그 속에는 종이 매달려 있었다. 큰 집이기는 했으나 몰락해 버린 폐가(廢家)인 모양이었다. 쓰지 않고 버려둔 부엌 담벼락에는 이끼가 끼어 축축했으며 그 집 창문들은 모두 깨지고 문은 썩어 내려 있었으니까. 마구간에서는 닭이 꼬꼬댁거리고 차고나 광에는 풀들이 무성하게 덮여 있었다. 이제 집 안에서는 옛날의 자취를 찾아볼 수 없었다. 휑한 현관으로 들어가서 활짝 열어젖힌 문으로 여러 개의 방들을 들여다보니 방 세간 하나 제대로 되어 있지 않고 냉기가 감돌며 마냥 넓기만 하였

다. 흙냄새가 풍겨 오는 방안은 싸늘한 기운이 돌고 있는 것이 웬지 모르게 자꾸만 잠을 깨게 되는 새벽 같은 생각을 불러일으키게 하는 것이었다.

유령과 스크루지는 현관을 건너 뒤켠의 문으로 갔다. 그러자 문이 저절로 스르륵 열리더니 길고 휑한, 음울한 기분이 드는 방이 나타났다. 그 안에 가지런히 놓여 있는 멀쑥한 책상과 의자들 때문에 그 방은 더욱 을씨년스러웠다. 그 의자에 아이 하나가 혼자 앉아서 가물거리는 난로 곁에서 책을 읽고 있었다. 이 불쌍한 아이를 보고 스크루지는 책상에 걸터앉아 엉엉 울었으니 이 아이는 바로 지금까지 잊어버리고 있었던 스크루지 자신이었던 것이다.

그 집 풍경 어느 하나도 그의 마음 속으로 스며들어 가슴을 허물어뜨리지 않는 것이 없었으며 하염없이 눈물짓게 하지 않는 것이 없었다. 집 안에 배어 있는 소리의 울림이나 벽 널빤지 뒤에서 쥐들이 찌찍거리는 소리, 어두컴컴한 뒷마당의 물받이 홈통에서 얼음이 반쯤 녹아 흐르는 물방울 소리, 잎사귀도 없이 시든 포플라나무 가지 사이에 윙윙거리는 바람 소리, 텅빈 광에서 간간이 쾅하고 여닫히는 문 소리, 그리고 바지직 소리를 내며 타오르는 난롯불 하나에도.

유령은 스크루지의 팔에 손을 얹고 독서에 열중하고 있는 그의 어린 시절의 모습을 가리켰다. 이때 별안간 낯선 옷차림을 한 사내가 이상스러울 만큼 생생하게 실재적(實在的)인 모습으로 창 밖에 나타났다. 그는 허리춤에다 도끼를 꿰차고 장작을 실은 나귀 고삐를 붙잡고 있었다.

「아니, 저건 알리바바 아냐? 정직한 알리바바 영감이군. 아무렴, 아무렴, 내 잘 알다뿐인가? 어느 해의 크리스마스 때였던가? 저 외로운 아이가 홀로 쓸쓸하게 남아 있을 때에도 이렇게 찾아왔었지. 그게 처음이었지, 바로 지금처럼 저렇게 찾아왔었어. 아, 가련한 녀석!」

스크루지는 계속해서 외쳤다. (알리바바는 《아라비안나이트》에 나오는 〈알리바바와 40인의 도둑〉 얘기의 주인공이며 다음에 나올 발렌타인 등의 인물들과 함께 스크루지의 어린 시절에 읽은 책 속의 주인공들로서, 외롭고 불쌍한 소년의 상상 세계의 인물들이다. 독자 여러분은 매정하고 싸늘한 스크루지가 어린 시절에는 그러한 상상의 세계도 가졌었다는 점이 의아스럽게 생각될 것이다.)

「아, 발렌타인과 그 난폭한 형 오슨도 저기 가고 있군! 그런데 잠든 사이에 다마스커스의 문 앞에 잠옷바람으로 버려진 저 사내는 누구더라? 유령께선 저 사내가 안 보입니까? 그리구 공주님께 장가들려다 악마 제니에게 거꾸로 세워졌다는 술탄의 마부녀석, 정말 저기 물구나무를 서고 있군! 잘됐다. 그녀석, 아주 샘통이다! 제깐 녀석이 감히 공주님께 장갈 들려고 하다니.」

런던에 있는 그의 사업 친구들이 지금 그가 웃고 있는 것인지 울고 있는 것인지 분간할 수 없는 그런 묘한 목소리로 열심히 지껄여 대고 있는 스크루지의 이야기를 듣거나 흥분에 들뜬 그의 모습을 본다면 정말 놀라자빠질 것이다.

스크루지는 다시 외쳤다.

「앵무새가 있네! 초록빛 몸뚱이에 노랑꽁지, 머리 꼭대기에는 상투가 나와 있군! 저걸 봐. 로빈슨 크루소가 배를 타고 섬을 한 바퀴 돌아오면 앵무새는 그를 불쌍한 로빈슨 크루소라고 불렀지. 『불쌍한 로빈슨 크루소, 어딜 갔다 왔어요?

네?」하고 말이야. 로빈슨 크루소는 그걸 꿈 속에서 들은 줄 알았지. 하지만 그건 꿈 속에서가 아니라 앵무새 소리였지. 저기 프라이데이(로빈슨 크루소의 충실한 종)가 해안 기슭으로 기를 쓰고 달려가는군, 어이! 이봐! 여어이!」

여기서 평소의 자기 성격을 갑작스럽게 딴판으로 전환한 스크루지는 자신의 옛모습을 불쌍히 여겨「가련한 녀석!」하고 소리치며 다시 엉엉 울었다.

「아마도 이젠 때가 너무 늦은 것 같아.」

그는 소매로 눈물을 훔치고 나서 호주머니 속에 한 손을 찌르고 사방을 둘러보며 중얼거렸다.

「뭐가 말인가?」

하고 유령이 묻자 스크루지가 대꾸했다.

「아무것도 아닙죠. 아무것도. 어젯밤에 저의 집 문 앞에서 크리스마스 노래를 부른 아이가 있었는데 그애에게 뭘 좀 줬더라면 좋았을걸 그랬다고 생각하고 있었죠. 그것뿐입죠.」

유령은 생각에 잠긴 듯 빙그레 웃으며 한 손을 흔들었다. 그리고 아까와 똑같은 투로 말했다.

「자아, 크리스마스 풍경을 하나 더 보자구.」

이 말이 떨어지자마자 스크루지의 옛모습은 점점 커지기 시작했고 방은 더욱 어둡고 지저분하여졌다. 벽의 널빤지는 찌그러지고 창문은 부서졌다. 천장에서는 석회 조각이 부서져 떨어지고 가지가 드러나 보였다. 그러나 이게 모두 어찌된 영문인지는 독자 여러분처럼 스크루지도 알 수 없었다. 다만 그가 알고 있는 것은 이 모든 것이 제법 제대로 하는 것, 전에 한 번 일어났던 대로 그대로 되풀이된다는 것과 그리고 모든 아이들이 휴가를 즐기려고 집으로 돌아갔건만 자기만은 옛날처럼 혼자 그곳에 남아 있게 되었다는 것뿐이었다.

자라난 스크루지의 옛모습인 이 소년은 이제 책을 읽고 있지 않았다. 절망에 찬 얼굴로 방 안을 서성거리고 있었다. 스크루지는 유령을 쳐다보고 나서 슬픈 듯이 머리를 내저으며 걱정스럽게 문 쪽을 바라보았다.

문이 열리더니 소년보다 훨씬 나이가 어려 보이는 계집아이 하나가 뛰어들어왔다. 그 계집아이는 소년의 목을 얼싸안고 몇 번이고 입을 맞추면서, 「오빠, 오빠,」하고 어쩔 줄 몰라 했다.

「오빨 집으로 데려가려구 왔어요. 오빠!」

계집아이는 손뼉을 치며 허리를 구부리고 웃었다.

「오빨 집으로 데려가려구 말이에요. 집으로, 집으로, 집으로 말이에요.」

「집으로 간다구? 귀여운 팬!」

소년이 이렇게 말하자 계집아이는 기쁨에 넘치는 얼굴로 말했다.

「그래요! 아주 집으로 가는 거예요. 집에 가면 영원히 거기 있게 되는 거야. 아버지도 전보다 무척 상냥해지셨고, 정말 천국 같은 집안이에요! 요전날에도 내가 자러 가려니까 아버진 정말정말 부드러운 목소리로 말을 걸어 주셨다구요. 그래서 난 겁내지 않고 다시 한 번 여쭤봤어요. 오빨 집으로 데려와도 좋으냐구요. 그랬더니, 그랬더니 글쎄 아버진 뭐랬는지 아세요? 『아무렴, 좋고말고, 데려와야 하지, 그럼.』하시면서 날 마차에 태워 보내 주셨다구요. 그리구 이제 오빤 어른이 되죠! 그러니까 이제 여긴 다시 못 돌아와요.」

소녀는 눈을 뜨며 계속해서 말했다.

「그러니까 우린 우선 크리스마스 동안만은 둘이서 함께 세상에서 제일 즐거운 시간을 가져야 해요.」
「귀여운 팬, 너도 이젠 어른이 다 됐구나!」
소년은 소리쳤다.

계집아이는 손뼉을 치면서 깔깔거리고 웃었다. 그리고 오빠의 머리에 손을 대려고 했으나 자기 키가 너무 작은 것을 알고는 다시 한바탕 웃고는 발돋움을 하여 소년을 껴안았다. 그러고 나서 어린아이답게 오빠를 문 쪽으로 열심히 끌어당겼다. 오빠는 조금도 싫어하는 기색없이 동생을 따랐다.

그때 현관에서 무시무시한 소리가 났다.
「거기 스크루지 군의 궤를 내려놓아라!」

이어서 교장 선생님이 현관에 나타나셨다. 그는 엄청나게 다정스러운 눈으로 스크루지를 쳐다보며 악수를 하는 바람에 그는 그만 겁을 집어먹고 말았다. 그 다음, 그는 몸이 덜덜 떨릴 만큼 싸늘하고 정말 오래된 우물 같은 훌륭한 방으로 남매를 데려갔다. 그 방에는 벽에 지도가 걸려 있고 창가에는 천구의(天球儀)와 지구의(地球儀)가 놓여 있었는데 모두 추워서 창백해 보였다. 여기서 교장은 이상스럽게도 가벼운 포도주 한 병과 이상스럽게 무거운 과자 한 덩이를 가지고 와서는 그 맛있는 것들을 젊은이들에게 나눠 주었다. 동시에 그는 말라깽이 하인을 보내서 마부에게 뭐 마실 것을 갖다 주도록 하였다. 그 마부는 요전에 마셨던 것이면 되지만 안 마셔도 된다고 인사를 했고 이윽고 스크루지 군의 트렁크가 마차 꼭대기에 비끄러매지자 아이들은 기쁨에 넘치는 얼굴로 교장 선생님께 작별 인사를 하고는 마차에 올라탔다. 신나게 달리는 마차 바퀴는 거무스름한 상록수 잎에서 눈보라처럼 서리와 눈을 휘날리게 하면서 구불구불한 정원 길을 즐겁게 달려갔다.

「언제나 몸이 약해서 입김에도 시들어 버릴 아이였지. 하지만 그 소녀의 마음 속은 넓었지!」

유령이 이렇게 말하자 스크루지는 외쳤다.

「네, 그랬습니다! 옳은 말씀이에요. 동감입니다. 틀림없어요!」

「동생은 어른이 되어서 죽었지? 내가 알기로는 애기까지 있었던 것 같은데.」

「하나 있었죠.」

스크루지가 대꾸하자 다시 유령이 대답했다.

「맞아, 자네 조카지.」

스크루지는 마음이 불안한 모양이었다. 그래서 짧막하게 「네.」하고 대답했다.

유령과 스크루지가 학교를 뒤에 남기고 그곳을 떠나자마자 그들은 벌써 번잡한 도시의 큰 거리로 나와 있는 것이었다. 길 가는 사람들이 그림자처럼 왔다갔다하고 짐마차와 여객마차 역시 앞을 다투고 있었다. 모두가 다 실제의 도시 모습 그대로 혼잡을 이루고 있었다. 가게들의 장식으로 보아 여기도 또한 크리스마스 때임이 틀림없었다. 때는 저녁이었고 거리에는 불들이 켜져 있었다.

유령은 한 가게 문 앞에서 걸음을 멈추고 스크루지에게 그 가게를 아느냐고 물었다.

「알다뿐이겠습니까. 제가 점원으로 일하던 집인데요.」

그들은 안으로 들어갔다. 털실 모자를 쓴 노신사가 높은 책상 (2인치만 더 높았더라면 천장에 머리를 부딪힐 만큼 높은) 뒤에 앉아 있었다. 그 노신사를 본 스크루지는 몹시 흥분한 기색으로 외쳤다.

「이거, 페지위그 영감이로군! 세상에! 영감이 다시 살아나
다니!」

페지위그 그 영감은 펜을 놓고 시계를 쳐다보았다. 시계는
7시를 가리키고 있다. 영감은 손을 비비고 헐렁한 조끼를 고쳐
입고 나서 발끝에서 머리끝까지 온몸을 뒤흔들어 한바탕 웃어젖
히더니 즐겁고 부드럽고 우렁차고 명랑한 목소리로 외치는 것이
었다.

「자, 이봐라, 에비니저! 딕!」

스크루지 자신의 옛모습이——이제는 자라서 청년이 되어
있는——급사 친구와 함께 헐레벌떡 뛰어들어온다.

「딕 윌킨즈입니다. 맞아요!」

스크루지는 유령에게 소리쳤다. 「원 세상에! 그 녀석이 틀림
없어요. 그 녀석이에요! 절 무척 따랐었죠. 그 녀석이 말이에
요. 가엾은 녀석! 저런! 저런!」

「자아, 애들아! 오늘 밤엔 그만들 일해라. 크리스마스이브
니까. 딕, 에비니저! 문을 닫자꾸나!」

영감은 두 손을 마주 치면서 계속해서 외쳤다.

「어서 어서! 냉큼!」

이 두 젊은이들이 얼마나 재빠른 솜씨로, 주인이 명령한 일을
해치웠는지는 얘기해 봤자 아무도 믿지 않을 정도였다. 가게 덧
문을 들고 바깥으로 나간 그들은 하나, 둘, 셋 만에 덧문을 끼우
고 넷, 다섯, 여섯까지에 빗장을 지르고 못을 꽂고, 일곱, 여
덟, 아홉……열 둘 하기도 전에 경마처럼 헐떡거리며 되돌아왔
던 것이다.

「자아, 다 걷어 치워라! 여기를 널찍하게 만들자구! 자아,
딕! 에비니저 어서!」

  페지위그 영감도 높은 책상에서 잽싸게 뛰어내리며 외쳤다. 「모두 걷어치워라!」 페지위그 영감이 보고 있는데 걷어치우고 못 걷어치우고 여부가 없다. 눈 깜짝할 사이에 그대로 될밖에.

  옮길 수 있는 물건이란 물건은 깡그리 집어치웠다. 마치 앞으로는 영원히 쓸데없어진 물건이나 되듯이, 마룻바닥을 쓸고 닦고, 등잔 심지를 손질하고 난로에다 이글이글 불을 피운다. 가게 안은 삽시간에 겨울 밤이면 누구나 부러워할 만큼 따뜻하고 산뜻한 무도회장(舞蹈會場)으로 변했다.

  악보를 든 바이올린 악사가 들어와서 높은 책상으로 올라간다. 그곳을 연주석으로 하여 50명의 위장병 환자가 앓는 것 같은 소리를 내며 음조를 맞췄다. 페지위그 부인이 얼굴 가득히 웃음을 머금고 들어왔다. 방긋이 미소를 지으며 페지위그의 세 딸이 들어왔다. 그 딸들에게 가슴 태우고 있는 여섯 젊은이가 들어왔다. 가게에서 일하는 젊은 남녀들이 모두 들어왔다.

  하녀가 자기 사촌인 빵굽는 남자와 함께 나타났다. 요리사는 자기 오빠의 절친한 친구인 우유배달꾼과 함께였다. 길 건너집 보이 녀석도 들어왔는데 주인에게 변변히 끼니도 못 얻어먹는다는 말이 있는그 녀석은 이웃에서 온 하녀의 등 뒤로 가서 숨으려 했다. 또 그 하녀는 어떤가 하면, 주인 마누라에게 귀를 잡아 뜯겼다고 알려진 하녀였다. 그들은 모두 하나씩 들어왔다. 수줍어하면서 들어오는 사람, 의젓한 모습으로 들어오는 사람, 점잔을 빼며 들어오는 사람, 어색한 표정으로 들어오는 사람, 밀고 밀리면서 들어오는 사람, 아무튼 그들은 별의별 모습으로 모두 들어왔다. 곧 그들은 스무 쌍으로 나뉘어 춤을 추기 시작했다. 반쯤 이쪽으로 돌다가는 반대쪽으로 다시 돌기도 하고, 한복판으로 나왔다가는 다시 들어가면서 그들은 홍겹게 무리지어 가지 각색의 춤을 추고 또 췄다. 먼저 앞장을 섰던 짝은 번번이 엉뚱한 곳까지 돌아가게 된다. 새로 앞장을 서게 된 쌍은 또 거기까지 나왔다가는 되돌아나가서 모두 한 번씩은 앞장을 서게 되어, 끝까지 꽁무니만 지키게 되는 쌍은 없었다. 홍이 이 정도로 무르익을 무렵, 페지위그 영감은 손뼉을 쳐서 춤을 그치게 하고는 「좋았어!」 하고 외치자 바이올린 악사가 특별히 마련한 대형 흑맥주 잔 속에 그 달아오른 얼굴을 파묻었다. 다시 얼굴을 든 그는 쉬어서야 되겠느냐는 듯, 아직 춤이 시작되지도 않았는데 혼자서 바이올린을 켜기 시작했다. 마치 아까의 그 바이올린 악사는 지쳤기 때문에 집으로 보내고 자기는 새로 온 사람이며, 먼젓번 악사를 완전히 이겨 내든가 아니면 죽어 쓰러질 때까지 해보겠다는 결심이라도 한 것처럼 죽어라고 바이올린을 켜 대는 것이었다.

좀더 춤을 추다가 내기 게임을 하고 또다시 춤을 계속했다. 과자가 나오고 혼합주가 나오고 얼음에 채운 큼직한 삶은 고깃점, 구운 고깃점이 나왔다. 고기만두가 나오고 산더미같이 맥주가 나왔다. 그러나 오늘 저녁에 무엇보다도 볼 만한 광경이 벌어진 것은, 구운 고기와 삶은 고기가 나온 뒤 그 바이올린 악사가(그는 허술히 볼 수 없는 사람이어서 주문받기도 전에 이미 무슨 곡을 켜야 할 것인가를 잘 알고 있는 그런 유의 사람이었다) 《로저 드 커벌리 경(卿)》이란 곡을 연주하기 시작한 때부터였다(로저 드 커벌리 경은 영국 시골의 괴팍한 신사로서 그의 증조부가 시골 춤을 창안해 냈다고 전해진다. 여기서는 그 복잡한 시골춤을 페지위그 부부가 손님들을 위해서 즐겁게 추는 것이다). 이때 페지위그 영감이 벌떡 일어서더니 자기 부인과 덩실덩실 춤을 추기 시작했던 것이다. 더욱이 맨 앞장을 서서 자기네 둘을 위해 연주하는 그 어려운 곡에 맞춰 춤을 추는 것이다. 스물 서너 쌍의 남녀가 짝을 지어 같이 춤추었다. 모두 허술히 볼 수 없는 사람들이 그냥 걷는 게 아니라 정말 춤을 추는 것이었다.

그러나 그런 일류 춤꾼들을 지금의 갑절(네 갑절이라도)을 갖다 놓아도 페지위그 영감이나 그 부인은 따를 수 없을 만큼 그들은 훌륭한 춤꾼이었다. 그 부인은 어느 모로 보아도 영감의 상대로서 손색이 없는 분이었다. 이 정도로도 두 분에 대한 찬사가 모자란다면 더 멋있는 말을 가르쳐 주기 바란다. 나는 그 멋있는 찬사를 아끼지 않고 쓸 준비가 되어 있다. 정말이지 춤추고 있는 영감의 장단지에는 불빛이 나는 것 같았다. 그것은 한 발짝 한 발짝 춤을 출 때마다 달처럼 빛나는 것이었다. 그리고 어느 때 어느 순간에 그것이 어떤 모양을 하고 있을는지도 아무도 생각해 볼 수 없을 정도로 그의 춤 솜씨는 놀라웠다. 노부부는 앞으로 나갔다가 뒤로 물러나고 두 손을 맞잡고 절을 하기도 했다. 또 빙빙 돌기도 하고 팔을 들어 그 밑을 빠져 나갔다간 다시 처음으로 돌아갔다. 이렇게 한바탕 춤을 추고 난 영감은 잽싸게 두 다리를 엇갈리게 하고는 제자리로 들어갔다. 그 솜씨가 얼마나 기막혔던지 마치 두 다리로 윙크를 하는 것처럼 보였다. 그리고 땅에 떨어질 때에도 언제나 비틀거리지 않고 꼿꼿이 일어서는 것이었다.

시계가 11시를 칠 무렵 이 집안 무도회는 끝났다. 페지위그 부부는 문 양쪽에 각각 자리잡고 서서 돌아가는 남녀들과 일일이 악수를 나누며 성탄을 축복한다고 인사하였다. 모든 손님들이 다 가버리고 두 급사만이 남았다. 페지위그 부부는 그 두 급사에게도 같은 인사를 해주었다. 이렇게 해서 즐거운 음성들은 다 사라져 가고 두 젊은이만 가게 뒤의 계산대 밑에 있는 침대에 남게 되었다.

그 동안 내내 스크루지는 얼빠진 사람 같은 짓만 해왔다. 그의 감정과 영혼은 그 광경 속에 잠겨 있었으며 자신의 옛모습과 한몸이 되어 있었다. 그는 이 모든 광경을 현실로서 확인하였다. 이 모든 것이 그의 기억에 새로왔고 그를 기쁘게 하였으며 말할 수 없이 기묘한 감동을 불러일으키게 했던 것이다. 그는 자신의 옛모습과 딕의 웃는 얼굴이 사라질 때까지 유령의 생각을 잊고 있었다. 그는 비로소 유령이 머리에서 밝은 광채를 내면서 자기를 똑바로 내려다보고 있는 것을 깨달았다.

「저런 분별없는 녀석들을 감사함에 가득차게 해준다는 것은 큰일이 아니야.」

유령은 말했다. 스크루지가 곧 되받아 물었다.

「큰일이 아니라니요?」

유령은 그에게 손짓하며 두 급사가 얘기하는 것을 들어 보라고 했다. 그들은 페지위그 영감을 입이 닳도록 칭찬하고 있었다. 스크루지가 그들의 얘기에 귀를 기울이는 것을 보자 유령은 다시 말했다.

「어때? 별거 아니잖아? 그 영감은 죽으면 소용도 없을 돈을 겨우 두어 냥 썼을 뿐이야. 기껏해야 서너 냥 썼겠지, 그래 그게 저렇게 침이 마르게 칭찬받을 만한 돈인가?」

「그렇지는 않죠.」

유령의 말에 흥분을 느낀 그는 자신도 모르는 사이에 지금의 자기가 아닌 옛날의 스크루지로 돌아가서 외쳤다.

「그렇지는 않습죠, 저 영감님은 우릴 행복하게 해주시든 아니든 마음대로니까요. 그리고 우리가 즐겁게, 또는 괴롭게 일하도록 할 수 있는 것도 저 영감님 맘대로구요. 비록 저분이 그렇게 마음대로 할 수 있는 힘이란 것이 말이나 얼굴빛을 통해서만 나타나고, 돈으로 쳐서 얼마라고 할 수 없을 만큼 사소하고 대단찮은 것인지는 모르지만 그게 어떻다는 겁니까? 영감님이 우리에게 주는 행복은 큰 재산 못잖게 중요하지 않습니까요!」

스크루지는 유령이 자길 힐끗 바라보는 것을 느끼자 말을 그쳤다.

「자네 왜 그러나?」

유령이 물었다.

「아닙니다, 아무것도.」

스크루지는 말했다.

「아무 일도 아닌 것 같지 않은데?」

유령은 다그쳐 물었다.

「아닙니다. 그냥 저는, 지금 제 서기녀석에게 뭔가 한두 마디 친절한 말을 해줄 수 있었으면 하고 생각하고 있었읍죠, 그것뿐입니다.」

스크루지가 이렇게 자신의 소망을 말할 무렵 그의 옛모습인 청년은 램프의 심지를 낮추었다. 그러나 스크루지와 유령은 어느 틈에 바깥으로 나와 있었다.

「허락된 시간이 점점 가까워 오고 있어, 서두르자!」

유령은 이렇게 말했다.

이 말은 스크루지에게 한 말도, 또 그의 눈에 보이는 어느 누구를 향해서 한 말도 아니었으나 그 효력은 금방 나타났다. 스크루지의 눈앞에는 또 하나의 옛모습을 한 자신이 나타났던 것이다. 이번에는 좀더 나이가 들어 인생의 청춘기에 있는 자기 모습이었다. 얼굴에는 요사이의 그 뻣뻣한 주름살은 보이지 않았지만 벌써 걱정과 탐욕의 빛이 드러나기 시작하고 있었다. 그리고 눈에는 악착스럽고 욕심많고 초조한 기색이 이미 깃들어 있었으니 이것은 열망이 벌써부터 뿌리를 내리고 있는 것을 말하며, 그 뿌리 위에 차츰 자라날 열망이란 이름의 나무 그늘이 비칠 증거인 것이다. 그 청년은 이제 혼자 있는 게 아니라 검정 옷을 입은 아름다운 처녀 곁에 앉아 있었다. 그녀의 두 눈에는 눈물이 글썽이고 있었으며 과거의 크리스마스 혼령인 유령이 내뿜고 있는 광채에 비쳐 반짝였다. 그녀는 조용히 말했다.

「아무 일도 아니죠, 당신에겐 아무 일도 아닐 거예요. 저 대신 다른 우상(偶像)이 당신에게 생겼으니까요. 앞으론 그 우상이 당신을 즐겁게 하고 위로도 해줄 테죠. 제가 그러려고 애써 온 것처럼 말이에요. 그러니 저로선 이제 슬퍼할 까닭도 없죠.」

「당신 대신에 어떤 우상이 내게 생겼단 말이오?」

스크루지가 말을 받았다.

「황금의 우상 말이에요.」

「세상엔 가난처럼 견딜 수 없는 어려움도 없구, 부자가 되려구 애쓰는 것만큼 또 공공연하게 지독한 멸시를 당하는 것도 없으니, 이 무슨 불공평한 세상인가?」

「당신은 세상을 너무 두려워하는군요 .」

그녀는 의젓하게 계속해서 말했다.

「돈벌이 이외의 다른 모든 희망은, 야박한 세상의 비난을 받지 않겠다는 그 한 가지 바람 속으로만 녹아들고 말았군요. 하지만 전 당신의 그 고상한 포부들이 하나씩 사그라져서 마침내 그 가장 열렬한 바람 속으로 빠져드는 것을 봐 왔어요.
그렇잖아요?」

「그래서 어쨌다는 거요?」 그는 반박했다.

「내가 그만큼 더 약삭빨라졌기로 그게 어쨌다구? 당신에 대한 마음은 조금도 변하지 않았는데.」

그녀는 고개를 설레설레 저었다.

「그럼 내 마음이 변했다는 거요?」

「우리 약속은 이젠 시들었죠. 그건 우리가 가난하고 또 그 가난에 만족할 수 있었던 시절의 것이었죠. 부지런히 참고 일해서 때가 오면 우리도 우리 운명을 개척하게 될 그때까지 생활에 만족하고 살겠다던 때의 약속이었어요. 하지만 당신은 이제 변했어요. 우리가 약속했던 그때의 당신은 지금같진 않았죠.」

「그땐 어렸었지.」

그는 서둘러 대답했다.

「당신 생각이 옛날과 같지 않고 변했다는 건 당신 자신이 더 잘 알고 계실 거예요. 하지만 제 마음은 예나 지금이나 한결같아요. 우리가 한마음이었을 땐 약속되었었던 행복이, 마음이 갈라진 지금에 와서는 불행으로 가득 차 있어요. 그것에 대해서 제가 얼마나 생각해 왔으며 또 얼마나 깊이 생각해 왔는지는 말씀드리지 않겠어요. 제가 그걸 오랫동안 생각해 왔고 결국 당신과 헤어질 결심을 한 것만으로 충분하니까요.」

「헤어지자고 하지 않았잖소?」

「겉으로 말이죠? 그래요, 당신이 헤어지자는 말을 한 적은 없어요.」

「겉으로 없었다면, 그럼 뭘로?」

「변해 버린 성격, 변질된 정신, 달라져 버린 생활 분위기, 전 같지 않은 바람, 이 모두가 뭐예요? 옛날엔 분명히 제 사랑을 가치 있고 소중하게 해주었던 모든 것이 뭘 의미하겠어요? 만일 그 옛날 우리 사이에 그런 마음이 없었더라면, 저를 택해서 당신 사람으로 만들려고 했겠어요? 아아, 아네요!」

처녀는 상냥하게 그러나 차분히 그를 쳐다보며 말했다. 그는 어쩔 수 없이 그러한 추측이 정당하다는 것을 인정하는 것 같았다. 그러나 그는 그런 감정을 억누르려고 속으로는 끙끙 앓으며 말했다.

「당신 그 말 진심은 아니겠지!」

「될 수만 있다면 저도 그렇게 생각하고 싶진 않아요, 하느님께 맹세코요. 하지만 이런 진리를 깨닫고 나서부턴 그게 얼마나 강하고 절대적인가를 전 알았어요. 가령 당신이 옛날이나 지금이나 또는 앞으로 다른 여자를 마음대로 선택할 수 있다면, 지참금도 없는 여자를 택할 것 같진 않아요. 지금 이렇게 마음을 터놓고 얘기하는 순간에도 이해관계를 따져서 모든 걸 저울질하고 있는 당신이니까요. 혹 그런 가난한 여자를 선택한다면 곧 당신이 그걸 후회할 것이 틀림없다는 사실을 제가 모를 것 같아요? 전 다 알아요. 그러니 깨끗이 헤어지는 거예요. 옛날 한때의 당신에 대한 사랑을 간직하고 말이에요.」

그가 무언가 얘기하려 했으나 그녀는 그에게서 고개를 돌린 채 다시 이어서 말했다.

「이 일이 당신을 괴롭힐는지도 모르죠. 지난날의 기억 때문에 당신이 그렇기를 바라는 마음이 제게도 없는 건 아네요. 그렇지만 그런 가슴아픈 기억도 잠깐뿐일 거예요. 당신은 한푼어치의 이익도 없는 헛된 꿈이었다고 깨끗이 잊어버릴 텐데요, 뭐. 그런 돈도 안 생기는 꿈에서 빨리 깨어난 것을 다행이라고 생각할 거구요. 아무튼 당신이 택한 생활이니 행복하길 빌겠어요.」

그녀는 그에게서 떠나갔다. 이로써 그들은 갈라진 것이다.

「아아! 이제 지난 일들은 그만 보도록 해주시고 집으로 데려다 주세요. 절 괴롭히면서 그걸 즐기는 겁니까요?」

스크루지는 외쳤다.

「하나만 더 보여 주겠다!」

「이젠 그만하십쇼! 미치겠습니다. 그만해요, 제발!」

스크루지는 이렇게 외쳤다. 그러나 용서없는 유령은 그의 두 팔을 뒤로 비틀어 쥐고는 억지로 다음 광경을 보여 주었다.

그들은 다른 장소, 다른 장면에 와 있었다. 썩 크거나 깨끗한 방은 아니었으나 무척 기분좋은 방이었다. 난로 곁에는 아름다운 처녀가 앉아 있었다. 스크루지가 아까의 처녀와 같은 인물이라고 생각할 만큼 그 처녀는 몹시 닮은 모습으로 보였다. 그러나 이제는 깔끔한 주부가 되어 딸과 마주 앉아 있었다. 방 안은 몹시 시끄러워서 마음이 착잡해진 스크루지로서는 셀 수도 없을 만큼 많은 아이들이 법석을 떨고 있었다. 유명한 시의 한 구절에 나오는 마흔 마리의 소떼처럼 떼지어서 날뛰는 것이 아니라 아이들은 제각기 따로따로 웃고 소리지르는 것이었다. 그래서 방안은 말할 수 없는 수라장을 이루고 있었지만 누구 하나 아이들을 간섭하지 않았다. 오히려 모녀는 깔깔대고 웃으며 즐거워하고 있었다. 이어서 그들이 이 난장판 속에 휩쓸리게 되자 꼬마 산적들에게 그들은 사정없이 약탈당하고 마는 것이었다. 내가 저들 틈에 한몫 끼게 되었다면 낸들 뭘 아꼈겠는가! 그러나 나는 절대로 저렇게까지 거리낌없이 놀 수 없었지! 온 세상의 부(富)를 다 준다 하더라도 난 저렇게 땋아내린 그녀의 머리채를 막 헝클어뜨리고 잡아채지는 못했을 것이다. 그녀의 저 소중한 구두도 그렇다. 무슨 일이 있어도 그것을 저렇게 잡아채지는 못했을 것이다. 그걸 잡아채면 내 죽을 목숨이 살아난다 해도! 또 저 대담한 꼬마들처럼 장난삼아 그녀의 허리를 껴안는 따위의 짓은 엄두도 못냈을 것이다. 그랬다간 내 팔이 그녀 허리에 감겨 다시는 펴지지 않는 그런 벌이라도 내려질 것으로 생각했을 것이다. 그렇지만 감히 내 마음을 털어놓자면, 나도 그녀와 입맞춰 보고 싶었고 아무거나 물어서 그 입술이 열리게 하고 싶었으며, 그녀의 얼굴을 붉히게 하지 않고서 그녀의 내리뜬 눈의 속눈썹을 바라보고 싶었고, 1인치밖에 안되지만 엄청나게 값어치가 있는 기념품이 될 그녀의 머리카락을 풀어헤치고 싶기도 하였다. 한마디로 내 마음을 고백하자면 꼬마들처럼 그녀와 거리낌없이 놀 수 있는 특권을 가지고 있으면서 동시에 그 값어치를 충분히 아는 어른이고 싶다는 것이다.

그러나 문두드리는 소리가 났다. 꼬마들은 곧 그쪽으로 우르르 몰려갔다. 그녀는 옷이 벗겨진 채 환하게 웃는 낯으로, 얼굴들을 붉힌 야단스러운 아이들 틈에 끼여 문 쪽으로 갔다. 마침 크리스마스 선물과 장난감을 짊어진 남자를 데리고 온 아버지를 보자 그녀는 반갑게 인사를 했다. 이때, 꼬마들은 무심코 장난감을 짊어지고 들어온 남자에게 덤벼들었다. 의자를 사다리삼아 그의 몸에 기어오르고, 주머니를 뒤지는 아이, 목을 껴안고 등을 마구 때리고 다리를 걸어차는 아이, 선물 꾸러미가 하나씩 펼쳐질 때마다 경탄과 환성이 터져나왔다. 아기가 장난감 프라

이팬을 입에 집어넣는 걸 빼앗았다거나 아무래도 나무접시에 붙은 장난감 칠면조를 집어삼킨 것 같다는 놀라운 뉴스가 알려졌다! 그러나 다음 순간, 이 모두가 거짓이었다는 게 알려지자 곧 안도의 한숨을 내쉬었다. 기쁨과 감사와 황홀함!

모두 뭐라고 형용할 수 없는 감격적인 순간들이었다. 그것은 아이들이 그 거실에서 그러한 감격스러운 마음으로 빠져나와서 하나하나 층계를 올라 꼭대기 층의 침실로 돌아가버린 다음에야 겨우 진정되었다고 말하면 될까.

이어서 그 집 주인은 아내와 함께 난롯가에 앉아 있고, 딸은 다정스럽게 그에게 기대고 앉아 있는 것이 눈에 들어오자 스크루지는 한층더 주의깊게 그 모습들을 바라다보았다.

자기에게도 그 처녀처럼 정숙하고 장래가 믿음직스러운 딸이 있었더라면 자신을 아빠라고 불러줄 수도 있었을 것이며 평생 메마른 겨울 같은 자기 인생에 봄을 가져다 줄 것을, 하고 생각하자 눈물이 글썽거려서 눈앞이 흐려지는 것이었다.

「벨, 나 오늘 낮에 당신 옛 친구를 보았소.」

남편은 미소를 띤 얼굴로 아내를 바라보며 말했다.

「누구 말이에요?」

「맞혀 보구료.」

「아이 당신두. 제가 그걸 어떻게 맞혀요? 아아, 알겠어요!」

남편이 웃자 아내는 따라 웃으며 단숨에 말했다.

「스크루지 씨지요?」

「그래, 맞아요. 글쎄 내가 그의 사무실 창 곁을 지나가지 않았겠소. 그런데 창문이 그냥 열려 있고 촛불이 켜져 있잖겠소. 그래서 그를 보고 말았지. 같이 일하는 사람이 죽을 날을 기다리고 있다는 소문은 나도 들었던 터이지만, 스크루지는 혼자 거기 앉아 있더라구. 세상에 홀로 남은 사람처럼 말이오, 내겐 꼭 그렇게 보였소.」

「유령님! 그만 딴 곳으로 데려다 주십쇼.」

스크루지는 목멘 소리로 애원했다.

「이 광경들은 지금까지 정말 있었던 것들의 환상(幻想)이라구 말했지 않나? 있었던 그대로 하나도 틀림이 없이 보여 준 것뿐일세. 날 원망할 건 없어.」

유령은 말했다.

「딴 곳으로 데려다 주십시오! 더 이상 참을 수가 없어요!」

스크루지는 외치면서 유령을 보았다. 유령도 스크루지를 보고 있었는데 그 얼굴에는 이상스럽게도 지금까지 나타났던 모든 얼굴의 단편들이 얽혀져 있었던 것이다. 그는 유령에게 덤벼들었다.

「날 내버려둬! 날 데려다 줘! 이젠 그만 날 쫓지 말아 달란 말이야!」

이렇게 싸우는 중에도—유령은 아무리 덤벼들어도 꼼짝하지 않았지만 그래도 이런 것을 싸운다고 할 수 있다면—스크루지의 눈에는 유령의 머리에 번쩍이는 광채가 보였다. 순간 그는 그 광채 때문에 이런 여러 가지 광경이 보이는 것이란 생각이 들어, 소등기 캡을 덥석 움켜잡아선 유령의 머리 위에 뒤집어씌웠다.

유령은 그 캡 밑에 쓰러져 버렸다.

그리고 그 캡이 유령의 온몸을 감싸 버렸다. 스크루지는 있는 힘을 다하여 그 광채를 내리눌러 댔지만 그걸 폭 싸듯 덮을 수는 없었다. 그 캡 밑에서 광채는 마치 홍수처럼 마구 쏟아져 나왔다.

이윽고 스크루지는 지칠 대로 지쳐서 걷잡을 수 없이 졸음에
빠져드는 것을 느꼈다. 그리고 그는 지금 자기 침실에 와 있다
는 것을 깨달았다. 그는 마지막으로 한 번 더 유령의 캡을 잡아
비틀었다. 그러나 그의 손 힘이 확 풀려나갔다. 그는 비틀거리
며 자기 침대 속으로 들어가기가 무섭게 잠 속으로 곯아떨어져
버렸다.

두 번째 유령

지독스럽게 코를 드르렁거리다가 잠이 깨어 버린 스크루지는 생각을 가다듬어 보려고 침대에서 벌떡 일어나 앉았으니 새삼스럽게 다시 밤 1시를 알리는 종소리를 들을 필요도 없게 되었다.

제이콥 말리의 중개로 오는 두 번째 사자(使者)와 만날 특별한 목적을 위해서는 아주 알맞은 시각에 잠을 깼다고 그는 생각했다. 그러나 새로 나타날 유령은 어느 쪽 침대 자락을 걷어 젖힐 것인가에 생각이 미치자 등골이 오싹해졌다. 그는 침대 자락을 모조리 걷어올리고는 다시 누워서 날카로운 눈으로 침대 둘레를 둘러보았다. 그는 이번에는 유령이 나타나더라도 자기가 먼저 알아채고 허둥대는 일이 없도록 하고 싶었던 것이다.

빈틈없고 물정에 밝은, 어떤 일에도 개의치 않는 그런 신사란 동전치기에서 살인에 이르기까지 무엇에나 능통하다는 것을 보여 줌으로써 자신의 광범위한 모험력을 과시하는 것이다. 『동전치기에서 살인에 이르기까지』라는 양극단의 사이에는 물론 상당히 의미 심장하고 많은 범위의 문제가 가로놓여 있는 게 사실이다. 그러나 스크루지가 그렇게 굉장한 대담성을 가진 친구라고 말하려는 것은 아니다. 다만 그는 웬만한 것들이 불쑥 나타나는 것쯤은 지금 각오를 하고 있으며 어린아이부터 물소에 이르기까지 어떤 것이 나타나더라도 그렇게 몹시 놀라지는 않으리라는 것이다.

무엇이 나타나도 좋을 만큼 스크루지는 각오가 단단히 되어 있었으나 아무것도 나타나지 않는 데는 미칠 지경이었다. 그리하여 종이 밤 1시를 치도록 쥐새끼 한 마리 나타나지 않자 그의 몸은 부들부들 떨리기 시작했다. 5분, 10분, 15분이 지나도 아무것도 나타나지 않았다. 그 동안 그는 죽 침대 위에 누워 있었는데, 실은 시계가 1시를 친 순간부터 붉게 타오르는 듯한 광채가 그의 침대 위를 흐르고 있었던 것이다. 물론 그것은 한낱 광채에 불과했지만 그것이 뭘 의미하는 것인지 도무지 알 수 없었으므로 그로서는 유령 열 둘이 나오는 것보다 더 무서울 수밖에 없었다. 그는 정말 답답하여 자신이 자연 연소(燃燒)라는 진귀한 병에 걸려 있는 것이 아닐까 걱정이 되기도 하였다.

사람이란 대개 직접 곤경에 빠져 있지 않고 남이 당하는 것을 보고 있을 때 어떻게 그 어려움을 이겨내고 설 수 있는가를 알 수 있게마련이므로 독자 여러분이나 나 같으면 처음부터 그렇게 생각했을 터이지만, 스크루지는 겨우 이제야, 정말이지 최후에야 그는 이렇게 생각하기 시작했다. 그 괴상한 정체모를 광채의 비밀이 옆방에 있는지도 모르겠다고 말이다. 그래서 그 빛의 줄기를 따라가 보니 정말 거기서 나오는 것같이 여겨졌고 이런 생각에 완전히 사로잡힌 스크루지는 살며시 일어나 슬리퍼를 신고는 문 쪽으로 다가갔다.

스크루지가 자물쇠에 손을 대자마자 낯선 목소리가 그의 이름을 부르며 안으로 들어오라고 명령했다. 그는 그 목소리에 따랐다. 그 방은 바로 자기 방이었다. 틀림없이 자기 방이었다.

그러나 그 방은 놀랍게도 변해 버린 것이다. 벽이나 천장에는 생생한 나뭇잎이 달려 있어서 마치 작은 숲같이 보였다. 그리고 온통 반짝거리는 열매들로 빛나고 있었다. 사철나무, 겨우살이 나무, 호랑가시나무의 잎파리들이 빛을 반사하여 마치 수많은 거울들이 흩어져 있는 것처럼 보였다. 그리고 굴뚝에는 말리나 스크루지 때에는 물론 지난 여러 해 동안의 겨울에도 화석처럼 차디차기만 하였던 난로로서는 일찍이 겪어 본 적이 없는 벌건 불길이 활활 타오르고 있었다. 방바닥에는 칠면조, 거위, 사냥해 온 새고기, 집에서 기른 날짐승, 제육, 큼직한 편육, 통돼지, 길게 말린 소시지, 고기만두, 건포도를 섞은 푸딩, 굴, 군밤, 벚꽃빛 사과, 먹음직스러운 귤, 달콤한 배, 주현절 케이크(동방 박사가 아기 예수를 알현했다는 1월 6일을 주현절이라고 하며 스페인어 사용국은 크리스마스보다 이날을 축하한다. 1월 5일 밤을 열 이틀째 밤이라 해서, 이날 밤에 쓰는 커다란 케이크를 말한다), 큰 술잔 속에서 끓어오르는 펀치(설탕과 레몬즙을 포도주에 섞은 혼합주) 등의 진귀한 음식이 쌓여 있어서 방안은 가지가지 맛있는 김으로 자옥하였다. 긴의자에는 유쾌하게 보이는 거인이 앉아 있었는데 그는 『풍요의 뿔』과 비슷한 모양의 타오르는 횃불을 들고 있었다(『풍요의 뿔』은 그리이스 신화에 나오는 염소의 뿔로서 그 뿔을 가진 자가 원하는 물건은 무엇이든지 그 속에 들어 있다고 한다. 여기서 그 뿔 얘기가 나오는 것은 유령의 횃불과 방 안에 차려진 진귀한 음식을 그 풍요의 뿔에 연관시킨 것이다). 스크루지가 문을 돌아 슬금슬금 들어가자 거인은 그 횃불을 높다랗게 쳐들어 비춰 주었다.

「들어와! 들어와서 날 자세히 보라구!」

유령은 호령했다. 잔뜩 겁을 먹고 들어선 스크루지는 유령 앞에 머리를 숙였다. 이제 그는 전처럼 지독스러운 인간은 아니었기 때문에 유령의 맑고 친절한 시선과 마주치기를 꺼렸다.

「나는 금년 크리스마스의 유령이다! 나를 쳐다봐!」

하고 유령은 말했다. 스크루지는 공손히 얼굴을 들었다. 유령은 흰 털로 단을 두른 짙은 녹색의 간단한 제의(祭衣)랄까, 망토 같은 것을 하나 걸치고 있을 뿐이었다. 그런데 그 긴 옷이 훌렁훌렁 늘어져서 널찍한 유령의 가슴이 다 드러나 보였다. 마치 일부러 감추거나 감싸는 것을 경멸하기라도 하는 것처럼 말이다. 그리고 그 기다란 옷의 주름 아래로 보이는 발도 역시 맨발이었다. 머리에는 여기저기 빛나는 고드름이 달려 있는 화관(花冠) 말고는 아무것도 쓰지 않았다. 유령의 짙은 밤색 곱슬머리는 길고 제멋대로였으며 부드러운 얼굴과 빛나는 두 눈, 크게 벌린 손, 우렁찬 목소리, 거침없는 태도, 그리고 기분좋게 보이는 풍채, 이런 것들도 또한 자유스럽게 보였다. 허리에는 옛날의 칼집을 차고 있었으나 칼은 들어 있지도 않았으며 잔뜩 녹슬어 있었다.

「나 같은 유령은 난생 처음 봤을걸!」

유령은 커다랗게 소리쳤다.

「네, 처음입니다.」

스크루지가 대답했다.

「자네, 우리 식구들 가운데 젊은이들하고 같이 가 본 적 없나? 난 무척 젊은 유령이니까 젊은이들이라는 게 요 몇 년 간에 낳은 내 형님들을 말하는 거야.」

유령이 말하자 스크루지가 다시 물었다.

「그런 적은 없습니다. 죄송하게도 없는 것 같습니다. 그런데 유령님은 형제분이 많으신가요?」

「1천 8백도 넘지.」

「대식구로군요.」

스크루지가 중얼거렸다.

『크리스마스 유령』은 일어섰다. 스크루지는 공손하게 말했다.

「유령님, 당신 가시는 곳으로 저도 좀 데려가 주십시오. 어젯밤엔 억지로 끌려다녔지요. 그렇지만 생각해 보니 많이 배웠습니다. 오늘 밤에도 제게 뭔가 가르치셔야 할 것이 있다면, 많은 교훈을 삼게 해주십시오.」

「내 옷을 붙잡게!」

스크루지는 그가 시키는 대로 옷을 꽉 움켜잡았다.

호랑가시나무도 겨우살이나무, 붉은 열매, 사철나무, 돼지, 소시지, 굴, 파이, 푸딩도, 과실도, 펀치도 모두 눈 깜짝할 사이에 사라져 버렸다. 방이나 난로도, 활활 타오르던 불길도 밤도 모두 온데간데 없이 사라졌고 그들은 지금 크리스마스날 아침 길가에 서 있었다. 여기저기서는 (날씨가 지독히 추웠기 때문에) 사람들이 문 앞이나 지붕 꼭대기에서 눈을 치우는 소리가 거칠기는 하였으나 불쾌하진 않았고, 기운차게 들리는 하나의 음악을 이루고 있었다. 지붕 꼭대기에서 길 위로 눈덩이가 털썩 떨어져 조그마한 눈보라가 일어나 사방으로 흩날리는 것을 보자 아이들이 기뻐서 어쩔 줄을 몰랐다.

지붕 위에 하얗게 내리덮인 보드라운 하얀 눈과 땅 위에 더럽혀진 눈은 서로 대조되어 집 정면이 몹시 어두워 보였고 들창은 그보다도 한층 더 어둡게 보였다. 땅 위에 쌓인 눈이 마차나 짐차의 무거운 바퀴에 파헤쳐져서 한길에는 깊은 고랑이 나 있었고, 그것은 큰길이 갈라지는 곳에서 수없이 서로 얽히고설켜서 짙은 황색의 진흙이나 얼어붙은 웅덩이 속에서는 자국을 가린 복잡한 도랑이 되어 있기도 하였다. 하늘은 찌푸려 있었고 그 중 가까운 한길까지만도 반은 녹고 반은 언 침침한 안개로 가득 차 있었다. 그리고 그 안개 속에서 비교적 무거운 티끌이 그을음 낀 원자의 소나기처럼 쏟아져 내렸다. 그것은 마치 대영제국의 굴뚝은 모조리 함께 불붙어 마음껏 연기를 내뿜고 있는 것처럼 보였다. 날씨도 그랬고 도시 자체도 그랬고 즐거울 것은 하나도 없었는데, 바깥에는 맑디맑은 여름 공기와 빛나는 여름 태양이 아무리 퍼뜨려도 못 당할 만큼 즐거운 공기로 가득 차 있었다. 그것은 지붕에서 눈을 치우고 있는 사람들이 명랑하고 기쁨에 넘쳐 있었기 때문이다. 그들은 지붕 위에서 서로 부르거나 때때로 눈뭉치(이것은 겉으로 지껄이는 수많은 농담보다도 훨씬 좋은 천연의 미사일이다)를 던지거나 하면서 그게 맞든 빗나가든 깔깔거리며 웃음을 터뜨리곤 하는 것이었다. 날짐승들을 파는 가게는 아직 반쯤 열려 있고 과일 상점은 눈부실 만큼 휘황하였다. 유쾌한 노신사의 조끼처럼 크고 둥근 배불뚝이 밤(栗) 바구니가 문가에 맥없이 기대어 있고, 중풍 들린 사람처럼 퉁퉁해져 가지곤 길가에까지 굴러나와 있기도 하는 등 각양각색들이었다. 붉고 누르칙칙한 바탕에 넓은 띠를 두르고 있는 스페인 종자의 양파도 있었는데, 선반에 놓인 그것은 스페인의 동냥 수도자처럼 살이 피둥피둥 찌고 번드레해서 길가는 색시들에게 음탕하고 흉측한 눈으로 윙크하기도 하고, 높이 매달린 겨우살이나무를 슬쩍 훔쳐보기도 하는 것이었다. 배나 사과도 무르익은 피라밋 모양으로 높이 쌓여 있었다. 또 가게 주인은 포도송이를 특별히 눈에 잘 띄는 갈고리에 높이 걸어놓아 지나가는 사람들이 돈 안 들이고 침이라도 한껏 흘리게 해주고 있었고 이끼가 끼고 누르스름한 빛이 된 개암열매도 높이 쌓여 있었다. 그 향기는 숲속을 거닐던 옛 추억이나 시든 낙엽 속에 발목까지 빠지며 재빨리 걷던 유쾌한 일들을 되살아나게 하는 것이었다. 통통하고 거무레한 노포크 사과도 있었고 그 때문에 오렌지와 레몬은 유난스럽도록 노랗게 보였다. 그 싱싱하고 알이 꽉 찬 모양은 마치 사가지고 가서 식후에 먹어 보라고 조르고 있는 것 같았다. 그리고 이런 과일들 틈의 어항에 있는 금붕어 은붕어까지도 오늘의 이 즐거운 분위기에서 뭔가 눈치채기나 한 것처럼 그 조그만 세계 속에서 천천히 침착한 흥분 속에 맴돌고 있었다. 물고기란 원래 둔하고 피도 돌지 않는 놈들인데도 말이다.

식품점! 아, 식품점이다! 덧문이 하나둘쯤 열려 있고 나머지는 닫혀 있다. 틈 사이로 안이 들여다보인다. 카운터에서는 묵직히 내려앉은 저울이 즐거운 소리를 낸다. 노끈감개에서 노끈이 신나게 풀려 나간다. 반찬 그릇이 요술이라도 부리는 것처럼 이쪽저쪽으로 굴러다닌다. 차와 커피 향기가 한데 어우러져 코를 찌른다. 죽 늘어놓은 건포도는 최상품들이고 편도(扁桃)는 새하얀 것들이며, 계피 막대도 똑바르고 긴 것들이며 나머지 향료들도 아주 향기로운 것들이었다. 사탕을 입힌 과일은 아무리 정신 바짝차린 사람이라도, 쳐다보고 지나가기만 해도 정신이 아찔해지고 마침내 속이 뒤집히고 말 만큼 흥건하게 설탕을 녹여 입혀 놓았다. 무화과는 싱싱하고 말랑말랑했다. 프랑스 자두가 화려하게 꾸민 상자 속에서 제법 신맛을 띠고 얼굴을 붉히고 있었다. 모든 것이 한결같이 먹음직스러웠고 크리스마스에 어울리게 꾸며져 있었으며, 손님들은 이날의 즐거움에 들떠 희망에 차 있었고 그래서 서두르다가 문간에서 부딪치거나 고꾸라져서 바구니를 찌그러뜨리는가 하면, 어떤 이는 산 물건을 계산

대 위에 놓고 잊어버리고 갔다가 부랴부랴 되돌아오곤 하는 것
이었다. 그러면서도 이런 것들이 무슨 신나는 일이라도 되는 것
처럼 수없이 그런 실수를 되풀이하곤 하였다. 이러는 동안 가게
주인과 점원들은 너무나 솔직하고 명랑하게 일하고 있어서 그들
이 앞치마를 뒤로 여민 반짝거리는 하트형의 단추는 사람들에게
여봐란 듯이, 또는 크리스마스 까마귀들이 쪼아먹겠으면 그러
란 듯이 몸 밖에다 내놓은 그들의 진짜 심장 같았다.

　얼마 지나지 않아서 첨탑의 종이 모든 사람들을 교회당으로
부르기라도 하는 것처럼 울렸다. 사람들은 제각기 옷을 차려입
고 한없이 즐거운 무리를 지어 거리로 쏟아져 나왔다. 한편 여
기저기 뒷골목이나 이름도 모를 길모퉁이에서 수많은 가난한 사
람들이 저녁 끼니를 때우기 위하여 저녁 거리를 들고 빵가게로
달음질치고 있었다. 이들 가난한 사람들이 흥겨워 설치는 모습
은 유령의 흥미를 몹시 끌었던 모양이었다. 스크루지를 데리고
빵가게 문 앞에 서 있던 유령은 그들이 빵을 들고 그들 앞을 지
나칠 때마다 자기 횃불의 뚜껑을 열어서 거기서 나오는 향료를
그 위에다 뿌려 주었다. 그 횃불은 아주 신기한 것이어서, 빵을
나르면서 서로 밀치고 말다툼을 하고 있는 사람에게 유령이 그
횃불에서 나오는 물을 두서너 방울 뿌려 주자 그들은 금방 유쾌
한 기분이 되는 것이었다. 크리스마스에 싸움질을 하다니 부끄
러운 일이야. 그들은 그렇게 말하며 서로 화해를 하는 것이었
다. 그렇지. 그렇고말고! 옳고말고.

　곧 종소리가 그치고 빵가게들은 모두 문을 닫았다. 그러나 어
느 빵집이나 눈이 녹아서 작은 가마솥 위에는 빵이나 그 밖의
요리를 만들고 있는 즐거운 광경이 펼쳐졌다. 거리에서 김이 오
르고 있는 것이 꼭 거리의 돌들이라도 삶고 있는 것처럼 보였

다.
「횃불에서 뿌리는 그 빛 속에 무슨 특별한 향료라도 섞여 있습니까요?」
스크루지가 물었다.
「있고말고. 내 독특한 향기가 있지.」
「그게 오늘 식사에는 무엇에나 다 맞는 건가요?」
「착한 마음에서 빚어진 음식이라면. 더욱이 그게 가난한 이들의 음식이라면 더욱 잘 맞지.」
「어째서 가난한 사람들의 음식에는 더욱 잘 맞습니까?」
스크루지는 다시 물었다.
「가난한 이들의 음식에 그게 가장 모자랄 게 아닌가?」
「유령님!」
잠시 동안 생각한 스크루지가 이어서 말했다.
「저 가난한 사람들이 저토록 순수한 즐거움을 맛볼 기회를, 세상에 그 많은 분들 중에서 하필 당신이 억누르려 하는지 모르겠군요.」
「내가 막는다구?」
유령이 외쳤다.
「매 주일날마다 당신은 그들의 끼니를 이어 가는 단 한 가지 방법을 빼앗아 버리곤 하잖아요. 그들이 식사랍시고 할 수 있는 게 겨우 그날 하루일 텐데, 안 그런가요?」
「내가 어쨌다구!」
유령이 부르짖었다.
「주일이면 당신은 이 빵집을 비롯해서 모든 가게들의 문을 닫으라고 하잖아요. 그러니 결과적으로 그들의 순수한 즐거움을 막는 게 아닙니까?」

「내가 그랬다구!」

「그렇지 않다면 용서해 주십시오. 주일날의 휴업은 당신의 이름으로 실시되어 온 겁니다. 그게 아니라면 적어도 당신네들 그 유령들의 이름으로 시행되어 왔던 겁니다.」

「너희들 인간 세상에는 우리 유령과 통하노라고 주장하면서 정욕, 교만, 악의, 증오, 질투, 고집, 사리 사욕 등의 욕심을 채우는 자들이 있어. 하지만 그들은 우리들과는 전혀 상관없는 인간들이야. 이 세상에 태어나지 않은 거와 마찬가지로 우리들 유령들은 모르는 자들이야. 그걸 알아 두라구. 그들이 한 짓은 그들에게 따지란 말야. 우리가 무슨 상관인가!」

유령이 이렇게 대답하자 스크루지는 잘 알겠노라고 말했다. 그러자 그들은 어느 사이에 아까처럼 교외로 나가 있었다(스크루지가 이미 빵가게 앞에서 목격한 바 있지만). 유령은 참 신통한 재주를 가지고 있었다. 그 거대한 체구임에도 불구하고 낮은 지붕 밑이나 높은 천장의 홀에도 쉽사리 드나들며 점잖게 그리고 신비스러운 유령답게 서 있을 수 있었다.

이 착한 유령이 스크루지를 그의 서기네 집으로 안내한 것은 아마 자기의 그러한 초능력에 희열을 느꼈기 때문이거나 아니면 자신의 타고난 관대함, 친절함, 성실함, 그리고 가난한 사람들에 대한 동정심 때문이었으리라. 옷자락에 매달린 스크루지를 데리고 서기네 집으로 날아간 유령은 그 집 문턱에 서서 미소를 지으며 횃불을 뿌려서 봅 크래칫의 집을 축복해 주는 것이었다. 생각해 봅시다. 봅 크래칫은—주일에 15실링짜리 봉쟁이이니까 매주 토요일이면 그는 자기 세례명인『봅』과 똑같은『봅』지폐 열다섯 장만을 타가지고 돌아오곤 하는데 이 유령은 그의 방 네 개짜리 집을 축복해 주는 것이었다!

이때 크래칫 부인이 두 번씩이나 안팎을 뒤집어서 만든 형편 없는 가운을 입고 리본만은 매우 큰 것을 달고서 나타났다. 그 건 싸구려였지만 겨우 6펜스짜리치고는 괜찮은 리본이라 할 만 한 것이었다. 그녀는 역시 리본으로 거창하게 꾸민 둘째딸 벨린 다 크래칫과 함께 식탁보를 깔고 있었다. 한편 맏아들 피터 크 래칫 군은 남비 속으로 포크를 찔러 넣고는 굉장히 큰 셔츠(이 것은 봅 크래칫의 것으로 오늘을 축복하는 뜻으로 아들이자 상 속자인 피터에게 준 것이었다)의 칼라 두 끝을 입에 물고 있었 다. 그는 이렇게 훌륭한 옷차림을 한 것이 기뻐서 멋쟁이들이 모이는 공원에라도 가서 자기의 멋진 린네르 셔츠를 뽐내고 싶 은 마음이 간절하였다. 그 아래 꼬마 남매는 빵집 바깥에서부터 물씬물씬 풍기는 거위 요리 냄새를 맡았노라고 소리지르며 뛰어 들어와서는 그게 자기네 몫인 줄 알고 사루비아쑥과 양파의 호 화판 식사를 꿈꾸며 흥겨워 식탁 둘레를 덩실덩실 춤추며 돌았 다. 꼬마들이 피터를 보고 멋진 셔츠를 입었다고 비행기를 태우 는 동안에도 그는(셔츠 칼라가 그를 거의 질식케 할 지경이었으 므로, 별로 으쓱해 하지도 않고) 풍로의 불만 연방 불어댔다. 그놈의 감자가 다 삶아져서 이젠 끄집어 내서 껍질을 벗겨달라 고 뚜껑을 떨그럭거릴 때까지 말이다.

크래칫 부인은 말했다.

「그런데 네 아빠 어떻게 되신 거지? 둘도 없는 아빠 말이야. 네 동생 팀도 그렇고. 또 마더도 작년 성탄 때 같으면 반 시간 전에 와 있었을 텐데!」

「여기 있어요, 엄마!」

한 소녀가 이렇게 말하며 나타났다.

「마더 누나가 왔어요, 엄마!」

두 꼬마들이 소리쳤다.

「누나 이거 봐요, 거위 요리도 있어! 야아, 신나!」

「이게 누구야, 애야. 참 잘 왔다. 그런데 늦었구나!」

크래칫 부인은 열두 번도 더 딸의 볼에 입을 맞추며 부드러운 손길로 자상스럽게 그녀의 숄을 끌러 준다 모자를 벗겨 준다 하며 야단이었다.

「엊저녁까지 끝내야 할 일이 많았어요. 그리고 오늘 아침엔 말끔히 치우고 오느라구요. 엄마.」

처녀는 대답했다.

「오냐, 그래. 아무튼 이렇게 왔잖니.」

크래칫 부인은 계속해서 말했다.

「난롯가에 앉아서 몸을 좀 녹이려무나 애. 참 잘 왔다.」

「아냐 아냐, 누나. 아빠가 오셔! 숨어, 누나! 숨어!」

매사에 참견하는 두 꼬마가 소리쳤다. 마더는 꼬마들이 시키는 대로 숨고 키가 작은 봅이 들어선다. 그는 석 자는 넘는 목도리에, 그 술은 제쳐놓더라도 명절 치레를 한답시고 꿰매고 솔질을 한 낡아빠진 양복을 걸치고 아들 팀을 어깨에 태우고 들어선다. 아, 가엾게도 팀은 두 다리를 쇠틀로 버티고 작은 쌍지팡이를 짚고 있는 것이 아닌가?

「참! 마더는 어디 있지?」

봅 크래칫은 방 안을 둘러보며 말했다.

「아직 안 왔다우.」

부인이 대꾸했다.

「아직 안 오다니.」

봅 크래칫은 풀이 죽으며 말했다. 그는 교회에서 줄곧 팀의 말동무를 해가며 기운차게 돌아왔던 것이다.

「크리스마스인데 안 오다니.」

마더는 비록 장난이지만 아버지를 실망시키고 싶지 않아서 너무 빨리 나타나는 줄 알면서도 벽장 문 뒤에서 뛰어나와 아버지의 가슴에 와락 안겼다. 그러는 동안 두 꼬마들은 부랴부랴 팀을 부축해서는 부엌으로 데려가서 구리 남비 속에서 부글부글 끓는 푸딩의 소리를 들려 주었다.

「그래 팀은 어땠어요? 교회에서.」

크래칫 부인은 남편이 딸을 한참 동안 포옹한 뒤에 남의 말에 잘 넘어가는 남편을 한바탕 놀려 주고 나서 물었다.

「아주 점잖았지.」

그는 이어서 말했다.

「아니, 점잖은 정도가 아니었지. 혼자서 앉아 있는 폼이 심각하기도 하고 뭔가 골똘하게 명상에 잠겨 있는 것 같았어. 돌아오는 길엔 이렇게 말하지 않겠소? 교회에 있는 사람들이 모두 자길 봤으면 싶었다나? 자긴 절름발이니까 크리스마스 날에 말이야, 앉은뱅이를 걷게 하고 장님 눈을 뜨게 한 예수님을 생각나게 하는 건 뜻깊을 테니까라구 말이야.」

여기까지 떨리는 목소리로 말한 봅 크래칫은 더욱 떨리는 음성으로 팀은 굳세게 자라서 이담엔 훌륭한 사람이 될 거라고 말했다.

콩콩거리는 꼬마의 쌍지팡이 소리가 마룻바닥을 울렸다. 아버지가 다음 얘기를 채 시작하기도 전에 팀은 형과 누나의 부축을 받아 난로 곁의 자기 의자로 돌아와 앉았다. 그러는 동안 봅 크래칫은 세상에 그보다 더 초라할 수가 없는 소매를 걷어올리고 진[酒]과 레몬을 항아리 속에서 충분히 휘저어 화끈한 혼합주를 만들어서는 다시 부글부글 끓이기 위해 난로 위에다 얹어

놓았다. 거위 고기를 가지러 갔던 피터와 거들기를 좋아하는 두 꼬마들은 그 거위를 떠받들고 의젓하게 행렬을 지어 돌아왔다. 세상에서 가장 진귀한 요리가 거위 고기이기라도 한 것처럼 그 집안에는 일대 소동이 일어났다. 그것은 털난 괴물이요, 검은 백조 고기 같은 것이라도 이 고기에 견주면 아무것도 아니었다. 사실 이 집안에서 거위의 가치란 그 정도에 비길 만하였다. 크래칫 부인은 고기 국물(미리 작은 남비에 마련해 두었던)을 다시 팔팔 끓였다. 피터는 어디서 그렇게 기운이 솟아났는지 신나게 감자를 이겨댔고 벨린다는 사과 소스에 양념을 하였으며 마더는 뜨겁게 끓인 접시를 닦고 봅 크래칫은 꼬마 팀을 식탁 한쪽으로 데리고 가서 자기 곁에 앉혔다. 두 꼬마들은 온 식구들의 의자를 식탁 둘레에 정돈하였고 이때 물론 자기네들 의자도 잊지 않았다. 그리고선 제자리에 앉아 눈치를 살피면서 큰 숟갈을 입 안으로 틀어넣어서 차례가 되기도 전에 거위 요리를 달라는 소리가 나오지 않도록 하는 것이었다. 이윽고 접시가 놓이고 감사 기도를 올린 다음 크래칫 부인은 식구들을 천천히 둘러보며 거위의 가슴을 도려 낼 준비를 했다. 이윽고 거위 뱃속에서 먹음직스런 속감을 터뜨려내자 오랫 동안 침을 삼키며 그걸 기다렸던 식구들이 조그만 환성을 터뜨리고 팀까지도 두 꼬마 크래칫의 충동질을 받아 나이프로 식탁을 두드리며 나지막이 야아! 하고 소리 질렀다.

이렇게 훌륭한 거위는 처음이었다. 봅 크래칫도 이렇게 훌륭한 거위 요리가 있을 줄은 몰랐다고 말했다. 그 연한 고기나, 군침이 도는 냄새, 또 값싸면서도 큼직한 거위는 온식구의 감탄을 자아내기에 충분하였다. 이제 거기에다가 사과 소스와 짓이긴 감자만 더하면 온 식구의 넉넉한 저녁 거리가 되었다. 과연 크래칫 부인이 즐거운 낯으로 말한 것처럼 (접시 위의 작은 뼈다귀를 보면서) 온 식구들은 결국 그걸 다 먹어치우지 못하고 말았던 것이다! 그래도 그들은 모두 배불리 먹었고 특히 두 꼬마 크래칫은 눈썹까지 사루비아쑥과 양파 속에 처박고 열심히 먹어 댔다. 이윽고 벨린다 양이 새 접시를 갖다놓자 크래칫 부인은 일어나서 부엌으로 가더니 푸딩을 가지고 돌아왔다. 그걸 꺼낼 때 누가 볼까 신경이 쓰인 부인은 혼자 슬그머니 일어나 푸딩을 꺼내 왔던 것이다.

그게 잘 안 익었다거나 꺼내다 뭉개지기라도 한다면 어떻게 할 것인가! 누군가가 뒷마당으로 넘어와서 그걸 훔쳐 갔다고 생각해 보자, 모두들 거위 고기에 정신이 팔려 있는 동안에 말이다. 상상만 해도 두 꼬마 크래칫의 얼굴이 파랗게 질릴 만한 일이었다. 별의별 불길한 추측이 다 떠올랐다.

야아! 이 무럭무럭 솟아나는 김 좀 봐! 남비 속에서 푸딩이 꺼내졌다. 빨래 삶는 듯한 냄새가 코를 찌른다. 그건 빨래 같았다. 요리집과 빵집이 나란히 있고 그 옆에 세탁소가 붙어 있는 것 같은 냄새! 그게 바로 푸딩이었다. 30초 만에 크래칫 부인은 얼굴을 붉히며, 그렇지만 자랑스러운 미소를 띠고, 푸딩을 가지고 돌아왔는데, 그 알록달록한 포탄처럼 굳고 잘 익은 푸딩은 꼭대기에 호랑가시나무를 꽂아 장식되고 또 약간의 브랜디에 불이 붙어 타오르고 있는 멋있는 것이었다. 아, 이 멋진 푸딩! 우리 결혼 이래 당신이 솜씨를 발휘한 최고의 걸작이오! 이렇게 조용한 목소리로 봅 크래칫이 말했다. 그러자 부인이 이젠 이렇게 잘됐으니망정이지, 아깐 가루 분량이 어떨까 얼마나 염려스러웠는지 모르겠더라고 말했다. 모두들 푸딩에 대해서 한 마디씩 했지만 이 대식구에 비해 푸딩이 너무 모자란다고 말하거나 생각하는 사람은 없었다. 그런 사람이 있다면 그건 분명히 이 집안의 이단자(異端者)일 것이다. 이 집안의 어느 누구도 그런 암시조차 얼굴 뜨거운 것임을 모르는 자가 없을 것이다.

마침내 그들은 저녁 식사를 마치고 식탁보를 치운 뒤에 난로를 소제하고 불을 피웠다. 항아리 속의 혼합주도 맛을 본 결과 훌륭하였고 귤과 사과도 식탁 위에 올려 놓여졌으며 밤도 한 접시 가득히 난로에 얹혀졌다. 그리고 나서 가족들은 이른바 봅 크래칫이 원형이라고 부르는, 사실은 반원이었지만, 대형을 만들어 난롯가에 둘러앉았고 봅 크래칫의 팔꿈치 곁에는 집안의 온 유리잔들이 모두 진열되었다. 그래봤자 큰 잔 두 개에 손잡이가 없는 커스터드 컵(푸딩 등의 과자를 담는 컵)뿐이었지만.

하지만 금잔이라도 되는 것처럼 거기다 화끈한 혼합주를 항아리에서 따라 마셨고 봅 크래칫은 빙그레 미소를 지으며 또 거기다 혼합주를 부어 주었으며 그러는 동안에 불 위의 밤은 물기를 치익 뿜으며 소리내어 터지기 시작했다.

그러자 봅 크래칫이 일어나서

「자, 우리 온 식구들에게, 성탄 축하한다. 다들 복 많이 받아라!」

하고 점잖게 축하의 말을 하자 온 식구들이 이에 따라 일제히 축하의 말을 합창했다.

「모두들 복 많이 받으세요!」

팀이 뒤늦게 따라서 말했다.

팀은 아버지 곁에 바싹 붙어서 조그만 의자에 앉아 있었다. 아버지는 팀이 너무 사랑스러워 자기 옆에 꼭 붙잡아 두고 싶고, 누가 그를 빼앗아 갈까 봐 겁이라도 나는 것처럼 팀의 야윈 손을 꼭 붙잡고 있었다.

「유령님, 팀은 오랫동안 살 수 있을까요?」
스크루지는 처음 느끼는 기분으로 물었다.
「저 보잘것없는 난로 모퉁이에 빈 자리가 하나 보이는구나. 주인 없는 쌍지팡이 한 짝이 소중히 간직되어 있구. 저런 광경을 미래의 유령이 바꾸지 않고 그대로 둔다면 저 아이는 죽고 말 것이다.」
「그럴 수가, 아아, 그럴 수가! 친절하신 유령님! 그애가 오래오래 살아 남을 것이라 말씀해 주십시오!」
스크루지가 부르짖었다.
「저 환영(幻影)을 미래의 신(神)이 그대로 둔다면 우리 현재의 유령들은 아무도 여기서 저 애를 볼 수 없을 거야. 그게 어떻다는 거야? 그 애가 다 죽어가게 되어 있다면 죽는 게 차라리 낫지 않은가. 그렇게 되면 인구도 줄게 되고 말이야.」
유령이 자기가 했던 말을 그대로 얘기하는 것을 들은 스크루지는 고개를 숙인 채 뉘우침과 비통스러움에 휩싸였다.
「스크루지, 네가 인간다운 감정이 있고 목석이 아니라면 말이다. 뭐가 과잉 인구며, 그게 어떤 것인지도 모르면서 함부로 그 따위 소리를 지껄이진 마. 네가 누굴 살리고 누굴 죽이는 걸 결정하겠다는 거냐? 하느님의 눈으로 보면, 저 불쌍한 아이와 같은 처지에 있는 수많은 가난한 사람들에 비하면 바로 너 따위는 훨씬 더 살려 둘 가치나 자격이 없는 거야. 이 따위 나뭇잎에 붙은 벌레 같은 놈이, 죽어가는 그 굶주린 형제들의 과잉 인구가 어쩌구 하면서 지껄이다니!」
유령의 꾸짖음을 들은 스크루지는 고개를 떨어뜨린 채 덜덜 떨며 아래만 내려다보고 있다가 이름을 부르는 소리를 듣자 재빨리 그들을 바라다보았다.

「스크루지 씨! 오늘의 성찬을 차리도록 해주신 당신께 축배를 올립니다!」

봅 크래칫이 외쳤다.

「성탄을 차리도록 해줬다구요? 그를 여기로 모셔왔으면 좋겠군요. 성찬으로 욕이나 실컷 대접하죠. 그는 그거라도 좋다고 받을 거구요!」

크래칫 부인은 얼굴을 붉히며 소리쳤다.

「애들이 듣잖소? 그리고 이 기쁜 크리스마스 날에!」

봅 크래칫이 아내를 나무랐다.

「그렇죠, 크리스마스죠. 틀림없어요. 당신 같으니까 그래도 오늘 그 인색하고 냉랭한 스크루지 씨의 건강을 위해서 축배를 들었죠. 그러나 그가 어떤 인간인가는 당신이 알죠, 로버트! 세상에 어느 누구보다도 당신이, 바로 당신이 그를 잘 알잖아요! 아아!」

「여보, 오늘은 크리스마스잖아.」

봅 크래칫은 부드럽게 타일렀다.

「좋아요, 이 성스러운 날과 당신을 위해서 그에게 축배를 들겠어요. 하지만 그를 위해서는 아녜요. 자, 스크루지 씨 오래오래 살아 계슈! 성탄과 새해에 복 많이 받으시길. 틀림없이 그도 즐겁고 기쁠 거예요. 틀림없을 거예요.」

아이들이 그녀를 따라 축배를 들었다. 그들의 오늘 이 자리에서 그토록 성의가 없었던 것은 이 축배가 처음이었다. 꼬마 팀은 마지못해 맨 마지막으로 축배를 들었지만 한푼어치의 성의도 없는 그런 태도였다. 그 집안에 있어서 스크루지는 괴물처럼 징그러운 존재였다. 그의 이름이 등장하는 것만으로 이 즐거웠던 잔치가 어두운 그림자에 휩싸였고 그것은 한참 동안이나 그렇게 일동을 뒤덮고 있었다.

그 어두운 그림자가 걷혀 버리자 식구들은 스크루지라는 소름끼치는 독충을 제거해 버렸다는 안도감으로 조금 전보다 열 배는 더 즐거워하였다. 봅 크래칫은 아들 피터에게 일자리를 마련해 줄 계획이며 그렇게 된다면 매주 5실링 반씩은 넉넉히 받게 될 것이라고 가족들에게 알려 주었다. 두 꼬마 크래칫은 형이 회사원이 될 것을 생각하고는 한바탕 웃어젖혔고 피터 자신도 그 놀라운 봉급을 타게 되면 어디에다 쓸 것인가 곰곰이 생각하고 있는 듯, 칼라 사이로 난롯불을 들여다보며 앉아 있었다. 이번엔 보잘것없는 급료를 받고 있는 마더가 자기가 숙녀용 모자점에서 무슨 일을 하고 있으며, 줄곧 몇시간 동안 근무해야 하며, 내일은 휴일이니까 아침부터 잠이나 푹 자둬야겠다는 애기를 늘어놓았다. 그녀는 계속해서 며칠 전에는 백작 부인과 귀공자를 본 적이 있는데 그의 키가 꼭 피터만 하더라고 말했다. 그 소리에 피터는 칼라를 높이 추켜 세워서 만약에 독자 여러분이 그 자리에 있었다고 할지라도 여러분에게 그의 얼굴이 보이지 않도록 가렸던 것이다. 그러는 동안에도 밤과 항아리는 몇 차례씩 돌고 또 돌았으며 꼬마 팀이 눈 속에서 길을 잃은 아이의 노래를 불렀는데 그는 나직한 음성으로 슬픔을 자아내도록 그 노래를 불렀던 것이다.

그 밖에는 특별히 애기할 만한 것이 없었다. 그들은 원래 말끔한 가족이 아니며 옷도 잘 입지 못하였고 신발도 흙이 막 새어들어오는 것이었으며, 의복도 넉넉지 못하였을 뿐 아니라 피터는 전당포 출입을 하고 있는지도 모를, 아니 거의 틀림없이 그는 전당포 출입을 하고 있을 것이다. 그럼에도 불구하고 그들은 행복하고 기쁜 마음으로 즐거워했으며 크리스마스를 축하하며 만족감에 차 있었다. 유령과 스크루지가 거기서 사라질 때에도 햇불이 환하게 뿌려지는 속에서 그들은 더욱 행복해 보였고 스크루지는 그들에게서 특히 꼬마 팀에게서, 마지막까지 눈을 떼지 않았다.

이윽고 주위는 땅거미가 져 어둠이 짙어 가고 눈은 펑펑 쏟아지고 있었으며 스크루지와 유령이 걸어가고 있는 거리의 집집마다 부엌과 방들은 이글이글 타오르는 불빛으로 찬란하였다. 이쪽으로는 이글거리는 불빛에 비쳐서 아늑한 저녁상이 난롯가에 가지런히 차려져 있는 것이 보였고, 바깥의 추위와 어둠을 완전히 막아 내도록 빨간 커튼이 두껍게 내려져 있었다. 저쪽에는 결혼해 나간 형제 자매들과 친척들을 제각기 먼저 맞이하여 인사를 하려고 아이들이 눈 속으로 뛰어나가는 것이 보였다. 다시 이쪽에는 손님들의 그림자가 창에 비쳐 보이는가 하면 저쪽으로는 수건을 머리에 쓰고 털장화를 신은 어여쁜 아가씨들이 발걸음도 가볍게 사뿐사뿐 조잘거리며 몰려 가는 것이 보였는데 그들이 볼에 홍조를 띠고 들어오는 것을 젊은이들이 본다면, 아, 괴로워, 요 깜찍한 아가씨들, 성숙한 그녀들도 그걸 잘 알고 있을걸! 하고 감탄할 만했다.

하지만 모두들 정겨운 모임을 찾아가는 사람들이 얼마나 많았던지 그걸 봐서는, 난로 그득히 장작을 쌓아놓고 손님을 기다리기는커녕 손님이 들어서도 그들을 맞아 줄 사람도 없이 온 식구들이 모두 나가 버려서 집집마다 모두 텅텅 비어 있을 것만 같았다. 그들을 축복하면서 유령은 얼마나 기뻐했으랴! 그 넓은 가슴을 드러내고 넓은 손바닥을 펴고 그 인자한 손으로 그 손이 닿는 모든 것을 위해 빛나고 선량한 기쁨과 즐거움을 뿌려 대면서 유령은 얼마나 돌아다녔는가! 어두운 거리를 달리며 가로둥에 불을 켜는 사람도 어딘가에서 크리스마스를 보내려고 옷을 차려입고 유령의 앞을 지나치면서 커다랗게 웃었는데, 하지만 그도 오늘이 크리스마스라는 것이나 알았지 유령과 함께 스크루지가 있다는 것을 어떻게 알았으랴!

그리고 이번에는 아무런 예고도 없이 유령은 어느 황폐하고 호젓한 들판으로 그를 데리고 갔는데, 거기는 거인들의 무덤처럼 무시무시하게 크고 거친 바위들이 구르고 물은 아무 데로나 마구 흘러가고 아니, 서리가 그 물을 얼게 하지만 않았다면 정말 아무 데로나 마구 흘러갔을 것이다. 그리고 거기는 우거진 이끼와 엉성한 바늘금작화와 거친 잡초만이 뒤얽혀 있을 뿐이었다. 서쪽 하늘에는 저물어 가는 해가 타오르는 듯한 붉은 줄 하나를 남기고 있었으며 그 빛은 성난 눈동자처럼 황량한 벌판 위에 한순간 번득이다가 점차 아래로 아래로, 이윽고 어두운 밤 속으로 묻혀 버렸다.

「여긴 뭐하는 곳입니까요?」

스크루지가 물었다.

「지하에 일하는 광부들이 사는 곳이지. 그런데 그들은 모두 날 알고 있지. 자, 보라구!」

유령이 대답했다.

그들은 불빛이 새어나오는 한 오두막 들창으로 달려갔다. 진흙과 돌로 쌓아올린 벽을 뚫고 들어간 그들은 따뜻하게 타오르는 벽난로 주위에 둘러앉아 있는 즐거운 사람들을 발견했다. 호호백발 노부부와 그 아들, 딸, 손자, 증손자과 함께 성탄절을 즐기려고 새옷으로 차려입고 있었다. 노인은 불모의 황무지에서 이따금 소리내어 불어 오는 바람 소리에 들릴까 말까한 목소리로 아이들에게 크리스마스 노래를 불러 주고 있었다. 그것은 그가 어린 시절에 부르던 아주 오래된 노래였는데 모두들 그의 노래에 맞추어 이따금씩 합창을 하기도 하였다. 다들 신이 나서 목청을 뽑는 것 같으면 영감은 같이 소리를 높였고 그들이 따라 부르기를 멈추면 노인은 다시 맥빠진 음성으로 가라앉아 버리곤 하였다.

유령은 여기서 더 머물려 하지 않고 스크루지에게 자기의 옷 자락을 잡으라고 이른 뒤, 벌판 위를 지나서 휘익! 어디로 날아갔을까? 바다로 간 것이 아닐까? 그래, 정말 그곳은 바다였다. 뒤를 돌아다보니 간담이 서늘해지도록 스크루지는 이 땅의 맨 끝을 보고 있음을 알았던 것이다. 거기에는 무시무시하게 생긴 바위산들이 뒤로 보이고 파도가 파놓은 동굴들 사이로 다시 검푸른 파도가 으르렁대며 할퀴고 날뛰고 부딪치면서 천지를 뒤엎을 듯이 천둥 같은 소리를 내는 통에 귀가 먹먹할 정도였다.

바닷가에서 3마일쯤 떨어진 바다 위에 1년 내내 거친 파도가 부딪쳐 부서지는 쓸쓸한 암초(暗礁)가 있었고 그 위에 등대가 하나 외롭게 서 있었다. 그 등대 밑에는 해초(海草)가 시커멓게 무더기로 달라붙어 있고 바위에는 바닷새(해초가 물에서 생겨나는 것처럼 바닷새는 바람에서 생겨나는 것 같다)가 등대 주변을 날아서 오르락내리락하였다. 마치 파도가 오르락내리락하는 것처럼.

그러나 두 명의 등대지기밖에 없는 이곳에도 불은 피워져 있었고 그 불은 두꺼운 석벽(石壁)에 뚫린 작은 창을 통하여 무시무시한 바다 위로 한 줄기 광선을 내뻗고 있었다. 엉성한 식탁을 가운데 두고 두 등대지기는 거친 두 손을 맞잡고 화주(火酒)를 마시며 성탄을 축하하는 것이었다. 그리고 그 중 나이 많은 사람이, 옛날 배의 뱃머리에 달려 있는 인형처럼 비바람에 시달려 찌들고 험한 얼굴을 뒤흔들며 바로 폭풍우 그것만큼 억센 노래를 부르기 시작하였다.

다시 유령은 검푸른 바다 위를 날아 앞으로 앞으로, 그가 스크루지에게 얘기한 대로 육지라곤 보이지 않는 망망 대해의 어느 선박 위에 드디어 다다랐다. 그들은 키를 잡고 있는 키잡이와 뱃머리에 있는 감시원과 간부 선원들 옆으로 내려섰다. 제각기 자기 맡은 일을 하고 있는 그들의 모습은 검고 괴기스러웠지만 모두들 크리스마스 노래를 흥얼거리거나 크리스마스에 관한 생각을 하고 있거나 또는 지나간 성탄에 얽힌 추억을 동료들에게 속삭이면서 향수에 잠겨 있었다. 자고 있거나 깨어 있거나, 착하거나 악하거나, 배에 있는 사람은 모두들 이 성탄절에는 전에 없이 친절한 얘기들을 주고받았으며 성탄의 축복을 서로 나누고 있었다. 그리고 그들은 멀리 떨어진 가족들을 생각했고 또 가족들이 자기네들을 생각하며 기뻐할 것을 잘 알고 있었다.

바람이 웅얼거리는 소리를 들으며, 죽음만큼이나 심오한 비밀을 파묻고 있는 미지의 심연(深淵) 위, 쓸쓸한 어둠을 통하여 지나가는 것이 얼마나 엄숙한 일인가를 생각하는 것은 스크루지에게는 참으로 커다란 놀라움이었다. 그리고 이런 생각에 골몰하고 있을 때 한바탕 웃음 소리가 들려 온 것도 그에게는 커다란 놀라움이 아닐 수 없었다. 그러나 그보다도 훨씬 더 놀라운 것은, 그것이 자기 조카의 웃음 소리였다는 것, 그리고 자기가 밝고 양지바른 방안에 들어와 있으며 그의 옆에 미소지으며 서 있는 조카를 흡족한 눈으로 바라보고 있다는 사실이었다.

「하하핫, 핫하!」

스크루지의 조카는 웃어젖혔다.

만약에 우연한 기회로라도, 독자 여러분이 스크루지의 조카보다 멋지게 웃는 사람을 알고 있다면 나도 그 사람을 알고 싶다. 그런 사람을 내게 좀 소개시켜다오. 난 그런 사람이라면 사귀어 보고 싶다.

질병이나 슬픔도 전염된다지만, 웃음과 따뜻한 마음만큼 무섭게 전염되는 것도 이 세상에 달리 없다는 사실은 정당하고 공평하고 고상한 사물의 섭리인 것이다. 이렇게 거리낌없이 밝게 웃어 대는 조카를 따라 조카며느리도 깔깔거리며 웃어 댔다. 동시에 모여 있던 그의 친구들도 이들 부부에 못지않게 소리높여 마음껏 웃어젖혔다.

「하하하! 하하하하하!」

「아저씨는 크리스마스는 무슨 빌어먹을 소리냐고 했지, 정말이라구! 또 실제로 아저씨는 그렇게 믿고 있다니까!」

스크루지의 조카가 소리쳤다.

「정말 창피한 노릇이군요, 그렇게까지 생각하다니. 안 그래요? 프레드!」

조카 며느리가 뾰로통한 소리로 말했다. 이런 여자들에게 축복 있을진저! 이런 여자들은 매사에 어물어물 그만두는 성격이 아닌 것이다. 그들은 무슨 일에든지 열심인 것이다.

그녀는 아주 미인이었다. 절세의 미녀였다. 보조개가 쑥 패는 어여쁜 얼굴에 깜짝 놀란 표정을 지을 때란 정말…… 입을 맞춰주고 싶은 붉은 입술, 그리고 웃을 때면 한데 녹아 버리는 것 같은 턱 언저리의 귀여운 작은 점들과 귀여운 소녀들에게서나 찾아볼 수 있는 맑디맑은 두 눈. 이런 것들이 모두 더해져서, 그녀는 정말 더할 나위 없이 아름다운 여자였다.

아암, 정말 털끝만한 티도 없는, 견줄 사람이 없는 미인이고말고!

「아저씬 정말 우스운 노인네야. 이건 정말 그래, 마음만 먹으면 될 걸 즐거워지려고 하질 않거든? 하지만 그러다간 죄값을 받고 말걸. 그러니 나야 이렇다저렇다 빗대어 말할 것도 없지.」

조카가 말하였다.

「그분은 돈이 많잖아요, 프레드. 제게 늘 당신이 그렇게 말한 것만으로 따져 봐두요.」

조카며느리가 이렇게 말머리를 꺼냈다.

「그게 무슨 소용 있나? 아저씨는 돈이 많아 봐야 말짱 헛일이라구. 그 재산으로 무슨 좋은 일을 하는 것도 아니고 그렇다고 아저씨가 호사스런 생활에 쓰는 것도 아니거든, 그리고 우리 같은 사람한테 은혜라도 베풀어 주는 데서 보람을 느끼는 분도 아니니 말이야, 하하하!」

조카가 이렇게 말하자 그녀가 다시 말했다.

「난 그런 분 정말 참을 수 없어요!」

그녀의 동생들이나 다른 부인들도 모두 그녀에게 맞장구쳤다.

「난 용서해 드릴 수 있어! 아저씬 불쌍하거든? 화를 내고 싶어도 난 그럴 수가 없을 것같아. 그 고약한 성미 때문에 고통을 당하는 건 누군데. 늘 그분 자신이라구. 자, 봐요. 아저씨가 싫어하는 마음이 가슴 속에 들어 있으니까 그것 때문에 이곳에 오시지도 않고 식사도 하지 못하잖아. 그 결과는 뭐야? 물론 굉장한 식사야 못 되지만 말이야.」

「사실, 아저씬 훌륭한 식사를 놓친 셈이지 뭐.」

조카며느리가 끼어들어 말했다. 모두들 그 말이 옳다고 했다. 그들은 모두 방금 그 훌륭한 식사를 끝내고 등불 아래서 난로를 둘러앉아 후식(後食)으로 다과를 들려는 참이었으므로 그게 굉장한 식사였는가 어떤가 가릴 자격이 있다는 것이다.

「좋아요! 듣고 보니 기분좋은 소리군. 요즈음 젊은 주부들을 난 별로 신용하지 않고 있었거든. 타퍼 어때, 자넨 어떻게 생각해!」

하고 조카가 말했다. 타퍼는 조카의 처제들 가운데 한 아가씨에게 눈길을 보내면서 총각이란 그런 문제에 대답할 자격이 없는 불쌍한 버림받은 존재라고 말했다. 그러는 바람에 조카의 처제들 가운데 한 아가씨가(장미꽃을 달고 있는 아가씨가 아니라 레이스 깃을 단 옷을 입고 있는 약간 살이 찐 아가씨가) 얼굴을 붉혔다.

「말씀을 계속해야죠, 여보.」

조카며느리가 손뼉을 치면서 말했다.

「이분은 언제나 무슨 말을 시작만 해놓구선 끝맺을 줄을 몰라요. 참 별난 분이라니까요!」

조카는 또 한바탕 웃어젖혔고, 웃음이란 터지기 시작하면 걷잡을 수 없으므로 그 오동포동 살이 찐 처제는 웃음을 참으려고 향초(냄새맡는 초) 냄새를 맡는 둥 갖은 애를 썼지만 결국 다들 조카를 따라서 일제히 웃음을 터뜨리고 말았다.

「내 얘기는, 아저씨가 우릴 싫어하고 같이 즐거운 시간을 갖지 않은 결과, 우리 생각대로 하면 그분은 그만큼 즐거운 시간을 못 가진 것이 되지만, 사실 아저씨로서는 그까짓 걸 손해 봤다고는 생각하지 않을 거라는 얘기지. 하지만 곰팡내 나는 사무실이나 아니면 먼지투성이 방에 쭈그리고 앉아서 혼자서 생각하고 있는 것보다는 훨씬 더 많은 즐거움을 아저씬 잃고 있는 거지. 그래서 난 해마다 그분을 초청하지. 그분이 좋아하든 싫어하든 말이야, 불쌍하거든. 죽는 날까지 그분은 크리스마스를 욕할지도 모르지만, 내가 해마다 찾아가서 기분좋게 『아저씨, 안녕하세요?』 하고 인사하다 보면 아저씨도 언젠가는 크리스마스를 좋게 생각하게 될 거야. 해보는 거야, 그때까지. 그래서 만약 그 보람이 나타나서 가난한 그의 서기에게 50파운드를 남겨 주겠다는 생각만 든다면 그것만으로도 좋은 일 아니겠어? 그리고 아저씬 어저께 뭔가 좀 달라보였다구, 마음이 움직인 것 같아.』

이번에는 조카를 뺀 다른 사람들이 먼저 웃기 시작했다. 그가 스크루지의 마음을 움직이게 했다니 우스워 못 견디겠는 모양이었다. 그러나 원래가 사람 좋은 그는 사람들이 왜 웃는가 따위에는 신경쓰지도 않고 일동의 웃음을 더욱 부추기어서 실컷 웃게 하면서 흥겹게 술잔을 돌렸다.

차를 마신 뒤 그들은 몇 곡의 노래를 불렀다. 또 본래 음악을 좋아하는 집안이며 자기네들이 부르는 곡에 대해여 잘 알고 있으므로 반주로 부르는 합창이나 돌림노래(輪唱)를 부르는 솜씨는 멋들어진 것이었다고 나는 자신있게 말씀드린다. 그 중에서도 타퍼는 이마에 핏대를 세운다거나 얼굴이 빨갛게 되도록 악을 쓰는 법이 없이 훌륭한 성악가처럼 처음으로 노래를 불러 넘겼다. 또 스크루지의 조카며느리는 하프의 명수였으며, 그녀는 여러 곡 가운데서 여러분들도 잠깐 동안이면 배워서 휘파람으로 불 수 있는 간단한 소곡을 켰다. 그 곡은 과거의 크리스마스 유령이 스크루지에게 그의 어린 시절을 보여 주었을 때 학교에서 어린 스크루지를 집으로 데려간 소녀가 부르곤 하던 곡이었다. 그 곡의 선율이 흘러나오자 과거 크리스마스의 유령이 보여 준 광경들이 스크루지의 머릿속에 되살아났다. 그의 마음은 점점 부드러워져 가서 몇 년 전에 이 곡을 자주 들을 수만 있었더라면 자신의 행복을 위해서 인생의 여러 가지 선한 일을 스스로 행할 수 있었을 것이라고 생각하였다. 제이콥 말리의 유령에게서 교훈을 받지 않고서도 말이다.

　그러나 그들은 밤새도록 음악만 즐기는 것은 아니었다. 얼마 뒤 그들은 벌금놀이를 시작하였다. 사람이 가끔 동심(童心)의 세계로 돌아간다는 것은 신나는 일이며 그것도 어느 때보다도 이 크리스마스 때가 제격이었다. 크리스마스라는 명절의 유래가 된 위대한 분이 바로 어린아기였으니까 말이다. 가만! 우선 첫째로 장님잡기 놀이가 있지? 아무렴 있다마다. 그건 그렇고 타퍼의 장화에 눈이 달려 있는 게 아닌 이상 그가 몰래 눈을 뜨고 본다는 것은 확실하다. 내 생각으로는 그와 조카 사이에 이미 뭔가 묵계가 되어 있고 또 금년 크리스마스의 유령도 그걸 알고 있는 것 같았다. 그는 레이스 깃을 단 오동포동한 처녀의 뒤만 쫓아다니며 놀이에 열을 올렸는데 그건 너무나 속셈이 들여다보이는 일이었다. 그는 난로 부속 화구에 부딪치고 의자에 걸려 넘어지며 피아노에 부딪치고 커튼 속에 파묻혀 숨이 막힐 지경이 되면서까지 그 처녀만 쫓는 것이었다. 그는 그녀가 있는 곳은 잘도 알아냈다. 딴 사람은 아예 잡으려 들지도 않았다. 만약 여러분 중에서 누가 그에게 일부러 부딪쳤다면(그들 가운데 정말 그렇게 한 사람이 있었으니까) 한 번쯤 여러분을 잡는 척 해볼지도 모르겠지만—다 눈치채고 있는 여러분들을 우습게 아는 짓이지만—그는 곧 다시 그녀를 쫓아다닐 것이다. 그녀는 자기만 쫓아다니는 법이 어디 있느냐고 소리쳤고 사실 그건 너무했지만 결국에 가서는 그에게 붙잡히고 말았다. 그녀는 비단 옷 끌리는 소리를 내면서 매우 바쁘게 몸을 피하여 타퍼에게서 빠져나가려 했으나 그는 옴쭉달싹할 수 없는 구석으로 그녀를 몰아넣고 말았던 것이다. 더욱이 이때의 그의 행동은 가장 얄미웠으나, 그는 마치 누군지 모르는 척 시치미를 떼고 그녀의 머리장식을 만져 보고 손가락에 낀 반지를 더듬어 보았으며, 그 처녀의 목에 두른 목걸이를 주무르기도 하며 누구인가 확인을 해야겠다는 듯 치사하고 소름끼치는 행동을 했던 것이다. 술래가 바뀌고 그들 둘이 커튼 뒤에 숨어서 무척 은밀하게 속삭였을 때 그 처녀는 그때의 자기 느낌을 타퍼에게 모두 얘기했을 것이 틀림없다.

스크루지의 조카며느리는 이 술래잡기에는 끼지 않고 아늑한 구석에 의자를 갖다놓고 앉아 쉬고 있었다. 유령과 스크루지는 바로 그녀 뒤에 서 있었다. 그러나 그녀는 벌금놀이에는 같이 끼어들어 알파벳 스물 여섯 글자를 써서 사랑의 글을 만드는 놀이를 훌륭하게 해냈다. 또 언제 어디서 어떻게 알아내는 놀이에서도 그녀는 훌륭한 솜씨를 자랑했다. 타퍼가 말한 대로 스크루지 조카의 처제들도 상당히 눈치빠른 아가씨들이었는데도 그녀들을 모두 누르는 아내를 보자 조카는 은근히 기뻐하였다. 그 자리에는 나이 많고 어린 사람을 합하여 모두 스무 명 정도의 사람들이 있었는데 이들은 한 사람도 빠짐없이 이 놀이에 참가했으며 스크루지도 거기 끼어들었던 셈이었는데 그는 어찌나 재미있었던지 자기 목소리가 그들의 귀에는 들리지 않는다는 사실도 잊어버리고선 이따금 또 게임에 대한 자기 추측을 소리질러 말하곤 했으며 그건 곧잘 맞아들어가기도 하였다. 스크루지는 자신이 둔감한 영감이라고 생각하고 있었지만 그의 날카로운 눈치는, 바늘 귀에 꿴 실은 안 끊어진다고 보장하는 최고급품 화이트채플 제품의 가장 뾰족한 바늘보다도 훨씬 예리하였던 것이다.

　스크루지가 이런 분위기에 빠져 있는 것을 보고 매우 마음이 흡족스러워진 유령은 호의에 가득찬 눈빛으로 그를 바라보았다. 그래서 스크루지는 저 손님들이 다 돌아갈 때까지 여기 머물러 있도록 해줍시사고 어린애처럼 유령에게 졸라댔다. 그러나 유령은 그럴 수 없다고 대답했다.

　「새로운 게임입니다! 유령님! 30분만, 단 한 번만!」

　스크루지가 애걸했다.

　그것은 『네, 아니오』라는 놀이였는데 스크루지의 조카가 무엇인가를 생각하면 나머지 사람들은 그것을 알아내는 놀이였다. 그는 사람들의 질문에 따라 네, 또는 아니오라고 대답한다. 치열한 질문 끝에 그가 생각하고 있는 것은 동물성이란 것이 드러났다. 그것은 살아 있으며 좀더 자세히 말하면 불쾌한 편이며, 사납고 때로는 으르렁거리고 부르짖는다. 또 때로는 말도 하며 런던에 살고 있고, 거리를 돌아다니기도 하고, 그렇다고 누구에게 끌려다니거나 구경거리는 아니며, 우리 속에 갇혀 사는 것은 더욱 아니고, 시장에서 도살당할 수는 절대로 없고, 말이나 나귀, 소, 호랑이, 개, 돼지, 괭이, 곰도 아닌 동물이었다. 새로운 질문이 나올 때마다 조카는 배를 움켜잡고 웃음을 터뜨린다. 그는 긴 의자에서 일어나 발을 구르지 않을 수 없을 만큼 우스워 죽을 지경이었다. 드디어 오동포동한 처녀가 그를 따라 웃어젖히며 소리쳤다.

　「알았어요, 형부! 난 알았어요, 알아냈어요!」

　「뭐야?」

　프레드는 외쳤다.

　「형부네 아저씨 스크루지 씨죠?」

그건 틀림없었다. 그러나 그 중에는「곰입니까?」하고 물었을 때는 대답이「네」였어야 했다고 항의하는 친구도 있었다. 모두의 생각이 스크루지 쪽으로 기울어졌다고 하더라도「아니오」라는 그 대답 때문에 생각이 다른 쪽으로 기울어지기에 충분하지 않느냐는 것이었다.

「아무튼 스크루지 아저씨 때문에 즐거웠군. 그러니 그분을 위해 축배 한 잔 안 든다면 인사가 아니지. 마침 여기 포도주가 있군. 자, 스크루지 아저씨의 건강을 위하여 건배 !」

프레드가 외치자 그들은 따라서 외쳤다.

「자, 스크루지 아저씨를 위하여 !」

「성탄과 새해에 복많이 받으시길 ! 그가 어떤 사람이든 간에 ! 아저씬 이런 축복도 받고 싶지 않겠지만, 아무튼 축복 받으시길 ! 자, 축배 !」

프레드가 다시 이렇게 외쳤다.

스크루지는 남의 눈에 보이지는 않았지만 기분이 무척 상쾌해졌다. 만약 유령이 그에게 좀더 시간을 주었다면 그는 자기를 발견할 수 없는 그들에게 답례로 축배를 들고 들리지 않는 말이나마 감사한 마음을 나타냈을 것이다. 그러나 이 모든 장면은 프레드의 마지막 말이 끝나는 것과 동시에 사라져 버리고 다시 유령과 그는 그들의 다른 행로에 나섰던 것이다.

그들은 많은 것을 구경했고 두루 다녀봤으며 여러 가정을 방문했지만 모두 행복하였다. 유령이 환자 옆에 서면 그들은 생기를 얻었고 고향을 떠나 온 사람 곁으로 가면 그들은 고향에 온 것처럼 아늑함을 느꼈다. 번민에 쌓인 자리에 유령이 다가가면 그들은 희망을 가지고 끈기있게 그 고통을 이겨 냈고 가난한 자들은 마음이 풍요해지는 것이었다. 양육원, 병원, 감옥, 모든 불행의 피난처, 거기서는 모두 자신들의 보잘것없는 권세를 믿는 변변치 못한 사람들이 문을 닫아 걸지 않고 유령의 방문을 거절하지 않았기 때문에 유령은 그들에게 축복을 내릴 수 있었고, 또한 스크루지에게 교훈을 줄 수 있었던 것이다.

지금까지가 모두 하룻밤 사이였다면 참으로 기나긴 밤이었다. 그러나 스크루지는 그걸 믿을 수가 없었고 며칠이나 되는 성탄 휴일이 유령과 함께 지나친 그 시간 속에 압축되었던 것같이 생각되었다. 그리고 뭣보다도 신비스러운 것은 스크루지 자신의 겉모습은 조금도 변하지 않고 그대로 있는데 유령은 자꾸만 늙어 왔다는 것이다. 스크루지는 이런 변화를 보면서도 그걸 유령에게 말하지 못했다. 그들이 아이들의 주현절 파티장을 떠나 어느 광장으로 들어섰을 때 백발이 다 된 유령의 머리를 발견하고 나서야 그는 물었다.

「유령님들의 수명은 그렇게 짧은 건가요?」

「이승에서의 내목숨은 짧지, 오늘 밤까지니까.」

유령은 대꾸했다.

「오늘 밤까지라구요?」

스크루지가 외쳤다.

「오늘 밤 자정까지야. 자, 들어 봐. 그 시간이 가까워 온다.」

종이 11시 45분을 쳤다.

「쓸데없는 것을 제가 물었다면 제발 용서해 주십시오. 하지만…….」

유령의 옷을 자세히 들여다보며 스크루지가 이어서 말했다.

「이상하군요. 유령님 몸의 일부인 것 같지 않은데…… 그 옷자락에서 비어져 나와 있군요. 그건 발입니까, 발톱입니까?」

「살이 안 붙어 있으니 발톱이지. 자, 봐라.」

그는 슬프게 대답했다. 그는 옷자락에서 가엾고 보잘것없고 무서운 소름끼치는 비참한 두 어린아이를 꺼내놓았다. 그애들은 유령 발 밑에 무릎을 꿇고 그 옷자락에 매달렸다.

「아, 이봐! 여길 보라구! 자, 밑을 보란 말이야!」

유령은 소리쳤다.

아이들은 사내와 계집아이 한 명씩이었다. 누렇고 야위고 허름하고 찌푸려진 얼굴에 욕심은 많은 것 같으나 그 아이들은 머리를 숙이고 공손히 엎드려 있었다. 밝고 명랑함이 아이들의 모습에 넘쳐 흘러야 하고 싱싱한 빛이 가득해야 할 곳에 늙은이의 손처럼 주름이 잡히고 맥빠진 손에 스스로의 얼굴을 꼬집고 비틀어 갈기갈기 찢어놓고 있었다. 천사가 왕관을 쓰고 앉아 있어도 될 곳에 악마가 숨어서 위협하며 노려보고 있었다. 모든 놀라운 창조의 신비스러움을 통하여 어떤 정도의 인간들의 변화, 타락, 어긋남도 이들의 반만큼이라도 무시무시하고 몸서리 쳐지는 그러한 괴물을 창조하진 못할 것이다.

스크루지는 깜짝 놀라서 뒤로 물러섰다. 유령이 일부러 보여준 아이들이었으므로 스크루지는 참 귀여운 아이들이라고 말해주려고 했으나 그렇게 정말 터무니없는 거짓말을 하기보다는 말문이 콱 막혀 버리고 만 스크루지였다.

「애들 둘 다 유령님의 아이들입니까?」

스크루지는 더 말을 잇지 못했다.

「아니다, 인간의 아이들이지.」

유령은 아이들을 내려다보고 말했다.

「애들은 저희 부모를 떠나와서 내게 매달리고 있는 거야. 이 사내아이는 무지(無知)며 계집아이는 빈곤이라는 아이지. 이 두 아이와 같은 처지의 부류들을 조심해야 한다. 그리고 무엇보다도 조심해야 할 것은 이 무지라는 사내아이다. 누군가가 그걸 지워 주지 않는 한 이 아이의 이마에는 『파멸』이란 두 글자가 내겐 보인다. 이들을 물리쳐야 한다!」

유령은 손을 거리 쪽으로 뻗치며 소리쳤다.

「무지를 물리치라고 일러 주는 자를 실컷 비웃어라! 무지를 자기 이익을 위한 목적에다 이용하고 점점 더 무지하게 만들어 봐라! 그리고 파멸의 날을 기다려 봐라!」

「이들을 구할 장소나 수단은 없습니까요?」

스크루지는 외쳤다.

「감옥이 없느냐구?」

유령은 그렇게 말하고 스크루지 쪽을 향하며 마지막으로 그가 한 말을 되풀이했다.

「구빈원(救貧院)이 없느냐구?」

종이 자정을 울렸다.

스크루지는 주위를 돌아보며 유령을 찾았으나 아무것도 보이지 않았다. 종소리의 마지막 진동이 그쳤을 때 그는 제이콥 말리의 예언을 떠올렸고 그리고 고개를 들어 쳐다보니 엄숙한 모습의 망령이 머리에 수건을 쓰고, 축 늘어진 옷을 걸치고, 땅을 스쳐 오는 안개처럼 그를 향하여 서서히 다가오고 있었다.

마지막 유령

망령은 천천히, 엄숙하게, 그리고 조용히 다가왔다. 유령이 다가오자 스크루지는 무릎을 꿇고 엎드렸다. 유령은 자신이 스쳐오는 대기 속으로 어둠과 신비를 뿌리는 것처럼 여겨졌기 때문이다. 유령은 시꺼먼 옷으로 몸을 감싸고 있어서 머리나 얼굴이나 몸까지 모두 기다란 옷으로 가려져 있었고, 보이는 것이라곤 길게 내뻗치고 있는 한쪽 손뿐이었다. 그 한 손마저 감추어져 있었다면 주위의 어둠으로부터 유령을 구별하기도 어려웠을 것이다.

유령이 가까이 다가왔을 때 그는 상대가 키가 크고 장중한 것을 느꼈으며 그 신비스러운 존재가 엄숙한 두려움으로 자신을 사로잡는 것을 느꼈다. 유령은 아무 말 없이 더 이상 움직이지도 않았기 때문에 그 이상은 아무것도 알 수 없었다.

「당신은 크리스마스 유령이죠?」

스크루지가 말했다. 유령은 대답 대신 한 손으로 앞쪽을 가리켰다.

「당신은 아직 일어나진 않았지만 장차 일어날 일들의 환영(幻影)을 제게 보여 주실거지요? 그렇잖습니까? 유령님!」

스크루지가 계속해서 물었다.

유령의 옷 윗자락이 고개를 끄덕이는 것처럼 잠깐 움츠러졌다. 그것이 그가 받은 유일한 대답이었다.

이제까지 유령을 따라다니는 일에 제법 익숙해진 스크루지였지만 이 말없는 유령에게는 공포에 질려 다리가 부들부들 떨렸으며, 그를 따라가려고 했으나 제대로 설 수가 없었다. 유령은 그런 그에게 기운을 차릴 시간이라도 주려는 것처럼 잠시 동안 걸음을 멈추었다.

하지만 스크루지에게는 오히려 그런 동작이 더욱 떨리는 일이었다. 이쪽에서는 제아무리 눈을 씻고 보아야 유령의 한 손과 커다란 검은 덩어리밖에 보이지 않는데, 그 시커먼 수의(壽衣) 뒤에 자기를 쏘아보고 있는 유령의 눈이 있다는 것을 생각하니 막연하지만 이상한 공포감이 스크루지를 전율하게 했다.

「미래의 유령님! 당신은 내가 여태까지 만나 본 유령들 중에서 가장 두렵군요. 하지만 난 당신의 목적이 제게 좋은 일을 하는 데 있는 걸 알고 있으며, 또 저도 과거를 털어버리고 새로운 마음으로 살려는 것이 제 바람이니까 감사한 마음으로 참고 당신과 함께 가려는 겁니다. 제게 말을 해줄 수는 없습니까요?」

유령은 대답을 하지 않았다. 손만이 그들의 앞을 가리키고 있을 뿐이었다.

「안내해 주십시오! 밤이 자꾸만 깊어 가고 있습니다. 제겐 시간이 귀중하다는 걸 알고 있습니다. 어서 안내해 주십시오!」

망령은 아까 스크루지에게 다가왔던 것처럼 저편으로 움직여 갔다. 그는 유령의 옷 그림자 속에 싸인 채 따라갔다. 아무래도 그 옷 그림자가 자기를 들어올려 자꾸만 끌고 가는 것 같았다.

시내로 들어가는 것 같지는 않았다. 오히려 도시가 이쪽으로 날아와 그들을 에워싸는 것 같은 기분이었다. 아무튼 그들은 시내 한가운데로 와 있었다. 상인들 틈에 끼어서 거래소에 와 있었던 것이다. 스크루지가 지금까지 보아 온 것처럼 상인들은 분주하게 뛰어다니며 주머니 속의 동전을 짤랑거리고, 떼를 지어 무어라고 얘길 나누며 시계를 들여다보기도 하고, 심각하게 금으로 된 인장(印章)을 만지작거리고 있었다.

유령은 상인들이 네댓 모여 서 있는 옆에서 멈춰 섰다. 유령의 손이 그들을 가리키고 있는 것을 보고 스크루지는 그들 앞으로 나가서 그들의 얘기에 귀를 기울렸다.

「아니, 난 자세히는 몰라요. 아무튼 내가 아는 건 그가 죽었다는 사실뿐이란 말이오.」

엄청나게 턱이 커다란 뚱뚱한 사내가 말했다.

「언제 죽었습니까?」

다른 사람이 물었다.

「내가 알기로는 어젯밤일 거야.」

「뭣 때문에, 그 사람이 왜 죽었지?」

또 다른 사내가 몹시 큰 담뱃갑에서 코담배를 한 움큼 꺼내면서 물었다.

「난 그 양반은 평생 죽지 않을 줄 알았는데.」

「신만이 아는 일이지.」

첫번째 사내가 하품을 하면서 다시 말했다.

「돈은 그럼 어떡하고 죽었지?」

코 끝에 달린 혹이 칠면조의 부리 밑에 늘어진 살처럼 흔들거리는 붉은 얼굴의 신사가 물었다.

「모르지. 아마, 동업 조합에라도 넘겼을 테지. 내게 넘기지 않은 건 확실하니까.」

턱이 큰 사내가 다시 하품을 하면서 말했다. 이 농담으로 모두들 폭소를 터뜨렸다.

「아마 장례식은 기막히게 싸구려가 될걸. 도대체 누구 하나 조문(弔問)가겠다는 사람을 못 봤으니까. 우리가 자진해서, 조문단이라도 구성하면 어떨까?」

그 사나이가 다시 말했다.

「점심 대접이라도 해준다면 가도 좋지. 하긴 만약 내가 거기 낀다면 날 안 먹여주고는 못 배기지.」

코 끝에 혹이 달린 사내가 말하자 그들은 다시 폭소를 터뜨렸다.

「그럼 결국 여기선 내가 그 중 무관심한 편이군. 난 검은 장갑 낄 일도 점심 얻어 먹을 것도 아니니까 말이야. 하지만 다들 가겠다면 나도 가보기로 하지. 가만히 생각해 보면 내가 그 사람과 가장 친한 친구가 아니었다고도 말할 수 없지. 길거리에서 만나면 늘 얘길 건네곤 했으니 말이야. 자, 난 실례하겠소. 안녕히…….」

말하던 사람이나 듣던 사람이나 모두 슬그머니 흩어져서 다른 사람들 틈으로 섞여 들었다. 스크루지는 그들을 모두 알고 있었고 그래서 설명을 바라는 듯 유령쪽으로 돌아서서 쳐다보았다.

망령은 미끄러지듯 거리로 나아갔다. 유령은 만나서 얘기를 하고 있는 두 사람을 가리켰다. 스크루지는 여기서 뭔가 해답을 얻을 수 있으려니 생각하며 귀를 기울였다.

그는 이 두 사람 역시 아주 잘 아는 자들이었다. 그들은 사업가들로 돈이 많았으며 아주 유명인들이었다. 스크루지가 그들에게 좋은 인상을 주려고(엄밀하게 사업상의 견지에서) 늘 마음먹어 온 자들이었다.

「안녕하십니까?」

「그런데, 늙은 악마도 결국 숨졌군요. 네?」

첫째 사내가 말했다.

「저도 들었습니다. 날씨가 춥지요?」

둘째 사내가 말했다.

「크리스마스 때니까 추울 만하죠. 선생은 스케이트를 안 타시죠? 아마.」

「네, 네, 안 타죠. 좀 생각하는 바가 있어서요. 그럼 전 이만…….」

더 이상 그들은 아무 얘기도 하지 않았다. 이것이 그들의 만남이고 대화였으며 헤어짐이었다.

아무리 생각해 보아도 사소한 대화에 지나지 않는 그들의 얘기를 유령이 그렇게 중요시하고 있다는 것이 처음에는 이상하기도 했지만, 거기에는 반드시 무슨 까닭이 있을 것이라고 스크루지는 생각하였다. 그래서 그는 그 까닭이란 게 뭔가 생각해 보려고 마음 먹었다. 그 대화가 그의 옛 동업자인 제이콥 말리의 죽음과 무슨 관계가 있을 리는 없었다. 그는 이미 과거에 죽었고 이 유령은 미래의 일을 보여 주고 있는 것이니까 말이다. 그렇다고 해서 그들 중에서 누가 한 얘기도 자기 자신에게 관련된 것이라곤 찾아낼 수 없었다. 어쨌든 그들의 얘기가 누굴 두고 한 얘기든지 간에 자신을 개선시키기 위한 보이지 않는 교훈이 그 속에 함축되어 있으리란 것은 의심할 여지가 없는 일이었기 때문에, 스크루지는 보고 들은 것을 하나 빠짐없이 가슴속에 새겨 두기로 작정했다.

그리고 자기의 미래 모습이 나타나는 경우에는 특히 유의하기로 하였다. 그것은 그럴 경우 미궁에 빠진 아까 대화의 그 실마리도 찾게 되고 그렇게 되면 그 수수께끼의 해결도 쉬워질 것이라는 기대 때문이었다.

스크루지는 그 자리에서 자신의 환영을 찾으려고 사방을 둘러보았으나 그 낯익은 모퉁이에는 자기가 아닌 다른 사람이 서 있었고 시계는 늘 자신이 근무하고 있던 시각을 분명히 가리키고 있는데도 현관으로 밀려드는 사람들 속에서 자신과 비슷한 모습의 환상은 보이지 않았다. 하지만 그는 속으로 앞으로의 생활을 바꾸어 보겠다고 궁리를 하고 있었고 그러한 새로운 자신의 삶의 모습을 그 환영들 속에서 볼 수 있기를 고대하고 있었기 때문에 별로 놀라지는 않았다.

망령은 묵묵히, 시커먼 모습으로 한 손을 뻗은 채 그의 옆에 서 있었다.

깊은 생각에서 깨어난 스크루지는 유령의 손이 가리키는 방향과 자기에 대한 그의 위치로 보아서 그의 날카로운 눈이 자기를 쏘아보고 있다고 생각했다. 그래서 그는 몸이 덜덜 떨리고 싸늘하게 얼어붙는 것을 느꼈다.

그들은 번잡한 곳을 떠나서 시내의 어느 으슥한 곳으로 갔다. 거기는 악명 높은 곳이라는 점은 알고 있었으나 스크루지로서는 여태껏 한 번도 가본 적이 없는 곳이다. 게다가 집들은 초라하였고 주민들은 벌거벗다시피 하고 있었으며, 술에 곤드레가 되어 있고 바닥이 다 닳은 구두에다가 꼬락서니들이 모두 말이 아니었다. 여기저기 수채 웅덩이 같은 골목과 아치 밑의 길로부터 집들이 듬성듬성한 한길로 향하여 악취와 오물과 짐승 같은 인간들로 득시글거렸고, 지역 전체가 죄악과 오물과 불행의 악취를 풍기고 있었다.

이 수치스러운 소굴 깊숙이 벽에 잇대어 붙인 조그만 가게가 하나 있었다. 거기서는 파쇠(破鐵), 넝마, 빈병, 뼈다귀, 기름진 쓰레기들을 매매하고 있었다. 안 마루에는 녹슨 열쇠, 못, 쇠사슬, 돌쩌귀, 줄, 저울, 저울 추, 기타 가지각색의 고철(古鐵)들이 높이 쌓여 있었다. 그 보기 흉한 넝마더미와 썩은 기름덩이와 뼈다귀 무덤 속에는 아무도 자세하게 조사해 보려고 하지 않을 여러 가지의 비밀들이 숨겨져 있고 키워지는 것이었다. 헌 벽돌로 만든 숯 난로 옆의 매물(賣物) 사이에 백발의 늙은이가 앉아 있었다. 그는 줄에 널려 있는 넝마 조각들을 휘장 삼아서 밖에서 들어오는 찬 바람을 막아 놓고 한가한 은둔 생활을 즐기는 듯 파이프 담배를 뻑뻑 빨고 있었다.

스크루지와 유령이 바로 그 영감 앞으로 다가왔을 때, 무거운 꾸러미를 든 여자가 가게 안으로 슬그머니 들어섰다. 그러나 뒤미처 또 그런 꾸러미를 든 다른 여자 하나가 역시 가게로 들어왔고, 그녀에 이어 빛 바랜 검정 의복을 걸친 사내 하나가 뒤따라 들어왔는데, 그들은 서로 마주치자 셋이 모두 깜짝 놀라는 눈치였다. 파이프를 문 늙은이까지 끼어들어 넷 모두 놀란 표정으로 넋을 잃고 있더니 마침내 그들 세 남녀는 한바탕 웃기 시작하는 것이었다.

「가만 둬도 날품팔이 여자는 맨 먼저 오고, 세탁장이가 둘째 번으로, 상여꾼 남자는 세 번째로 오게 마련이구면. 이봐요, 조 영감님! 이거 참 기막힌 우연 아네요? 우리 셋이 뜻밖에도 여기서 만났으니 말이우!」

맨 먼저 들어온 여자가 소리쳤다. 늙은이가 파이프를 입에서

빼어 들면서 말했다.

「미리 약속해도 이렇게 잘 만날 수야 없지. 자아, 모두들 안으로 들어오슈. 처음 오는 집도 아닐 테고, 서로 낯선 사이들도 아닐 테니까. 잠깐, 내가 가게문을 닫지. 허어, 문이 왜 이렇게 삐걱거리나, 제기랄. 이놈의 돌쩌귀만큼 새빨갛게 녹슨 쇠붙이는 아마 이 가게 안에도 없을 거야. 그리고 내 뼈다귀만큼 오래 묵은 뼈다귀도 없지, 하하하! 그 돌쩌귀에 그 뼈다귀라. 우린 참 직업에 어울린단 말씀이야. 우린 참 잘 만났어. 자, 안방으로 들어들 오시라고.」

안방이랬자 아까 말했던 넝마 휘장 뒤쪽의 공간이었다. 늙은이는 헌 양탄자 누르개(층계에 깐 융단을 누르는 쇠)로 난롯불을 긁어모으고 파이프로 그을린 램프 심지를 고치고 나서(밤이었으므로) 다시 그걸 입에다 물었다.

늙은이가 그러는 동안 조금 전에 지껄이던 여자는 보퉁이를 마룻바닥에 내동댕이치고 여봐란 듯이 의자에 앉아서 무릎 위에 두 팔꿈치를 가로질러 괴고 다른 두 남녀를 도전적인 눈초리로 바라보는 것이었다.

「그럼 어때요, 무슨 상관있어요? 딜버 부인. 누구나 제 몸 돌볼 권리야 있는 거 아녜요? 스크루지는 항상 지독하게 굴었잖수.」

여인이 이렇게 말하자 세탁장이 여자가 대꾸했다.

「그건 그래요, 정말! 그 영감보다 지독한 사람은 없었죠.」

「자아, 그럼 겁에 질린 사람들처럼 쳐다만 보고 있지 말라구요. 이봐요, 우리가 서로 허물을 캐내자는 건 아니잖소?」

「아무렴요! 그럴 리야 있어요?」

딜버와 남자가 대답했다.

「됐어요, 그럼. 그걸로 됐어요. 이 따위 것들 좀 없어졌다고 어떻겠어요? 죽은 사람 아녜요?」
여자가 말하자 딜버 부인이 깔깔거리면서 대답했다.
「사실이죠, 그래요.」
「그 지독하게 인색한 영감이 저승에까지 그걸 가져가고 싶었다면 왜 생전에 남들처럼 못했지? 그랬으면 죽을 병에 걸려 누웠을 때 누군가 돌봐 줬을 게 아니겠수? 그랬으면 혼자 누워서 그렇게 쓸쓸히 죽어 가진 않았을 거 아니우?」
「말이야 바른 말이지. 그 영감이 천벌을 받은 거죠, 뭐.」
딜버 부인이 말했다.
「이왕이면 좀더 지독한 천벌이 내리잖구선, 그랬어야 하는 건데, 그랬으면 다른 물건에도 더 손댈 수 있었을 게 아니에요? 조 영감님, 그 보따리 끌러서 값이 나갈지 봐줘요. 솔직히 말해야 돼요. 내가 제일 먼저 왔지만 겁날 거 없으니까요, 모두 보고 있어두요. 우리가 여기 와서 만나기 전에 다들 저 신나는 대로 할 짓을 하고 있었다는 건 다 아는 사실이고 그게 죄될 건더기도 없다는 거죠. 조 영감님, 끌러 봐요.」
여자는 그렇게 말했으나 친절한 두 사람은 그것을 용납하지 않았다. 빛 바랜 검정 옷을 입은 사내가 자기 약탈물을 먼저 꺼내어 쌓아놓았다. 그건 별 대단한 것은 아니었다. 도장이 몇 개, 연필갑 하나, 소매 단추 한쌍, 허름한 브로치 한 개, 이게 전부였다. 조지 영감은 이것들을 감정한 뒤 물건 하나하나마다 값을 매겨서 일일이 벽에다 분필로 그 액수를 적어 나갔고 마지막으로 그 총합계를 계산해 냈다.
「이게 자네 몫이야. 6펜스 이상은 무슨 일이 있어도 줄 수 없네. 자아, 다음은 누구 차례지?」

조 영감이 말했다. 다음은 딜버 차례였다. 홑이불, 타월, 의류 몇 벌, 구식의 은제 차숟가락 두 벌, 각설탕 집게 하나, 장화 서너 켤레가 전부였다. 그 여자의 물건값도 아까처럼 벽에 주욱 써 내려갔다.

「난 언제나 부인네들한테는 약해서 탈이야. 그래서 손해를 본단 말이지. 자아, 이게 당신 몫이야. 1페니 이상 달라고 입을 벙긋했다간 흥정이 안될 줄 아슈. 흥정이 길어지면 내가 너무 후했다는 생각이 들고 그렇게 되면 반크라운쯤 깎아내릴지 모른단 말씀이지.」

조 영감이 이렇게 말하자 첫번째 여자가 말했다.

「자, 이제 제 꾸러미를 끌러요.」

영감은 꾸러미를 풀기 좋도록 무릎을 꿇고 여러 번 꽁꽁 묶은 매듭을 풀더니 크고 묵직한 둘둘 만 검은 피륙을 꺼냈다.

「이건 뭐야, 침대 자락인가?」

여자는 깔깔거리며 팔짱 낀 몸을 앞으로 내밀며 대답했다.

「네, 맞아요!」

「설마 스크루지가 깔고 누워 있는 것을 고리까지 전부 떼 왔단 얘긴 아니겠지?」

조 영감이 말하자 여자가 대답했다.

「왜 아니겠어요. 다 떼왔죠.」

「운을 타고난 여자구면, 틀림없이 잘 살 거요, 당신.」

「손만 뻗치면 뭐든 가져올 수 있을 걸 그런 영감 때문에 포기할 내가 아니죠. 정말이에요, 조 영감님. 담요에 기름이나 떨어뜨리지 말아요.」

여자는 냉랭하게 말했다.

「스크루지네 담요겠지?」

「그럼 누구네 것이겠수? 생각해 봐요. 담요쯤 없대서 감기들 영감도 아니잖아요?」

「그 영감이 전염병으로 죽은 거나 아니었으면 좋겠는데, 그렇죠?」

조 영감이 일손을 멈추고 쳐다보며 말했다.

「그런 걱정 말아요. 난 본래 그 영감하고는 말도 않는 사람이니까, 전염병으로 죽었다면 이런 것 욕심이 나서 그 영감 시체 둘레를 서성거리지 않았을 거예요. 아아, 좋아요. 눈이 빠지도록 그 셔츠를 들여다봐요, 구멍나거나 실밥하나 터진 데도 없을 테니까요. 이게 바로 그 영감의 유품 가운데 최상품이고 멋진 것이니까요. 내가 없었으면 그 물건은 벌써 사라졌을 거예요.」

「사라지다니, 무슨 소리요?」

조 영감이 묻자 여자가 웃으면서 대답했다.

「그걸 입은 채로 묻어 버렸을거 아니에요? 그 셔츠를 그 영감한테 입힌 멍청이도 있었으니까요. 하지만 내가 영감의 시체에서 그걸 다 벗겨 냈죠. 그런 영감의 시체에는 옥양목이나 입히는 게 제격이죠. 그럴 때 옥양목을 안 쓰면 어디다 쓰겠어요? 시체 싸는 데는 그보다 어울리는 건 없거든요? 옥양목을 입히나 저 셔츠를 입히나 시체가 추하기는 매한가지니까요.」

스크루지는 두려움 속에 휩싸여 이 대화들을 들었다. 조 영감네 흐릿한 램프불 아래 그들이 약탈물을 둘러싸고 앉아 있는 것을 보며 스크루지는 끓어오르는 혐오감과 증오감을 억누를 길이 없었다. 그것은 시체까지 매매하는 더러운 악마의 무리였대도 이보다는 덜 혐오스러웠을 것이다.

「호호호!」

여자는 웃어 댔고 조 영감은 면제(綿製)의 지갑에서 돈을 꺼내어 바닥에 쌓인 물건값을 치렀다.

「이게 그 영감의 종말이죠. 살아 있을 때는 누구나 하나 둘레에 얼씬도 못하게 하더니만 죽어서 이렇게 우리한테 수지를 맞춰 주는군요, 호호호.」

「유령님! 알았습니다. 저 불쌍한 송장의 경우가 아마 제 경우겠지요. 제 생활이 지금 저렇게 되어 가고 있는 거구요. 아 아니, 이런! 이게 웬일이람!」

온몸을 덜덜 떨면서 스크루지는 말했다.

그는 깜짝 놀라 뒤로 물러섰다. 벌써 장면이 바뀌어 있었던 것이다. 그런데 그는 이번에는 침대에 부딪칠 뻔하였다. 침대자락도 아무것도 없는 멋대가리 없는 침대였다. 그 위에는 낡아 빠진 홑이불로 덮여 있는 것이 누워 있었는데 그것은 소리내어 말은 하지 않았으나 무시무시하게 자신의 정체를 웅변해 주고 있었다.

그 방은 퍽 어두웠고 그래서 아무것도 똑똑히 보이는 것이 없었다. 그곳이 어딜까 궁금해진 스크루지는 사방을 두리번거렸으나 소용없는 일이었다. 바깥 허공에서 떠오르는 것 같은 희끄무레한 빛이 침대 위에 떨어졌고 그 위에는 도둑맞고 빼앗기고 돌봐 주거나 울어 주는 사람도 없는 그의 시체가 놓여 있을 뿐이다.

스크루지는 망령을 힐끗 바라보았다. 유령의 손은 차분하게 시체의 머리 쪽을 가리키고 있었다. 시체는 아무렇게나 성의 없이 덮여 있어서 누가 조금만 쳐든다든지 스크루지가 손가락 하나만 까딱하면 당장 그 얼굴이 드러날 정도였다. 스크루지는 그걸 쳐들어 볼까 생각했고 그까짓 거 별로 어렵지도 않을 것 같았으며 또 그러고 싶은 생각이 간절했으나 그에게는 옆에 있는 유령을 쫓아 버릴 힘이 없는 것과 마찬가지로 그 홑이불을 들출 힘도 없었다.

아아, 냉혹하고 준엄한 이 무서운 죽음! 여기 그대의 제단을 차려놓고 마음껏 무서운 공포로 그것을 장식하라. 여기야말로 그대의 영역이노니! 그러나 사랑과 존경과 영예를 받던 자의 머리에서는 한 올의 머리카락이라도 그대의 무시무시한 목적에 이용될 수는 없을 것이요, 모습을 추하게 만들 수는 없으리라. 그것은 그 손이 그냥 무거워서 놓으면 축 늘어지는 그런 손이 아니요, 그 심장과 맥박이 단순히 정지하고 있는 그런 것이 아니라 그것은 넓고 인자하고 성실한 손이며, 용감하고 상냥하고 따뜻한 심장이며, 참으로 인간다운 맥박이었기 때문인 것이다. 후려치라! 죽음이여 후려치라! 그래서 그 상처로부터 그의 착한 행위가 샘솟아서 불멸의 생명을 이 세상에 씨뿌리는 것을 보라!

스크루지에게 이런 말을 들려 준 사람은 없었다. 그러나 그가 침대를 바라보는 순간 이런 소리가 그의 귀에 들려 왔던 것이다. 만약 지금 저 시체를 되살릴 수 있다면 살아난 자는 무슨 생각부터 떠올릴까. 탐욕? 냉정한 흥정? 악을 쓰는 돈벌이? 그러나 이런것들 때문에 저 송장은 수전노의 참혹한 종말을 맞았던 것이 아닌가.

시체는 텅빈 어두운 방 안에 생전에는 이러저러하게 친절히 해줬다든가 살아 있을 때 친철하게 대해줬으니 죽은 뒤 지금이라도 다정하게 해드려야겠다고 말하는 사람이라곤 아무도 없이, 오직 혼자 덩그렇게 누워 있었다. 쾡이 한 마리가 문을 박박

긁어대고 난로 바닥에서 쥐들이 쏠고 있는 소리가 들려올 뿐이었다. 저놈의 짐승들이 이 죽음의 방에서 무엇을 찾고 있으며 무엇 때문에 저렇게 악착같이 서두르고 있는 것인가 스크루지로서는 감히 생각해 볼 엄두조차 나지 않았다.

「유령님! 여긴 정말 몸서리쳐지는 곳입니다. 여길 떠나더라도 여기서 얻은 가르침은 결코 잊지 않겠습니다. 정말입니다. 자아, 갑시다!」

그러나 유령은 손가락으로 유령의 머리를 줄곧 가리키고 있을 뿐이었다.

「뜻은 잘 알겠습니다. 힘 닿는 데까지 그 뜻을 받들어 그대로 하겠어요. 하지만 제겐 힘이 없습니다. 힘이 없다구요.」

다시 또 유령이 그를 보는 것 같았다.

「저 시체를 보고 뭔가 마음에 느낀 사람이 있다면 그 사람을 제게 보여 주십시오. 부탁합니다. 유령님!」

스크루지는 몹시 고민하면서 말했다.

망령은 잠시 스크루지 앞에서 마치 날개처럼 그 검정 옷을 펼쳤다가 걷어치우자 대낮의 방이 나타나고 거기에는 어린아이들과 그들의 어머니가 있었다.

그 부인은 누군가를 걱정스럽게 기다리고 있었다. 방 안을 서성거리면서 무슨 소리만 나면 깜짝 놀라고, 창 밖을 내다보기도 하고, 시계를 올려다보기도 하였다. 바느질을 해보려 했으나 손에 잡히지 않는 모양이었고 놀고 있는 아이들의 소리도 귀에 매우 거슬리는 모양이었다.

이윽고 그렇게도 기다리던 문 두드리는 소리가 들렸다. 그녀는 급히 달려가 남편을 맞이하였다. 남편은 젊은 사람이었으나 걱정으로 지치고 맥이 빠진 것 같은 얼굴을 하고 있었다. 그런데 지금 그의 표정에는 그가 부끄럽게 생각하여 억누르려고 애쓰고 있으나 어쩔 수 없는 진지한 기쁨의 빛이 역력하게 드러나 있었다.

그는 자기를 위해서 난로 곁에 차려놓은 식탁에 자리잡고 앉았다. 그리고 잠깐 침묵의 순간이 지난 뒤 아내가 어떻게 되었느냐고 힘없이 묻자 그는 뭐라고 대답해야 할지 몹시 당황해 하는 기색이었다.

「잘 됐어요, 아니면 잘못됐어요?」

아내가 도와 주려는 듯 물었다.

「잘못됐어.」

남편이 대답했다.

「그럼 우린 아주 망한 거예요?」

「아니, 아직 희망은 있어, 캐롤라인.」

「그런 영감의 마음도 풀어지는 수가 있다면, 희망이 있고말고요! 그런 기적이 일어난다면야 걱정할 필요가 없지요.」

그녀는 어처구니없다는 듯이 말했다.

「마음이 편해지고 어쩌고 할 것 없이 그 영감은 죽어 버렸어.」

남편이 대답했다.

그녀의 얼굴 표정대로라면 그녀는 온순하고 인내심 많은 여자였다. 그러나 그 영감이 죽었다는 말을 듣고는 마음 속으로 은근히 기뻐하였다. 그래서 그는 두 손을 모아쥐고는 잘됐다고 말했다. 그러나 다음 순간 그녀는 곧 하느님께 용서를 빌면서 영감의 죽음을 슬퍼하였지만 그녀의 본심은 처음의 그것이었음은 어쩔 수 없었다.

「내가 그 영감을 만나서 1주일만 연기해 달라고 부탁하러 갔을 때 그 술이 반쯤 취한 여자가, 내가 어젯밤 그 여자 얘길 했잖아요, 귀찮아서 날 따돌리려고 하는 소린 줄만 알았더니 그게 정말이었군. 그때 그 영감은 몹시 아팠던 정도가 아니라 죽어가고 있었구료.」

「그럼 우리 빚은 누구한테 갚죠?」

「글쎄, 채권 인수자가 나타날 때까진 우리도 돈이 마련되겠지. 만일 우리가 그걸 준비 못했을 때 채권 인수자로 지독한 사람이 나타나게 되면 우리 운이 할 수 없는 거겠지. 여봐요, 오늘밤엔 두 다리 쭉 펴고 잘 수 있잖수.」

그래. 그들의 마음이 자꾸 가벼워지는 걸 어쩌랴, 그걸 억제하고 영감의 죽음을 슬퍼해 보려고 하지만 말이다. 까닭도 모르는 얘기를 들으려고 잠자코 그들의 주위에 모여있는 아이들도 얼굴이 밝아졌고 이 집안은 온통 그 영감의 죽음으로 복이 터진 것이다. 그 죽음의 결과로 망령이 스크루지에게 보여 줄 수 있는 감정들은 하나같이 기쁨, 그것뿐이었다.

「죽음과 관련된 것으로 좀 부드러운 걸 보여 주실 수 없습니까? 아니면 금방 나온 그 어두운 방의 풍경이 제 눈앞에서 영원히 사라지지 않을 테니까요, 유령님.」

유령은 그에게 낯익은 거리 몇 군데로 데려갔으며 스크루지는 거리를 지나면서 자신의 환영을 찾으려고 두리번거렸으나 아무 데서도 그것은 보이지 않았다. 유령과 그는 가난한 봅 크래칫의 집으로 들어갔는데(전에 한 번 들렀던 집이었다) 거기에는 아이들과 그 아이들의 어머니가 난롯가에 앉아 있었다.

고요했다. 쥐죽은 듯이 고요했다. 떠들던 크래칫의 아이들도 한쪽 구석에 석상(石像)처럼 꼼짝 않고 앉아서 책을 펴놓고 있는 피터를 쳐다보고 있었다. 어머니와 딸은 바느질을 하고 있었다. 그들도 물론 조용했다.

『이리하여 예수께서 아이를 들어 그들 가운데에 세우셨다.』

어디서 스크루지가 이런 구절을 들어 본 적이 있으랴. 꿈 속에서도 못 들어 본 말이었다. 그와 유령이 막 문턱을 넘어섰을 때 아이는 그 구절을 분명히 읽었던 것이다. 그런데 왜 그 다음은 계속하지 않는 것일까?

어머니는 일거리를 탁자 위에 갖다 놓고 손을 얼굴에 갖다 대었다.

「검정빛 때문에 눈이 아픈데.」

어머니가 말했다. 검정빛이라니, 아아 가엾은 꼬마 팀!

「이제 괜찮아졌구나. 촛불 아래서 검정빛을 보고 있으니까 그럴거야. 아빠에겐 쇠약해진 눈을 보여드리고 싶지 않은데. 돌아오실 시간이 다 됐을 거야.」

크래칫 부인이 말했다.

「지났죠. 그런데 어머니, 아버진 요 며칠 저녁엔 전보다 느리게 걸어오시나 봐요.」

책을 덮으며 피터가 말했다.

다시 다들 조용해졌다. 이윽고 크래칫 부인이 말했다. 꼭 한 차례 더듬거렸으나 즐겁고 차근차근한 음성으로,

「아빠가 팀을 어깨에 태우고도 빠른 걸음으로 걷던 적이 있었지.」

「네, 저도 알고 있어요. 자주 그랬었죠.」

피터가 울음섞인 목소리로 말했다.

「우리도 알고 있어요!」

다른 아이가 또 소리쳤다. 가족은 모두 알고 있었다.

「하지만 팀은 어깨에 태워도 몹시 가벼웠단다. 그리고 아빠는

그애를 무척 귀여워했으니까 무등을 태워도 전혀 짐스럽지 않았지. 아버지가 오셨나 보다.」

일에 열중하면서 어머니가 말했다. 그녀는 허둥지둥 일어나 남편을 맞으러 나갔다. 키가 잘달막한 이 집 주인 봅 크래칫이 목도리(가엾게도 그에겐 목도리가 필요했다. 팀을 무등 태우지 않았으니까)를 두르고 들어왔다. 난로 위에는 그가 마실 차가 준비되어 있었다. 아이들은 앞을 다투어 서로 그의 시중을 들려고 했다. 그때 두 꼬마가 아버지의 무릎 위로 뛰어올라가서 제각기 조그만 뺨을 그에게 비벼 댔고 그것은 마치「아빠, 너무 염려하지 말아요, 너무 슬퍼하지 말아요.」하고 말하는 듯하였다.

봅 크래칫은 어린아이들과 즐겁게 어울려 주었다. 모든 식구들에게도 유쾌한 듯 얘기를 나누었다. 그리고 탁자 위의 바느질감을 보더니 아내와 딸들의 날랜 솜씨를 칭찬해 주는 것이었다. 그 정도 솜씨면 일요일 훨씬 전에 끝낼 수 있겠다고 그는 말했다.

「일요일이라구요? 그럼 오늘 가봤군요? 로버트.」

아내가 묻자 봅 크래칫이 말했다.

「그래요, 여보. 당신도 갔으면 좋았을걸. 거기가 얼마나 푸르른 곳인지 당신도 한 번 가봤더라면 한결 마음이 좋아졌을 텐데. 하지만 앞으로 자주 볼 수 있을 테니까. 일요일이면 늘 보러 가겠다고 약속했소. 귀여운 녀석, 아아 불쌍한 녀석!」

그는 목이 메었다.

「아아, 불쌍한 녀석!」

그는 별안간 울음을 터뜨렸다. 울지 않고는 견딜 수 없었다. 그럴 수 없었다면 그애 생각일랑 벌써 까마득하게 잊어버릴 수도 있었을 것이다.

그는 방을 나가서 2층으로 올라갔는데 거기는 불이 환하게 켜 있고 크리스마스 장식이 매달려 있었다. 그리고 아이 곁에는 의자가 하나 놓여 있고 거기는 누군가가 조금 전까지 앉아 있었던 흔적이 있었다. 가엾은 봅은 그 의자에 앉아 잠시 생각에 잠기더니 마음이 가라앉았는지 어린 것의 얼굴에 입을 맞추었다. 그리고 나서 그는 이미 당한 슬픔을 단념하고 자못 흐뭇한 마음으로 다시 아래층으로 내려갔다.

그들은 난롯가에 모여앉아 얘기를 나누었다. 어머니와 딸은 여전히 바느질을 하고 있었다. 크래칫은 스크루지의 조카와는 한 번밖에 만나지 못했는데, 거리에서 만났더니 다소 풀이 죽은 그를 지극히 친절하게 위로해 주었노라고 식구들에게 얘기했다.

「무슨 일로 그렇게 우울해 하느냐고 물었을 땐 아주 정말 풀이 죽어 있었지. 당신도 알다시피 말이야. 그렇게 부드럽게 얘기해 주는 사람은 처음이라서 모두 얘기했지. 그랬더니 『정말, 이거 안됐습니다. 그 어진 부인께서도 얼마나 슬퍼하시겠습니까』 하잖겠소. 그건 그렇고, 그 사람이 그걸 어떻게 알았는지 모르겠단 말이야.」

「뭘 알았단 말이에요? 여보.」

「글쎄, 당신이 어질다는 사실 말이야.」

크래칫이 대답했다.

「세상이 다 아는 일인걸요.」

피터가 말했다.

「그녀석 말 한번 잘했다!」

크래칫은 이렇게 소리쳤다.

「정말 세상이 다 알았으면 좋겠다. 그 사람이 이렇게 말했거든. 『어진 부인께서도 얼마나 슬퍼하셨겠습니까. 저라도 도움될 만한 것이 있으면 이게 제 주소니까 연락해 주십시오.』 하면서 명함을 내놓았거든. 그게 뭐 그 사람이 우리한테 도움이 되어서가 아니라 그 친절한 마음씨가 얼마나 고마운가 말이야, 글쎄. 그 양반은 팀을 잘 알고 있기나 한 것처럼 자기 일같이 애석해 하더라니까.』

「정말 좋은 분이시군요.」

크래칫 부인이 말했다.

「당신이 직접 만나 보면 더욱 그렇게 느낄 거야. 난 조금도 안 놀랄거요……잘 들어봐요, 내 말. 만약 그 사람이 우리 피터에게 더 좋은 일자리를 구해주더라도 말이야.」

「피터야, 아빠 말씀 잘 들어보렴.」

크래칫 부인이 말했다.

「그렇게 되면……오빤 새언니 맞아서 새살림을 차리겠네.」

딸들 중의 하나가 외쳤다.

「네 일이나 하렴!」

피터가 히죽이 웃으며 대꾸했다.

「터무니없는 소리도 아니지, 아직 여유가 있지만 머지않아 언젠가는 말이야. 하지만 언제 어떻게 우리가 헤어져 살게 되더라도 우리 집안의 첫 헤어짐인 팀을 잊어버릴 수야 없지. 그렇지 않을까?」

「네, 절대로 잊을 수 없을 거예요.」

온 가족이 일제히 대답했다.

「그리고, 그리고 나는 안다. 팀은 아주 어리디어린 아이였지만 얼마나 참을성 있고 얌전한 아이였는가 돌이켜볼 때, 우리들 사이에 쉽사리 다툰다거나 그렇게 해서 팀을 잊어버리는 일이 없으리란 걸 말이야.」

크래칫의 말이 끝나자 식구들은 또 일제히 대답했다.

「네, 절대로 그런 일은 없을 거예요!」

「너희들 말을 들으니 난 정말 기쁘다. 정말 행복해.」

크래칫 부인이 남편에게 입을 맞추고 딸들도 어린 두 꼬마들도 그에게 입맞췄다. 그리고 피터는 그와 악수를 나누었다. 꼬마 팀이여! 그대의 순진한 성품은 신께서 내리신 것이었도다!

「유령님! 우리도 헤어질 때가 가까워진 것 같습니다. 이제 아까 우리가 본 그 시체가 누구였는지 가르쳐 주십시오.」

『미래의 크리스마스 유령』은 전처럼, 그러나 때가 전과는 다른 것같이 생각되었고 그것이 미래의 시간에 속한다는 사실을 제외하고는 마지막에 본 광경은 도무지 무질서한 것이었다. 장사꾼들이 모이는 장소로 스크루지를 데리고 갔다. 그러나 스크루지 자신의 환영은 보이질 않았다. 아닌게아니라 유령은 어떤 광경에도 걸음을 멈추지 않고, 지금 가야 할 목적지로 직행하려는 것인지 곧바로 앞으로만 날아가는 것이었고 마침내 스크루지는 잠깐만 멈춰 달라고 간청하게 되었던 것이다.

「지금, 우리가 지나가는 이 골목은 제 사무실이 있는 곳입니다. 정말 오래 전부터 장살해왔습죠. 제 집이 보이는군요. 장차 제가 어떻게 될 것인지 보여 주십시오.」

유령은 멈춰 섰다. 그러나 손은 엉뚱한 곳을 가리키고 있었다.

「집은 저긴데 왜 그렇게 멀리 가리킵니까요?」

스크루지는 소리쳤다. 유령의 손가락은 꼼짝 않고 그 곳만을 가리키고 있었다.

스크루지는 급히 자기 사무실 창문으로 달려가 안을 들여다

보았다. 사무실임에는 틀림없었으나 자기 것은 아니었다. 가구 집기들도 자기 것이 아니었고 의자에 앉아 있는 사람도 자신이 아니었다. 유령은 여전히 같은 쪽을 가리키고 있었다.

스크루지는 다시 유령에게로 되돌아와, 자기가 갔던 곳은 어디며 무엇 때문에 거길 갔었던가 의아해 하며 유령의 뒤를 따라갔다. 이윽고 그들은 쇠로 된 어느 문 앞에 이르렀다. 스크루지는 거기를 들어서기 전에 걸음을 멈추고 사방을 둘러보았다.

묘지였다. 그리고 여기 이 땅 속에 이제 그가 이름을 알게 될 불쌍한 사내가 누워 있었던 것이었다. 값진 장소였다. 사방이 집들로 둘러싸여 있었고 목초와 잡초가 무성했다. 그 풀들은 생명을 먹고 자란 것이 아니라 죽음을 먹고 자란 것이다. 송장이 너무 많아서 숨이 막힐 지경이었고 삼킬 것이 많아서 두툼하게 살이 찐 곳, 값진 곳이었다.

유령은 무덤 사이에 서서 그 가운데의 하나를 손가락질하였다. 스크루지는 덜덜 떨면서 그쪽으로 걸어갔다. 유령은 아까와 똑같은 태도였으나 그 엄숙한 모습에는 새로운 의미가 담겨 있음을 알아채고 스크루지는 또 한 번 공포에 떨었다. 그는 말했다.

「유령님께서 가리키신 무덤으로 좀더 다가가기 전에 한 가지 말씀해 주십시오. 모든 광경은 반드시 일어날 일들입니까, 아니면 일어날는지도 모르는 일들의 환영(幻影)입니까?」

유령은 여전히 서서 자기가 서 있는 옆의 무덤을 가리키고 있을 뿐이었다.

「인생의 행로는 꾸준히 밟아 나가기만 하면 그것이 도달할 종착점을 예견할 수 있는 것이죠. 하지만 만약에 그 정해진 행로를 빗나가면 종착점도 달라지겠죠. 유령님께서 보여 주신 것도 말하자면 그런 것이겠죠!」

　여전히 유령은 옴쭉달싹하지 않았다. 스크루지는 부들부들 떨면서 무덤 쪽으로 기어갔다. 그리고 유령의 손가락이 가리키는 곳을 내려다보니 버림받은 그 무덤의 비석에는 『에비니저 스크루지』라고 자신의 이름이 씌어 있었다.

「그럼 그 침대에 누워 있던 시체는 제 것인가요?」

　스크루지는 무릎을 꿇고 소리질렀다. 무덤을 가리키고 있던 유령의 손가락은 스크루지에게로 방향을 바꾸더니 다시 무덤으로 향하였다.

「안 됩니다! 유령님, 안 돼요!」

　손가락은 여전히 무덤을 가리키고 있었다.

「유령님! 제 말 좀 들어 보십시오. 전 이제 옛날의 스크루지가 아닙니다. 이렇게 유령님과 같이 다니지 않았다면 필경 그대로의 인간이었겠지만 전 그런 사람은 되지 않겠습니다! 제가 전혀 구제할 수 없는 놈이라면 왜 이런 환영을 보여 주십니까?」

　스크루지는 유령의 옷자락을 움켜쥐고 소리쳤다. 이때 비로소 유령의 손이 흔들리는 것 같아 보였다.

　스크루지는 유령 앞에 엎드린 채 계속해서 말했다.

「인자하신 유령님, 당신의 그 인자하신 성품으로 이 못난이를 보살펴 주시고 불쌍히 여겨 주시옵소서. 제가 제 생활 태도를 바꾸기만 한다면 유령님께서 보여 주신 그 환영들은 이제부터라도 바꿀 수 있다고 한 마디만 해주십시오!」

　유령의 손이 떨렸다.

「저는 앞으로 크리스마스를 마음 속 깊이 존중하고 그런 마음을 1년 내내 간직해 나가겠습니다. 저는 과거, 현재, 미래의 유령님들을 생각하며 살겠습니다. 세 분께서는 제 마음속에서 저를 위해 애써 주실터이니까요. 세 분의 교훈에 어긋나는 짓은 않겠습니다. 아니, 비석 위에 씌어 있는 글씨를 지울 수 있다고 한 말씀만 해 주십시오!」

고민에 못 이긴 스크루지는 유령의 손을 덥석 움켜잡았다. 유령은 그 손을 뿌리치려 했으나 그의 손길은 너무 억세어서 그만 붙잡히고 말았다. 그러나 더 억센 힘을 가진 유령은 그를 뿌리쳤다. 자신의 운명이 바뀌질 수 있기를 바라는 마음에서 마지막 기도를 드리려고 두 손을 모은 스크루지는 유령의 모자와 옷에 어떤 변화가 일어나고 있는 것을 발견했다. 그것은 점차로 움츠러지고 졸아들어서 침대 기둥이 되고 말았다.

뒷이야기

그래! 그건 틀림없는 침대 기둥이었다. 그것도 스크루지 자신의 침대 기둥 말이다. 침대 방도 모두 그대로였다.

그리고 무엇보다도 다행스러운 것은 그가 처해 있는 시간이 아직도 마음을 고쳐먹고 새출발을 할 수 있는 자신의 것이라는 사실이었다!

「앞으로는 세 유령님들의 교훈을 살려 착하게 살아 나가야지! 세 분 모두 내 마음 속에서 열심히 이끌어 주실 거야.」

스크루지는 침대에서 기어나오며 아까 환영을 보며 하던 말을 되풀이했다.

「아아, 제이콥 말리! 그리고 하느님과 크리스마스를 찬미하노라! 이 나의 갱생을 위하여! 제이콥 영감, 이렇게 무릎을 꿇고 충심으로 말하오!」

그는 새로운 출발의 흥분으로 온몸이 달아오르고 어쩔 줄을 몰라서 말도 제대로 못할 지경이었다.

아까 유령을 붙잡고 몸부림칠 때 너무나 격렬하게 흐느껴 울어선지 그의 얼굴은 눈물에 젖어 있었다.

「이건 찢어지지 않았군. 고리도 아무것도 찢어지지 않았군.

모두 여기 그대로 있어.」

스크루지는 가슴에 침대 자락을 끌어안고 부르짖었다.

「나도 여기 이렇게 있고. 그러니 아까 본 미래의 환영들도 지 워버릴 수 있을는지 몰라. 지워 버릴 수 있지, 있고말고!」

이렇게 흥분에 들떠서 떠드는 동안 그의 손은 옷을 집어들고 어쩔 줄 몰랐다. 옷을 뒤집고, 거꾸로 입거나 엉뚱한 데에 팔을 끼거나 하면서 허둥거렸다.

「이거 정말 미치겠군!」

스크루지는 울고 웃으며 흡사 뱀에 휘감긴 라오콘처럼 양말 에 휘감겨서 어쩔 줄 몰랐다(라오콘은 태양신 아폴론의 司祭로 서 트로이 공격 때 아테네 여신의 미움을 사서 두 아들과 함께 두 마리의 커다란 뱀에게 감겨 죽었다. 보통 고민하는 사람을 상징한다).

「지금 내 몸은 깃털처럼 가뿐하고 천사같이 행복하며, 국민학 생처럼 즐겁고 술취한 것 같이 팽글팽글 정신이 도는구나. 자, 모두들 성탄을 축하합니다! 온세상 사람들이여, 새해 복 듬뿍 받으시오! 여어! 이보라구요!」

그는 건넌방으로 뛰어들어가서 숨을 헐떡거렸다.

「저게 죽이 들어 있던 남비로군!」

그는 소리지르며 다른 난로 쪽으로 가서 둘레를 맴돌았다.

「저게 제이콥 말리의 유령이 들어온 문이구나! 저 구석에 금 년 크리스마스의 유령이 앉아 있었고! 그리고 저기 저 창으 로 밖에 서성거리는 유령들이 보였었지! 모두가 다 맞아, 그 대로야, 정말 일어났던 일이라고, 핫하하!」

그렇게 오랫동안 웃음을 모르고 살아온 사람으로서는 정말 그건 멋지고 훌륭한 웃음이었다. 그리고 그것은 이제부터 계속

될 화려한 웃음들의 시작, 가히 그 조상격 웃음인 것이다.

「오늘이 며칠인지 모르겠군. 얼마 동안이나 유령들과 돌아다닌 것일까? 도무지 아무것도 알 수가 없군. 아주 갓난 어린애가 되어 버렸군. 그러면 어떠랴, 무슨 상관인가. 차라리 어린애라면 좋겠다. 여봐, 여어! 허허!」

그때 교회당에서 들려오는 그로서는 난생 처음인 듯한 힘찬 종소리 때문에 그의 황홀경은 여지없이 깨지고 말았다.

딩동, 딩동, 울려라! 딩동, 딩동, 또 울려라, 딩동, 뎅딩, 또! 딩동, 딩동, 또! 또! 아아, 장엄하고도 장엄한 종소리!

그는 창가로 달려가서 창을 열고 머리를 내밀었다. 안개도 걷히고 어둠도 가셨다. 맑고 밝고 활기차며 화창하고 차가운 이 날씨. 거기 맞추어 혈관의 피도 춤을 추게 할 만큼 바람이 윙윙 차갑게 불어 댄다. 금빛 찬란한 태양, 거룩한 하늘, 상쾌하고 신선한 공기, 게다가 즐거운 종소리.

「아아, 장엄하고 장엄하여라!」

「애, 오늘이 무슨 날이냐?」

스크루지는 창 아래를 내려다보며 때때옷을 입은 꼬마에게 소리질렀다. 그 아이는 아마도 스크루지의 꼬락서닐 살펴려고 거기서 어슬렁거리고 있었던 모양이다.

「네에?」

잔뜩 의아스러운 소년이 되물었다.

「오늘이 무슨 날이냐고, 애야.」

「오늘은, 크리스마스잖아요!」

「오늘이 크리스마스라? 후유, 지나가 버린건 아니었구나. 하룻밤 사이에 그 많은 광경을 유령들이 보여 준 셈이었군. 유령은 뭐든 다 할 수 있으니까, 암 할 수 있고말고.」

스크루지는 혼자서 중얼거렸다.
「안 그런가? 여어, 꼬마 도련님!」
「네에!」
소년이 대답했다.
「너, 이 다음다음 길 모퉁이에 있는 새고기집 아니?」
「알고말고요.」
「똑똑한 녀석이군, 아주 총명한 녀석이야. 너, 그 가게에 매달아놓은 특품 칠면조가 팔렸나 안 팔렸나 혹시 모르겠니? 작은 것 말고 커다란 칠면조 말이야!」
「나만큼 커다란 놈 말이에요?」
소년이 대답했다.
「허, 참, 재미있는 녀석이군! 이 녀석하고 애길하니 이렇게 즐거울 수가 없군.」
스크루지가 소년을 향해 다시 말했다.
「그래, 맞다, 이 멋쟁이 녀석!」
「네, 아직도 거기 매달려 있더군요.」
「그래? 그럼 가서 그걸 사오렴!」
「네에! 놀리는 거 아녜요?」
소년이 믿어지지 않는다는 듯이 소리쳤다.
「아냐, 아냐, 난 진정으로 하는 말이다. 좀 사다 주렴. 가게에 가서 이리 보내 달라고 말하렴. 그럼 내가 배달할 곳을 다시 일러 주겠다고 말이야. 그러고 같이 오너라. 내 1실링 주마. 5분 내로 갔다오면 반 크라운(1크라운은 5실링) 주지!」
소년은 총알같이 달려갔다. 누군가 그 소년이 뛰어간 속도의 반만큼이라도 되는 빠르기로 총알을 쏜 사람이 있다면 그는 정말 명사수가 틀림없다.

「그걸 크래칫네로 줘야지!」

스크루지는 두 손을 비비작거리며 그리고 요란스럽게 웃어젖히면서 중얼거렸다.

「누가 보낸건 지 모르게 해야지. 팀녀석보다 갑절은 큰 칠면조일 거야. 조 밀러(18세기 영국의 유명한 코메디언) 같은 이도 그렇게 큰 칠면조를 크래칫네한테 보낸다고는 농담으로도 못할걸.」

크래칫네 주소를 쓰는 손도 떨리지 않는 건 아니었지만 그는 겨우 그 일을 해냈다. 그는 가게 사람이 곧 들어올 수 있도록 현관문을 열어 놓으러 아래층으로 내려갔다. 가게 사람을 기다리며 거기 서 있노라니 스크루지의 눈길이 노커용 고리쇠에 멎었다.

「내 목숨이 붙어 있는 한 이 고리쇠를 소중히 해야지! 전엔 정말 거들떠보지도 않았었지. 어쩌면 이렇게 정직한 얼굴을 하고 있는 고리쇠가 있을까. 도무지 두드린 자국이 없군!」

스크루지는 가볍게 그걸 두드리면서 말했다.

「칠면조 가져왔어요! 네에? 여어! 안녕하세요? 성탄에 복많이 받으세요.」

정말 칠면조가 와 있었다! 이 짐승은 여태까지 제 발로 일어선 적이 없을 것이다. 일어섰대야 그 육중한 몸통을 1분도 지탱하지 못하고 제 다리를 봉랍(封蠟) 막대기처럼 부러뜨리고 말았겠지.

「이거, 그 큰 놈을 캠든타운까지 운반하긴 곤란하겠군. 마차를 타고 가슈.」

그는 기뻐서 싱글거리며 그렇게 말하고 칠면조 값, 마차삯을 치르고, 다시 싱글벙글하며 소년에게 심부름 값도 치렀다. 그러고 나서 그는 줄곧 기뻐서 껄껄거리노라 숨을 몰아쉬면서 의자에 털썩 앉더니 끝내는 그게 울음으로까지 바뀌고 말았다.

면도라는 건 주의를 요하는 것이다. 더구나 춤을 추면서 그걸 할 수 있는 건 아니다. 그런데 그의 면도하는 손이 줄곧 웃어 대느라고 요동을 치고 있었으니 정말 쉬운 일이 아니었다. 하지만 그가 만일 면도하다 코끝을 약간 베었다 하더라도 반창고 한 조각쯤 붙이고 나면 그는 그걸로 만족했을 것이다.

그는 머리끝에서 발끝까지 그로서는 『최고급으로』 갈아입고 마침내 거리로 나갔다. 그가 금년 크리스마스의 유령과 함께 본 것처럼 인파들이 거리로 쏟아져나오고 있었다. 그는 뒷짐을 지고 걸으면서 그들을 한 사람 한 사람 즐거운 미소를 지으며 바라보았다. 한마디로 그의 모습은 즐거움에 겨워 보였기 때문에 서너 명씩 몰려가는 기분좋은 사람들은 그를 보고

「안녕하십니까, 선생! 성탄에 복많이 받으십시오!」
하고 인사를 건네는 것이었다. 그 인사말들은 스크루지가 뒤에 누누이 돌이켜 생각했던 것처럼 그가 들은 인사 중에서도 가장 즐거움에 넘치는 음성이었다.

그가 얼마 더 걸어가지 않아서 그는 풍채좋은 신사를 만났는데 그 신사는 전날 스크루지의 사무실로 찾아와서 「스크루지와 말리 상사지요?」 하고 물었던 신사였다. 그와 마주치면서 그 노신사가 자기를 어떻게 취급하고 있을까 생각하니 스크루지는 뉘우침으로 가슴이 미어지는 것 같았으나, 이때 그가 어떤 행동을 취해야 할 것인가를 잘 알고 있는 스크루지는 곧 그대로 시행하였다. 그는 걸음을 빨리하여 그에게 다가가서 두 손으로 노신사를 붙잡으며 말했다.

「실례합니다만, 안녕하세요? 어젠 많은 성과를 올리셨으리

라 믿습니다. 저 같은 사람까지 찾아 주셔서 고마웠습니다. 즐거운 성탄 보내시기 바랍니다. 선생님!」

「스크루지 씨던가요?」

「네, 그렇습니다. 어젠 불쾌하셨겠죠. 용서해 주십시오. 그런데 이런 말씀드려도 이해하실지……한 가지 부탁드릴 게 있어서…….」

여기서 스크루지는 그의 귀에다 대고 속삭였다.

「아니, 뭐라고요?」

그 말을 듣자 신사는 마치 숨이라도 넘어가는 것처럼 놀라 소리쳤다.

「스크루지 씨, 진담이신가요?」

「괜찮으시다면…….」

스크루지는 말했다.

「한 푼도 덜 내진 않겠습니다, 지금까지 못낸 것도 그 속에 포함되어 있습니다만. 한번 수고를 해주십시오.」

「이렇게 후의를 베풀어 주시니 정말 뭐라고 감사드려야 할지 …….」

신사가 스크루지의 손을 흔들며 말했다.

「제발, 그런 말씀 마시고, 한번 들러 주십시오. 기다리겠습니다.」

「찾아뵙고말고요!」

신사는 소리쳤다. 그가 찾아올 것은 분명하였다.

「감사합니다. 이 은혜 잊지 않겠습니다. 정말 얼마나 감사드려야 할지…… 신의 가호가 있기를…….」

스크루지는 이렇게 인사했다.

그는 교회에 들렀다가 거리를 돌아다니며 바쁘게 오가는 사람들을 지켜보기도 하고 아이들의 머리를 쓰다듬어 주고 거지들에게 말을 붙이기도 하고 집안의 부엌들을 들여다보았으며 남의 창문을 올려다보기도 하면서, 이 세상 모든 것들이 다 그에게 즐거움을 가져다 줄 수 있는 것임을 깨달았다. 그는 어디를 산책하든(아니 무엇을 하든) 이렇게 그를 행복스럽게 해주리라고는 꿈에도 생각지 못했던 것이었다. 오후에 그는 조카네 집으로 발길을 돌렸다.

그는 조카네 집문을 두드리기 전까지 용기가 나지 않아 열두 번은 더 문 앞을 서성거렸다. 그는 결국 두눈 딱 감고 문을 두드렸다.

「주인 아저씨 계시냐? 애야.」

문을 연 계집아이에게 스크루지는 물었다. 아주 어여쁜 아이였다.

「네.」

「어디 계시지?」

「식당에 계셔요, 아줌마하고요. 2층으로 모셔다 드릴께요.」

「고맙다, 주인 아저씨와는 잘 아는 사이니까.」

이미 식당 문고리를 잡으며 그는 말했다.

「이리 들어가도 되지. 애야.」

그는 가만히 문고리를 돌리고 안으로 얼굴을 들이밀었다. 조카 부부는 식탁을 들여다보고 있던 참이었다(거긴 먹음직스러운 음식들이 놓여 있었다). 조카며느리 같은 젊은 주부들은 매사에 잘 정돈된 걸 좋아했으므로 그런 곳에 신경을 늘 써왔다.

「프레드!」

스크루지는 조카를 불렀다.

이런, 조카며느리가 얼마나 놀랐으랴! 그때 갑자기 스크루지는 발판에 발을 올려놓고 방 한쪽에 앉아 있는 그녀와는 대면한 적이 없다는 것을 깜빡 잊고 있었던 것이다. 그렇잖았으면 아무래도 그렇게 하진 않았을 텐데.

「아니? 원 세상에, 이게 누구세요?」

프레드가 소리쳤다.

「날세, 자네 아저씨 스크루지야. 저녁을 같이 하러 왔지. 들어가도 되겠지 ? 」

되다마다 ! 그가 아저씨의 팔을 흔들어 떼어 버리지 않은 것만도 다행이었다. 5분이 지나서야 스크루지는 서먹서먹한 마음이 가셨다. 이보다 따뜻한 환대(歡待)가 또 어디 있으랴? 조카 며느리는 유령과 함께 와서 보았던 그대로였다. 타퍼도 들어왔고 살이 오동포동하던 처제도 들어오는 걸 보니 그대로였다. 나머지 모든 사람들도 들어왔는데 환상에서 본 그대로였다. 그대로 멋있는 파티였고, 게임도 신이 났으며 잊을 수 없는 다정한 분위기, 정말 더할 수 없는 행복함이었다 !

이튿날 아침, 스크루지는 일찍부터 사무실에 나가 있었다. 그가 더 일찍이 사무실에 나가 있었단 말이다. 만약 그가 먼저 출근해서 뒤늦게 오는 크래칫을 덜미잡을 수 있다면 그것이 스크루지가 마음 속에 노리고 있는 점이었다.

결국 스크루지는 그렇게 하였다. 그대로 되었던 것이다. 시계가 9시를 쳤다. 크래칫은 오지 않았다. 15분이 지났다. 아직 나타나지 않았다. 그는 18분 하고도 반이나 지각한 것이었다. 스크루지는 서기가 웅덩이같이 침침한 제 방으로 들어가는 것을 볼 수 있도록 사무실 문을 활짝 열어 놓았다.

서기가 안으로 들어서기 전에 모자와 목도리를 벗는 것이 보였다. 그리고는 의자에 앉자마자 지각한 만큼 일을 해치우고 말겠다는 듯이 펜을 놀리기 시작했다.

「이봐!」

될 수 있는 대로 전과 같은 음성으로 가장하여 화가 난 것처럼 스크루지는 으르렁댔다.

「무슨 배짱으로 이렇게 늦게 오는 거지?」

「정말 죄송합니다……이렇게 늦어서.」

「늦어서 죄송하다고? 그래, 늦었지. 이리 좀 오실까? 응?」

「1년에 단 한 번인데요, 나으리. 다신 이런 일 없도록 하겠습니다. 어젠 좀 지나치게 즐겼기 때문입니다.」

침침한 방에서 모습을 나타내며 크래칫이 변명을 했다.

「좋아, 그렇다면 내 한마디로 말하지. 이봐, 난 더 이상 이런 일은 참고 넘길 수 없단 말이야. 그러니까…….」

스크루지는 이렇게 말하며 의자에서 훌쩍 뛰다시피 일어나서 크래칫의 조끼를 쿡 찌르는 바람에 그는 다시 움푹한 방 안으로 비틀거리며 떨어졌다.

「그러니까 자네 봉급을 올려 주겠단 말이야!」

크래칫은 덜덜 떨며 부기봉(簿記棒) 가까이로 다가갔다. 그는 순간적으로 스크루지를 그 자[尺] 막대기로 때려눕혀서 골목 안 사람들을 불러 미치광이에게 입히는 구속 조끼라도 가져오도록 도움을 청해야겠다는 생각을 떠올린 것이다.

「성탄에 복 많이 받게!」

스크루지는 크래칫의 등을 두드리며 틀림없이 진심으로 말했다.

「여보게, 내가 자네와 지내 온 어느 때보다 훨씬 즐거운 크리스마스네. 자네 봉급도 올리고 고생하고 있는 자네 식구들도 성심껏 돕겠네. 여보게 봅, 우리 오늘 오후에 따끈따끈한 포도주라도 마시면서 자네 집안 일을 의논하자.고. 자, 어서 불을 피우고 만사 제쳐놓고 석탄통부터 하나 더 사오게나 응?」

스크루지는 약속한 것 이상을 실천했다. 그는 모든 것을 언약한 대로 해주었고 훨씬 더 많은 선심을 베풀었으며, 실제로는 죽지 않고 살아 있는 꼬마 팀의 대부(代父)가 되었다. 그는 이 훌륭한 옛도시 런던이나 또는 다른 훌륭한 옛도시, 마을 또는 이 훌륭한 세계의 어떤 곳에서도 쉽게 찾아보기 드문 좋은 친구, 인자한 주인, 마음 착한 인간이 된 것이다. 어떤 사람들은 그렇게 딴판으로 변해 버린 그를 비웃기도 했으나, 이 세상에서 선(善)을 행하자면 처음엔 일부 사람들의 비웃음을 받지 않을 수 없다는 사실을 너무나 잘 알고 있는 슬기로운 스크루지는 웃겠으면 웃으라고 내버려두고 그것에 개의치 않았던 것이다. 또한 그는 그런 사람들이 어떤 의미에서는 눈뜬 장님과도 마찬가지라는 것을 알고 있었기 때문에, 그들이 눈꼬리에 주름을 지으며 웃는 모습이란 그들의 모습을 더욱 밥맛없게 만드는 것 말고는 아무것도 아니라고 생각하였다. 그 자신은 마음 속으로 기쁘게 웃음을 짓는 것이었고 그것만으로 그는 흡족해 하였다.

그 이후로 스크루지가 유령들을 만난 일은 없었고 그는 내내 절대 금주주의를 지켜나갔다. 그리고 이 세상에서 정말 크리스마스를 어떻게 보내야 하는가를 아는 사람이 있다면 그것은 바로 스크루지라고 항상 사람들은 그를 칭찬하였다. 여러분들도, 우리 모두가 스크루지를 본받아 모름지기 그 칭찬을 받도록 해야 할 것이다! 그리하여 꼬마 팀이 말한 것처럼 우리 모두에게 하느님의 축복이 있기를!

디킨스 단편선

찰스 디킨스 지음
이원용 옮김

무덤 파는 사나이를 납치한
도깨비 이야기

  아주 먼 옛날——아니, 그보다 훨씬 오래 전부터 이 이야기는 있었던 게 틀림없다. 그도 그럴 것이 할아버지의 할아버지 때부터 모두 이 이야기를 믿어오고 있기 때문이다. ——이 지방의 오래된 수도원이 있는 마을에 게이브리엘 그라브라는 사나이가 수도원에서 잔심부름과 무덤 파는 일에 종사하고 있었다. 남자가 수도원에서 잔심부름을 하고 더구나 죽음의 그림자에 둘러싸여 46시간 동안 생활한다고 해서 늘 우울하고 퉁명스러운 사람이라고는 생각할 수 없다. 그리고 장의사라는 직업에 종사하는 사람은 어디까지나 유쾌한 인종임에 틀림 없다. 전에 장례식에서 일하는 사람과 친하게 지낸 일이 있었는데, 그 친구는 일과를 마치고 난 후나 비번(非番)일 때는 언제나 장난끼 어린 노래를 흥얼대면서 독한 술을 철철 넘치도록 따른 잔을 단숨에 들이킬 정도로 익살스러운 사나이였다. 그렇지만 이와 같은 선례가 있음에도 불구하고 게이브리엘 그라브는 성질이 삐뚤어졌으며 퉁명스러웠다. 즉 그는 말이 없고 외로운 사나이였다. 자기 자신과 조끼 주머니 속에 항상 넣고 다니는 오래된 버들 세공 속에 감싸인 술병 이외에는 그 누구하고도 친하게 지내지 않았다. 어쩌다 밝은 표정의 사람과 마주치기라도 하면 적대감을 드러낸, 그 특유의 음흉하고 찡그린 얼굴로 상대방을 노려 보기 때문에 모두들 이 사나이와 마주치는 것을 꺼려했다.

어느 크리스마스 이브 때의 일이었다. 황혼이 깔리기 직전에 그는 삽을 짊어지고 칸델라에 불을 당겨, 오래된 교회묘지로 향했다. 다음날 아침까지 파놓아야 할 무덤이 있었는데, 그 날따라 무슨 이유에서인지 기분이 몹시 상해 있었으므로 일이라도 하면 혹시 기분이 좋아질지도 모른다고 생각했기 때문이다.

늘 다니던 옛길을 지나가자 길가에 위치한 집의 낡은 창을 통해 빨갛게 타오르는 난로의 불꽃이 흔들리는 것이 보였고, 그 주위에 모여 있는 사람들의 웃음소리라든가 떠들썩한 소리가 들려 왔다. 내일 먹을 맛있는 음식준비로 바삐 움직이는 부인의 모습도 눈에 들어왔는데, 여러 가지 맛있는 냄새가 창문 틈새로 새어나와 코끝을 자극했다. 그렇지만 이와 같은 모든 것들이 그에게는 못마땅하기만 했다.

그때 이집 저집에서 뛰어나온 어린이들이 거리를 가로질러 건너편에 있는 집 쪽으로 달려 갔다. 그 집 문을 막 두드리려고 하는 순간 문이 열리며, 곱슬머리의 여섯 명이나 되는 장난꾸러기들이 방금 도착한 친구들을 반갑게 맞았다. 집 안으로 뛰어들어간 꼬마들은 오늘밤은 크리스마스 놀이를 하자며 함께 쿵쾅쿵쾅 이층으로 올라갔다.

게이브리엘은 기분나쁜 웃음을 머금고는 오늘밤 꼬마들을 기다리고 있는 것은 홍역이나 성홍열(猩紅熱), 아구창, 백일해

등일 것이라며 즐거운듯이 삽자루를 꼭 움켜 쥐었다.

이렇듯 들뜬 기분으로 그는 길을 활보하였다. 가끔씩 스쳐 지나가는 이웃 사람들의 기분좋은 인사에도 퉁명스러운 태도로 받는둥 마는둥 하면서 묘지로 통하는 검은 오솔길의 모퉁이까지 왔다. 사실 그는 이 어두운 오솔길에 당도하는 것을 즐겁게 생각해 왔다. 그 이유는 이 마을의 사람들은 해가 반짝반짝 빛나고 있을 때가 아니면 도무지 접근하려 하지 않는, 매우 어둡고 음산한 장소였기 때문이다. 그래서 이곳은 이 오래된 수도원이 번성했던 시대에 많은 수도승들이 오고가던 그 무렵에도 내내 『관 골목』이라 불려 왔던, 말하자면 감히 범접할 수 없는 성역(聖域)과 같은 곳이었다.

장난꾸러기 꼬마가 소리 높여 부르는 크리스마스 캐럴이 들리자, 그는 벌컥 화를 냈다. 그 소리가 가까워짐에 따라, 조금 전 옛거리에서 본 어린이들의 일행에 합류하기 위해 바삐 걷고 있는 남자 아이라는 것을 알게 되었다. 노래를 부름으로써 혼자 떨어진 외로움과 무서움을 달래고 또한 크리스마스 축제의 연습삼아 잔뜩 목소리를 높여 노래를 불러대고 있었다. 그는 소년이 오는 것을 기다렸다가 살짝 옆으로 끌어 들여 칸델라로 오,륙 회 머리를 쥐어박고는 조용히 하라고 설교를 했다. 아이가 혹이 생긴 머리를 손으로 감싸쥐고 조금전까지 불렀던 노래와는 전혀 다른 구슬픈 노래를 부르면서 도망치자, 그는 가슴이 후련하도록 혼자 킬킬대고 웃은 다음 묘지로 들어가 문을 잠궜다.

외투를 벗고 땅위에 칸델라를 내려 놓은 다음 그는 미처 다 파지 못한 무덤 안으로 들어가 1시간 가까이 열심히 무덤을 팠다. 그렇지만 땅이 꽁꽁 얼어 있어서 쉬운 일이 아니었다.

달은 떠 있었지만 초승달이었기 때문에 교회당 그늘에 숨어
있는 묘지에는 거의 비치지 않았다. 다른 때 같으면 이렇듯
골치 아픈 일이 겹치게 되면 완전히 기분이 언짢아져서 매우
비참한 기분이었을 텐데, 장난꾸러기 꼬마에게 노래를 부르지
못하게 한 것으로 그지없이 기분이 좋은 그는 일에 전혀 진척이
없다는 것 따위에는 그다지 신경을 쓰지 않았다. 무덤 파는
일을 모두 끝내고 그는 만족감에 차서 무덤 안을 굽어보았다.
그리고는 주위에 널브러져 있는 도구를 주워 모으면서 이렇게
중얼거렸다.

> 인간들에겐 고급의 집, 인간들에겐 고급의 집
> 죽게 되면, 차가운 이,삼 피트의 흙 속
> 머리 맡에는 묘비(墓碑), 발끝에는 묘석
> 영양 만점, 국물도 맛있는 음식을 먹는 구더기
> 머리 위에는 무성한 잡초, 주위는 축축한 점토(粘土)
> 인간들에겐 고급의 집, 여기는 성스러운 저승길

「이히히히.」 마음에 드는 평평한 묘석에 앉아 그는 기괴한
웃음소리를 내며, 버들 세공의 술병을 꺼냈다.
「크리스마스에 관이라니. 이것이 크리스마스 선물이란 말이
지. 이히히히!」
「이히히히.」 바로 등 뒤에서 그의 말을 되받듯이 또 하나의
목소리가 들렸다.
그는 다소 놀라며 입으로 가져 가려던 버들 세공의 술병을
쥔 손을 멈추고 주위를 둘러 보았다. 그 근처에서 제일 오래된
무덤의 저 밑바닥도 이렇듯 어두운 달빛의 묘지만큼은 고요

하지 않았다. 한기(寒氣)를 느끼게 하는 하얀 서리가 묘석 위와 오래된 교회의 돌 조각 위에서 마치 보석처럼 반짝이고 있었다.

조금씩 흩날리던 눈이 어느새 함박눈이 되어 펑펑 쏟아져 내리고 있었다. 눈은 이곳저곳에 도톰하게 솟은 성토(盛土)에도 하얗게 쌓여 마치 수의(壽衣)만으로 싸인 유해가 그곳에 누워 있는 것 같았다. 아주 희미하게 들려 오는 사르락사르락 거리는 소리도 이 엄숙한 정경의 깊은 적막을 깨뜨릴 수는 없었다. 사물의 소리 자체가 얼어붙은 것처럼 주위는 그지없이 고요하기만 했다.

「이건 메아리야.」

다시 입으로 술병을 가져가면서 그가 말했다.

「틀렸어.」 굵은 목소리가 대답했다.

그는 두려움을 느낀 나머지 그 자리에 못박힌 것처럼 우뚝 서 있었다. 그도 그럴 것이 이상하게 생긴 물체의 그림자가 눈에 들어왔기 때문이다.

기묘하고 으스스한 모양의 것이 바로 옆에 있는 묘석 위에 걸터 앉아 있었는데, 그는 얼핏 보고 그것이 이 세상의 것이 아니라는 걸 직감했다. 특이하게 생긴 다리가 땅에 닿을 만큼 길었고, 곧바로 위를 향하고 있었으며, 기묘한 모양으로 꼬여 있었다. 근육이 우람한 그의 팔은 노출되어 있었고, 두 손은 무릎 위에 올려 놓고 있었다. 키는 크지 않으나 통통하게 살이 찐 편으로 작은 구멍이 많이 나 있는 몸에 딱 맞는 옷을 걸 쳤으며 등에는 짧은 망토를 걸치고 있었다. 옷깃은 기묘하게 톱니 모양으로 돼 있고 깃의 주름이 네커치프를 대신하고 있었다. 구두는 발톱 끝부분에서 가늘어져 끝이 뾰족하게 말려 올라가 있었다. 머리에는 깃털 장식이 하나만 붙어 있는 챙이 넓은 뾰족모자를 쓰고 있었다. 모자에 흰 서리가 내려 흡사 이,삼백 년 전부터 지금까지 그 묘석에 앉아 있었던 게 아닌가 하는 의심이 일게 했다. 움직이지도 않은 채 도깨비는 사람을 놀리기라도 하듯이 혀를 내밀고는 이빨을 온통 드러내며 웃었다.

「메아리 같은 게 아닌데.」 도깨비가 말했다.

게이브리엘은 어리둥절하여 아무 대답도 할 수가 없었다.

「크리스마스 이브에 이런 데서 무엇을 하고 있는 거야?」

엄숙한 말투로 도깨비가 말했다.

「무덤을 파러 왔습니다.」

더듬거리며 그가 대답했다.

「이런 밤에 묘지나 경내(境內)를 어슬렁거리는 자가 도대체 어떤 놈이야!」

도깨비가 큰소리로 말했다.

「게이브리엘 그라브! 게이브리엘 그라브!……」

온 경내에 사나운 합창의 메아리가 울려 퍼졌다. 게이브리엘 그라브는 조심조심 주위를 둘러보았지만 겁먹은 그의 두 눈에는 아무것도 보이지 않았다.

「그 병은 뭐야?」 도깨비가 물었다.

「네덜란드 산 진입니다.」

지금까지보다 한층 더 떨리는 목소리로 무덤 파는 사나이가 대답했다. 왜냐하면 이 술은 밀수꾼들에게서 입수한 것인 데다가 지금 자기 앞에 있는 것은 도깨비가 아니라 세무서의 물품계(係)에서 파견나온 사람일지도 모른다고 생각했던 것이다.

「이런 야밤에 혼자서, 더구나 교회 묘지 같은 음침한 곳에서 진을 마시는 자는 도대체 어떤 놈이야?」

「게이브리엘 그라브! 게이브리엘 그라브!……」

다시금 사나운 목소리가 꼬리를 물고 이어졌다.

도깨비는 완전히 겁을 먹은 사나이를 곁눈으로 심술궂게 바라보고 난 후 한층 더 소리 높여서 외쳤다.

「그렇다면 우리들이 공평하고 동시에 정당하게 얻을 수 있는 물건이라고 한 자는 도대체 어떤 놈이야?」

오래된 교회에서 한 음계씩 높아지는 오르간의 힘찬 반주에 맞추어 노래하는 소년 성가대의 합창처럼, 보이지 않는 울림이 대답했다——그 소리는 미쳐 날뛰는 바람을 타고 무덤 파는 사나이의 귓가를 슬쩍 스치고 지나가 버리는 것이었지만, 대답은 언제나 똑같았다.

「게이브리엘 그라브! 게이브리엘 그라브!……」

「그렇다면 자네의 의견은 어떤가?」

이렇게 말하면서 도깨비는 한층 더 이빨을 드러내면서 싱긋 웃었다.

무덤 파는 사나이는 숨만 헐떡일 뿐 아무 말도 할 수가 없었다.

「자네의 감상은 어떤가, 게이브리엘.」

하고 도깨비는 말하고나서 양 발을 묘석의 양쪽에서 위로 차올렸다. 그리고, 본드 스트리트에서 아주 멋있는 웰링턴 부츠를 바라볼 때처럼 흥이 나서 치켜올라간 자기 발끝을 올려다 보았다.

「저런, 저런, 아주 달라졌군요.」

두려운 나머지 얼이 빠져 있던 무덤 파는 사나이가 대답했다.

「많이 달라진데다 대단히 잘 하시는군요. 그렇지만 만약 상관이 없다면, 나리님, 저는 돌아가서 일을 끝내는 것이 좋을 것 같은데요.」

「일이라고?」도깨비가 말했다.

「어떤 일인가?」

「무덤입니다. 무덤을 만드는 겁니다.」

말을 더듬거리며 무덤 파는 사나이가 대답했다.

「아, 무덤이라고?」도깨비가 말했다.

「다른 사람들이 모두 즐기고 있을 이때에 도대체 어떤 놈이 무덤을 만들며 기뻐한단 말이냐?」

이상한 목소리가 다시 대답했다.

「게이브리엘 그라브! 게이브리엘 그라브!……」

「미안하지만, 내 친구가 자네한테 잠시 볼일이 있대, 게이브리엘.」

도깨비는 이렇게 말하면서 혀끝을 오무려 볼을 불룩하게 만들었다. 그것은 그야말로 깜짝 놀랄 정도로 긴 혀였다.

「미안하지만 내 친구가 자네한테 볼일이 있는 거야. 알겠나, 게이브리엘?」

「이렇게 말씀드리는 것은 좀 뭣하지만, 나리님.」

무덤 파는 사나이가 공포에 떨며 대답했다.

「저 같은 것에게 볼일이 있다구요? 저 같은 것을 아시지도 못할 텐데요, 나리님. 여러 어르신네는 저를 본 일조차도 없을 겁니다.」

「아냐, 알고 있지. 조금 전에 무뚝뚝한 얼굴로 기분나쁘게 잔뜩 미간을 찌푸리고 거리를 걸어갔지. 그리고 심술궂게 아이들을 노려 보면서 삽을 꽉 움켜쥔 사나이를 잘 알고 있다. 사내아이들이 즐거워하는 것을 자기는 그렇게 할 수 없다는 이유로 당치도 않은 화를 냈고, 또 때리기까지 한 사나이를 분명히 알고 있지. 모든 걸 환하게 알고 있단 말야.」

여기서 도깨비는 호탕하게 웃었는데 그 웃음소리는 스무 번 정도의 메아리가 되어 돌아왔다. 그리고는 두 발을 훌쩍 하늘로 차올리고는 묘석의 좁은 가장자리에서 물구나무를 섰다기보다 차라리 그 뾰족모자의 끝으로 서고는 매우 민첩한 동작으로 몸을 한 바퀴 돌려 무덤 파는 사나이의 발밑에 재봉사가 재봉틀 위에 다리를 꼬고 앉듯 털썩 주저앉았다.

「죄송합니다만 이만 물러가게 해주십시오, 나리님.」

어떻게든지 이 자리를 모면해 보려고 무덤 파는 사나이는 안간힘을 썼다.

「물러가겠다고?」 도깨비가 말했다.

「게이브리엘 그라브께서 가시겠다고? 이히히히.」

도깨비가 웃음을 터뜨리자 극히 짧은 순간이지만 마치 교회당 전체를 비추듯이 불빛이 교회의 창 안쪽에서 반짝이는 것을 그는 보았다. 불빛이 사라지고 오르간이 흥겨운 곡을 연주하자, 처음 만난 도깨비와 똑같이 생긴 한 떼의 도깨비들이 교회 묘지로 몰려와 묘석에서 말타기를 하며 놀기 시작했다.

잠시 숨 돌릴 틈도 없이 더없이 멋진 솜씨로 차례차례 높은 것을 뛰어넘었는데, 그 중에서도 최초의 도깨비가 가장 솜씨가 뛰어났다. 그 누구도 그를 당해내지 못했다. 동료 도깨비들은 보통 높이의 묘석을 뛰어넘는 것으로 만족해 했지만 최초의 도깨비는 지하 납골당(納骨堂), 철책 등을 가리지 않고 획획 거침없이 뛰어넘었다.

무덤 파는 사나이는 공포의 절정에 있으면서도 그 묘기를 바라보지 않을 수 없었다.

　마침내 그와 같은 놀이도 최고의 절정으로 돌입했다. 오르간의 연주속도는 점점 더 빨라졌으며, 그에 따라 도깨비들의 몸놀림도 한층 더 빨라졌다. 몸을 동그랗게 만들어 땅 위에서 재주를 부리며 굴렀고 축구공처럼 퉁기면서 묘석 위를 뛰어다녔다. 무덤 파는 사나이는 눈앞에서 일어나고 있는 그들의 눈부신 동작에 현기증을 느꼈다. 요괴(妖怪)가 서로 엇갈려 정신없이 뛰어다닐 때는 너무 어지러워 다리가 비틀거렸다. 그때 갑자기 왕 도깨비가 돌진해 와서는 한 손으로 무덤 파는 사나이의 목덜미를 움켜 쥐고 땅 밑으로 내려가기 시작했다.

　잠시 동안 떨어져 내리는 속도가 줄어 호흡할 여유가 생기자, 그는 얼굴이 추하고 기분나쁘게 생긴 도깨비의 무리들에 의해 사방을 포위당한 채 커다란 동굴 같은 곳에 와 있다는 것을 깨달았다. 방 중앙에 마련된 한 단 높은 자리에는 교회묘지에서 알게 된 문제의 도깨비가 앉아 있었다. 그런 그의 바로 옆에 자신이 기력을 잃고 멍청히 서 있는 것을 알았다.

　「오늘밤은 추워지는데.」 왕 도깨비가 말했다.

　「무척 추워지는구나. 뭔가 따끈한 음료를 가져오도록.」

　이와 같은 분부에 얼굴 가득 웃음을 띄우고 있는 여섯 마리의 도깨비들은——게이브리엘은 정신(廷臣)인가 하고 생각했다——허둥대며 물러갔다. 얼마 후 그들은 가득찬 화염주를 날라와서 그것을 그들의 왕에게 내밀었다.

　「아아！」 하고 화염주 한 잔을 꿀꺽 마시고나서, 볼과 목이 투명해진 왕 도깨비가 소리쳤다.

　「음, 이제야 몸이 더워지는군. 그라브 군에게도 한 잔 따라주라고.」

　무덤 파는 사나이는 자기에게는 밤에 따끈한 음료를 마시는 습관이 없다고 주장해 봤지만 소용없는 일이었다. 한 마리의 도깨비가 타는 듯한 액체를 그의 목구멍으로 흘려 넣고 있는 동안 다른 도깨비가 움직이지 못하도록 그의 몸을 결박했기 때문이다.

그렇듯 불타는 듯한 독주를 다 마셔 버리자 숨이 콱콱 막혀 왔고 눈에서는 왈칵 눈물이 쏟아졌다. 도깨비들은 무덤 파는 사나이가 흘러내린 눈물을 소매로 닦는 모습을 지켜보면서 폭소를 터뜨렸다.

「그럼.」 하고 왕 도깨비는 이번에는 뾰족모자의 끝을 무덤 파는 사나이의 눈 속으로 찔러 넣었다. 사나이는 고통을 참지 못하고 비명을 질렀다.

「그 다음은 우리들 장농 속에 넣어둔 그림 두세 장을 이 음산하고 무뚝뚝한 사나이에게 보여주는 게 어떻겠나?」

왕 도깨비의 말이 떨어지기가 무섭게 동굴 구석 쪽을 뒤덮고 있던 두툼한 구름이 살짝 걷히며, 가구 같은 것은 없지만 말끔히 정돈된 작은 방이 모습을 나타냈다.

많은 어린아이들이 붉게 타오르고 있는 난로 주위에 모여 어머니의 옷에 매달리는가 하면, 앉아 있는 의자 주위를 깡총깡총 뛰어다니며 놀고 있었다. 어머니는 가끔씩 일어서서는 기다리고 있는 사람을 찾기라도 하듯이 커튼을 들추었다.

거기에는 잘 차려진 식사가 테이블 위에 펼쳐져 있었으며 난로 근처에는 팔걸이 의자가 한 개 놓여 있었다. 그때 문을 두드리는 소리가 들리고 어머니가 문을 열었다. 아버지가 들어오자 아이들은 무척 기쁜 듯이 박수를 치며 그에게로 달려갔다. 매우 지친 듯한 얼굴을 하고 있는 아버지는 외투에 붙어 있는 눈을 털었다. 아이들이 주위로 몰려들어 외투와 모자, 장갑 등을 열심히 벗겨서는 다른 방으로 가지고 나갔다.

마침내 아버지가 난로 앞에 있는 식탁에 앉자, 아이들은 아버지의 무릎 위로 기어올라 갔고, 어머니는 미소를 지으며 그 옆에 앉았다. 모두 즐겁고 행복한 표정이었다.

그런데, 순식간에 장면이 바뀌었다. 이번에는 작은 침실이 나타났다. 거기에는 귀엽게 생기고 가장 나이가 어린 듯한 아이가 죽어가고 있었다. 볼에서는 핏기가 사라졌다. 지금껏 한 번도 느낀 적이 없을 뿐 아니라 기억에도 없는 관심을 가지고 무덤 파는 사나이가 그 아이를 바라본 그 순간 아이는 죽고 말았다.

형과 누이들이 작은 침대 곁으로 모여들어, 동생의 자그마한 손을 잡았다. 그러나 싸늘하게 굳어버린 손의 감촉에 놀라며 겁먹은 얼굴을 하고 그 어린 얼굴을 지켜 보았다. 죽은 아이의 얼굴은 안온하고 부드러웠으며 마음 편히 잠들어 있는 것처럼 보였다. 그 모습은 마치 행복한 천국에서 우리를 굽어보고 축복해 주는 천사와 같았다.

다시금 엷은 구름이 화면 위를 지나가자 장면은 또다시 바뀌었다. 아버지와 어머니는 이젠 늙어서 몸도 제대로 가눌 수가 없었다. 그리고 두 사람 주위에는 아이들의 수가 절반으로 줄어 있었다. 그렇지만 난로 주위에 모여 지나가 버린 일들을 추억하며 정다운 이야기를 주고받는 이들의 얼굴에는 만족과 명랑함이 가득했다. 부친은 서서히 그리고 편안하게 숨을 거두었다.

그 후 얼마 되지 않아, 남편의 고생과 고민 등 모든 것을 함께 나누어 가졌던 어머니도 영원한 안식처를 향해 떠났다. 뒤에 남은 몇 안 되는 아이들은 두 사람의 무덤 앞에 무릎을 꿇었고 위를 덮고 있는 푸른 잔디를 눈물로 적신 다음 일어서서는 곧 등을 돌리고 사라져 갔다.

깊은 슬픔에 잠겨 있었지만 크게 소리내어 울지도 않았고, 또한 절망할 정도로 비탄에 빠지지도 않았다. 언젠가는 다시 만나게 되리라는 것을 알고 있었기 때문이다. 아이들은 다시 세파에 시달리면서 만족과 명랑성을 되찾았다. 그 뒷부분은 구름이 화면에 잔뜩 끼어 볼 수가 없었다.

「이것을 어떻게 생각하는가?」

도깨비는 자신의 커다란 얼굴을 게이브리엘 그라브 쪽으로 돌리며 물었다.

게이브리엘이 『깨끗합니다.』하고 입 안에서 중얼거리자, 도깨비가 무서운 시선으로 쏘아 보았으므로 약간 부끄러운 듯 얼굴을 붉혔다.

「너라는 놈은 정말로 형편 없군.」

도깨비는 경멸하는 말투로 말했다.

「너라는 놈은…….」

좀더 뭐라고 욕을 하고 싶었던 모양이었지만, 분노가 너무나도 커서 말조차도 할 수 없게 되자 자유자재로 움직일 수 있는 발을 들어올려 머리 위에서 잠시 휘두르고는 목표를 노려 게이브리엘 그라브에게로 한 방 날렸다. 그 뒤를 이어 부하 도깨비들이 불행한 사나이의 주위를 삥 에워싸고 인정사정 없이 발로 걷어차기 시작했다.

이것은 모름지기 〈군주(君主)가 걷어차는 자에 대해서는 자기들도 걷어차고, 군주가 끌어안는 자는 자기들도 끌어안는다.〉라고 하는 이 세상의 충실한 신하 된 자의 확고 부동한 관습을 그대로 따른 것이었다.

148

「더 맛좀 보여 주라고.」왕 도깨비가 말했다.

이 말이 채 끝나기도 전에 구름은 사방으로 흩어졌으며 선명한 색깔의 아름다운 풍경이 모습을 나타냈다──지금도 그 오래된 대수도원이 있는 마을로부터 반 마일쯤 떨어진 곳에 이와 똑같은 풍경이 있다. 태양은 맑고 푸른 하늘 위에서 빛나고, 수면은 햇빛을 받아 반짝반짝 빛을 발하고 있었다. 격려하듯이 내리쬐는 태양 아래서 나무들은 한층 더 푸르러가고 있었고, 꽃들도 앞을 다투어 서로의 아름다움을 자랑하고 있었다.

냇물은 기분좋게 잔물결을 일으키며 흐르고 있었으며, 나무들은 이파리 사이를 스쳐지나가는 산들바람에 사락사락 하는 소리를 냈고, 새들은 나뭇가지에서 지저귀고 있었다. 종달새는 높은 하늘에서 아침이 오는 것을 환영하는 듯 즐겁게 노래하고 있었다.

바로 아침의 일이었다. 맑게 개인 여름날의 시원한 아침이었다. 나무나 꽃 등 아무리 작은 풀 한 포기에도 생기가 넘쳐 흐르고 있었다. 개미는 일상적인 일을 하기 위해 슬슬 나타났으며, 나비는 하늘하늘 날면서 비록 순간이지만 행복한 단꿈에 푹 잠겨 있었다. 이와 같은 광경에 마음을 설레는 인간들이 걸어 나왔다. 모든 것이 빛나고 있었으며 눈을 황홀하게 하는 아름다움에 감싸여 있었다.

「너는 정말로 어처구니 없는 놈이야.」

왕 도깨비는 조금 전보다 더욱더 경멸하는 투로 말했다. 그리고는 다시 한 번 발을 휘둘러 무덤 파는 사나이의 양 어깨를 후려쳤다. 그러자 이번에도 역시 부하 도깨비들은 충실한 신하의 도리를 훌륭히 해냈다.

여러 차례 구름이 끼었다가 걷힐 때마다 게이브리엘 그라브는 수많은 교훈을 얻었다. 또 그때마다 도깨비의 발이 여지없이 날아들었기 때문에 어깨가 몹시 쓰리고 아팠지만 무엇으로도 깎을 수 없을 정도의 관심을 가지고 차분히 지켜보았다. 열심히 일을 하면서도 그렇게 일한 대가가 보잘것 없는 사람들조차 웃음을 잃지 않고 행복하게 살고 있음을 보았으며, 공부를 하지 못한 사람들에게는 자연의 자애(慈愛)에 넘치는 얼굴이 위안과 기쁨의 근원이 된다는 것을 알게 되었다.

좋은 환경에서 양육을 받고 깊은 애정으로 키워진 사람들은 가난 앞에서도 명랑했으며, 성질이 한층 더 거칠은 사람이었다면 이미 오래 전에 쓰러져 버렸을 그러한 역경에도 절망하는 일이 없었는데, 그것은 행복과 만족과 평안함을 가슴에 깊이 간직하고 있기 때문이라는 것을 알게 되었다. 하느님이 창조한 것 중에서도 가장 무르고 약하디 약한 여성이, 실제로는 슬픔이나 역경, 고난에 굴복하지 않고 잘 견뎌내는 경우가 많다는 것도 배웠다. 그것은 그녀들의 마음 속에 애정과 헌신이 결코 마르지 않기 때문이었다.

특히 남들이 명랑한 기분으로 살아가는 것을 보고는 투덜대는 자기와 같은 인간은 이렇듯 아름다운 지상에서는 가장 쓸모없는 잡초와 같은 존재라는 것도 깨달았다. 게다가 이 세상의 좋은 것 나쁜 것들을 모두 늘어놓고 비교해 본 결과, 결국 이 세상은 그런 대로 상당히 훌륭한 것이라는 결론에 도달했다.

그 순간 마지막 화면을 덮고 있던 구름이 무덤 파는 사나이의 의식을 감싸 깊은 잠 속으로 이끌어 갔다. 도깨비는 하나씩 하나씩 눈 앞에서 사라져 갔으며 마지막 도깨비가 모습을 감추자, 무덤 파는 사나이는 잠의 나락 속으로 떨어져 갔다.

잠을 깨고 나니 날이 밝아 있었다. 그는 교회묘지의 평평한 묘석 위에 큰 대자로 누워 있었는데, 옆에는 버들 세공의 빈 술병이 뒹굴고 있었으며 외투와 삽, 칸델라는 모두 간밤에 내린 서리를 하얗게 뒤집어 쓴 채 땅 위에 흩어져 있었다. 도깨비가 앉아 있던 묘석은 자신의 앞에 우뚝 서 있었고, 간밤에 자신이 파고 있었던 무덤은 멀지 않은 곳에 있었다. 그는 자신이 꿈을 꾼 것이라고 생각했다. 그러나 일어서려 했을 때 느껴지는 어깨의 통증이 간밤의 일이 결코 꿈이 아니었음을 뒷받침해 주었다.

도깨비들은 묘석에서 말타기를 하며 놀았는데, 눈 위에는 발자국의 흔적이 전혀 없었다. 그래서 다시 한 번 확신이 무너지려 했으나, 도깨비이기 때문에 발자국이 남지 않은 것이라고 생각하니 그 사정에 대한 설명도 이내 가능했다. 등의 통증이 스멀거리듯 퍼져갔다. 그는 겨우 일어서서 외투에 쌓인 서리를 털어낸 다음 몸 위에 걸치고 얼굴을 마을 쪽으로 돌렸다.

무덤 파는 사나이는 밤 사이에 딴 사람이 되어 있었다. 따라서 자신이 회개한다고 말하면 사람들의 웃음거리가 될 게 뻔하고 또한 마음을 바로잡았다고 해도 믿어주지 않을 그곳으로 돌아간다고 생각하니 견딜 수가 없었다. 그리하여 잠시 망설인 끝에 어디든 발길이 닿는 대로 걸어가 다른 곳에서 일자리를 찾아보자고 결심하고는 반대쪽으로 걸어가기 시작했다.

그 날 교회묘지에서는 칸델라와 삽, 그리고 버들 세공의 술병이 발견되었다. 당초에는 무덤 파는 남자에 대한 여러 가지

억측이 난무했으나 이내 도깨비에 의해 납치된 것으로 결론이 났다. 더구나 외눈이고 몸의 뒤쪽이 사자이며 꼬리가 곰이라고 하는 밤색 말의 등에 실려 하늘로 납치되어 가는 것을 확실히 보았다는 목격자도 많이 나타났다.

마침내 모든 사람들이 이 이야기를 믿게 되었다. 그로부터 1, 2년 후에 새로 고용된 무덤 파는 사나이는 말이 하늘 높이 날아갈 때 우연히 발로 차 버렸다고 하는 닭모양의 풍향계(風向計)의 파편을 묘지에서 찾아내어 구경꾼들에게 약간의 사례금을 받고 보여주기도 했다.

그러나 유감스럽게도 10년쯤 세월이 흐른 뒤, 비록 누더기를 걸치고 류머티즘을 앓고 있었지만 온화한 표정의 노인이 되어 나타난 게이브리엘 그라브, 본인에 의해 그와 같은 전설은 다소의 타격을 받았다. 게이브리엘 그라브는 일의 전말을 목사와 시장(市長)에게 모두 털어 놓음으로써 마침내 그 이야기가 실제로 있었던 사실(史實)로 받아들여지기 시작했으며 그것은 현재까지도 그대로 받아들여지고 있다.

닭모양의 풍향계 이야기를 믿고 있는 패거리들은 잘못이지만 일단 믿어 버린 이상에는 그렇듯 간단히 포기할 수 없는 모양이었다. 그래서 그 패거리들은 마치 훌륭한 사람인 것 같이 몸을 도사리고 어깨를 으쓱거리면서 이마에 손을 대고는, 게이브리엘 그라브는 하룻밤 내내 네덜란드 산의 진을 마신 후 납작한 묘석 위에서 잠들어 버린 것이지요, 라고 중얼거렸다. 또한 동굴에서 문제의 화면을 보았다 어쨌다 하고 그 친구는 말하지만, 그것은 그 친구가 세상에서 얻은 지혜로 그렇게 각색한 것이라고 설명했다.

그렇지만 이와 같은 의견은 극히 소수의 의견으로 서서히 사라지고 말았다. 그리고 사정이 어떻든간에 게이브리엘 그라브는 죽을 때까지 류머티즘에 시달렸으므로, 이 이야기는 다음과 같은 교훈을 남겨 주었다——크리스마스에 기분을 상해 혼자서 술을 마셔 봤자 좋은 일은 절대로 생기지 않는다. 가령 그 술이 아무리 고급품이라고 하더라도, 게이브리엘 그라브가 도깨비의 동굴에서 마셨던 화염주처럼 독한 술이라고 하더라도.

행상인의 이야기

어느 겨울날 저녁 마침 어둑어둑해지기 시작한 5시경쯤 말 하나가 끄는 이륜마차를 탄 사나이가 지쳐 버린 말을 계속 몰아 모르바라 구릉을 넘어 브리스톨로 통하는 길을 서둘러 가는 것을 어쩌면 본 사람이 있을지도 모른다. 여기서 어쩌 면이라고 한 것은 누구나 장님이 아닌 한 우연히 이 길을 지나갔으면 보았겠지만, 그때는 날씨가 사납고 으슬으슬 추 위를 느끼게 하는 비가 내리는 밤이었으므로 외출한 사람이 거의 없었기 때문이다. 그러므로 여행 중인 이 사나이는 허전한 마음과 쓸쓸한 마음에 흠뻑 잠겨 길 한복판을 털거덕털거덕 흔들리며 앞으로 나아갔다. 그 날 바퀴가 빨갛고 차체가 붉은 점토색인 위험하기 짝이 없는 소형의 이륜마차를 끄는, 푸줏 간의 말과 우편배달을 하는 값싼 포니를 교배시켜 얻은 잡종 암여우처럼 생긴, 기분이 언짢고 발이 빠른 밤색 암말을 본 행상인이 있다면, 나그네처럼 돌아다니는 이 동업자는 틀림 없는 시티의 카티턴 스트리트에 있는 저명한 비르손 앤드 슬람 상회의 톰 스마트라는 것을 이내 알아차렸을 것이다.

그렇지만 이 행상인을 알아차린 사람은 아무도 없었다. 그런 까닭으로 톰 스마트와 빨간 바퀴와 붉은 점토색 이륜마차와 암여우처럼 생긴, 발이 빠른 말은 서로 입을 다문 채 아무에게도 눈치채지 못한 채로 앞으로 전진했다.

이렇듯 조용하고 쓸쓸한 세상이지만 사나운 바람이 몰아치는 모르바라 구릉보다는 마음편히 있을 수 있는 곳은 얼마든지 있다. 마음이 우울해지는 듯한 겨울의 저녁 무렵이라든가, 진흙탕으로 질퍽질퍽한 길이라든가, 때리듯 세차게 퍼붓는 장대비 같은 것을 스스로 체험해 본다면 지금까지 한 말의 참뜻을 충분히 이해할 수 있을 것이다.

바람이 거칠게 불었다——뒤에서 부는 바람도 아니었고 맞바람도 아니었다. 하긴 이것도 골치거리지만——완전히 모로 치는 바람이었으며 더구나 학교에서 학생들이 정확하게 글자를 쓸 수 있도록 노트에 줄을 친 비스듬한 괘선(罫線)처럼 비스듬하게 실처럼 떨어지는 비가 섞여 있었다. 한순간 바람이 멎자, 행상인은 바람도 지쳐서 조용히 휴식을 취하려는 것일까 하고 생각에 잠겼다. 바로 그 순간, 행상인은 멀리서 바람이 그윽하게 울림과 동시에 휙휙 하고 소리를 내는 것을 들었다. 그리고 실제로 언덕 꼭대기로 바람이 사납게 공격해 왔다. 바람이 평원을 온통 핥으며 접근함에 따라 그 소리와 위력이 증가하였고, 마침내는 돌풍으로 변하여 사람과 말을 들이받았다. 피부를 찌르듯이 거센 빗방울이 귓속을 두드렸고 한기를 느끼게 하는 축축한 바람이 뼈 속까지 스며들었다. 그리고 인간의 나약함을 비웃듯이, 또한 자신의 강한 힘과 위력을 과시하는 것처럼 날카로운 비명소리를 내면서 멀리 질주해 갔다.

밤색 암말은 귀가 처진 채 진흙 속과 물웅덩이를 철벅철

벅거리며 앞으로 나아갔다. 이와 같은 대자연의 신사답지 못한 행동에 정나미가 떨어졌다고 말하기라도 하는 것처럼 가끔씩 머리를 치켜 들었지만 조금도 속도를 늦추지 않고 당당하게 걸어나갔다. 그러나 지금껏 받았던 그 어떤 공격보다 더 사나운 돌풍에 휩싸이게 되자 우뚝 버티고 서서는 네 발을 대지 위에 붙이고 날아가지 않으려고 안간힘을 썼다.

말이 그렇게 한 것은 참 잘한 일이었다. 왜냐하면, 만약 말이 바람에 날아가 버렸다면 암여우처럼 생긴 암말도 상당히 가벼웠고, 이륜마차도 가벼운데다 톰 스마트의 체중도 얼마 나가지 않았으므로 어쩌면 구릉을 다 내려갈 때까지 아니면 바람이 멈출 때까지 함께 바람 속을 뒹굴 수밖에 없었을 것이 분명했기 때문이다. 그리고 좀더 심각한 경우에는 암여우의 모양을 한 암말과 빨간 바퀴가 달린 점토색 마차와 톰 스마트를 두 번 다시 써먹을 수 없게 되었을 테니까 말이다.

「흥 빌어먹을, 바지자락을 묶는 밴드나 수염난 놈이나.」

(톰에게는 가끔씩 욕을 퍼붓는 버릇이 있었다.)

「원 빌어먹을. 바지자락 묶는 밴드나 수염난 놈이나 이게 무슨 꼴이람. 꼭 물에 빠진 새앙쥐 같군. 정말 재수가 없어! 이 죽지 못해 살아 남은 놈아!」

바지자락 묶는 밴드와 수염이 났다는 것은 녹초가 되었거나 혹은 녹초가 되는 것을 모면했을 때를 가리키는 말로서, 톰 스마트가 정말 그렇게 생각했는지 아닌지는 꼭 물어보고 싶은 의향이 있겠지만 나로서는 그 이상은 대답할 수가 없다. 다만 내가 알고 있는 것이라곤 톰 스마트가 내 큰아버지를 보고 늘 그렇게 말했다는 것뿐이다. 말하자면 결국에 가서는 똑같은 말이지만.

「죽으려고 해도 죽지 못하는 놈 !」

톰 스마트가 이렇게 말하자, 암말은 완전히 동감이라는 듯이 히이힝 하고 울었다.

「이봐. 기운을 내는 거야.」

채찍 끝으로 밤색 암말의 목을 툭툭 치며 톰이 말했다. 「이런 밤에 무리를 해서 가 봤자 아무 소용없어. 맨 처음 발견한 집에서 묵도록 해야지. 그러니까 서둘러 가면 서둘러 갈수록 일찍 끝나는 셈이 되지. 이봐, 침착하라고, 침착해.」

암여우와 비슷한 암말은 톰이 지껄인 얘기를 충분히 이해했는지 아니면 그대로 서 있기보다는 움직이고 있는 편이 덜 춥다고 느꼈는지는 역시 잘 알 수가 없다. 그렇지만 톰이 지껄이고 나자마자 말은 귀를 쫑긋 세우고는 빨간 차바퀴가 산산이 흩어져 모르바라 구릉 위의 초원으로 날아가 버리는가 싶을 정도로 붉은 점토색 이륜마차를 털거덕털거덕 울리게 하며 무서운 속도로 질주하기 시작했다.

따라서 톰은 마부였지만 말의 발걸음을 멈추게 할 수가 없었다. 그리고 마침내 말은 구릉이 끝나는 곳으로부터 대략 팔 분의 일 마일 정도에 있는, 길의 오른쪽에 위치한 여관 앞에서 주인의 명령을 받지 않고서도 딱 멈추어 섰다.

톰은 고삐를 말을 돌보는 사람에게 맡기고 채찍을 마부석에 내려 놓고 여관의 이층 쪽을 힐끔 바라다보았다. 이 여관은 좀 색다른 옛날 집으로, 말하자면 큰 대들보를 끼워넣은 판자와 같은 건재(乾材)로 만들어졌으며, 맞배지붕의 창문은 완전히 바깥 거리까지 돌출해 있었고, 키가 낮은 현관에는 검은 색 차양이 붙어 있었다.

그리고 집 안으로 들어가면 현대풍의 멋들어진 여섯 단의 완만한 계단을 오르는 것이 아니라 경사가 급한 두 단의 발판을 내려 가게 되어 있었다. 그렇지만 지내기에 부담이 없어 보이는 집이었다. 바의 창문으로 아늑한 불빛이 새어나오고 있었는데 그 빛은 길을 비스듬하게 비추고 있었고, 길 건너편의 생울타리까지 밝게 떠오르게 하고 있었다. 반대쪽 창을 통해서는 빨갛게 반짝반짝 명멸하는 빛이 보였고, 어느 때는 희미하게 구분할 수 있었지만 그 다음 순간에 쳐놓은 커튼을 통해서 분명히 팍 하고 빛을 방사하여 안에서 난로가 이글이글 타오르고 있음을 말해 주었다. 경험이 많은 행상인의 눈은 대충 살펴보고도 이 여관이 자신에게 좋은 휴식처가 되리라는 것을 알았다. 그래서 톰은 절반쯤 얼어붙은 손발이 허용하는 한 최대한 빨리 마차에서 뛰어내려 여관으로 들어갔다.

5분도 채 되지 않아서 톰은 바의 바로 건너편 방——난로가 붉게 타오르고 있을 것이라 짐작한 그 방——의 힘차게 타오르고 있는 난로 앞에 앉아 있었다. 난롯가에는 한 부셸이 약간 모자랄 정도의 석탄과 서양 범의귀과의 훌륭한 숲을 여섯 개는 만들 수 있을 것 같은 장작 더미가 연통의 중간까지 쌓여 있었다. 정상적인 사람이라면 누구의 마음이거나 따뜻하게 만들어 줄 것처럼 난로는 후둑후둑 탁탁 하는 소리를 내며 타고 있었다.

그때 눈이 반짝반짝 빛나고 발목이 야무지게 생긴, 산뜻한 옷으로 단장한 하녀가 들어와 깨끗하게 세탁한 테이블 보를 식탁 위에 펴놓았다. 톰은 열어놓은 문을 등지고 앉아서 슬리퍼를 신은 발을 난로의 안전망 위에다 올려 놓고는 난로 위에 놓여 있는 거울에 비친 바의 광경을 황홀하게 바라보고 있었다.

선반에는 보기만 해도 군침이 도는 금 라벨이 붙은 녹색의 술병이 죽 늘어서 있었으며, 잼이라든가 야채절임 병, 치즈나 보일드 햄, 소의 허벅다리 고기 등을 손님의 눈을 끌 수 있게끔 각별히 신경을 써서 배치해 놓고 있었다. 확실히 이것은 기분좋은 일이었다. 그러나 이것뿐만이 아니었다——붉게 타오르고 있는 난로에 바짝 당겨다 놓은 멋있는 작은 테이블에 사십팔 세 정도의, 약간 통통하고 고운 피부를 가진 미망인이 차를 마시며 앉아 있었다. 이 여관의 여주인이며, 이렇듯 기분좋은 모든 것을 마련해 놓은 장본인임에 분명했다. 이렇듯 아름다운 광경에도 오직 한 가지 결점이 있었다.

그것은 키가 큰 남자——무작정 키만 큰 남자——로 검은 턱수염이 나 있으며, 물결 모양의 검은 머리의 이 남자는 버들 세공 무늬의 반짝반짝 빛나는 금단추가 달린 자색 상의를 걸치고는 미망인과 같은 자리에 앉아서 차를 마시고 있었다. 그다지 날카롭게 관찰을 하지 않더라도 여주인을 향해, 미망인은 이제 그만두고 자기의 수명이 다할 때까지 계속 이 바에 앉을 수 있는 특권을 주십쇼, 하고 설득하려 하고 있음을 이내 알 수 있었다.

톰 스마트는 결코 성미가 급하거나 질투가 많은 성격은 아니었지만, 어떻게 된 일인지 버들 세공 무늬의 반짝반짝 빛나는 금단추가 달린 자색 상의를 입은 키다리 사나이를 보자, 속에 숨어 있던 울화통이 뭉클뭉클 치밀어 올랐다. 특히 그 키다리 사나이가 자기는 키가 클 뿐만 아니라 자기에 대한 여주인의 애정 또한 그에 못지않게 크다는 것을 보여주려는 듯이 친숙한 체하며 시시덕거리는 모양을, 거울 속을 통해 보게 되자 톰의 분노는 한층 더 커졌다.

톰은 뜨거운 펀치 술을 아주 좋아했다. 그래서 암여우 모양의 암말이 양껏 먹이를 먹고 잠자리에 볏짚이 충분히 깔려있는지를 확인한 후, 미망인이 손수 서둘러 조리해 준 맛있는 저녁 식사를 하나도 남기지 않고 다 먹고나서 펀치 술 한 잔을 주문했다. 이 미망인이 특기로 하는 것이 바로 펀치 술 만드는 것이었으므로 첫 잔의 펀치 술이 톰 스마트의 입맛에 딱 맞았다고 해서 조금도 이상할 것은 없다.

톰은 즉각 두 잔째를 주문했다. 뜨거운 펀치 술이란 원래 맛이 있지만——어떤 경우이든 참으로 맛이 있다——문이 끼익끼익 소리를 낼 정도로 바람이 세차게 휘몰아 칠 때에 이 오래된 담화실에서 활활 타고 있는 난로를 앞에 놓고 마음편히 마시는 한 잔의 펀치 술은 그 어느 것에도 견줄 수 없을 만큼 맛있는 것이라고 톰은 생각했다.

그리하여 또 한 잔 하는 식으로 주문을 거듭했다——그 다음 또 한 잔을 추가했는지 어떤지는 분명하지 않지만——그러나 뜨거운 펀치 술을 마시면 마실수록 그 키다리 사나이의 일이 자꾸 마음에 걸렸다.

「빌어먹을 놈, 뻔뻔스럽기는 ! 」

톰 스마트는 혼자 중얼거렸다.

「이 좋은 바에 도대체 무슨 볼일이 있는 거야. 두 번 다시 보기 싫을 정도로 못생긴 몰골을 한 악당 같으니 ! 」

톰은 말했다.

「조금이라도 사람 보는 눈이 있다면 여주인은 분명히 저보다 나은 사람을 낚아 올릴 수 있을 텐데.」

톰은 시선을 난로 위의 거울에서 테이블 위로 옮겼다. 거기서 자신의 기분이 점점 더 가라앉는 것을 느끼자, 넉 잔째의 펀치 술을 비우고 다섯 잔째를 주문했다.

톰 스마트는 오래 전부터 바의 경영자가 되는 일을 동경하고 있었다. 녹색의 상의와 골덴 천으로 된 무릎까지 오는 바지, 거기에 승마화를 신은 차림으로 바에 서는 일, 그것이 그의 오랜 소원이었다. 향연의 자리에서는 사회도 보고 싶고, 환담하는 자리에서는 그야말로 요령있게 주인역을 해낼 수 있을 것이며, 술을 마시는 자리에서는 멋지게 손님들에게 본보기를 보여줄 수 있을 것이라고 틈이 있을 때마다 생각하곤 했다. 휘륵휘륵 하고 타오르는 난로 옆에 앉아 뜨거운 펀치 술을 마시고 있자, 이런 등등의 일이 그의 머릿속을 스치고 지나 갔다. 저 키다리 사나이가 이렇듯 훌륭한 여관을 바야흐로 손에 넣으려고 하고 있는데 자기 자신은 여전히 그것과는 먼 거리에 있다는 사실에 은근히 화가 났다. 그러나 이런 이유로 해서 자기가 화를 낸다고 하더라도 그것은 지극히 정당하고 공정한 일이라고 생각했다.

톰은 마지막 두 잔의 펀치 술을 입에 털어넣으며 저 키다리 놈에게 싸움을 걸어 통통하고 곱게 생긴 미망인의 시선을 한 번 끌어볼까 하는 생각도 해보았지만, 결국 톰 자신은 불운한 인간이기 때문에 침대에 들어가 쉬는 편이 좋을 것 같다는 결론에 이르렀다.

산뜻한 옷차림을 한 하녀가 침실용의 촛불이 바람에 꺼지지 않도록 손으로 가리면서 그를 방으로 안내했다. 무작정 늘어 지기만 한 오래된 집이었으므로 굳이 촛불을 불어 끄지 않 더라도 자유롭게 놀 수 있는 충분한 공간이 있음직한 데도 톰은 촛불을 불어서 꺼 버렸다. 촛불을 끈 것은 톰이지 바람이 아니었다. 그리고는 다시 한 번 초에 불을 켰다. 촛불을 부는 척하면서 사실은 그 하녀에게 키스를 한 거야, 하고 톰을 나쁘게 생각하는 사람은 이렇게 꾸며서 말할지도 모른다. 그것은 그렇다치고 다시 한 번 초에 불을 당겨 미궁과 같은 방과 미로처럼 얽혀 있는 복도를 지나 손님을 맞이하기 위한 만반의 준비가 돼 있는 방으로 안내되어 갔다. 잘 쉬라는 인사말을 남기고 하녀가 물러가자 톰은 외톨이가 되어 버렸다.

그곳은 상당히 넓은 방으로 1분대용의 군용 행장을 다 수용할 수 있을 것 같은 오크 재(材)의 옷장 두 개를 비롯하여 몇개인가의 커다란 찬장과 기숙학교가 통째로 들어갈 수 있을 것 같은 침대가 놓여져 있었다. 그렇지만 톰이 가장 마음에 들어 한 것은 특이한 모양으로 조각돼 있는, 기묘하고 약간 기분이 나쁜 높은 등받이의 의자였다. 거기에는 꽃무늬의 다마스크 천의 쿠션이 놓여 있었으며, 다리의 맨 밑 동그란 혹에는 빨간 천이 정성스레 감겨져 있어, 마치 발가락이 통풍(痛風)에 걸려 있는 것 같았다. 다른 묘한 의자라면 톰도 이상한 의자 정도로 생각하는 것으로 끝났을 텐데, 이 의자에는 색다른 무엇인가가 숨겨져 있었다. 더구나 그 무엇인가는 꼬집어서 말할 수는 없지만 지금껏 보아 온 어떤 가구들과는 취향이 달랐다. 마치 영혼까지 빼앗겨 버릴 것 같은 느낌이었다. 그래서 난로 앞에 앉아 30분 동안 그 낡은 의자를 차분히 지켜봤다──몹쓸 놈의 의자 같으니라구. 너무나도 이상하여 도시 눈을 떼놓을 수가 없잖아.

「그렇지.」

천천히 옷을 벗는 동안, 침대 옆에 이상한 모습으로 자리를 지키고 있는 낡은 의자를 바라보면서 톰이 말했다.

「태어난 후 지금까지 이렇듯 이상야릇한 물건은 본 일이 없어. 정말로 묘하군.」

뜨거운 펀치 술을 퍼마신 덕에 정신이 약간 몽롱해진 톰이
말했다.

「정말로 묘하군.」

톰은 깊은 영지(英知)가 넘치는 것처럼 고개를 모로 흔들며
다시 한 번 의자를 쳐다보았다. 그렇지만 결국 아무것도 알아낼
수 없었으므로, 침대로 기어들어가 이불을 머리끝까지 뒤집어
쓰고는 잠을 청했다.

채 30분도 지나지 않아서 톰은 키다리 사나이와 여러 잔의
펀치 술이 뒤섞인 꿈을 꾸고는, 흠칠 놀라 잠에서 깨어났다.
잠이 깬 후 최초로 마음 속에 떠오른 것은 그 기묘한 의자의
일이었다.

「다시 보지 않겠어.」

톰은 스스로 자신을 타이르며 눈을 꼭 감고 다시 한 번
어떻게든지 잠들어 보려고 노력했다. 그러나 헛수고였다. 눈
앞을 여러 개의 의자가 마구 뛰어 다녔으며 그 다리를 차
버리든가 하면 서로서로 말타기를 하는 등 온갖 익살스런
몸짓을 해 보였다.

「꿈 속에서 다섯 개나 여섯 개의 의자를 보게 되느니, 차라리
실재의 의자 하나를 보는 게 낫겠다.」

그는 이불 밖으로 얼굴을 드러내면서 말했다. 의자는 난로의
불빛으로 선명하게 떠올라 여전히 신경을 거슬리는 모습으로
그곳에 있었다.

톰은 한동안 의자를 지켜보았다. 그러자 갑자기 그야말로
어처구니 없는 변화가 일어났다. 등받이의 조각이 점차로 쪼
글쪼글한 노인의 얼굴로 변하기 시작했고, 다마스크 천의 쿠

션은 옛날의 늘어진 주머니가 달린 조끼가 되었으며, 동그란 혹은 붉은 천의 슬리퍼를 신은 두 개의 다리로 변했다. 의자 전체가 두 손을 허리에 대고 팔굽을 편, 전 세기의 상당히 잘못 만들어진 노인처럼 보였다. 톰은 침대 위에서 일어나 눈을 비비며 그와 같은 환상을 떨쳐 버리려고 했다. 아니, 그것은 환상이 아니었다. 의자는 잘못 만들어졌지만 노인의 얼굴이 틀림없었다. 게다가 톰 스마트에게 눈짓을 하고 있었다.

톰은 선천적으로 저돌적이며 대범한 성질의 남자였다. 게다가 뜨거운 펀치술을 다섯 잔이나 마셨던 그는, 처음에는 다소 놀랐지만 노신사가 그렇듯 뻔뻔스러운 태도로 자기에게 눈짓을 보내거나 윙크를 하는 것을 보자 분노를 느끼기 시작했다. 마침내 더이상 참을 수 없다고 생각한 그는 여전히 눈짓을 하고 있는 노인에게 성난 투로 말했다.

「도대체 왜 내게 눈짓을 보내는가?」

「그렇게 하고 싶어서 그래, 톰 스마트.」

의자든 노신사든 그 어느 쪽으로 불러 주었으면 좋겠는데, 하고 폭삭 늙어버린 노인의 얼굴을 한 사내가 이를 드러내고 싱긋 웃으며 말했다.

「어떻게 내 이름을 알고 있지, 쭈글쭈글한 매실(梅實) 같은 얼굴을 하고서.」

톰 스마트는 엄숙한 목소리로 물었다——물론 아무렇지도 않은 표정을 짓고서.

「이봐, 진정하게나, 톰.」

노신사가 말했다.

「그것은 순수한 스페인 산 마호가니 재(材)를 보고 할 수 있는 말투가 아냐. 화장을 좀 했더라면 자네도 그렇듯 나쁘게 대하지는 않을 텐데.」

이렇게 말했을 때 노신사는 무서울 정도로 사나운 표정을 지어 보였다.

「별로 무례하게 대할 생각은 없습니다.」

톰은 처음 말투보다는 훨씬 누그러진 태도로 대답했다.

「그렇겠지, 암 그렇겠지.」

노인이 말했다.

「아마 그럴 거야…… 아마 그럴 거야, 톰…….」

「예.」

「난, 자네의 일이라면 무엇이든지 알고 있네, 톰. 무엇이든지 말야. 자네는 무척 가난하군. 그렇지, 톰!」

「말씀 그대로입니다.」

톰 스마트가 말했다.

「그렇지만 어떻게 그걸 아셨지요?」

「그런 건 아무래도 상관없어.」

노신사가 말했다.

「게다가 자네는 펀치 술이라면 환장을 하는 모양이군, 톰.」

톰 스마트는 지난 번 생일 이래로 술이라곤 단 한 방울도 마시지 않았다고 항의하고 싶었지만, 자기를 지그시 바라보고 있는 노신사의 눈이 잘 알고 있다고 말할 것만 같아서 그만 얼굴을 붉힌 채 입을 다물고 말았다.

「톰, 저 미망인은 좋은 여자야…… 매우 특별한 여자지…… 어떤가, 톰.」

여기서 노인은 눈을 가늘게 뜨고는 쭈글쭈글해져 짧아진 다리를 쭉 폈다. 그러자 불쾌할 정도로 여색을 밝히는 사람으로 보였으므로 톰은 심한 역겨움을 느꼈다——저 나이에 아직도!

「톰, 나는 그녀의 보호자야.」

「아, 그렇습니까?」

「나는 그녀의 어머니를 알고 있지. 그리고 그녀의 할머니도. 그녀는 나를 매우 좋아해…… 이 조끼도 그 여자가 만들어 준 거야. 알겠나, 톰.」

「그렇습니까?」

「그리고 이 신발도.」

빨간 양말 한 짝을 위로 힘껏 들어 올리면서 노인이 말했다.

「그렇지만 이 말은 다른 데 가선 하지 말라구. 왜냐하면 그녀가 이렇듯 날 따르고 있다는 것을 남들이 아는 걸 싫어하니까. 가족 싸움이 일어날지도 모르거든.」

하고 불량 노인이 말했을 때 무척 얼굴가죽이 두껍고 부끄러움을 모르는 것으로 보였으므로, 이치 위에 올라앉아서 꼼짝 못 하도록 해줘도 별로 양심의 가책 같은 건 느끼지 않았을 것이라고, 후에 톰 스마트는 잘라 말했다.

「젊었을 때 나는 여자들에게 대단히 인기가 있었어, 톰.」

과거에 플레이 보이로 꽤나 이름을 날리던 노인이 말했다.

「별의 수만큼 많은 여자들이 내 무릎 위에서 몇 시간씩 계속해서 앉아 있었어. 그래, 내 애길 들은 감상이 어떤가, 젊은이. 어떻게 생각해?」

노신사가 젊었을 때의 무용담을 다시금 밝히려고 한 그 순간, 삐그덕거리는 발작이 엄습해 와 노신사는 더 이상 말을 늘어놓을 수가 없게 되었다.

『그것 보라고, 못된 할아범 같으니.』

하고 톰은 생각했지만 말로 표현하지는 않았다.

「아아, 현재 이것 때문에 대단히 시달리고 있어. 난 나이를 먹었어, 톰. 의자의 가로 막대기도 거의 없어져 버렸어. 수술도 받았지…… 등에 작은 나무조각을 박기도 했고…… 그건 보통 시련이 아니었어, 톰.」

「그러셨겠죠.」

「그렇지만 말야.」

노신사가 말했다.

「중요한 건 그게 아니야, 톰. 저 미망인과 살림을 차리지 않겠나?」

「제가 말입니까?」

「자네가 말일세.」

「그건 안 됩니다. 아, 안 되고말고요. 저 같은 걸 상대나 해주겠습니까?」

바의 광경을 떠올리자 톰의 입에서는 자기도 모르게 한숨이 나왔다.

「그럴까.」

강한 어조로 노신사가 말했다.

「하지 않겠습니다. 하지 않고말고요.」 톰이 말했다.

「현재 추진 중에 있는 사람도 있고요. 저 키다리놈…… 무턱대고 키만 큰 놈이죠. 더구나 검은 수염이 나 있는…….」

「톰. 그 여자는 그 남자와 절대로 함께 살지 않을 거네.」

「정말 그럴까요. 그렇지만 만일 당신이 바에 서 있게 되면 그렇게는 말하지 않을 것입니다.」

「흐흥, 나는 뭐든지 알고 있다네.」

「무엇을 알고 계십니까?」

「문 옆에서 키스를 했다든가 그런 것이겠지, 톰.」

노신사는 다시금 그 후안 무치(厚顔無恥)한 윙크를 하였다.

톰은 이것에 대해서 크게 화를 냈다. 아시다시피 나이 많은 남자가 나이값도 못하고 무분별하게 그런 식의 말을 입에 담는 것은 그야말로 비위에 상하는 일이었기 때문이다——그의 말은 정말로 톰의 신경을 크게 자극했다.

「그런 건 어떤 것이든 다 알고 있어, 톰. 젊었을 때에는 자네에게 말하기도 싫어질 정도로 많은 사람들이 그러한 짓을 하고 있는 것을 신물이 나게 보았으니까. 그렇지만 결국 그건 아무런 구실도 못했어.」

「여러 가지로 우스꽝스러운 꼴도 보셨겠죠.」

캐묻는 것 같은 표정으로 톰이 말했다.

「그야 그렇지.」

그는 매우 의미 심장한 눈짓을 보내며 말했다.

「나는 우리 일족의 마지막 사람이야, 톰.」

그는 무슨 생각에 잠기듯 한숨을 쉬면서 말했다.

「숫자가 많았나요 ?」

「모두 열두 명이었어, 톰. 한 번 보여주고 싶을 정도로 훌륭하고 등의 근육이 곧은 늠름한 패들이었지. 요즈음의 덜된 친구들과는 종류가 달라…… 모두 힘도 있고 세련돼 있었어. 내 입으로 말하기는 좀 뭣하지만, 보는 사람의 마음을 기쁘게 해줬어.」

「그래서 나머지 사람들은 어떻게 됐습니까 ?」

노신사는 이 질문에 답하기 전에 소매로 눈가에 번져나온 눈물을 닦았다.

「죽어 버렸지, 톰, 죽어 버렸어. 우리는 혹사당했지. 그리고 다른 패거리들은 모두 나와 같은 체질이 아니었어. 다리나 팔굽이 류머티즘에 걸려 부엌이라든가 다른 수용소에 수

용됐어. 어떤 친구는 오랫동안 일했으며, 더구나 난폭하게 다루어져 완전히 정신이 이상해져 버렸어…… 정신 착란이 심해 제정신이 아니었으므로 그치는 마침내 화형(火刑)을 당하는 고생을 했어. 그야말로 참혹한 이야기야, 톰.」

「무서운 일입니다.」

노신사는 2, 3분 동안 잠자코 있었다. 확실히 분통이 터져 견딜 수 없다는 기분과 열심히 싸우고 있었던 것이다. 이어,

「그렇지만 말야, 톰. 중요한 이야기에서 빗나가고 말았어. 그 키다리 사나이는 악당이며 사기꾼이야. 그 미망인을 차지하게 된다면 그 순간으로 일체의 가구를 다 팔아 버리고는 도망쳐 버릴 궁리를 할 게 틀림없어. 그렇게 되면 어떻게 되지? 그녀는 버림을 받고 몰락해 버리고 마는 거야. 그리고 나는 어느 전당포에서 감기에 걸려 죽어 버리고 말 거야.」

「아, 그렇지만.」

「말을 중단시키지 말게나. 자네에 대해서는 톰, 나는 완전히 다른 눈으로 보고 있어. 자네의 경우 일단 여관에 안주하게 되면 이 안에 마실 것이 있는 한 절대로 도망치지 않을 것이라는 걸 나는 잘 알고 있어.」

「칭찬을 해주시니 영광스럽기 그지없습니다.」

「그래서 말야.」

노신사는 명령조로 다시 말하기 시작했다.

「그녀와 살림을 차리는 거야. 그놈은 안 돼!」

「그럼 그놈을 떼어버릴 방법이라도…….」

톰 스마트는 열의를 보이며 물었다.

「폭로하는 거야. 그치는 이미 결혼한 몸이거든.」

「그것을 어떻게 입증할 수 있습니까?」

놀란 나머지 절반쯤 침대에서 뛰쳐 나온 톰이 말했다.

노신사는 배에 대고 있던 팔을 뻗어 오크 재의 옷장 하나를 가리킨 다음 이내 팔을 제자리로 가져갔다.

「그치는 전혀 알아차리지 못하고 있네만, 저 옷장에 걸려 있는 바지의 오른쪽 주머니에는 편지가 들어 있어. 여섯 명이나 되는 자녀들을 데리고 위안받지도 못할 부인이 돌아와 달라고 애원하면서 눈물로 쓴 편지야. 톰, 아이가 여섯 명이야…… 더구나 모두 어린애들이란 말야.」

이렇게 이야기하고 있는 동안에 노신사의 얼굴은 그 모양이 점차로 불분명해졌으며 윤곽이 희미해졌다. 톰 스마트의 눈에 막이 씌워졌다. 노인은 점차적으로 의자 속으로 녹아 들어갔으며 다마스크 천의 조끼는 쿠션으로 변했고, 빨간 슬리퍼는 붉은 천의 작은 주머니로 오그라드는 것 같았다. 불이 서서히 꺼졌으며 톰 스마트는 베개에 몸을 묻고 잠에 떨어졌다.

아침이 밝았다. 노인의 모습이 사라진 후에 잠에 빠져 들었던 톰 스마트는 아침 햇살을 받으며 눈을 떴다. 톰은 침대 위에 앉아 잠시 동안 간밤의 일을 기억해 내려고 애썼다. 그런데 갑자기 모든 기억이 생생하게 되살아 났다. 톰은 의자를 쳐다보았다. 분명히 기묘하고 기분나쁜 모습의 가구였다. 그렇지만 어디에서도 노인의 모습을 발견할 수는 없었다. 의자와 노인이 닮았다고 생각하는 사람이 있다면, 그건 놀라울 정도로 독창력과 상상력이 풍부한 그런 사람일 것이다.

「이봐요, 기분이 어떤가요, 할아버지.」

톰이 말했다. 대부분의 사람이 그러하듯 그도 햇살 아래서는 대담해질 수 있었다.

의자는 그대로 꼼짝도 하지 않은 채 한 마디도 말하지 않았다.

「기분나쁜 아침인데.」

이렇게 말해 봤지만 그래도 의자는 대화에 응하려고 하지 않았다.

「어느 쪽 옷장이라구 했지…… 다시 가르쳐 줘요.」

톰이 말했지만, 여전히 의자는 한 마디도 지껄이려고 하지 않았다.

「좋아요. 이것을 여는 건 그리 어려운 일이 아니니까.」

하고 침대에서 일어나면서 톰이 말했다. 그리곤 옷장 가까이로 다가갔다. 열쇠가 꽂혀져 있는 채였으므로 그것을 돌려 문을 열었다. 그곳에는 바지 하나가 분명히 있었다. 손을 호주머니에 집어넣자 노신사가 설명해 준 바로 그 편지가 잡혔다.

「이거 묘한데.」

톰 스마트는 우선 의자를 바라보았으며 이어 옷장, 그 다음은 편지, 그리고나서 다시 의자 쪽으로 시선을 차례차례 돌렸다.

「정말로 묘한데.」

톰 스마트가 말했다. 그 어느 쪽을 둘러보아도 이상하지 않은 게 없었다. 톰은 먼저 몸단장을 하고 그 다음에 그 키다리 놈의 일을 처리해 버리는 것이 좋다고 생각했다. 이런 불안한 상태에서 빠져나가기 위해서도.

아래층으로 내려 가면서 톰은 스쳐 지나가게 되는 각 방을 마치 여관 주인이 점검하듯 세심하게 둘러 보았다. 내부의 것이든 외부의 것이든 머지않아 자기 것이 되지 말란 법은 없다고 생각했기 때문이었다.

키다리 사나이는 바에 있었다. 두 손을 뒤로 돌리고 아주 편한 상태로 휴식을 취하고 있는 자세였다. 아무런 이유없이 그 사나이는 톰을 향해 싱긋 웃어 보였다. 무심한 가운데 대하게 된 사람이라면 단지 하얀 이빨을 보이고 싶어 그렇게 했는지도 모른다고 생각했겠지만, 톰 스마트에게는 승리감이 그 키다리 사나이의 뇌수(腦髓)──그런 것이 있는지 없는지 분명하진 않지만──를 스치고 지나간 것처럼 느껴졌다. 톰도 당당하게 웃어 보이고는 여주인을 불렀다.

「안녕히 주무셨어요, 아주머니.」

미망인이 작은 담화실로 들어오자 문을 닫으면서 톰이 인사를 했다.

「편히 주무셨습니까?」

미망인이 대답했다.

「아침 식사는 무엇으로 하시겠습니까?」

톰은 어떤 식으로 이야기를 끄집어 낼 것인가 궁리하고 있었으므로 미처 대답하지 못했다.

「아주 맛있는 햄이 있는데요.」

미망인이 말했다.

「그리고 제대로 얼린 맛이 괜찮은 닭고기도 식사에 내놓을까요?」

그녀의 말에 생각에 잠겨 있던 톰은 제정신으로 돌아왔다. 그와 같은 식으로 말을 거는 그녀의 상냥한 모습에서 그의 미망인에 대한 애착심은 한층 더 커지기만 했다. 남을 생각해 줄 줄 아는 여자였다. 이런 여자로부터 식사 시중을 받게 되면 얼마나 좋을까.

「바에 있는 남자는 어떤 사람입니까, 아주머니.」

톰 스마트가 물었다.

「진킨스 씨라는 사람입니다.」

하고 대답하는 미망인의 양 볼이 발그레해졌다.

「키가 대단히 크군요.」

톰이 말했다.

「그분은 대단히 훌륭한 사람입니다.」

미망인이 대답했다.

「그리고 마음씨도 대단히 좋은 분이고요.」

「그래요?」

「그밖에 하실 말씀은.」

톰의 말에 당황하는 표정을 지으면서 미망인이 물었다.

「예, 또 있습니다.」

톰이 말했다.

「아주머니, 죄송합니다만, 잠시 여기 앉아 주시지 않겠습니까?」

미망인은 놀라는 것 같았지만, 시키는 대로 했다. 톰이 그 옆에 바짝 다가가 앉았다. 어떻게 그리되었는지는 나도 잘 모른다──사실을 말하면 어떻게 그리되었는지는 자신도 모른다고, 톰 스마트 자신이 그렇게 말했다는 게 큰아버지의 이야기다──그런데 어찌된 것인지, 톰의 손바닥이 미망인의 손등에 놓여져 있었으며 대화를 나누고 있는 동안 내내 그러했다.

「참으로 친절하신 아주머님.」

톰 스마트가 말했다. 평상시부터 사람을 기분좋게 대해 줘야 한다고 직업상 생각하고 있었던 것이다.

「친절하신 아주머니. 당신이라면 훌륭한 남편이 당연히 있어야 할 것입니다…… 정말로 그렇습니다.」

「어머나!」

미망인이 깜짝 놀란 것도 당연하였다. 톰의 말의 서두가
이례적이었으며, 간밤 이전에는 한 번도 만난 일이 없다는 것을
생각하면 두려워 할 만하다고 해도 좋을 정도였으므로.
「어머나, 뭐라고 하셨어요?」
「저는 아첨하는 그런 사람이 아닙니다. 당신이라면 훌륭한
주인이 있는 게 당연합니다. 그리고 그것이 누가 되든 그런
남자는 대단히 운이 좋은 사람일 겁니다.」
톰의 시선은 자신도 모르는 사이에 미망인의 얼굴에서 기
분을 흐뭇하게 해주는 가구와 집기 쪽으로 옮겨갔다.
미망인은 한층 더 당황하여 어떻게든지 자리에서 일어서
려고 했다. 톰은 제지하려는 듯이 그녀의 손을 살며시 쥐었다.
그러자 그녀는 엉거주춤 그대로 앉아 있었다. 그런데, 큰아
버지가 곧잘 말한 것처럼, 미망인이라고 해서 항상 정숙 그
자체라고는 할 수는 없을 것이다.
「칭찬해 주셔서 대단히 감사합니다.」
통통하고 곱게 생긴 미망인이 살짝 웃으면서 말했다.
「가령 제가 재혼한다고 하면요……」
「만약에 말입니다.」
날카로운 시선을 한 곳으로 모으면서 톰 스마트는 말했다.
「예.」
분명하게 미망인이 말했다.
「그렇다면 재혼할 경우에는 손님이 말씀하신 것과 같은 좋은
주인을 얻고 싶어요.」
「진킨스를 말씀하시나요?」
「어머나!」
「설마.」

하고 톰이 말했다.

「저는 저치를 잘 알고 있습니다.」

「그 사람을 알고 있으시다면 그 사람에 대한 욕을 하시진 않을 텐데요.」

톰의 이유가 있다는 식의 말투에 미망인이 새침해서 말했다.

「에헴.」

하고 톰 스마트가 큰 기침을 했다.

운다면 지금이 바로 그때라고 생각한 미망인은 주머니에서 손수건을 꺼냈다. 저를 모욕하고 싶은가요, 여기에 있지 않는 다른 남자의 험담을 하는 것을 신사다운 행동이라고는 생각지 않으시겠지요, 만약 뭔가 말씀하시고 싶은 게 있으시다면, 이런 식으로 약하고 불쌍한 여자를 겁먹게 하지 말고 남자답게 그분에게 직접 말씀하면 되지 않습니까, 하고 꾸짖듯이 말했다.

「그치한테는 곧 말할 생각입니다. 다만 당신에게 먼저 들려 주고 싶은 게 있습니다.」

「뭔데요?」

톰의 얼굴을 차분히 들여다 보며 미망인이 물었다.

「놀라실 겁니다.」

한 쪽 손을 호주머니에 찔러 넣으면서 톰이 말했다.

「만약 그 일이라면, 즉 그 사람이 돈이 필요하다면 저는 이미 알고 있으므로 조금도 걱정할 필요가 없습니다.」

「흥, 어리석군요. 그런 하찮은 일이 아닙니다. 저 역시도 돈은 필요합니다. 그런 이야기가 아니예요.」

「그렇다면 뭐가 있다는 말씀이십니까?」

가엾은 미망인이 소리쳤다.

「크게 놀라시면 안 됩니다.」

톰 스마트가 이렇게 말하면서 천천히 문제의 편지를 꺼내어 그것을 펼쳤다.

「비통한 소리를 지르거나 하시지는 않겠지요？」

불안한 듯이 톰 스마트가 말했다.

「예, 괜찮습니다. 보여 주십시오.」

「실신이라든가 그런 바보 같은 짓은 하지 않으시겠죠.」

「문제없습니다, 염려마십시오.」

미망인이 빠르게 대답했다.

「뛰어가셔서 그치를 보고 호통을 치거나 하는 일은 하지 마십시오. 그치에 대해서는 당신 대신 제가 다 맡아서 처리하겠습니다.」

「예, 알았습니다. 보여 주십시오.」

「자, 그럼.」

톰 스마트는 대답하면서 미망인에게 편지를 건네 주었다.

모든 사실이 드러났을 때의 미망인의 비탄이란, 바로 돌과 같은 좁은 마음의 소유자라도 울어 버릴 만했다고 톰 스마트는 말했다고 큰아버지가 얘기하던 것을 난 들은 적이 있다. 톰은 그야말로 가녀린 마음의 소유자였기 때문에 틀림없이 남몰래 울었을 것이다. 미망인은 심하게 톰을 앞뒤로 흔들면서 두 손을 꼭 움켜 쥐었다.

「어머, 남자란 정말 못된 사기꾼이야！」

「소름이 끼칩니다. 아주머니, 그렇지만 침착해야 합니다.」

「아니, 도저히 침착할 수가 없습니다. 그와 같은 사람은 두 번 다시 만날 수가 없으니까요！」

「아니, 만날 수 있습니다, 반드시！」

미망인의 불행을 딱하게 여기며 커다란 눈물의 비를 흘리면서 톰 스마트가 말했다. 그리곤 동정하는 척하면서 손으로 미망인의 허리를 덥석 안았다. 한편 미망인은 비탄에 잠긴 나머지 톰의 손을 단단히 잡고 있었다. 미망인은 톰의 얼굴을 올려다 보더니 애써 미소를 지어 보였다. 톰도 미망인의 얼굴을 굽어보며 역시 미소를 지어 보였다.

그건 그렇고, 심상치 않은 한순간에 톰이 미망인한테 키스를 했는지 어떤지 나로서는 알 길이 없다. 큰아버지는 하지 않았다고 톰 스마트가 말했다고 하지만 이것은 대단히 의심스럽다. 여기서만 하는 이야기지만 나는 키스를 했을 것으로 생각한다.

어쨌든간에 톰은 30분 후에는 그저 무턱대고 키만 큼 그놈을 여관 밖으로 내쫓았으며, 1개월 후에는 미망인과 결혼했다. 그리하여 훨씬 후에 일을 그만둘 때까지 발이 빠른 암여우 모양의 암말이 끄는 빨간 바퀴의 붉은 점토색 마차를 타고 주변의 이곳저곳을 돌아다녔으며, 일을 그만둔 다음에는 아주머니와 함께 프랑스로 갔다.

「질문해도 좋은가?」

캐기를 좋아하는 것 같은 한 노신사가 말했다.

「문제의 그 의자는 어떻게 됐습니까?」

「그야.」 외눈의 행상인이 대답했다.

「결혼날에는 한창 끼익끼익 하고 삐그덕거린 모양인데, 너무나도 기쁜 나머지 몸이 약해져 버린 것인지 톰으로서는 알 수 없었습니다만, 아무래도 후자의 경우라고 생각됩니다.

왜냐하면 그 후 의자는 한 마디도 말을 하지 않았기 때문
입니다.」
「모두 그 이야기를 믿었겠죠.」
지저분한 얼굴의 사나이가 파이프에 담배를 채워 넣으면서
말했다.
「톰의 적(敵) 이외는 그랬겠죠.」
행상인이 대답했다.
「모든 것이 톰이 꾸며낸 이야기라고 주장하는 패도 있었고,
술 취한 끝의 공상에 사로잡혀 자기 전에 다른 바지에 손을
잘못 넣은 것이라는 패도 있었습니다. 하지만 그 누구도
패거리들이 지껄이는 이야기에는 귀를 기울이지 않았으니
까요.」
「톰은 모든 게 사실이라고 말했습니까?」
「모든 말이 그랬습니다.」
「그렇지만 당신의 큰아버님은요?」
「한 마디도 틀리지 않았습니다.」
「두 분 다 성품이 좋은 분이셨던가 봅니다.」
지저분한 얼굴의 남자가 말했다.
「예, 그야 뭐.」
행상인이 대답했다.
「정말 성품이 좋은 사람들이었습니다.」

기묘한 부탁을 한 사람의 이야기

내가 이 짧은 이야기를 어디서 어떻게 알게 되었는지, 그런 것은 아무래도 상관없습니다. 만약 이것이 내 귀에까지 들어오게 된 경위를 말한다면, 중간에서 시작하여 끝에 이른 시점에서 다시 처음으로 되돌아가지 않으면 안 될 것입니다. 이 일의 몇 가지는 나의 눈앞에서 일어났다고, 말하는 것으로 충분합니다.

그밖의 일에 대하여 언급한다면, 그러한 것들이 실제로 일어났음을 나는 알고 있으며, 또한 그러한 것들을 생생하게 기억하고 있는 사람이 아직도 몇 명은 생존해 있을 것입니다.

누구나 알고 있듯이, 바라의 큰 거리(런던 템스 강 남쪽에 있음)의 성(聖) 조지 교회 근처에 런던에서 가장 작은 채무자(債務者) 교도소인 마샬시 교도소가 서 있습니다. 지난 날 지저분하고 불결하던 하수구는 후에 상당히 달라졌지만 비록 개선된 상태라고 해도 낭비자를 유혹하는 장소로도 되지 못할 것이며, 무분별한 사람을 위로해 줄 장소로는 되지 못하고 있습니다.

뉴게이트 교도소(살인자, 도둑 등 일반 범죄자들을 수용)에 갇혀 있는 범죄자에게도 마샬시 교도소에 수감되어 있는 빚을 지불할 수 없는 채무자와 똑같을 정도로, 산책과 운동을 위한 뜰을 제공하고 있으니까요.

나의 변덕 탓일지도 모르며, 혹은 또 이곳을 보게 되면 이곳과 관련이 있는 옛날의 생각을 떨쳐 버릴 수 없기 때문인지는 모르지만, 나는 이 주변에 대해서 참을 수가 없습니다. 도로는 폭이 넓었고 그 길에 늘어선 점포도 꽤 컸으므로, 이곳은 지나가는 마차의 소리, 끊이지 않는 사람들의 물결——분주하게 오고 가는 사람들의 발자국소리가 아침부터 한밤중까지 울려 퍼집니다. 그러나 그 주변의 거리는 초라하고 혼잡했습니다. 복잡하고 좁은 길에는 빈곤과 방종으로 넘쳤으며 결핍과 비참이 좁은 교도소에 갇혀, 음산하고 비탄의 분위기가 주위에 감돌았습니다. 지저분한 병적인 색깔이 주위를 물들이고 있는 것처럼 적어도 저의 눈에는 그렇게 비치는 것입니다.

이미 오래 전부터 무덤 아래 잠들고 있던 많은 사람들이 마샬시 교도소 문을 처음 지나갔을 때에는 이 언저리의 광경을 그저 가벼운 마음으로 바라볼 수 있었습니다. 그것은 불행의 엄숙한 쇼크를 처음 받았을 때는 절망하는 일이 절대로 없기 때문입니다. 기대할 수도 없는 친구를 믿었으며, 그런 것이 필요치 않을 때에는 기분좋게 말해 주던 술 친구들의 말을 기억했고, 또한 희망——다행스러운 무경험의 희망——을 지니고 있으므로, 최초의 쇼크에 맥을 못추어도 희망이 가슴에 싹터 한동안은 기운차게 꽃을 피우는 것입니다. 그렇지만 마침내 실망과 무시의 해충 때문에 시들어 버립니다. 잠깐 사이에 눈이 깊이 패 들어가며, 굶주림으로 볼이 수척해지고, 흙빛으로 변해 버린 얼굴을 빛내면서 석방의 희망도 자유에 대한 전망도 불가능한 채 채무자는 비유가 아니라 글자 그대로 교도소 안에서 보람없이 죽어갑니다!

현재로는 백 퍼센트의 잔학행위는 없어졌지만 마음을 아프게 하는 사건을 탄생시킬 정도의 잔혹함은 얼마든지 남아 있습니다.

지금으로부터 20년 전의 일이었습니다. 어떤 어린아이를 동반한 모친이 매일매일 아침마다 교도소의 입구에 나타났습니다. 모친의 발걸음으로 길에 깔아놓은 돌까지 닳아 없어질 정도였습니다. 슬픔과 불안으로 하룻밤을 지새운 후, 그 모자는 문을 열기 1시간 전부터 이미 와 있었습니다. 가끔 젊은 어머니는 순순히 오른쪽으로 돌아 아이의 손을 끌고 오래된 런던 다리까지 가서 아이를 안아 올려, 아침 햇빛에 붉게 물든 아침의 강가에서 흔히 보게 되는 일과 오락 준비의 웅성거림으로 활기가 넘치는 광경을 보여주며 아이의 흥미를 북돋아주려고 노력했습니다. 그러나 모친은 이내 아이를 아래로 내려 놓고는 자신의 얼굴을 숄로 가리고는 눈이 뿌옇게 보일 정도로 눈물을 흘렸습니다. 왜냐하면 아이의 여위고 건강치 못한 얼굴에는 흥미의 빛도 재미있어 하는 표정도 전혀 나타나지 않았기 때문입니다.

아이의 기억은 극히 조금밖에 없었지만 그것은 모두 똑같은 종류의 것이었습니다. 양친의 가난과 불행에 연결된 기억입니다. 여러 시간을 두고 아이는 어머니의 무릎 위에 앉은 채, 어머니의 얼굴에서 살그머니 떨어지는 눈물을 어린아이다운 동정을 담아 지켜보다가 마침내 어딘가 어두운 구석으로 살짝 들어가서는 울다 지쳐 잠이 들어 버렸습니다.

이 세상의 엄숙한 현실, 그리고 괴로운 궁핍——굶주림과 목마름, 추위와 빈곤——이 철이 들기 시작할 때부터 아이의 마음을 푹 찔러, 몸은 아이의 것이었지만 그밖의 마음, 명랑한 웃음이라든가 반짝반짝 빛나는 눈동자가 그곳에는 없었습니다.

아버지와 어머니가 이것을 바라보고, 그리고는 서로 얼굴을 마주보게 되면, 그 가슴의 고민은 말로 표현할 수 없는 것이었습니다. 건강하고 튼튼한 체격의 아버지는 아무리 괴롭고 힘든 일이라도 견뎌낼 수 있었습니다만, 발디딜 틈도 없이 죄수들로 넘쳐나는 교도소의 혼탁한 공기 속에서는 점차 여위고 쇠약해졌습니다. 약하고 홀쭉한 몸매의 어머니는 육체와 정신의 병이 겹쳐 더욱 약해져 버렸습니다. 때문에 아이의 어린 마음은 찢어질 것만 같았습니다.

겨울이 오고 차가운 비가 사납게 몇 주간이나 계속 퍼부었습니다. 가련한 여자는 남편이 들어가 있는 교도소 바로 근처의 초라한 방으로 이사를 했습니다. 이 이사는 살림이 어려워져 어쩔 수 없이 한 것입니다만, 여자는 남편 가까이 이사할 수 있어 행복했습니다. 2개월이란 기간 동안 여자와 아이는 언제나처럼 교도소의 문이 열리기를 기다리고 있었습니다. 어느 날인지 처음으로 여자가 모습을 보이지 않았습니다. 아이가 죽었던 것입니다.

가난한 사람의 가족이 죽게 되면, 그것은 죽은 사람에게 있어서는 고통으로부터 해방되는 일이며 유족에게는 비용을 덜게 하는 자비라고, 인정머리없게 말하는 사람도 있지만—— 그러한 인간은 그와 같은 사별(死別)의 고통이 어떤 것인가를 잘 모르고 하는 말입니다. 다른 모든 인간의 눈이 냉랭하게 외면하였을 때, 말없이 애정과 존경하는 마음으로 지켜보는——

―다른 모든 인간에게 버림을 받았어도 한 사람의 동정과 애정만은 이어져 있는 것을 알고 있다는 것은, 고통의 밑바닥에 있을 때, 어떤 돈으로도 살 수 없고 어떠한 권력으로도 부여할 수 없는 받침대며, 지팡이이며, 기둥이며, 위안입니다.

아이는 여러 시간 동안 어머니의 발 옆에 앉은 채 작은 두 손을 참을성있게 짝지어 수척한 얼굴로 어머니를 우러러 보고 있었습니다. 어머니는 아이가 하루하루 약해지는 것을 눈앞에서 똑똑히 보고 있었습니다. 아이의 짧은 인생은 기쁨이 없는 일생이었으며, 어린아이이면서도 이 세상에서는 한 번도 느껴보지 못했던 평화와 안식의 나라로 결국 옮겨간 것입니다만, 부모인 그들로서는 그의 죽음이 마음 속 깊이 새겨졌을 것입니다.

어머니의 변해 버린 얼굴을 보면 그녀의 불행과 고통의 정경에 얼마 후에는 죽음의 막이 내린다는 것은 거의 명백했습니다. 남편과 함께 갇혀 있는 사람들은 그의 비탄과 불행을 보기가 딱하여 지금까지 세 명이 동거했던 방 하나를 그를 위해 비어 주었습니다. 그곳에서 남편과 같이 있게 되어 고통은 없지만 희망도 없는 매일을 보내고 있는 동안에 그녀의 생명의 기운은 점차 서서히 빠져 나갔습니다. 그녀는 어느 날 밤 남편의 팔 안에서 정신을 잃고 말았습니다. 남편은 아내를 열려 있는 창 쪽으로 데리고 가서 공기를 쏘이게 하여 다시금 호흡하도록 하려 했습니다만, 달빛에 그녀의 얼굴빛이 심상치 않다는 것을 알게 됐으므로 남편은 의지할 수 없는 어린애처럼 아내를 끌어안은 채 비틀거렸습니다.

「조지, 저를 내려 줘요.」

그녀가 약하디 약한 목소리로 말했습니다. 남편은 그대로

해주고 아내 옆에 웅크리고 앉아 두 손으로 얼굴을 가리고
엉엉 울어 버렸습니다.
「조지, 당신하고 헤어지기란 무척 괴로워요.」
그녀가 말했습니다.
「그렇지만 그것이 하느님의 뜻이므로 제발 나를 위해 참아
주세요. 하느님이 우리 아이를 먼저 데려간 것은 그야말로
고마운 일입니다. 만약 내가 먼저 가고 그 아이가 남았더라면
어떻게 되었을까요!」
「죽으면 안 돼, 메어리, 죽어서는 안 된다고!」
남편은 벌떡 일어나 방 안을 서성이며 두 주먹으로 자신의
머리를 쥐어 박았습니다. 그러고나서 다시 아내의 옆에 앉자,
자신의 두 팔로 아내를 받쳐 주면서 보다 부드러운 소리로
말했습니다.
「이봐 기운을 차려, 부탁이야, 기운을 차리라고. 다시 기운을
낼 수 있어.」
「이젠 틀렸어요, 조지. 이젠…….」
죽어가는 아내가 말했습니다.
「나를 불쌍한 그 아이의 옆에 묻어 줘요. 그리고 만약 당신이
이 무서운 곳으로부터 나갈 수 있게 되고, 만약 부자가 되
거든 우리 둘을 멀리멀리 떨어진──이곳에서 훨씬 떨어
진──우리가 평화스럽게 잠잘 수 있는 조용한 시골의 교회
묘지로 옮겨주겠다고 약속해 줘요. 조지, 부탁이에요. 약속해
줘요.」
「하고말고, 그렇게 하겠어.」
남편은 그녀 앞에 정신없이 무릎을 꿇고 말했습니다.
「메어리 다시 한 마디, 다시 한 마디만 해줘. 다시 한 번만

나를 봐줘…… 다시 한 번만!」

그는 입을 다물어 버렸습니다. 그의 목을 끌어안고 있던 팔이 늘어져 체중이 한층 더 무거워졌기 때문입니다. 눈앞의 수척해진 몸에서 깊은 숨이 새어나오고 입술이 움직였고 얼굴에는 미소가 떠올랐습니다. 그렇지만 그 입술은 납빛이었고 미소가 사라졌고 눈은 계속 허공을 쳐다보고 있었습니다. 그는 이 세상에서 완전한 외톨이가 된 것입니다.

그날 밤 고요해진 비참하고 쓸쓸한 방에서 불행한 사나이는 아내의 시신 옆에 무릎을 꿇고는 하느님을 향해 무서운 맹세를 했습니다. 지금 이 시간부터 처자의 죽음에 반드시 복수하겠습니다. 지금부터 내 생애의 마지막 순간까지 자신의 모든 정력을 이 하나의 목적을 위해 집중하겠습니다. 나의 복수는 아무리 시간이 걸려도 좋고 아무리 무서운 일이라도 상관없습니다. 나의 증오는 영원히 사라지지 않을 것이고, 그치지도 않을 것이며, 적을 세계의 끝까지라도 따라갈 것입니다.

깊은 절망과 도저히 인간의 것이라고는 할 수 없는 격정 때문에 하룻밤 사이 그의 얼굴과 몸은 완전히 변해 버려, 그가 지나가면 교도소의 동료들은 겁을 먹고 뒷걸음질을 칠 정도였습니다. 핏기 어린 눈은 멍청하게 흐려졌으며 얼굴은 죽은 사람처럼 창백하였고 등은 늙은이처럼 굽어져 버렸습니다. 가슴의 통증이 너무나 심한 나머지 아랫입술을 깨물어 그 상처에서 흘러나온 피가 턱에서 흘러 떨어져 셔츠와 옷깃을 물들였습니다. 눈물 한 방울, 울음소리 하나 내지 않았지만, 마당을 돌아다닐 때의 침착하지 못한 눈매, 미친 것 같은 빠른 걸음은 그의 가슴 속에서 불타고 있는 격정을 말해 주고 있었습니다.

아내의 시체는 즉각 교도소로부터 밖으로 내가야 했습니다. 그는 그런 말을 듣고서도 지극히 태연했으며, 당연하다는 식으로 수긍했습니다. 시체가 운반되어 나갈 때 교도소 안에는 거의 전원이 모여 있었는데, 남편이 모습을 나타내자 죄수들은 양쪽으로 물러서서 길을 비켜 주었습니다. 그는 빠른 걸음으로 걸어가서 수위실 입구 옆의 울타리로 둘러싸인 좁은 장소에 혼자 서 있었습니다.

군중은 본능적으로 동정하는 마음에서 그곳을 비켜 주었던 것입니다. 조잡한 관을 남자들이 들고 서서히 앞으로 나왔습니다. 죽음과 같은 정적이 모든 사람 위에 흘렀으며, 이 정적을 깬 것은 여자들의 비탄소리와 돌길 위를 걷는 남자들의 미끄러지듯하는 발소리 뿐이었습니다.

혼자 남게 된 남편이 서 있는 곳으로 관이 옮겨져 멈추어 섰습니다. 그는 관 위에 손을 얹고 관에 덮여 있던 천을 기계적으로 바로 해놓자, 앞으로 가라는 신호를 했습니다. 입구의 간수는 관이 나갈 때 모자를 벗었으며, 다음 순간 무거운 덧문이 닫혔습니다. 남편은 일동을 멍청히 바라보고 있다가 털썩 하고 땅에 쓰러졌습니다.

그 후 여러 주 동안 열병에 시달린 그는 밤이나 낮이나 계속해서 간호를 받았지만, 처자를 잃은 슬픔과 자기가 한 맹세의 기억을 한순간도 잊는 일이 없었습니다. 고열에 시달리는 그의 눈앞에 차례차례로 정경이 떠올랐으며, 장소가 계속해서 바뀌고 사건이 잇따라 일어났는데, 그 모든 것들이 그의 결심의 목적과 관련이 있었습니다. 그는 끝없는 대해원 (大海原)을 배로 가로지르고 있었습니다. 머리 위의 하늘은 피로 물들었으며, 눈 아래 바다는 사방에서 노여움으로 날뛰었고 거품을 일으켰으며 또한 소용돌이 치고 있었습니다. 전방에 또 한 척의 배가 미쳐 날뛰는 폭풍 속에서 헤매고 있었습니다. 돛은 갈기갈기 찢겨져 마스트에서 펄럭였으며 갑판 위에서는 많은 사람들이 우왕좌왕 하고 있었는데 커다란 파도가 덮쳐 올 때마다 몇 사람씩 거품을 먹은 바다 속으로 휩쓸려 들어갔습니다. 그가 타고 있는 배가 이렇게 짖어대는 듯한 바다 속을 무엇으로도 저항할 수 없는 스피드와 힘으로 돌진하여 앞에 있는 배에 부딪쳐 그 배를 용골(龍骨) 밑에서 부수어 버렸습니다. 배가 침몰할 때 생긴 커다란 소용돌이 속에서 날카로운 비명——익사 직전의 백 명이나 되는 사람이 터뜨리는 절규가 뒤섞여서 하나의 무서운 비명이 되었습니다——이 일어나 물이나 바람의 절규를 제압하고 공기와 하늘과 큰 바다를 뚫고 멀리까지 메아리쳤습니다. 그런데 저것이 무엇인가——바다 위에 떠서 고통스러운 표정으로 파도에 얻어맞으면서 구조를 청하는 저 흰 머리는 무엇인가?

그는 뱃전에서 바다로 뛰어 들어가 그 쪽을 향해 힘껏 헤엄쳐 갔습니다. 그는 가까이 가 바로 앞에 이르렀습니다. 그의 얼굴이었습니다. 노인은 그가 접근하는 것을 보자마자 그에게서 도망치려고 했습니다. 그렇지만 그는 노인을 단단히 잡고는 물 속으로 들어 갔습니다. 밑으로 밑으로 50길이나 되는 바다까지. 노인의 허우적거림은 점차 약해졌으며 마침내 움직이지 않게 되었습니다. 죽은 것입니다. 그의 맹세는 마침내 이루어졌던 것입니다.

그는 혼자서 맨발로 대사막의 타는 듯한 모래 위를 걷고 있었습니다. 모래는 그의 목을 막았으며 눈을 보이지 않게 했습니다. 자잘한 모래알이 옷 속으로 들어와 근질근질하여 미칠 것만 같았습니다. 커다란 모래더미가 바람에 불려 타는 듯한 태양빛을 받아 살아 있는 불기둥처럼 먼 쪽에서 움직이고 있었습니다. 이 황량하고 쓸쓸한 땅에서 죽은 사람의 뼈가 발 아래 흩어져 있었습니다. 무섭게 이글거리는 빛이 주위의 모든 것 위에 부딪치고 있었습니다.

사방에는 공포를 불러 일으키는 것밖에 보이지 않았습니다. 두려움에 사로잡힌 그는 사력을 다해 미친 듯이 앞으로 돌진했습니다. 초인적인 힘을 쥐어짜 모래를 헤치며 나아갔으며, 마침내 피로와 목마름으로 힘이 다하여 모래 위에 쓰러져 정신을 잃었습니다.

의식을 회복시켜 준 그 향기롭고 시원한 기운은 무엇인가? 그리고 저 부글부글 하는 소리는 무엇인가? 물이다! 정말로 거기에 샘이 있었습니다. 투명한 청수가 그의 발 아래서 용솟음쳐 올라오고 있었습니다. 그는 물을 듬뿍 마시고 통증이 있는 손발을 씻고는 기분좋은 잠에 빠졌습니다. 누군가 접근하는 소리에 잠이 깼습니다. 흰 머리의 노인이 타는 듯한 갈증을 해소하려고 비실비실 걸어왔습니다. 또 그치야! 그는 노인의 몸을 팔로 휘감아 잡았습니다. 노인은 바둥거리며 몸부림치면서 물을 다오, 한 방울이라고 좋으니 물을 달라고 비명을 질렀습니다.

그러나 그는 노인을 단단히 결박하고 상대방의 고통을 지켜보았습니다. 노인의 숨이 끊어져 머리가 턱 하고 앞으로 처지자, 그는 발로 시체를 굴렸습니다.

열병이 가시고 의식이 돌아와 보니, 그는 졸지에 부자이면서 자유의 몸이 되어 있었습니다. 듣자니, 그가 교도소에서 죽었다고 해도 눈 하나 깜짝하지 않았을 그의 부친이——가상의 이야기가 아닙니다. 현실적으로 자기 자신보다 더 소중한 사람이 궁핍과 약으로 치료할 수 없는 심적 고통 때문에 죽는다고 해도 태평했던 인간입니다——사치스러운 깃털 이불 위에서 죽은 것입니다. 그는 자기 자식이 거지가 되어 있어도 태연할 수 있는 사람이었고, 자신의 건강과 체력에는 늘 자신 만만했습니다. 그리하여 유언장 작성을 하루 늦춘 결과 이미 손을 쓸 수 없게 되어 버렸던 것입니다. 지금쯤은 분명히 저 세상에서 자신의 허술함 때문에 아들에게 넘어간 재산을 생각하며 이를 갈고 있을 것입니다.

그는 의식을 되찾아 이상과 같은 사실을 알게 되었으며, 더 많은 일들을 생각해 냈습니다. 자신이 살아가는 목적을 생각해 냈습니다. 그리고 자신의 원수는 아내의 부친——자기를 채무자 교도소에 던져 넣었을 뿐만 아니라 딸과 그 자식이 발 밑에 무릎 꿇어 자비를 탄원했음에도 현관에서 쫓아 버린 인간——이라는 것도. 다음 순간 그는 복수 계획을 즉각 실행에 옮길 수 없는 자기 몸의 쇠약을 얼마나 원망했는지 모릅니다.

얼마 후 그는 아내의 죽음과 불행의 현장에서 해안의 조용한 집으로 이사를 했습니다. 그것은 마음의 평화와 행복을 되찾기 위해서가 아니었습니다. 그런 것들은 영원히 없어져 버렸으니까요. 단지 약해진 체력을 회복시켜 자신의 생의 보람이 되는 계획을 차분히 짜기 위해서였습니다. 그리하여 어떤 악마가 이끌어 줬는지, 그의 최초의 가장 무서운 복수를 실천에 옮길 수 있는 기회가 여기서 만들어졌던 것입니다.

어느 여름날이었습니다. 해질녘이 다 되었을 무렵, 음산한 생각에 골똘해 있던 그는 혼자 거처하고 있는 숙소에서 나와 벼랑 아래의 좁은 길을 걸어 자기 취미에 맞는 쓸쓸한 곳에

와 있었습니다. 그는 바위에 걸터앉아 양 손으로 얼굴을 감싸고 몇 시간이고 꼼짝도 않고 있었습니다. 정신이 들어 보니 이미 사방은 어두워져 있었으며 머리 위로는 벼랑의 긴 그림자가 드리워 가까이 있는 모든 것을 두터운 암흑의 천으로 감싸고 있었습니다.

어느 조용한 저녁 무렵, 그는 언제나와 같은 자세로 그곳에 앉아, 가끔씩 얼굴을 들어 갈매기가 날아다니는 것을 바라보거나 수평선을 붉게 물들이며 바야흐로 바다 속으로 가라앉으려는 해에게로 시선을 옮기곤 했습니다. 그러자 그때 도움을 요청하는 소리가 들려 왔습니다. 헛소리를 들었는가 싶어, 귀를 기울이자 한층 더 큰 절규가 되풀이되고 있었으므로 그는 벌떡 일어나 소리가 난 쪽으로 서둘러 갔습니다.

물어보지 않아도 사정은 곧 알 수 있었습니다. 바닷가에는 옷이 여기저기 흩어져 있었습니다. 물결 사이로 사람의 머리 하나가 어렴풋이 보였습니다. 한 노인이 허우적대는 사람을 바라보며 안타까운 듯 발을 동동 구르고 있었습니다. 그는 몸이 다 완쾌한 것은 아니었지만 웬만큼 회복된 상태였기 때문에 상의를 벗어 던지고 구출하려고 달려갔습니다.

「부탁입니다. 서둘러 주십시오. 제발 부탁이오니 살려 주십시오! 나의 아들, 저의 오직 하나뿐인 아들이랍니다!」
노인은 그를 향해 미친 사람처럼 소리쳤습니다.
「저의 단 하나인 아들이 지금 아비의 눈앞에서 죽어가고 있습니다!」
노인이 입을 벌린 순간 그는 달리는 것을 멈추고 팔짱을 낀 채 돌처럼 그 자리에 서 버렸습니다.
「아니, 아니!」

노인은 소리치며 뒷걸음질쳤습니다.

「헤일링이 아닌가 !」

그는 싱긋 웃기만 할 뿐 아무 말도 하지 않았습니다.

「헤일링 !」

노인은 미친 사람처럼 소리쳤습니다.

「내 아들이야. 헤일링, 귀여운 아들이란 말야, 보라고 봐 !」

불쌍한 노인은 숨을 헐떡이면서 소년이 생사의 기로에서 악전 고투하고 있는 쪽을 가리켰습니다.

「조용히 !」

노인이 말했습니다.

「아직도 부르짖고 있어. 아직도 살아 있단 말야. 헤일링, 살려 주게나. 좀 살려 다오 !」

그는 다시 한 번 싱긋 웃은 채 조상(彫像)처럼 움직이지 않았습니다.

「나는 네게 심한 짓을 했지.」

노인은 무릎을 꿇자 두 손을 깍지 끼고는 째지는 소리를 질렀습니다.

「원수를 갚으라고. 나의 일체를, 내 생명을 빼앗으라고. 나를 바다에 내던지라고. 그렇게 하면 본능을 억제할 수 있는 한 손 하나 발 하나 움직이지 않고 죽을 셈이니까. 헤일링, 그렇게 해줘. 그렇지만 내 아들은 구해 주라고. 아직 어리니까. 헤일링, 생각 좀 해보라고. 저렇듯 어린 나이에 죽다니 !」

「잘 들어.」

그는 무서운 힘으로 노인의 손목을 잡아 비틀면서 말했습니다.

「생명에는 생명으로 갚는 거야. 저기에 하나의 생명이 있지. 내 아내의 친동생이면서 누이의 욕을 마구 해댄 사나이야. 나의 자식이 내 눈앞에서 죽어갈 때는 지금의 저놈보다 훨씬 괴롭고 쓰라림을 당했단 말야(그의 자식이 그의 눈앞에서 죽은 건 아니다. 이는 작자가 잘못 생각한 것이다.). 네놈은 그때 우리의 괴로움을 보고 비웃고 있었어——이미 죽음의 손자국이 분명히 나 있는 친 딸 앞에서 비웃고 있었고. 자아 그때의 괴로움을 이제야 비로소 알아차린 모양이군. 저기를 보라고. 저기를 봐!」

그는 이렇게 말하면서 바다 쪽을 가리켰습니다. 수면에서 약한 외침소리가 꺼져가고 있었습니다. 최후의 발작적인 허우적거림이 수 초 동안 잔물결을 일으켰습니다. 그리고 곧 잔잔해졌습니다.

☆

그로부터 3년이 지난 후 일을 재치있고 신속하게 잘 처리하는 것으로 소문이 나 있는, 어느 런던의 변호사 사무소의 현관에 이제 막 자가용 마차에서 내린 한 신사가 찾아와 변호사와 조용히 얘기를 하고 싶다고 말했다. 아직 중년의 한창때를 지나지 않았다는 것은 단번에 알 수 있었습니다만, 얼굴빛이 창백하고 볼이 움푹 들어갔으며 기운이 없는 인물이었습니다. 실무자의 날카로운 눈으로 보지 않더라도 병과 고생이 그를 실제 나이보다 더 늙어 보이게 만들었다는 것을 한 눈에 알 수 있었습니다.

「저를 대신해서 법률 수속을 집행해 줄 것을 부탁하고 싶습니다만…….」

하고 낯선 손님은 말했습니다.

변호사는 허리를 구부려 인사를 하면서 손님이 들고 있는 커다란 보따리를 힐끔 보았습니다. 손님은 그 시선을 알아차리자 말을 계속했습니다.

「보통과는 다른 용건입니다만 이 서류는 오랫동안 고생하고 막대한 비용을 들인 끝에 간신히 제 손에 들어온 것들입니다.」

변호사는 한층 더 이상스러운 눈길로 보따리를 힐끔거리며 보았습니다. 손님은 보따리를 묶고 있는 끈을 끄르고 다량의 약속어음과 증서의 등본, 기타의 서류를 꺼내 놓았습니다.

「이 서류에 기재된 이름의 사나이는, 보면 아시겠지만, 과거 수년에 걸쳐 이 증권들을 근거로 하여 많은 재산을 벌었습니다. 이 사나이와 본래 이 증서를 건네준 상대──그 사람들로부터 저는 액면(額面) 가격의 세 배, 네 배의 돈을 지불하면서 서서히 모두 사버렸습니다만──와의 사이에는 정해진 기간이 경과할 때까지는 임차 계약을 계속해서 갱신한다고 하는 암묵의 양해가 있었습니다만, 그것은 아무 데도 명기되어 있지 않습니다. 그 사나이는 최근 상당히 손해를 보고 있었으므로 이들 빚을 갚으라고 요구한다면 완전히 파산해 버릴 것입니다.」

「총액이 수천 파운드는 되겠습니다.」

변호사가 서류를 조사하면서 말했습니다.

「그렇습니다.」

의뢰인이 말했습니다.

「그런데 어떻게 하라는 말씀이신지요?」

「이렇게 하는 거야!」

의뢰인의 어투가 갑자가 거칠어졌습니다.

「법률의 기구를 총동원하고 지혜를 최대로 발휘하며 온갖 재주를 다 강구한 다음, 공정하건 부정하건 수단을 가리지 않고 최고로 머리가 좋은 법률가의 수단 방법을 배경으로 법의 압력을 작용시키는 거야. 그 사나이를 괴롭히고 점차적으로 죽게 하는 거야. 그놈을 파산시키고 동산 부동산을 다 팔게 만들어 집에서 쫓아내고, 늙은 몸이 거지가 되게 하여 교도소 안에서 죽게 만드는 거야.」

「그러나 경비가, 거기에는 많은 경비가 듭니다만.」

변호사는 한동안의 놀라움에서 제정신을 찾자 방법을 설명해 주었습니다.

「만약 피고가 무일푼이라면 누가 경비를 지불합니까?」

「얼마라도 좋으니 경비를 말하라고.」

낯설은 사나이가 말했습니다. 그는 흥분한 나머지 손이 떨려서 거의 펜을 쥐고 있지 못할 정도였습니다.

「얼마라도 좋으니까 액수를 말하시오. 이 자리에서 지불할 테니까. 걱정할 것 없어. 나의 목적만 이루게 해 준다면 아무리 액수가 많아도 비싸다고 생각하지는 않을 테니까.」

변호사는 생각나는 대로 착수금으로 높은 값을 불렀습니다. 손해를 볼 가능성에 대한 보험으로 생각하기로 했지만, 그와 같은 의뢰에 응한다기보다는 오히려 손님이 어느 정도까지 진심으로 일을 진행시킬 마음이 있는지 확인해 보자는 생각이 들었던 것입니다. 의뢰인은 즉각 전액을 은행 수표로 써주었습니다. 그리고는 돌아갔습니다.

그 수표에는 아무 하자가 없었으므로 변호사는 그 기묘한 의뢰인을 신뢰할 수 있다고 생각하여 본격적으로 일에 착수했습니다. 그로부터 2년 이상이 경과했습니다. 그 사이 헤일링 씨는 곧잘 변호사 사무실에서 온종일을 보내며, 몰려 들어오는 서류를 모조리 읽었습니다. 소송이 시작되자, 편지가 연이어 날아들어 왔습니다. 설득의 편지, 얼마 동안의 시간 유예를 요청하는 편지, 우리들은 파산하게 되었노라고 사정하는 편지 등을 그는 눈을 반짝이면서 되풀이해서 읽었습니다. 얼마 동안의 시간 유예를 달라고 하는 탄원에 대해서는 하나의 대답밖에 없었습니다——즉각 돈을 갚을 것. 차압 명령이 끝없이 지시됨과 동시에 토지, 집, 가구 등이 차례로 압수되었으며, 마침내 채무자 교도소의 벽 속에 갇히는 신세가 되기 직전 노인은 감시하는 관리의 눈을 피해 몸을 숨겨 버렸습니다.

헤일링 씨의 끝없는 증오는 소송의 승리로도 가라앉기는커녕 상대방을 파멸시켜야겠다는 생각이 전보다 백 배나 더 강해졌습니다. 노인이 도망쳤다는 이야기를 듣고 그의 격노는 멈출 줄을 모를 정도였습니다. 너무나 분노한 나머지 이를 갈았고, 머리카락을 쥐어 뜯었으며, 체포장을 갖고 있던 사람들을 무섭게 비난했습니다. 도망자는 반드시 찾아낼 수 있다고 여러 차례 약속을 한 결과 분노가 가라앉았습니다.

사방팔방으로 추격자를 풀어 숨어 있는 장소를 찾아내기 위해 생각할 수 있는 모든 방법을 다 동원했습니다만 헛수고였습니다. 다시 반년이 지나갔지만 노인을 찾아낼 수가 없었습니다.

어느날 밤 늦게 헤일링 씨가 변호사의 집에 나타나 즉시 만나고 싶다는 뜻을 전했습니다. 위층에서 목소리를 듣고 알아차린 변호사가 심부름하는 사람으로 하여금 올라오시게

하라고 말할 사이도 없이 그는 계단을 뛰어올라 와서는 숨을
헐떡이면서 응접실로 들어왔습니다. 도청당하는 것을 막기
위해 방의 문을 닫자, 그는 의자에 걸터앉아 나직한 소리로
말했습니다.
「쉬잇, 그치를 드디어 찾아냈어.」
「어어 그래요?」
변호사가 말했습니다.
「대단하십니다, 정말 대단해요.」
「캄던 타운(런던의 북부 교외로 당시는 슬럼 지역)의 비참한
하숙에 숨어 있어.」
헤일링이 말했습니다.
「그치를 놓친 것이 오히려 잘 된 것인지도 몰라. 지금까지
내내 그치는 그 곳에서 말할 수 없이 비참한 생활을 해왔
으니까. 가난…… 지독히 가난한 생활이었어.」
「알았습니다.」
변호사가 말했습니다.
「그럼 내일 체포하게 하겠습니다.」
「물론이야.」
헤일링이 대답했습니다.
「아냐, 아냐, 기다려! 그 다음 날로 하지. 내가 연기할 것을
요청하니까 깜짝 놀란 모양이군.」
그는 흠칫하게 만드는 그런 웃음을 띄우고는,
「잠깐 잊고 있었어. 모레는 그 사나이에겐 매우 중요한 날
이야. 그러니까 그 날로 연기하자는 거야.」
「알겠습니다.」
변호사가 말했습니다.

「관리인에게 줄 안내도를 그려 주십시오.」

「아냐, 밤 여덟 시에 내가 이리 오겠어. 내가 직접 안내할 테니까.」

두 사람은 지정된 시간에 만나, 마차를 빌려 타고 옛날의 팬클라스 거리의 교구 구빈원(教区救貧院)이 서 있는 모서리까지 갔습니다. 두 사람이 그곳에서 내렸을 때 이미 주위는 캄캄해져 있었습니다. 수의과 병원 정면의 벽을 따라 걸어 당시 리틀 칼리지 스트리트라고 불리던 좁은 뒷길로 들어갔습니다. 현재는 어떤지 잘 모르지만 당시에는 들판과 도랑만으로 둘러싸인 그야말로 쓸쓸한 장소였습니다.

헤일링은 쓰고 있던 여행 모자를 얼굴 절반이 가려지도록 깊이 눌러쓰고 외투의 깃을 세우고는, 그 거리에서도 제일 초라해 보이는 집 앞에 멈추어 서서 가볍게 노크를 했습니다. 문을 열어준 것은 어떤 여자로, 손님의 얼굴을 알고 있는 모양으로 절을 했습니다. 헤일링은 관리인들을 보고 밑에서 기다리라고 속삭인 다음, 살그머니 이층으로 올라가 거리에 면해 있는 방의 문을 열고 안으로 들어갔습니다.

그가 찾고 있던 상대, 인정사정을 베풀 수 없었던 증오의 상대가 지금은 비실비실하는 노인이 되어 초라하기 그지없는 촛대 하나만을 놓았을 뿐 테이블보도 없는 싸구려 테이블 앞에 앉아 있었습니다. 낯설은 사나이가 들어오자, 노인은 흠칫 놀라며 비틀비틀 일어섰습니다.

「누구십니까 ? 」

노인이 말했습니다.

「또 새로운 불행이군요. 무엇 때문에 오셨습니까 ? 」

「약간 당신에게 이야기할 것이 있단 말야.」

헤일링은 이렇게 대답하면서 테이블의 반대쪽에 앉아 외투와 모자를 벗어 던지고는 얼굴을 드러냈습니다.

그 순간 노인은 말도 할 수 없게 된 것 같습니다. 의자의 등에 쾅 하고 쓰러지며 두 손을 꼭 잡고는 공포와 혐오가 뒤섞인 얼굴로 유령을 지켜보고 있었습니다.

「육 년 전의 오늘.」

헤일링이 말했습니다.

「나는 내 아들을 죽인 사람의 생명을 빼앗겠다고 맹세를 했단 말야. 숨이 끊어진 당신의 딸 옆에서 나는 살아서 반드시 복수를 하겠다고 맹세했지. 그 후 나는 한순간도 그 맹세를 잊은 적이 없었어. 그러나 가령 잊었다고 하더라도, 점차 쇠약해지면서도 한 마디 불평도 하지 않은 아내의 고뇌에 찬 얼굴, 굶어 죽어가던 내 자식의 얼굴을 생각해 내기만 하면 곧 다시 생생하게 되살아 났을 거야. 나의 최초의 복수 행위는 잘 기억하고 있겠지. 이것이 나의 마지막 복수야.」

노인은 몸을 부르르 떨었습니다. 그리고 두 팔이 힘없이 축 늘어졌습니다.

「나는 내일 영국을 떠나.」

헤일링은 잠시 침묵을 지킨 다음 말했습니다.

「오늘 밤 당신이 딸을 쫓아 보낸 살아 있으면서의 죽음, 즉 절망의 교도소로 당신을 쫓아 버린 다음에.」

그는 눈을 들어 노인의 얼굴을 똑바로 쳐다 본 다음 입을 다물었습니다. 그는 촛대를 상대방 얼굴의 옆에까지 들어올 렸다가 다시 살짝 밑으로 내려 놓은 다음 방에서 나왔습니다.

「노인의 시중을 들어 줘요.」

그는 여자에게 이렇게 말한 다음 현관문을 열고 관리에게 따라오라는 신호를 하고 큰 길로 나왔습니다.

「그 사나이는 병에 걸린 것 같아.」

여자가 현관문을 닫고 허둥대며 이층으로 올라가 보니 노인은 이미 숨이 끊어져 있었습니다.

☆

켄트 주의 외딴 곳에 위치한 평화스러운 교회 묘지의 한 무덤. 야생의 꽃과 풀들이 뒤섞여 있으며, 주위의 평온한 풍경 덕분에 영국에서 제일가는 정원이 되어 있는 곳의 소박한 묘석 밑에 젊은 모친과 그 다정한 아들의 유골이 잠들고 있습니다. 그렇지만 부친의 유해가 그곳에 같이 있지는 않았습니다. 그날 밤 이래 변호사는 기묘한 부탁을 한 사람의 그 후의 신상(身上)에 대해서 아무것도 듣지 못했습니다.

광인의 수기

그렇지! 광인의 수기란 말야! 여러 해 전에는 광인이란 말을 듣기만 해도 내 심장은 크게 충격을 받았지! 나는 옛날에는 가끔씩 엄습해 오는 공포에 사로잡힌 적이 있었어. 혈관 속에서 피가 들끓고 있었어. 그리하여 마지막에는 굵은, 식은 땀방울이 피부에서 용솟음쳐 나왔으며, 두 무릎이 덜덜 떨려 서로 맞부딪치곤 했어. 그렇지만 지금은 그 말을 좋아하게 되었어. 좋은 이름이지.

광인의 눈매만큼 두려움을 갖게 하는 군주의 화난 얼굴이 있다면 한 번 보고 싶다. 광인의 악력(握力) 만큼 두려움을 갖게 하는 군주의 회초리나 도끼가 있다면 한 번 보고 싶을 지경이다. 앗핫핫! 미친 사람이 된다는 건 대단한 일이야! 야생의 사자처럼 철망너머로 겁먹고 기웃거리는가 하면 고요하기 그지없는 긴 밤중 내내 무거운 쇠사슬의 명랑한 리듬에 맞추어 이를 갈거나 짖어대거나 위세가 있는 음악에 도취하여 덤불 속에서 구르거나 얽히거나 미친 사람의 병원 만세! 그 얼마나 멋진 장소인가!

나는 자신이 미치는 것이 아닌가 하고 겁먹었던 옛날의 일을 생각해 냈다. 잠에서 흠칫 놀라며 뛰어 일어나 무릎을 꿇자, 나의 일족(一族)의 저주로부터 구해 주소서 하고 기도를 했지. 명랑하고 행복한 광경에서 뛰어나와 쓸쓸한 장소로 도망쳐 숨고, 머리를 태워 버릴 것 같은 열의 진행 상태를 지켜보면서 괴로운 시간들을 보냈지.

광기가 나의 피와 섞여 나의 뼈 속까지 침범해 있는 것을 나는 알고 있었다. 나 이전의 한 세대에는 이 액병(厄病)이 나타나지 않고 지났으므로, 이것이 소생하는 최초의 사람은 바로 자신이라는 것도 알고 있었다. 그게 틀림없다는 것도 알고 있었다. 지금까지도 늘 그러했으므로 앞으로도 그렇게 된다는 것을 알고 있었다. 사람이 많이 모여 있는 방의 어딘가 어두운 한 모서리에서 웅크리고 있으면서 모두가 낮은 목소리로 속삭이든가 손가락질하며 내가 있는 쪽을 보곤 하면, 모두가 광인의 피로 저주받은 사나이의 이야기를 나누고 있다는 것도 잘 알고 있었으므로, 나는 그곳에서 도망쳐 나와 혼자서 눈물을 흘렸던 것이다.

그러한 상태가 여러 해 동안 계속되었다. 길고 긴 세월이었다. 이곳에 있으면 가끔 밤이 대단히 길게 느껴지기도 하지만, 그 무렵의 불안한 밤과 무서운 꿈에 비교하면 아무것도 아니다. 나는 그때 일은 다시 생각만 해도 오한을 느낀다. 대단히 현명한 얼굴에 사람을 바보 취급하는 듯한 웃음을 띄운, 커다란 검은 모양의 것이 방 한 구석에 웅크리고 있다가 밤이 되면 나의 침대 위로 몸을 구부리곤 미친 사람이 되라고 유혹했다. 속삭이는 듯한 낮은 목소리로 말했다. 너의 부친의 부친이 죽은 방의 침상에서 미쳐서 스스로 자기 몸에 피를 흘리게 한 그 피가 배어 얼룩져 있단 말야, 하고. 나는 손가락으로 두 귀를 막았지만 그치들은 방 전체가 굉굉 울릴 때까지 나의 머리를 향해 고함쳤지. 할아버지의 1세대 전에는 광기가 잠들어 있었지만 할아버지의 할아버지는 스스로 자신의 몸을 산산조각으로 찢어 버릴 것만 같아서 손을 침상에 묶인 채 여러 해를 보냈다——고. 이것이 진실이라는 것도 나는 알고 있었다. 잘 알고 있었다. 모두는 나에게 그 일을 숨기려고 했지만 나는 몇 해 전부터 알게 되었다. 앗핫핫! 모두는 내가 미쳤다고 생각했지만, 나는 그치들이 대적할 수 없을 정도로 머리가 좋았지.

마침내 광기가 엄습해 왔을 때 나는 그때까지 겁을 먹고 떨고 있었던 일이 이상하게 여겨져 견딜 수 없었다. 이렇게 되면 나는 세상에 나가 이 세상에서 최고인 분들과 함께 웃거나 떠들 수가 있었던 것이다. 나는 자신이 미쳤다는 것을 잘 알고 있었지만 세상 놈들은 그것을 눈치채지도 못했다. 또한 미치지 않았다고 하더라도 언젠가는 미쳐 버릴 것이 아닌가 하고 두려움에 떨고 있었던 무렵의 나를, 그치들은 손가락질하며 비웃었지만 그 후에 나에게 완전히 속아넘어 갔으므로, 그것을 생각하면 나는 기분이 대단히 좋았다! 혼자 있게 되어 내가 감쪽같이 비밀을 털어놓지 않고 끝까지 숨길 수 있었던 것을 생각하면, 그리고 만약 나와 가까운 친구들이 진상을 알게 될 경우 얼마나 허둥대며 어떤 식으로 도망칠까 하고 생각하면 즐거워서 웃음이 멈추지 않았던 것이다. 그리고 명랑한 친구와 단둘이서 식사를 하고 있을 때 만약 그 친구가, 바로 옆에 앉아 번쩍번쩍 빛나는 칼을 갈고 있던 친구가 그 칼로 상대방의 심장을 쿡 하고 찌를 수 있는 힘과 그런 의사를 절반쯤 가지고 있는 광인이라는 것을 알게 되면, 얼마나 새파랗게 질릴 것이며 얼마나 당황해서 도망칠 것인가를 생각하면, 너무나 기분이 좋아 하마터면 소리를 지를 뻔해지는 것이다. 아아, 이 얼마나 즐거운 인생인가 !

나는 부자가 되었으며 계속 재물이 굴러 들어왔다. 내가 멋지게 숨긴 비밀을 생각하면 너무나 즐거웠고, 나는 곧 그런 즐거움에 취해 버렸다. 나는 부동산을 상속했다. 법——독수리처럼 날카로운 눈을 가지고 있는 법——까지 속아넘어 가서, 여러 가지로 의논한 끝에 수천 파운드의 재산을 광인의 손에 넘겨 주었던 것이다. 건전한 이성을 지닌 눈과 날카로운 인간의 지혜는 도대체 어디로 가 버렸단 말인가. 매우 작은 단점이라도 찾아내려고 열심인 변호사의 놀라운 솜씨는 또 어디로 가 버렸단 말인가. 광인의 지혜가 이런 패들을 모두 따돌려 버린 것이다.

돈이 생겼다. 그러자 모두가 갖은 방법으로 알랑거렸다 ! 나는 돈을 마구 썼다. 모두가 나를 칭찬했다 ! 으시대며 고자세였던 그 세 명의 형제들도 내 앞에서는 지극히 저자세였다 ! 그 백발의 할아범까지도 나를 공손히 받들었으며 경의를 표했고 헌신적인 우정으로 나를 우러러 받들었다 !

할아범에게는 딸이 있었으며 형제들에게는 여동생이 있었다. 이 다섯 명 모두가 가난했다. 나는 부자였다 ! 그리하여 내가 그 여동생과 결혼했을 때 여자의 빈털털이 친척들은 자신들이 교묘하게 꾸민 책략과 굴러 들어온 멋진 상품을 생각하곤 빙그레 웃고 있다는 것을 나는 알아차렸다. 빙그레 웃을 수 있는 것은 오히려 내 쪽이었다. 빙그레 웃을 정도가 아니라 깔깔거리고 머리카락을 쥐어 뜯으며 땅 위를 구르고 싶을 정도였다. 그치들은 미치광이한테 여동생을 시집보냈다고는 꿈에서도 생각하지 못했을 것이다.

그렇지만 다시 생각해 볼 일이 있다. 만약 그것을 알고 있었다고 하더라도 그들은 여동생을 구해 냈을까? 여동생의 행복과 그 남편의 돈을 저울로 단다면 어떻게 될까. 또 개펄이나 하늘로 날려 보낼 수 있는 가벼운 깃털과 나의 몸을 장식하는 화려한 사슬을 저울로 단다면 어떻게 될까.

나의 교활한 지혜에도 불구하고 한 가지 점에서 나는 그들에게 속아 넘어갔던 것이다. 만약 내가 미치지 않았더라면——그것은 우리들 광인은 머리는 똑똑하지만 때로는 혼란을 일으키는 일도 있기 때문에——아내가 화려한 부의 궁전에 부러운 새색시로서 시집올 바에는 차라리 싸늘하게 경직된 남의 어두운 관 속에 들어가는 것이 낫다고 생각했다는 것을 알아차렸을 것이다. 언젠가 아내가 꿈을 꾸면서 잠들어 있을 때 이름을 부른 검은 눈동자의 청년을 사랑했다는 것을 알아차렸을 것이다. 또한 아내는 백발의 아버지와 오만한 형제들을 가난으로부터 구하기 위해 제물로서 나한테 시집을 왔다는 것도 알아차렸을 것이다.

지금은 아내의 모습이나 얼굴도 기억이 나지 않지만 아름다운 여자였다는 것만은 지금도 기억하고 있다. 왜냐하면 맑게 개인 달밤에 나는 퍼뜩 잠에서 깨어나는 일이 종종 있었다. 주위는 그지없이 조용한데 이 방의 한쪽 구석에 여위고 갸름한 몸매의 사람이 꼼짝도 하지 않고 서 있는 것이 보였다. 그 길고 검은 머리카락이 등에 길게 늘어져 있다. 이 세상의 바람이 불어도 전혀 움직이지 않고 눈을 깜박이거나 감지도 않은 채 나를 지그시 쳐다보고 있다. 헛! 이렇게 쓰고 있는 도중에도 나의 피는 얼어붙는 것 같은 생각이 든다. 그것이 내 아내의 모습이다. 얼굴은 창백했고 눈은 번쩍번쩍 빛을 발하고 있는데, 그 눈은 나도 잘 알고 있다.

그 모습은 조금도 움직이지 않는다. 가끔씩 이 방을 찾아오는 다른 치들처럼 얼굴을 찡그리지도 않으며 입을 열지도 않는다. 그렇게 되면 내 쪽이 더 두려운 것이다. 몇 년 전에 나를 유혹했던 유령들보다도 더 무서웠다. 그것은 무덤으로부터 곧바로 왔기 때문에 죽은 사람의 빛깔이 생생하게 나타나 있기 때문이다.

약 1년 동안 나는 아내의 얼굴이 창백해지는 것을 보아 왔다. 약 1년 동안 슬픔에 젖은 듯한 볼에 눈물이 다소곳이 흘러 떨어지는 것을 나는 보아 왔지만 그 이유를 알 수는 없었다. 그렇지만 결국에는 알게 되었다. 언제까지고 나에게 숨겨 둘 수가 없었던 것이다. 아내는 나를 좋아하지 않았다. 하긴 좋아할 까닭이 없다고 나도 생각했었지만. 아내는 나의 부(富)를 경멸했으며 자신의 호사스런 생활도 싫어했다. 이것은 의외였다. 아내는 다른 남자를 사랑하고 있었다. 그런 것을 나는 생각해 본 적도 없었다. 기묘한 감정이 나를 덮쳤으며 뭔가 비밀의 힘으로 떠밀려 온 생각이 내 머릿속에서 소용돌이쳤다. 아내가 사랑했던 상대방 남자를 난 미워했으나 아내를 미워하지는 않았다. 미워하기는커녕 도리어 가엾게 생각했다——그렇다, 불쌍하게 생각한 것이다——아내의 냉혹하고 자기들 멋대로인 친척들이 아내에게 어거지로 강요한 비참한 생활을. 아내가 오래 살 것 같지 않다는 것을 나도 알고 있었지만, 죽기 전에 광기(狂氣)를 자손 만대에까지 전하는 어두운 운명을 짊어질 자식을 낳을지도 모른다고 생각하자 나의 결심은 정해졌다. 아내를 죽이기로 결심했던 것이다.

여러 주 동안, 나는 독살시킬 것인지 익사시킬 것인지 아니면 불을 지를 것인지 생각했다. 큰 저택이 불꽃에 휩싸여 광인의 아내가 검게 타 버린 재가 된다는 것은 멋진 광경이다. 범인 체포에 막대한 현상금을 내걸고, 죄없는 정상적인 사람이 교수대에 축 늘어져 바람에 흔들린다는 농담은 생각만 해도 유쾌한 일이었다. 더구나 이것이 전부 광인의 계략으로 된 것이라면 ! 나는 이 점에 대해 여러 차례 생각해 보았지만 결국 그만두었다. 오오 ! 매일매일 면도칼을 가죽에 갈아 그 날카로운 날을 손끝으로 더듬어 보고, 엷고 빛나는 날로 푹 찔렀을 때 뿜어 나오는 피를 상상할 때의 즐거움이여 !

곧잘 나를 찾아오곤 하는 유령들이, 이제 드디어 때가 왔다고 내 귓가에 속삭이며 열려 있는 면도칼을 내게 건네 주었다. 나는 그것을 꼭 쥐고는 살그머니 침상에서 일어나 잠들어 있는 아내에게로 몸을 구부렸다. 아내는 두 손으로 얼굴을 감싼 채 자고 있었다. 그 손을 살짝 건드리자 가슴 위로 툭 떨어졌다. 울고 있었던 것이다. 눈물 자국이 아직도 볼 위에 선명하게 남아 있었다. 얼굴은 편안하고 온화했다. 내가 들여다 보고 있는 동안에도 온화한 미소가 창백한 얼굴에 떠올라 있었다. 나는 아내의 어깨에 살그머니 손을 댔다. 아내는 흠칠 놀랐다. 일시적으로 꿈을 꾸고 있었던 것이다. 나는 다시금 몸을 웅크렸다. 아내는 비명을 지르며 잠에서 깨었다.

여기서 내가 한 차례만 손을 움직였다면 아내는 두 번 다시 비명소리도 낼 수 없었겠지만, 나 역시도 흠칠 놀라며 뒤로 물러섰다. 아내는 차분히 내 눈을 바라보고 있었다. 어찌된 까닭인지 모르지만, 아내의 시선을 보고 있으려니까 나는 두려운 생각이 들었다. 나는 기가 죽었다. 아내는 침대에서 일어서면서 여전히 나를 바라보고 있었다. 나는 몸이 덜덜 떨렸다. 면도칼을 손에 쥐고 있었지만 몸 하나 까딱할 수가 없었다. 아내는 문 쪽으로 걸어 갔다. 문에 가까이 가자 시선을 나에게서 떼어 놓았다. 속박이 풀리자마자 나는 덤벼 들어 아내의 팔을 붙잡았다. 아내는 여러 차례 비명을 지르고는 바닥 위에 쓰러져 버렸다.

이렇게 되면 저항을 받지 않고 죽일 수가 있었을 텐데, 아내의 비명소리에 그만 집 안에 있는 사람들이 잠에서 깨버린 것이다. 계단에서 발자국소리가 들렸다. 나는 서랍에 면도칼을 집어넣고는 문을 열고 큰소리로 도움을 청했다.

집 안 사람들이 모두 들어와서 아내를 일으켜서 침대 위에 눕혔다. 여러 시간 동안 기절해 있던 아내는 서서히 의식이 돌아왔지만 다시 정신을 잃고 쓰러지고 말았다.

의사가 불려 왔다——높은 선생님들이 훌륭한 말이 끄는 사치스러운 마차를 타고 현란한 제복을 걸친 시종을 데리고 나의 집으로 왔다. 그리하여 여러 주간 동안 아내 옆에서 치료를 하였다. 별실로 물러가 회의를 열었으며 낮고 무거운 목소리로 의논을 했다. 그 중에서 가장 약아보이고 가장 높아보이는 한 의사가 나를 옆으로 불러 최악의 사태를 각오해 달라고 말한 다음, 나에게——광인인 이 나에게——부인은 미쳤다고 알려 주었다. 그는 열려 있는 창 앞에서 내 옆에 서서는 내 얼굴을 한동안 들여다 보면서 나의 팔을 꽉 잡고 있었다.

조금만 힘을 주면 나는 그놈을 창 밖으로 내던질 수도 있었지만, 그렇게 하면 기분이 매우 유쾌해졌을 테지만, 비밀이 들통나면 큰 일이다 싶어 꾹 참았다. 2, 3일이 지나자 의사는 부인을 감금해 놓고 잘 감시해야 한다고 말했다. 이 내가 감시자를 붙여 놓아야 한다고 말야! 나는 아무도 없는 넓은 들판으로 나가자 공기가 진동하도록 크게 웃음을 터뜨렸다.

아내는 그 다음 날 죽었다. 흰 머리를 한 늙은 친정아버지는 장례 행렬을 따라 묘지까지 갔으며, 오만한 형제들도 싸늘한 여자의 유해 위에 눈물을 떨어뜨렸다. 그 여자가 살았을 때 맛본 괴로움을 강철과 같은 얼굴로 바라보고 있었으면서. 이러한 광경은 내 눈에는 매우 우스꽝스럽게 비쳐졌으므로 집으로 돌아오는 도중 내내 나는 얼굴을 흰 손수건으로 가리고 눈물이 나올 만큼 웃었다.

목적한 대로 아내를 죽였지만 나는 불안으로 들떠 있었으며, 얼마 후 나의 비밀이 폭로될 것이 틀림없다는 생각에 사로잡혔다. 나의 몸 속에서 그러한 생각이 들끓기 시작하면 두 손을 마주치며 빙빙 돌며 소리쳐야 하는 광포한 기쁨과 즐거움을 숨길 수가 없었다. 나는 외출하여 사람들이 거리를 분주히 돌아다니는 것을 보거나, 극장에 들어가 음악을 듣고 춤추고 있는 사람들을 보기도 했다. 그러면 완전히 기분이 좋아져, 그러한 사람들 속으로 뛰어 들어가 그 패들을 갈기갈기 찢어 놓고 싶어 견딜 수 없었다. 그렇지만 나는 이를 악물고 발로 땅을 차며 살을 꼬집으며 충동을 억제했다. 그러므로 그 누구도 내가 광인이라는 것을 눈치채지 못했다.

나는 기억하고 있다——하긴 이것은 내가 기억할 수 있는 마지막 정경의 하나였다. 그것은, 지금까지는 꿈과 현실이 뒤범벅이 되어 있었으며, 할 일이 대단히 많았고 항상 서둘러야 했으므로 그렇듯 뒤범벅이 된 두 개를 혼돈에서 갈라 내고 있을 틈이 없었기 때문이다——내가 어떤 식으로 마침내 그것을 폭로했는가를. 앗핫핫！ 그치들의 겁먹은 얼굴 표정이 지금도 눈에 보이는 것 같다. 내게 달려드는 그치들을 내던지고, 그치들의 창백한 얼굴을 주먹으로 후려치고, 와아와아 하고 소리지르는 그치들을 뒤로하고 바람처럼 도망쳐 나온 유쾌함을 지금도 맛보고 있는 것 같은 생각이 든다.

그때의 일을 생각해 보면 체내에 거인(巨人)의 힘이 용솟음치는 것이다. 내가 마구 비틀면 이 철봉도 엿가락처럼 구부러진다. 나뭇가지처럼 꺾어 버릴 수도 있다. 단지 이곳에는 많은 문이 달린 길다란 복도가 있어서 길을 잃어버리게 되는 것이다. 가령 길을 알았다고 하더라도, 밑에는 언제고 자물통이 달려 있으며 빗장이 걸린 철문이 있다는 것을 알고 있다. 그치들은 내가 무척 약은 광인이라는 것을 알고 있어, 나를 이곳에 가두어 두고 구경거리로 삼을 수 있다는 것을 자랑스럽게 생각하고 있는 것이다.

그런데, 나는 외출하고 있었다. 집에 돌아와 보니 오만한 삼형제 중에서 제일 잘난 체하는 작자가 나를 기다리고 있었다. 긴급을 요하는 용건인 것 같았다. 나는 그것을 잘 기억하고 있다. 나는 그치를 광인으로서의 미움을 모두 담아 미워하고 있었다. 그치를 찢어 죽이고 싶은 충동으로 손가락을 떨었던 적이 여러 차례 있었다. 그가 지금 집에 있다는 것이다. 나는 급히 이층으로 올라갔다. 그치는 내게 할 말이 있다고 했다. 나는 하인을 물러가게 했다. 밤이 늦었는데 우리는 단둘이 있었다. 단둘이 있게 된 것은 이때가 처음이었다.

처음 한동안 나는 조심스럽게 상대의 눈길을 피했다. 그것은 그치가 꿈에서도 생각하지 못한 일, 즉 광인의 눈빛이 불처럼 타고 있다는 것을 나는 알고 있었으며 더욱이 알고 있는 것을 자랑스럽게 여겼기 때문이다. 한동안 우리는 말없이 앉아 있었다. 이윽고 그치가 먼저 입을 열었다. 나의 최근의 방탕함과 기괴한 언동은 동생의 영혼을 모욕하는 행동이라고 나를 질책했다. 처음에는 알아 차리지 못한 여러 가지 일들을 종합해 보면, 자네는 부인을 혹독하게 다룬 것으로 생각된다. 자네는 동생의 영혼을 모욕했으며, 우리 집안에 무례한 짓을 한 것으로 여겨지는데, 정말 그런지 아닌지 대답해 주기 바란다. 내가 입고 있는 제복을 걸고 해명해 줄 것을 요구한다.

이 친구는 육군 장교의 신분이었다. 그렇지만 그것도 나의 돈과 여동생의 불행을 가지고 산 것이다! 나를 함정에 빠뜨리고 내 돈을 빼앗을 책략을 앞장서서 짜놓은 것도 바로 이치였다. 여동생이 다른 청년을 사랑한다는 것을 잘 알고 있으면서 강제로 나와 결혼시킨 한 장본인이었다. 나의 제복이라고! 그치의 썩어 버린 근성의 간판이 아닌가! 나는 그치를 한동안 노려 보았다. 그렇게 하지 않을 수 없었던 것이다. 그렇지만 말은 한 마디도 하지 않았다.

내가 노려 보자 상대방의 태도는 갑자기 달라졌다. 대담한 사나이였으나 얼굴에서 갑자기 핏기가 가시며 의자를 뒤로 뺐다. 나는 내 의자를 그치에게 접근시켰다. 내가 웃자——그때 나는 대단히 기분이 좋아져 있었다. ——그치는 몸을 떨었다. 몸 안에서 광기(狂氣)가 지글지글 타오르는 것을 느꼈다. 그치는 나를 두려워하고 있었다.

「그럼 당신은 여동생이 살아있는 동안, 그 동생을 크게 사랑했다는 이야긴가?」

라고 내가 말했다.

「그야 물론이지.」

그치는 불안한 듯이 주위를 둘러 보았다. 나는 그치가 의자의 등을 손으로 꼭 쥐는 것을 알아차렸다. 그렇지만 그치는 아무 말도 하지 않았다.

「이 악당 같으니.」

내가 말했다.

「네 놈의 정체는 다 알고 있어. 네 놈이 어떤 계략을 짰는가도. 그 여자는 네 놈에 의해 어거지로 나와 결혼하게 되었지. 이미 다른 남자를 사랑하고 있었는데도 말이야. 나는 다 알고 있다구.」

그치는 갑자기 벌떡 일어나 의자를 머리 위로 들어 올리고는 비키라고 소리쳤다――그것은 내가 지껄이면서 조금씩조금씩 그치에게 접근하고 있었기 때문이다.

나는 지껄인다기보다 오히려 날카롭고 높은 소리로 호통을 치고 있었다. 자신의 혈관 속에 노여움이 마구 소용돌이치고 있는 것처럼 느껴졌으며, 또한 유령은 계속해서 찢어 죽이라고 낮은 소리로 재촉했다.

「빌어먹을 !」

나도 일어서서 그치에게 덤벼들었다.

「난 그 여자를 죽였어. 난 미치광이란 말야. 네 놈도 죽여 버릴 거야. 피야, 피 ! 난 피에 굶주려 있어 !」

그치가 겁을 먹고 내게 던진 의자를 재빨리 피하고 그치에게 덤벼들었다. 엄청난 소리를 내며 둘은 바닥 위에서 서로 붙잡고 엎치락뒤치락하며 싸웠다.

무서운 격투었다. 그치는 키가 크고 또한 건강한 사나이였으며 더구나 온힘을 다해 덤비고 있었고, 나 또한 미친 힘을 다 내어 그치를 죽이고 싶어 했으니까. 나의 힘을 당해 낼 놈은 없다는 것을 알고 있었으며, 나의 생각은 옳았다. 나는 광인이었지만 나의 생각은 또한 옳았다! 그치의 저항은 점차 약해졌다. 나는 그치의 가슴을 무릎으로 짓눌렀으며 두 손으로는 그치의 우람한 목을 꽉 잡았다. 그치의 얼굴이 흙빛이 되었으며 눈알이 튀어나온 듯했으며 혀가 삐져 나와 나를 비웃는 것처럼 보였다. 나는 한층 더 세게 목을 조였다.

갑자기 큰 소리와 함께 문이 깨지며 많은 사람들이 미치광이를 붙잡으라고 소리치며 돌진해 왔다.

나의 비밀이 들통난 것이다. 이제 나의 오직 한 가지 싸움이란 자유를 찾기 위한 싸움이었다. 그들의 손이 내 몸에 닿기 전에 나는 일어서서 돌진해 오는 놈들의 안으로 뛰어 들어 그들을 쓰러뜨리며 길을 헤쳐 나갔다. 방에서 나가자 난간을 뛰어넘었으며 순간적으로 큰길로 나섰다.

나는 속도를 내어 곧바로 달렸다. 그 누구도 나를 멈추게 할 용기를 가진 자는 없었다. 뒤에서 쫓아오는 발자국 소리가 들렸으므로 속도를 두 배로 냈다. 뒤쫓는 자의 발자국 소리가 점차적으로 멀어졌고, 마침내 들리지 않게 되었다. 그렇지만 나는 계속 속도를 늦추지 않고 늪과 조그마한 냇물을 건넜으며 벽을 뛰어넘어 달려갔다.

내가 소리를 지르자 내 주위에 몰려 있던 유령들이 소리를 합쳤으므로 외치는 소리는 한층 더 커졌으며, 그 소리는 주변의 공기를 찢어놓을 정도였다. 나는 바람을 타고 날아가는 유령의 팔에 안겨 앞으로 나아갔다. 악마들은 둑도 울타리도 뛰어넘었다. 펑펑 소리가 날 정도로 무서운 속도로 빙글빙글 휘둘렀으므로 나는 현기증을 느꼈다. 마침내 나는 휘익 하고 내동댕이쳐져 땅 위에 덜컥 하고 넘어졌다.

　눈을 뜨고 보니 나는 여기 있었다——햇빛도 거의 들어오지 않는 잿빛의 방이었으며, 달빛만이 살짝 내 주위의 유령들과 한 쪽 구석에 있는 그 말이 없는 여자의 모습을 비추었다. 눈을 뜬 채 누워 있자, 이 커다란 건물의 어딘가에서 이상한 외침과 비명이 간간이 들려 왔다. 그것이 무엇인지 나는 모른다. 그러나 그것은 그 창백한 여자가 지른 소리도 아니었다. 그녀는 외침 같은 것에는 전혀 신경을 쓰지 않고 날이 샐 때까지 똑같은 장소에 차분히 선 채로 나의 쇠사슬의 음악에 귀를 기울이며 내가 볏짚 침대 위에서 이리 뛰고 저리 뛰는 것을 지켜보고 있을 뿐이었다.

그로그츠비히 남작

독일의 그로그츠비히 폰 코윌트베토우트 남작은 꼭 한 번 만나보고 싶은 그러한 사람이었다. 남작이 성에서 살았다는 것은 말할 것도 없을 것이다. 그리고 그 오래된 성에서 살고 있었다는 것도 말할 필요가 없다. 그도 그럴 것이 독일의 남작치고 도대체 어떤 사람이 새로 쌓은 성에 살았다는 말인가. 그렇듯 전통이 있는 건물에 대해서는 묘한 일이 많이 있었지만, 그 중에서도 깜짝 놀라 자빠질 정도로 이상한 일은, 바람이 불면 굴뚝 속에서도 휙휙 소리가 난다든가 가까운 숲의 나무들 사이에서도 휙휙 소리가 나는 일이었다.

게다가 달이 비추고 있을 때에는 빛이 성벽에 있는 작은 채광 구멍을 통해서 들어와 실제로 큰 홀이나 복도의 한 쪽을 밝게 비추는데 나머지 한 쪽은 기분나쁘게 어둠 그대로 있는 일 등이었다.

나는 남작의 선조 중 누군가가 돈에 궁해서 어느 날 밤 길을 묻기 위해 찾아온 남자를 단검으로 찔러 죽였다고 생각한다. 이렇듯 여러 가지 이상한 일이 일어나는 것은 그 결과로 생긴 것이라고 사람들은 말했다. 그렇지만 나는 어떻게 하여 그런 일이 일어났는지 전혀 알 수가 없다. 왜냐하면 본래 마음씨 착한 남작의 선조는 후에 자신의 잘못을 깨닫고 세력이 약한 어떤 남작이 소유하고 있던 대량의 석재와 목재를 빼앗아 자기 것으로 만들어 죄의 대가로 교회당을 세워 모든 일에 대해 면죄부(免罪符)로서의 영수증을 천국에서 받았으니까 말이다.

남작의 선조라고 하면, 특히 계보의 점에서는 쳐줄 만한 자격이 충분히 있다는 것을 생각해냈다. 책임을 져도 좋지만 남작에게 어느 정도의 조상이 있었는가에 대해서는 죄송스러워 말을 할 수가 없다. 다만 그 시대의 어떤 사람보다도 훨씬 많았다는 것은 알 수가 있다. 그러므로 오늘의 시대에 살았으면 좋았을 것으로 생각한다. 그렇게 되었더라면 사람이 더 많아졌을 테니까. 꽤 일찍이 세상에 태어난 옛날의 높은 분들은 정말로 운이 나빴던 것 같다. 왜냐하면, 삼백 년 전에 태어난 사람에게는 당연히 지금 태어난 사람보다 조상이 많을 리가 없지 않은가.

맨 마지막으로 태어나는 사람은, 그치가 어떤 놈이든——신발을 수선하는 사람이거나 아니면 구두쇠인 천한 놈인지도 모르기 때문에 뭐라고 말할 수는 없지만——지금 살아 있는 제일 훌륭한 귀족님보다 더 오랜 계보를 갖게 되는 셈인데, 이것은 좀 불공평하다고 생각한다.

그건 그렇고, 그로그츠비히 폰 코윌트베토우트 남작에 관한 일이다. 남작은 핸섬하고 까무잡잡하고 검은 머리에 긴 수염을 하고 있으며 링컨 복지로 만든 옷을 입고 발에는 팥 색깔의 장화를 신었으며 어깨에는 급행 역마차의 마부의 것 같은 뿔피리를 매달고, 말을 타고 사냥을 나갔다. 그 뿔피리를 불어제끼면 남작보다 신분이 아래이며 약간 저질인 링컨 복지의 옷을 착용하였고 좀더 가죽바닥이 두툼한 팥 색깔의 장화를 신은 이십사 명의 부하들이 즉시 나타났다. 그리하여 이들 부하 일행은 라카를 칠한 지하도의 울타리같이 생긴 창을 들고 멧돼지를 뒤쫓든가 아니면 곰과 육탄전을 벌이기 위해 말을 타고 달려가게 된다.

남작은 곰을 죽이고 난 후에 짐승의 기름을 수염에 발라 매끈매끈하게 만들었다.

그로그츠비히 남작에게는 즐거운 생활이었으며 더구나 남작의 부하들에게는 더욱 즐거운 생활이었다. 매일밤 취해 곯아 떨어질 때까지 독일 포도주를 나누어 마셨고 침대에서도 술병을 놓지 않은 채 파이프, 파이프 하고 떠들어 대는 것이다. 그로그츠비히의 유쾌한 부하들은 명랑했고 마셔라 노래하라는 식의 유흥이나 축제의 시끌시끌함을 좋아했고 째째하지 않았다.

그렇지만 식탁에서의 즐거움, 혹은 식사 후의 즐거움이라 해도 약간의 변화가 필요한 상황이었다. 여전히 이십오 명이 정해진 식탁 앞에 앉아 늘 똑같은 문제를 논의하고 여전히 변화가 없는 이야기를 나눌 경우에는 특히 그러했다. 남작은 싫증을 느껴 자극이 필요해졌다. 그럴 때면 부하들과 싸움을 벌이게 되었으며, 저녁 식사 후에는 매일 두세 명을 발로 차서 넘어뜨리기도 했다. 당초에는 이것도 마음을 후련하게 해주는 변화였지만 1주일 정도가 되면 지루해져 남작은 또 무언가 새로운 놀이가 없을까 하고 물색하기 시작했다.

어느 날 사냥에서 님로데(구약성서 창세기 참조. 노아의 자손으로 사냥의 명인)라든가 기링워터(당시 런던의 이발사. 향수상. 곰을 사육하여 창에는 『오늘 잡은 싱싱한 곰』이라는 광고를 내걸었음. 당시 유행했던 남성들의 머리카락에 바르는 곰의 기름 성분을 선전하였다.)도 저리 가라는 솜씨로『한 마리의 멋있는 곰』을 사살하여 그것을 가지고 의기양양하게 성으로 돌아왔지만, 그날 밤 폰 코월트베토우트 남작은 우울한 기분으로 식탁의 주인석에 앉아 큰 홀의 그을은 천장을 가라앉은 표정으로 바라보고 있었다.

큰 컵에 넘치도록 따른 포도주를 여러 잔이나 단숨에 마셨지만, 마시면 마실수록 기분이 우울해졌다. 그의 좌석 양편에 앉은 덕에 위험한 처우를 받고 있는 부하는 기이할 정도로 주인이 마시는 솜씨를 흉내내며 무뚝뚝하게 얼굴을 찡그리고 있었다.

「그렇게 해야겠어.」

남작이 갑자기 소리치며 오른손으로 테이블을 쳤으며 왼손으로 수염을 비틀었다.

「그로그츠비히 부인을 위하여 건배하자.」

스물 네 명의 링컨 복지의 주인공들은 변함이 없는 스물 네 개의 콧등만 남겨놓고 일제히 창백해졌다.

「그로그츠비히 부인을 위하여 라고 했단 말야.」

식탁을 둘러보면서 남작이 되풀이했다.

「그로그츠비히 부인을 위하여!」

링컨 복지의 사나이들이 소리쳤으며, 당당히, 1파인트가 들어가는 스물 네 개의 유리컵에 부은, 여러 해 동안 저장해 두었던 일품(逸品)의 라인 포도주가 스물 네 개의 목구멍으로 흘러 들어가자 마흔 여덟 개의 아래위 입술은 입맛을 다시며 다시 한 번 눈으로 신호를 보냈다.

「폰 슈빌렌하우젠 남작한테는 예쁜 딸이 있어.」

코윌트베토우트는 친절하게도 그 의미를 이해하기 쉽도록 설명해 주었다.

「내일 해가 지기 전에 딸을 아내로 맞이하겠다고 남작에게 말해야지. 만약 이와 같은 청혼을 거절한다면 그놈의 코를 잘라내 버릴 거야.」

목쉰 듯한 떠들썩한 소리가 좌중에서 새어 나왔다. 각자는 깜짝 놀라며 의미가 있다는 듯이 우선 처음에는 칼의 손잡이에, 이어 코끝에 손을 대어 보았다.

생각해 보면 자식의 효도란 기분좋은 일이었다. 만약 폰 슈빌렌하우젠의 딸이, 이미 마음에 정한 사람이 있다고 주장한다거나 부친의 발아래 무릎을 꿇고는 소금기가 섞인 짭잘한 눈물로 발을 적시거나 기절해 버릴 것 같은 늙은 아버지에게 미친 것처럼 비난을 퍼붓거나 했으면, 십중팔구 슈빌렌하우젠 성의 가재도구 일체, 아니 그보다 우선 남작이 창 밖으로 내동댕이쳐지고 성이 파괴되어 버렸을 것이다. 그렇지만 다음 날 아침 일찍, 폰 코윌트베토우트의 사자(使者)가 청혼을 하러 왔을 때, 딸은 다소곳이 자기 방으로 물러가 그 창으로부터 구혼자의 부하들의 내방을 지켜보고 있었다.

긴 수염을 한 말탄 사람이 자기에게 청혼한 남편감이라는 것을 알자 즉시, 부친을 뵙겠다고 청한 다음, 아버님을 지키는 일이라면 기꺼이 이 몸을 바치겠다고 말했다. 늙은 남작은 자기 딸을 힘껏 끌어안고는 기쁨으로 눈을 반짝였다.

그 날 성에서는 축하의 큰 연회가 있었다. 폰 코윌트베토우트의 스물 네 명의 링컨 복지의 부하들은 폰 슈빌렌하우젠의 열두 명의 링컨 복지의 부하들과 영원한 우정을 맹세했다. 그들은 늙은 남작을 보고, 각하의 포도주를 「보이는 것이 모두

파랗게 될 때까지 끝까지 마시겠습니다.」고 약속했으나, 그 것은 전원의 얼굴 빛깔이 그 코끝과 똑같은 색깔이 될 때까 지라고 말하려 했던 것 같다. 연회가 끝났을 때 등을 서로 펑펑 두드리며, 폰 코윌트베토우트 남작 일행은 들뜬 기분으로 말을 타고 귀로에 올랐다.

지루했던 6주간 동안 곰과 멧돼지는 휴가를 얻었다. 코윌 트베토우트와 슈빌렌하우젠의 두 집안은 인연을 맺음과 동 시에 창은 녹이 슬었고 남작의 뿔피리는 불리는 기회를 잃고 삐걱소리를 냈다.

스물 네 명의 부하들에게는 멋진 축제의 나날이었다. 그렇 지만 딱하게도 그렇듯 의욕이 왕성하고 눈부셨던 나날은 이미 엉덩이에 돛을 달고 후다닥 퇴각을 시작했다.

「이보세요, 낭군님.」

남작 부인이 말했다.

「왜 그래.」

남작이 물었다.

「저 거칠고 떠들썩한 사람들…….」

「누구 말인가.」

흠칠 놀라며 남작이 물었다.

남작부인은 둘이 서 있던 창을 통해 아래의 뜰을 가리켰다. 그곳에는 이와 같은 일을 꿈에도 알아차리지 못하는 링컨 복지의 부하들이 멧돼지 사냥의 명령이 떨어지기만을 고대 하면서 듬뿍 따른 출발의 술잔을 기울이고 있었다.

「저들은 내가 사냥할 때 도와주는 부하들인데.」

남작이 말했다.

「여보, 저 사람들을 쫓아내 주세요.」

남작부인이 중얼거렸다.

「쫓아 버리라고!」

남작이 깜짝 놀라 소리쳤다.

「여보, 저를 위해, 제발 부탁이에요.」

남작부인이 되받아 말했다.

「악마의 부탁이라 해도 그것만은 절대로 안 돼.」

남작이 응답했다.

이 말에 남작부인은 비명을 지르고는 남작의 발 옆에서 졸도해 버렸다.

남작은 어찌 할 바를 모르게 되었다. 시녀를 불렀으며 다시 소리쳐 의사를 불러오게 했다. 그리고는 안마당으로 나가 늘 발로 찼던 두 사람의 링컨 복지의 사나이들을 걷어찼으며 다른 패들에 대해서는 한 차례 욕을 퍼부은 다음, 모두 나가 버리라고 명령했다――어디로라고 묻고 싶은가. 어디라도 상관없지 않은가. 첫째로 그것(지옥의 의미)에 해당하는 독일어를 나는 모르며, 알고 있어도 노골적으로는 쓸 수가 없어.

어떤 방법으로 혹은 어느 정도씩, 마나님은 주인 양반을 조종하여 마침내 엉덩이 밑에 깔고 앉게 되었는지, 그것을 설명하는 것은 나의 격에 맞지 않는다. 물론 나 역시도 이 점에 대해 개인적인 견해가 있고, 하원의원 네 사람 중 세 사람은 자기 자신이 아니라 마나님의 양심(그런 것이 있는지 모르지만)에 따라 체결에 참가할 터이므로. 의원 선생은 결혼하면 곤란하다고 생각하기는 하지만 말야. 그렇지만 지금 여기서 말하지 않으면 안 될 것은 다음과 같은 일이다.

폰 코윌트베토우트 남작부인이 어떤 식으로 했는지는 잘 모른다. 하지만 중요한 것은 남작부인이 폰 코윌트베토우트 남작을 손아귀에 넣고 자유롭게 다룰 수 있게 되었다는 점이다. 또한 조금씩 조금씩, 한 발짝 또 한 발짝씩, 하루 또 하루, 1년 또 1년식으로 언쟁을 벌일 문제가 생길 때마다 남작은 무참하게 당하거나 혹은 재치있게 조종당했다. 그것은 그렇다치고 남작 부인은 남작이 좋아하는 도락을 못하게 만들었다. 그리하여 남작이 뚱뚱하게 살이 찌고 원기 왕성한 사십팔 세 정도가 되었을 때에는 연회도 없고 야단법석을 떨지도 못하게 되었으며, 사냥 때의 부하들도 없고, 사냥도 없는, 없는 것만이 있는——요컨대 마음에 드는 일, 혹은 수중에 간직했던 것들을 일체 다 잃었다는 사실이다. 그리고 사자처럼 호전적이었으며 놋그릇과 같이 철면피였으며 뻔뻔스러운 인간이었던 남작이 다른 것도 아닌 자신이 소유하는 성 안에서, 다른 사람도 아닌 자기 마나님에게 한 마디 항변도 못할 정도로 짓눌리고 철저하게 당하게 되었다는 사실이다.

게다가 남작의 비운은 이것이 전부가 아니었다. 혼례를 올린 지 대략 1년 후에는 통통한 남작의 2세가 이 세상에 태어났다. 그 탄생을 축하하여 산더미만큼 많은 불꽃이 터뜨려졌으며, 그리고 산처럼 많은 술이 사람들의 뱃속으로 흘러들어 갔다. 그렇지만 다음 해에 딸이 태어났으며, 그 다음 해에는 아들 하는 식으로 매년 아들 아니면 딸(어떤 해에는 양쪽이 함께)이 펑펑 태어나 마침내 남작은 열두 명의 자식을 거느린 아버지가 되어 있었다.

매년 이와 같은 기념 행사가 있을 때마다 폰 슈빌렌하우젠의 늙은 남작 부인은 사랑하는 딸 폰 코월트베토우트 남작 부인의 건강에 세심한 신경을 썼다. 사람이 좋은 노부인은 사랑하는 딸의 산후조리를 돕기 위해, 실질적으로는 하나도 도와주지 않으면서도 그로그츠비히 성 사람들의 신경을 곤두서게 했으며, 또한 남작의 집안일에 대해 이러쿵 저러쿵 참견을 하거나 아니면 불행한 딸의 고생스러운 운명을 한탄하고 슬퍼하면서 시간을 보내기도 했다.

이것으로 다소 마음이 상하여 화가 난 그로그츠비히 남작이 용기를 내어 다른 남작 부인에 비해서 생활이 뒤떨어지지 않습니다 하고 큰소리라도 치게 되면, 폰 슈빌렌하우젠 남작 부인은 사랑하는 딸의 고생을 딱하게 여기는 것은 자기 말고 아무도 없다고 모든 사람이 들으라는 듯이 큰소리로 말했다. 그러면 노부인의 친척이나 친구 일동은 목소리를 합쳐 물론 사위보다 노부인 쪽이 훨씬 더 많은 눈물을 흘리고 있으며, 피도 눈물도 없는 짐승이 있다고 한다면 바로 그로그츠비히 남작일 거라고 말했다.

딱하게 된 남작은 가능한 한 모든 것을 참아 냈다. 그러나 더 이상 참아낼 수 없게 되자 식욕도 기운도 잃게 되어 우울함 속에서 힘을 잃고 주저앉아 버리게 되었다. 그런데 더욱 골치 아픈 재난이 쏟아져 내리려 하고 있었다. 이것이 현실로 나타나자 남작의 우울과 비통은 한층 더 심해졌다. 시세는 변했다. 남작은 빚을 지게 되어 버린 것이다. 그로그츠비히 집안의 재원은 바닥이 나기 시작했으며, 남작부인이 꼭 열세 번째를 계보에 추가하려고 한 바로 직전 폰 코윌트베토우트 남작은 아무리 이렇게 저렇게 융통해 봐도 재원을 메꾸는 일은 거의 불가능하다는 것을 깨닫게 되었다.

「어떻게 하면 좋을지 전혀 짐작이 되질 않아.」

남작이 말했다.

「죽는 수밖에 없겠군.」

이것은 좋은 생각이었다. 남작은 곧 선반에서 오래된 사냥칼을 꺼내어 가죽구두에 간 다음 목에 갖다 대고는, 곧 찔러 버릴 것 같은 『시늉』을 해 보였다.

「에헴.」

갑자기 생각을 바꾸고 남작은 말했다.

「아직 잘 잘라지지 않을 것 같군.」

남작은 칼을 다시 갈았으며 그리고 찔러 버릴 듯한 시늉을 다시 했을 때, 이번에는 어린 아들과 딸들이 지르는 큰소리 때문에 그 손이 움직이지 않게 되었다. 옥상의 탑에는 해자(垓子)에 떨어지지 않도록 창 바깥쪽에 철책을 단 어린이방이 있었다.

「만약 혼자몸이라면…….」

한숨을 쉬면서 남작이 말했다.

「아무런 방해도 받지 않고 오십 번 이상은 할 수 있었을 텐데. 이봐! 포도주의 작은 병과 제일 큰 파이프를 홀 안쪽의 둥근 천장이 달린 작은방으로 가져다 줘.」

하인 한 사람이 30분도 채 되기 전에 남작의 명령을 수행하자 폰 코윌트베토우트 남작은 둥근 천장의 방으로 성큼성큼 걸어갔다. 검은 빛을 발하는 나무벽이 난로에 쌓여서 바작바작 타오르고 있는 장작의 불꽃으로 드러나 희미한 빛을 발하고 있었다. 술병과 파이프가 마련되자, 더 이상 바랄 것이 없었다.

「램프는 놓아두고 가라구.」

남작이 말했다.

「다른 볼 일은 없으십니까, 나리님.」

하인이 물었다.

「나가 주게.」

　남작이 대답했다. 하인은 그의 말에 따랐으며, 남작은 문을 열쇠로 채웠다.
「마지막 한 대를 피우기로 할까.」
　남작이 말했다.
「그리고는 끝내는 거지.」
　그리하여 필요할 때까지 칼은 테이블 위에 놓아두기로 했다. 듬뿍 따른 포도주 한 잔을 단숨에 들이킨 다음 남작은 의자에 깊숙이 앉았으며 난로 앞에 두 다리를 내뻗고는 파이프 연기를 내뿜었다.
　여러 가지 일이 뇌리를 스치고 지나갔다——지금의 진흙탕 구덩이에 빠지게 된 일, 독신이었던 옛날의 일, 훨씬 전에 국내의 이곳저곳으로 흩어져 가서 이제는 행방조차 알 수 없는 링컨 복지의 부하들. 하긴 불행하게도 목을 잘린 두 사람과 술을 많이 마셔 몸을 망친 네 사람은 별로지만. 머릿속에서 곰과 멧돼지의 일을 생각하고 있다가 컵을 비우려고 시선을 들자, 이때서야 처음으로 자신이 혼자가 아니었다는 것을 알아차리게 되었다.
　그렇다. 남작은 혼자가 아니었다. 난로를 마주하고 주름 투성이로 섬칫하게 느껴지는 추한 사나이가 팔짱을 끼고 앉아 있었다. 눈은 깊이 패이고 핏기가 감돌았으며 죽을 상(相)을 하고 있는 대단히 긴 얼굴과 멋대로 자라게 내버려 둔 곱슬머리가 서로 뒤엉켜 기이한 느낌을 자아내고 있었다. 광택이 없는 파란 튜닉 같은 것을 입고 있었는데 단추 대신인지 아니면 장식인지 관의 손잡이가 위로부터 아래로 배열돼 있었다. 그리고 발에는 갑옷을 입고 있는 것처럼 관의 금속 명찰을 달았으며 왼쪽 어깨에는 수의 조각으로 만든 것 같은 짧고 검은 망토를 뒤집어 쓰고 있었다. 사나이는 남작에 대해 신경을 쓰는 것 같지도 않았으며 난롯불만을 계속 지켜보고 있었다.

「이봐.」

주의를 끌기 위해 발을 쾅쾅 구르면서 남작이 말했다.

「어어.」

낯설은 사나이는 얼굴도 돌리지 않고 움직이지도 않으며 단지 눈만을 남작에게 향하며 대답했다.

「뭐야.」

「뭐야라니 ? 」

사나이의 공허한 목소리와 멍청하게 흐려진 눈에는 전혀 겁먹지 않고 남작은 대답했다.

「그건 오히려 이쪽이 물어야 할 말인데. 어떻게 이곳으로 들어왔지 ? 」

「문을 통해서.」

「자네는 어떤 자인가 ? 」

「인간이지.」

「믿어지지 않는데.」

「그렇다면 믿지 않으면 되지.」

「아아, 그렇게 하겠어.」

사나이는 얼마 동안 배짱이 두둑한 그로그츠비히 남작을 똑바로 쳐다보다가 이어 허물없는 것처럼 말했다.

「알았어. 당신한테는 못 당하겠군. 난 인간이 아냐.」

「그럼 무엇인가 ? 」

「수호신이야.」

「그렇게 보이지 않는데.」

남작은 바보 취급 하듯이 반박했다.

「나는 절망과 자살의 수호신이야.」

사나이가 말했다.

「자아, 이젠 알았겠지 ?」

이렇게 말하자 사나이는 마치 마음을 안정시킨 다음에 이
야기를 나누자고 말하기라도 하려는 듯이 남작에게로 몸을
돌렸다——그리고 더욱 놀란 것은 사나이가 망토를 벗어 던
지자, 몸의 한복판을 꿰뚫고 있는 몽둥이를 보여 주며 그것을
뽑아 가지고는 흡사 지팡이를 다루듯 침착하게 그것을 테이블
위에 놓았다.

「그런데.」

사나이는 사냥칼을 힐끔 바라보면서 말하였다.

「각오는 돼 있는가 ?」

「아직.」

남작이 대답했다.

「우선 이 파이프를 다 피우지 않으면 안 된단 말야.」

「그럼 빨리 하라고.」

「그렇게 급한가 ?」

「응, 그렇다고 할 수 있지. 영국과 프랑스가 내 관할인데
바로 지금이 한창 장사가 잘 될 때야. 그래서 시간을 많이
빼앗길 수가 없어.」

「한 잔 하겠나 ?」

파이프의 재떨이로 술병을 가볍게 두드리며 남작이 말했다.

「사양치는 않겠네. 난 술이 상당히 센 편이야.」

하고 사나이는 멋대가리없이 대답했다.

「적당히 하면 되지 않겠나.」

「절대로 그렇게 할 수는 없어.」

몸을 떨면서 사나이가 대답했다.

「적당히 마시면 금세 마음이 들떠 버리기 때문에.」

남작은 방금 사귄 이 친구를 힐끔 보고는, 이치는 그야말로 묘한 손님이라고 생각했다. 그러면서 마침내 자신이 이제부터 실천하려고 하는 행위에 대해서 적극적으로 관여하겠느냐고 물었다.

「아니.」 하고 따돌리듯이 대답했다.

「하지만 언제든지 입회는 하겠지만.」

「공평한 구경꾼이란 말인가?」

남작이 말했다.

「바로 그렇지.」

그는 막대기를 만지작거리는가 하면 끝의 뾰족한 부분을 살피며 대답했다.

「미안하지만 될 수 있는 대로 빨리 끝내 주었으면 싶군. 돈과 시간 여유가 남아 돌아서 고민하는 아이놈이 날 목이 빠져라 기다리고 있으니까.」

「돈이 너무 많아서 죽겠다고?」

남작은 이렇게 소리치면서 우스워 못견디겠다는 표정이었다.

「핫핫핫, 그건 좋은 일이군.」

(최근 한동안 남작은 웃은 일이 없었다.)

「이봐.」

사나이는 완전히 겁 먹은 모양으로 말했다.

「두 번 다시 그러지 말아 주게나.」

「어째서?」

「온 몸이 쑤시고 아파서그래. 한숨 정도라면 얼마든지 괜찮지만. 그 정도라면 몸에도 좋고.」

이런 말을 듣자 남작은 기계적으로 한숨을 토해 냈다. 기운을 되찾은 사나이는 한층 더 애교를 부리며 은근하게 사냥칼을 남작에게 건네주었다.
「그렇지만 나쁘지 않은 생각이군.」
사냥칼의 칼날을 만지작거리면서 남작이 말했다.
「돈이 남아 돌아 죽겠다니.」
「바보 같은 소리.」
초조해진 사나이가 말했다.
「돈이 한 푼도 없거나 혹은 그와 같은 상황에 가깝다고 죽으려는 친구와 다를 것이 없지.」
이런 등등의 일로 사나이는 무의식 중에 대단히 서툰 짓을 했거나 아니면 남작이 죽을 생각이었으므로 자기가 뭐라고 지껄이든 상관이 없다고 생각하고 있었기 때문인지 그것은 알 길이 없다. 단지 알게 된 것은 갑자기 남작이 손을 멈추자 눈을 부릅뜨고 새로운 빛이 처음으로 자기에게 내리퍼부은 것과 같은 동작을 취한 점뿐이다.
「응 그렇지, 바로 그래.」
폰 코윌트베토우트가 말했다.
「너무하다, 너무하다고 ! 하지만 그렇다고 수습할 수 없을 정도로 너무한 것은 하나도 없을 거야.」
「텅빈 금고 이외는 그렇지.」
「그건 그렇지만 언제 다시 금고가 꽉 차지 않는다고도 할 수 없을 거야.」
「잔소리가 많은 마누라는 어떤가 ? 」
사나이는 기분이 좋지 않은 목소리로 말했다.
「잔소리를 못하게 할 수도 있을지 모르지.」

228

「그럼 열세 명이나 되는 자식은?」

수호신이 큰소리로 말했다.

「설마 그 애들이 모두 다 잘못되는 일은 없겠지.」

이와 같은 말을 단숨에 토해 놓는 남작에 대해서 사나이는 매우 화가 나는 모양이었지만, 그런대로 웃어 버리려고 노력했으며, 미안하지만 당신의 농담이 끝나거든 가르쳐 줄 수 없느냐고 부탁했다.

「아냐, 농담 같은 건 하지 않아. 그런 기분은 전혀 없으니까.」

남작이 항의했다.

「그래, 그 말을 들으니 기쁘군.」

미소도 띠지 않고 사나이가 말했다.

「이것은 농담 따위가 아냐. 문자 그대로 농담이란 것은 자신의 신상의 파멸이란 말야. 자아, 살아 나가기 어려운 이 세상 같은 건 단번에 안녕해 버리는 거야.」

「그걸 알 수가 없군.」

칼을 만지작거리면서 남작이 말했다.

「정말로 이 세상이 살아가기 힘든 곳인지 어쩐지. 그렇지만 자네가 살고 있는 곳이 이곳보다 훨씬 좋다고도 생각되지 않는군. 자네가 그렇게 편히 살고 있는 것으로는 보이지 않으니까 말야. 퍼뜩 생각이 난 것이지만…… 자네는 이 세상에서 꺼져 버리는 것이 신상에도 편하다 어쩌구 말했지만 결국에 가서는 도대체 어떤 보장이 있단 말인가?」

후다닥 뛰어 일어난 남작이 말했다.

「이건 생각해 보지도 못했는데.」

「빨리빨리 하라구.」

이를 갈면서 사나이가 소리쳤다.

「가까이 오지 마.」

남작이 말했다.

「불행을 안고 끙끙 앓는 건 이제 그만두고 최소한 참기로 하겠어. 그리고 신선한 공기를 쏘이며 다시 한 번 곰을 쫓아 봐야지. 그래도 시원치 않으면 분명히 내부 문제를 이야기하여 폰 슈빌렌하우젠 집안 사람들과는 만나도 모른 체 하기로 해야지.」

이렇게 말한 다음 남작은 의자에 편한 자세로 앉아 큰소리로 요란하게 웃음을 터뜨렸으므로 온 방 안이 그의 웃음소리로 울려 퍼졌다.

사나이는 공포에 질린 눈동자로 남작 쪽을 쳐다보면서 두 세 걸음 뒷걸음질쳤다. 그런 다음 걸음을 멈추고 갑자기 몽둥이를 들어올려 난폭하게 자기 몸을 찌르면서 섬칫하게 울부짖고는 형태도 없이 꺼져 버렸다.

폰 코윌트베토우트는 두 번 다시 그 사나이와 만나는 일은 없었다. 한 번 일을 일으키려고 결심하자, 즉각 남작부인과 폰 슈빌렌하우젠 집안 사람들의 설득에 성공했으며, 그가 죽은 것은 훨씬 후의 일이었다. 분명히 돈은 많지 않았다고 여겨지지만 가족들에게 곰 사냥이나 멧돼지 사냥을 정성껏 가르치며 행복하기 그지없는 생활을 할 수 있었다.

그러므로 모든 사람에게 내가 충고하고 싶은 것은 거의 비슷비슷한 원인을 가지고 기분이 언짢아지고 우울해졌을 때 (이런 사람들이란 무척 많겠지만) 다시 한 번 일의 안과 겉을 살펴 보고, 제일 좋은 쪽으로 돋보기를 대보는 것이 좋다는 이야기이다. 그러고나서도 무턱대고 이 세상으로부터 은퇴하고 싶을 때는 먼저 커다란 파이프로 담배를 한 대 피워보고 그리곤 술병 하나를 완전히 비웠던 그로그츠비히 남작의 멋 있는 행위를 본보기로 삼아 보면 어떨는지.

찰스 2세 시대에 옥중에서
발견된 고백서

나는 국왕의 군대의 중위로서 1677년과 1678년의 전쟁에서 외국에 종군하였다. 니메겐(네덜란드의 도시. 여기서 1678~9년에 걸쳐 프랑스, 네덜란드 전쟁의 강화 조약이 체결되었다.) 조약이 체결된 후 나는 고국으로 돌아와 제대했으며, 아내의 재산이었던 런던의 동쪽 수 마일의 위치에 있는 조그마한 땅으로 이사하여 살게 되었다.

오늘 밤은 내 생애 최후의 밤이므로, 나는 아무것도 숨김이 없이 적나라하게 진실을 기록하려고 한다. 나는 용감하지도 않았으며 어릴 적부터 의심이 많고 말이 없는 무뚝뚝한 성질이었다. 나 자신의 일인데도 이미 죽은 사람을 대하듯 표현하고 있지만, 내가 이것을 쓰고 있는 동안에도 내 무덤은 파여지고 있으며 나의 이름은 사신(死神)의 검은 책에 기록되고 있기 때문이다.

영국으로 돌아와 보니 나의 오직 하나뿐인 형은 죽을 병에 걸려 있었다. 그렇지만 나는 거의, 아니 전혀 슬프게 생각하지 않았다. 우리 두 사람은 어른이 된 후부터는 전혀 왕래가 없

었기 때문이다. 형은 명랑 활달하고 관대했으며 나보다 미남
자였을 뿐만 아니라 나보다 재능도 있었고 나보다 많은 사
람들에게 사랑을 받고 있었다. 나와 사귀고 싶어 한 사람은
모두 형과 친한 사람들이어서 그렇게 한 것이므로 나와 오래
교제한 사람은 하나도 없었다. 그들은 한결같이 나와 처음으로
대화를 나누었을 때 형제이면서 용모나 태도가 그렇듯 닮지
않은 두 사람은 드물다고 말했다.

한편 나는 상대방으로 하여금 그렇게 고백하도록 유도했
는데, 그것이 또한 나의 버릇이었다. 상대방이 형과 나를 어
떻게 비교하고 있는지 나는 분명히 알고 있었으며, 나의 마음
한복판에는 늘 질투와 선망하는 마음이 부글부글 끓고 있었
는데, 나는 그것을 자기 자신에게 증명하고 싶었다.

형과 나는 각각 자매와 결혼했다. 그렇게 함으로써 형제의
사이가 한층 더 친밀해지리라 생각하는 사람이 있을지 모르
지만, 실제로는 두 사람의 관계가 오히려 소원(疏遠)해지고
말았다. 형수는 누구보다 나를 잘 알고 있었다. 내가 마음 속
에서 형에 대한 질투와 아쉬움과 싸우고 있을 때, 언제나 형
수는 나처럼 그것을 잘 알고 있었다. 같이 있을 때 내가 눈을
들면 언제고 그 여자가 나를 지켜보고 있는 것을 알 수 있었다.
나는 자신의 시선을 피하거나 밑을 보거나 하지는 않았지만
언제나 형수는 나를 감시하고 있는 듯한 기분이 들었다.

우리 사이가 나빠졌을 때 나는 말할 수 없이 안심이 되었
으며, 내가 외국으로 나가 있는 동안 형수가 죽었다는 소식을
들었을 때 더욱 마음이 놓였다. 지금 와서 생각해 보면, 그
후에 일어난 기묘하고 무서운 전조(前兆)가 이미 그때 우리들
위에 씌워져 있었던 것 같은 생각이 든다. 나는 형수를 두려

위했다. 형수는 나에게 귀신처럼 달라붙어 있었다. 지금도 형수가 차분히 지켜볼 때의 눈매가 악몽처럼 여겨져 피가 얼어붙는 기분이 든다.

형수는 어린애——남자 아이——를 낳은 후 이내 죽었다. 자기가 더 오래 살 수 없다는 것을 알게 된 형은, 나의 아내를 베개머리에 불러 놓고는 네 살짜리 고아를 돌봐 달라고 부탁했다. 형은 자기 아들에게 자신의 전재산을 물려 주었으며, 만약 그 아들도 죽게 될 경우에는 제수의 애정과 돌봐 준 데 대한 감사의 표시로서 그 재산을 그녀에게 물려 준다는 유언장을 썼다. 형은 오랫동안 소원했던 관계를 슬퍼하는 형제다운 두세 마디를 나와 나눈 다음 완전히 지쳐 버린 사람처럼 잠에 떨어졌는데, 그로부터 결국은 잠에서 깨어나지를 못했다.

우리 부부 사이에는 자식이 없는데다 그들 자매 사이에는 깊은 애정이 있었으므로, 아내는 그 아이를 거의 친어머니와 같이 보살폈으며 자식처럼 사랑해 주었다. 그 아이도 내 아내를 진심으로 따랐다. 그렇지만 그 아이의 얼굴과 마음에는 자기 어머니의 모습이 있었으므로, 나는 언제나 마음을 털어놓고 대할 수가 없었다.

그런 기분이 싹튼 것이 언제부터였는지 정확하게는 알 수 없지만, 얼마 후부터 나는 그 아이가 옆에 있으면 불안해지기 시작했다. 내가 뭔가 우울한 생각에 잠겼다가 제 정신이 들었을 때는 언제고 그 아이가 나를 지켜보고 있는 것을 알아차렸다. 단순히 어린이의 호기심의 눈이 아닌, 그의 어머니의 시선 속에서 내가 자주 발견한, 뭔가 의미와 결의가 담긴 그런 눈길이었다. 이목구비나 표정이 자기 어머니를 많이 닮은 데서 오는 내 기분 탓만은 아니었다. 나는 그 아이를 가볍게 무시할 수가 없었다. 어린애는 나를 무서워했지만 동시에 본능적으로 나를 경멸하고 있는 것처럼 보였다.

내가 노려보게 되면 뒷걸음질치면서도——단둘이 있을 때 곧잘 어린애는 문 쪽으로 접근하려 했다——역시 반짝반짝 빛나는 눈길이 나를 향하고 있었다.

어쩌면 나는 나 자신의 진실을 숨기고 있는지도 모르지만, 이런 일이 일어나기 시작했을 무렵에는 어린애에게 위해(危害)를 가할 생각은 전혀 없었다. 어린애에게 상속된 재산은 우리들에게 크게 도움이 되었으므로 죽었으면 좋겠다고는 생각했을지언정, 의식적으로 죽게 하려고는 생각하지 않았다. 또한 이러한 생각도 어느 날 갑자기 내 마음 속에서 우러난 것이 아니고, 서서히, 처음에는 사람들이 지진이라든가 최후의 심판의 날을 생각하듯이, 훨씬 먼 곳에서 희미한 모습으로 나타났다(영국에는 거의 지진이 없다.). 그 후 점차 접근해 왔으며, 무섭지만 있을 수 없는 일들이 내 의식을 잠식해 들어와 마침내 나의 매일의 사고 방식의 일부분, 아니 거의 전부가 되어 버렸으며, 그것을 할 것인가 말 것인가의 문제가 아니라, 어떤 식으로 할 것인가, 어떻게 하면 안전하게 해치울 수 있는가 하는 문제로 결말이 나 버렸다.

마음 속에 이와 같은 변화가 일어나고 있는 동안에, 어린애가 자신을 꼼짝 않고 지켜보게 되면 나는 도저히 참을 수 없게 되었다. 그래도 어린애의 약하고 작은 몸을 바라보게 되면 간단히 해치울 수 있다는 생각에 위안을 받았다. 그것은 일종의 주술(呪術) 같은 것이었다. 때로는 살그머니 이층으로 올라가 어린애가 자고 있는 모습을 지켜 보았으며, 대개는 아이가 공부하고 있는 방 창문 가까이에 있는 정원을 거닐며, 아내

곁에 놓인 낮은 의자에 앉아 있는 어린아이를 나무 그늘에서
몇 시간이고 계속해서 엿보고 있었다. 나뭇잎이 바삭바삭 소
리를 낼 때마다 흠칠 놀라며 도망쳤다가는 다시 살그머니
다가갔다가 다시금 흠칠 놀라는 식으로, 정강이에 상처를 입고
있는 사람과 같은 태도였다.

　내가 살고 있는 집에서 가까운 곳에 있었지만, 집에서는
보이지도 않았고 소리도 (조금이라도 바람이 불면) 들리지 않는
곳에 연못이 있었다. 나는 여러 날을 소비하면서 호주머니칼로
서툴지만 장난감 배를 깎아 만들어, 될 수 있는 대로 어린아
이의 눈에 띄는 곳에 놓아 두었다. 그리고는 아이가 그 장난
감을 가지고 연못에 띄우러 갈 때 지나갈 듯싶은 장소의 그늘에
숨어 아이가 나타나기를 기다렸다. 나는 한낮부터 해가 질
때까지 기다렸지만 그 날도 그 다음 날도 아이는 오지 않았다.
아이가 장난감 이야기를 지껄였으며 기쁜 나머지 잘 때까지도
옆에 두고 있는 것을 알게 되었으므로 일이 잘 된 것은 틀림이
없었다.

　나는 싫증도 피곤함도 모르고 끈질기게 기다렸다. 사흘째
되던 날 아이가 기쁜 듯이 내 옆으로 달음박질쳐 지나갔다.
명주 같은 머리카락을 바람에 날리며 노래를——아, 하느님
이시여, 저에게 자비를 내려 주시옵소서——혀가 잘 돌지 않는
입으로 흥얼거리며 뛰어갔다.

　나는 그 주위에 나 있는 관목 숲으로 살그머니 다가가서
아이의 뒤를 따라갔다. 어른인 내가 어린애가 물가로 접근하는
것을 뒤쫓고 있을 때 느낀 공포감이 과연 어떤 것일까 하는
것은 아마 악마밖에 모를 것이다. 내가 바짝 뒤로 다가서서
무릎을 꿇고 떠밀어 넣으려고 손을 뻗었을 때, 아이는 물에

비친 내 모습을 보고는 뒤돌아 보았다.

그의 모친이 유령처럼 그 눈 속에서 나를 지켜보고 있었다. 구름을 빠져나온 태양이 갑자기 환하게 비추기 시작했다. 태양은 새파란 하늘에서, 반짝반짝 빛나는 지상에서, 맑디맑은 연못 속에서, 잎에 고여 반짝반짝 빛나는 빗방울 속에서 빛을 발하고 있었다. 온갖 것이 눈으로 변해 있었다. 빛으로 넘치는 대우주의 전부가 살인 행위를 지켜 보고 있었다. 어린애가 그 때 뭐라고 했는지 모른다. 그는 용감한 남자다운 혈통을 이 어받았으므로 꾸벅꾸벅 절을 하거나 내 비위를 맞추는 짓은 아예 하지 않았다. 아저씨를 사랑하도록 노력하겠습니다, 라고 어린애가 소리치는——사랑하고 있다고는 말하지 않았다—— 것이 들렸다. 그리고는 집 쪽으로 뛰어가는 것이 보였다. 이어서 제정신이 들어 보니 나는 손에 칼을 쥐고 있었으며 아이는 나의 발 밑에 쓰러져 죽어 있었다——여기저기 피로 얼룩져 있었지만, 그밖의 점에서는 잠들어 있을 때의 모습과 전혀 다를 것이 없었다——작은 손 위에 볼을 올려놓고 있는 자세까지도 완전히 똑같았다.

나는 아이를 안아 일으켜 숲속에 조심스럽게, 이미 죽었으므로 무척 조심스럽게 내려 놓았다. 아내는 그 날 출타하여 다음 날이 되어야만 돌아온다. 우리들의 침실은 집의 저쪽 편에 있는 유일한 침실로 지상으로부터 수 피트밖에 안 되었으므로 밤 중에 내려가 마당에 어린애를 묻을 결심을 했다. 나는 자신의 계획에 실패가 있었다고는 생각하지 않았다. 연못을 퍼내도 아무것도 발견할 수 없을 것이며 어린애가 길을 잃었거나 유괴되었다는 생각에 동조해야 했으므로, 결국 돈이 내 손에 들어오지 못한다는 것도 생각하지 못했다. 나의 생각은 오직

한 가지, 주로 내가 한 일을 어떻게 해서든지 숨기지 않으면 안 된다는 것에만 집중되었다.

아이가 행방 불명입니다, 하는 기별을 받았을 때, 내가 사방 팔방을 조사해 보라고 말했을 때, 누군가 가까이 올 때마다 몸이 떨리고 숨이 찼을 때, 내가 어떤 기분이었는가는 도저히 말로도 할 수 없으며 그 누구도 상상할 수 없을 것이다. 나는 그날 밤 어린애를 묻었다. 가지를 헤치고 어두운 숲속을 기웃거렸을 때 개똥벌레가 빛을 발하며 날아갔다. 살해당한 아이 위에 하느님의 마음이 깃들어 빛나고 있는 것처럼 느껴졌다. 무덤 안에 시체를 넣고 기웃거리며 볼 때, 그의 가슴 위에서 또 한 마리가 빛을 발하고 있었다. 나의 행동을 지켜보고 있는 하늘의 별을 향해 뭔가를 호소하고 있는 불꽃의 눈이었다.

나는 아내를 만나 아이가 없어졌다는 이야기를 한 다음, 곧 찾아낼 수 있을 것이라고 희망을 갖게 하지 않으면 안 되었다. 나는 그와 같은 일을 다 해냈다. 약간 성실한 것처럼 보여가면서. 아무도 나에 대해서는 전혀 의심하지 않았기 때문이다. 그 일이 끝나자 하루 종일 침실의 창 옆에 앉아 무서운 비밀이 잠자고 있는 장소를 지켜 보았다.

그곳은 새로 잔디를 심기 위해 최근에 파헤쳐 놓은 장소였으며, 내가 그곳을 택한 것은 흙을 판 흔적이 그다지 남의 눈을 끌지 않을 것이라고 생각했기 때문이다. 잔디를 심은 일꾼들은 나를 미쳤다고 생각했을 게 틀림없다. 줄곧 내가 일을 빨리 해라 빨리 하라고 소리쳤으며 나 자신도 정원까지 나가 일꾼들과 함께 일을 하며 발로 잔디를 밟아 주는 등 미친 것처럼 성화를 부렸기 때문이다. 밤이 되기 전에 일이 끝났으며, 이만 하면 안전할 것이라고 생각했다.

나는 잠을 잤다. 피곤함이 가시고 기운을 차려 일어나는 그러한 잠이 아니었다. 어느 때는 쫓기고 있는 희미한 꿈을 꾸었으며, 또 다른 때는 그 잔디를 입힌 곳에서 손이, 다음에는 발이, 이어서 머리까지 쑤욱 하고 나오는 꿈에 시달렸다. 여기서 나는 언제나 잠이 깼으며, 살짝 창가에 다가가서 정말로 그런지 아닌지 확인했다. 그리고는 다시 침대로 살그머니 돌아가는 식으로 하룻밤 내내 흠칠 놀라거나 아찔해져서 스무 번이나 일어났다가 누웠다 했으며 여러 차례 똑같은 꿈을 꾸었다. 이것은 잠을 자지 않고 계속 눈을 뜬 채 누워 있는 것보다 훨씬 더 좋지 않았다. 한 번 꿈을 꿀 때마다 하룻밤 내내 괴로워하는 것과 똑같은 괴로움을 경험하기 때문이다. 어떤 때는 아이가 살아 있으며 나는 죽이려 하지 않았다는 기분이 들기도 했다. 그런 꿈에서 깨었을 때의 고통은 한결 더 괴로웠다.

이튿날 나는 창가에 앉아 그 장소에서 한순간도 시선을 떼지 않았다. 그 장소는 잔디로 덮여 있었지만, 나에게는 그 모양, 깊이, 톱니 같은 끝이나 그밖의 것들이 백일하에 입을 벌리고 있는 것처럼 보였다. 그래서 하인이 정원을 가로질러 가기라도 하면, 그의 발이 푹푹 빠져 들어가는 것이 아닌가 염려가 되었다. 그가 지나가면 발에 밟힌 끝이 무너져 떨어지지 않았나 싶어 유심히 살펴 보았다. 또한 그곳에 새가 멈추면, 그것이 계기가 되어 뭔가 무서운 힘이 작용하여 발각되는 것이 아닌가 하는 공포에 사로잡혔다. 바람이 살짝 불고 지나가기만 해도 나를 보고 살인자라 속삭이는 것처럼 들렸다. 극히 자연스런 광경이나 소리에도 뭔가의 공포를 반드시 전달해 주었다. 이렇듯 한순간도 쉬지 못하고 그 장소를 지켜보면서 나는 사흘

동안을 소비했다.

 나흘째 되던 날, 내가 해외에 종군했을 때 같은 연대에 있던 친구가, 나는 만난 적이 없는 자기의 장교 친구와 함께 찾아왔다. 나는 아이를 묻은 곳을 볼 수 없는 장소로 옮기는 것은 견딜 수 없었다. 여름철의 저녁때였으므로 아내에게 테이블과 술병은 정원으로 가져오라고 명했다. 그리고는 자신의 의자를 무덤 바로 위에 놓고 앉았다. 이렇게 하면 자기가 모르는 동안에 그 누구도 무덤을 파헤칠 수 없다고 안심하면서 마시고 지껄이곤 했다.

 손님은, 아주머니는 안녕하십니까. 방에만 계신 걸 보니 병이라도 나신 겁니까. 설마 우리들이 무서워서 숨어 있는 건 아니겠지요 등의 말을 했다. 어쩔 수 없이 나는 떨리는 목소리로 아이의 이야기를 할 수밖에 없었다. 내가 모르는 장교는 고개를 곤잘 숙이고 있었는데, 내가 이야기하는 도중 내내 땅만 쳐다보고 있었다. 그런 행동까지도 나를 공포의 포로로 만들어 버렸다. 그가 뭔가를 발견하여 그 결과 진상을 파악하게 되는 것이 아닌가 하는 염려를 떨쳐 버릴 수가 없었다. 나는 당황하여, 혹시 당신은——하고 물으려다가 중도에서 그만두었다.

「아이가 살해된 것이 아닌가 하고 물으시려는 겁니까?」 하고 그는 부드럽게 나를 쳐다보며 물었다.

「설마! 귀여운 아이를 죽여서 어떤 득이 있다는 겁니까?」

 그를 죽임으로써 어떤 이익이 있는지 그 누구보다도 나 자신이 가장 잘 설명할 수 있을 텐데, 나는 잠자코 열병에라도 걸린 것처럼 몸을 떨었다.

 나의 몸부림을 착각하고 손님은, 아이는 반드시 찾게 될 것입니다, 라고 말하여 내 용기를 북돋아 주려고 했다——실제로 나는 크게 용기가 샘솟았다——그 때 낮고도 길게 으르렁거리는 소리가 들렸으며 얼마 후에 두 마리의 커다란 개가 울타리를 넘어 뛰어들어 오자 다시금 으르렁거렸다.

「블러드하운드야!」

하고 손님이 소리쳤다.

그런 말을 나에게 할 필요가 있었을까! 나는 태어난 이래 그런 종류의 개를 본 일이 없었다. 그렇지만 나는 그것이 어떤 개이며 무엇 때문에 뛰어들어 왔는지 알 수 있었다. 나는 의자의 팔걸이를 힘껏 짚고는 말도 하지 않았고 움직이지도 않았다.

「이것은 순종이야.」

나의 친구가 말했다.

「분명히 운동하러 나와 있는 동안에 주인으로부터 도망친 걸 거야.」

그도 그의 친구도 두 마리의 개 쪽을 보고 있었다. 개들은 코를 땅에 부비며 분주하게 돌아다녔으며, 마치 들개처럼 전후 좌우로 곧바로 나가는가 하면 동그라미를 그렸다가는 뛰어 다니고 있었다. 우리들 쪽은 거들떠 보지도 않고 가끔씩 머리를 들고는 조금 전에 들은 것처럼 으르렁거렸으며 다시 코를 땅에 비벼대며 열심히 이곳저곳으로 냄새를 맡고 다녔다. 그 다음에는 조금 전보다도 한층 더 정신없이 냄새를 맡는 데 열중했다. 분주한 반면 광범위하게 걸어다니는 것이 아니라 어떤 한 점을 향하여 집중하며 점차로 나와의 거리를 좁혀 오고 있었다.

마침내 개들은 내가 앉아 있는 큰 의자의 바로 옆까지 다가와 다시 한 번 무서운 소리로 으르렁거리면서 개가 땅에 접근하는 것을 막고 있는 나무짝을 물어 뜯으려고 기를 쓰고 있었다. 내가 그때 어떤 얼굴이 되어 있었던가는 옆에 있는 두 사나이의 얼굴을 보면 잘 알 수 있을 것이다.

「뭔가 먹이를 냄새 맡은 거야.」

두 사람이 이구 동성으로 말했다.

「먹이 같은 게 있을 리 없어.」

내가 소리쳤다.

「위험해, 도망 가라고!」

내가 알고 있는 친구가 진지한 말투로 이렇게 말했다.

「그렇지 않으면 갈기갈기 찢겨 죽게 돼!」

「손발이 따로따로 찢긴다고 해도 절대로 여기서 움직이지 않을 거야!」

내가 소리쳤다.

「개가 사람을 무참하게 죽일 수가 있는가! 저 개를 쫓아 버리든 때려 죽이든 어떻게 하자구.」

「어쩐지 이상한데!」

내가 잘 모르는 장교가 칼을 뽑으며 말했다.

「찰스 국왕의 이름을 걸어 이 사나이를 체포할 테니 날 도와 주게.」

두 사람은 나를 향해 섰다. 미치광이처럼 저항하면서 물어 뜯고 덤비는 나를 어거지로 의자에서 떼어 놓았다. 한동안 실강이를 벌인 후 겨우 얌전해진 나를 두 사람이 양쪽에서 잡아 눌렀을 때, 미친 듯이 화가 난 개가 지면으로 덤벼 들어 흙을 물보라처럼 긁어 올리고 있지 않은가.

그 이상 내게 무슨 할 말이 있단 말인가. 나는 무릎을 꿇고 이를 딱딱 부딪치며 진실을 고백하고 용서를 빌었다. 그리곤 그것을 부인하고 다시 한 번 고백했다. 나는 재판에 회부되어 유죄 선고를 받았다. 그래서 나는 지난 날을 반성하며 모든 일을 낱낱이 기록하기로 했다. 나를 기다리고 있는 운명을 미리 알아차리고 그것을 남자답게 견뎌 나갈 용기를 지니지 못했다는 일. 나는 동정도 위안도 받지 못했으며 희망도 친구도 없다는 일. 나의 아내는 다행히 한동안 의식을 잃은 채여서, 나의 불행도 그녀 자신의 불행도 모르고 있다는 일. 그리고 나는 돌로 만들어진 이 교도소에서 오직 자신의 가슴 속에 악마를 안고 내일 죽을 운명에 놓여 있다는 일을!

어느 자학자(自虐者)의 이야기

나는 바보가 아니라는 불행을 지니고 태어났다. 또 아주 어릴 때 주위 사람들이 나에게 완전히 숨길 수 있었다고 생각한 것을 간파해 냈다. 항상 진실을 꿰뚫어 보지 말고 언제나 속아 넘어갈 수 있었더라면 나 역시도 대다수의 바보들과 똑같이 평온한 인생을 보낼 수 있었을 터인데.

나는 어린 시절을 할머니와 함께 살았다. 그것은 즉 나에게 할머니라고 자칭하며 그렇게 불렸던 부인이라는 의미이다. 실제 할머니도 아니고 아무것도 아니었지만, 나는——그 정도까지의 바보였으므로——전혀 의심하지 않았다. 그녀는 자기 아이들과 다른 집의 아이들 여러 명을 맡고 있었는데, 아이는 나까지 포함하여 모두 열 명의 여자애들이었다. 같이 살았으며 같이 교육을 받고 있었다.

틀림없이 내가 열두 살 때였다고 생각되지만 주위의 여자애들이 나를 깔보듯 하는 다정함을 보여준다는 것을 알아차리기 시작했다. 내가 고아라는 이야기였다. 그 가운데 고아는 나밖에 없었으므로, 모두가 나에 대한 우월감으로 오만한 연민을 가지고 친절히 대해 준다는 것을 알게 되었다(이것이 내가 바보가 아닌 최초의 불행이었다). 나는 이와 같은 발견을 조급하게 믿지 않았으며, 여러 가지로 실험을 해보았다. 주위의 아이들로 하여금 나에게 싸움을 걸게 하려 했지만 그것은 불가능했다. 우연히 성공하는 일이 있어도, 한두 시간 후에는 반드시 상대방 쪽에서 화해를 청해 왔다. 여러 차례에 걸쳐 이와 같은 실험을 되풀이했지만 내 쪽에서 먼저 화해를 청할 때까지 기다리는 아이는 한 사람도 없었다. 그들은 언제고 나를 용서해 주었다. 자신의 허영심과 우월감에서였다. 어린 주제에 마치 어른과 똑같았다 !

그 중에는 나의 친구가 하나 있었다. 나는 그 바보애를 열렬히 사랑했으므로, 나는 아주 어린아이였지만, 그애를 생각만 해도 부끄러운 생각이 들 정도였다. 그 아이는 이를테면 사랑할 만한 아이였으며 애정이 넘치는 아이였다. 그곳의 누구에게든지 다정한 눈길과 웃는 얼굴을 뿌릴 수 있었으며, 실제로 그렇게 하고 있었다. 그애가 나에게 상처를 주려고, 나로 하여금 약이 오르게 하려고 의식적으로 그렇게 했다는 것을 알아차린 사람은 나 말고는 한 사람도 없었다고 여겨진다.

그렇지만 나는 그렇듯 불실한 친구를 마음으로부터 사랑했으므로 나의 그애에 대한 애정 때문에 매일 사나운 폭풍이 일었다. 내가 그애를『구박했다』──는 것은, 그애의 그와 같은 불실을 나무라고, 나는 네 마음을 읽을 수 있었다고 하여 그애를 울게 한 일은 있었지만──고 하여 늘 설교를 듣거나 벌을 받곤 했다.

그애는 학교에 있을 때보다도 집에 있을 때가 더욱 심했다. 친척 아이들이나 아는 사람들이 잔뜩 있는 그애의 집에서 우리는 춤을 추었으며 또는 다른 집으로 춤을 추러 갔지만,

그애의 집에서건 다른 데서건 그애는 참을 수 없을 정도로 나의 사랑을 괴롭혔다. 그애의 계획은 모든 사람이 그애를 좋아하게 만들어——전원에게 허물없고 친한 것처럼 행동하여——부러움으로 나를 미친 사람처럼 만드는 일이었다. 밤에 침실에서 우리 둘만이 있게 되면, 나는 너의 더러운 점을 잘 알고 있다며 그애를 꾸짖었다.

그러면 그애는 울음을 터뜨려 오래도록 멈추지 않았으며, 너는 지독한 사람이라면서 한탄하였다. 그렇게 되면 나는 아침까지 그애를 끌어안고 옛날과 다름없는 사랑을 퍼부었으며, 이렇듯 괴로워한다면 차라리 그애를 끌어안은 채 강 속으로 뛰어들어——둘이 다 죽은 후까지라도 그애를 끌어안은 채 있고 싶다는 기분이 된 적이 가끔 있었다.

그애가 울음을 그치자 나는 한숨을 돌렸다. 그애의 가족 중에는 유독 나를 싫어하는 숙모가 있었다. 가족 중에 나를 좋아하는 사람은 한 사람도 없었을 것이라 생각된다. 그렇지만 나는 한 소녀에게 마음을 기울이고 있었으므로 다른 사람이 좋아해 주기를 원치 않았다. 이 숙모는 젊은 여자로서 나를 진지하게 감시하는 버릇이 있었다. 대담 무쌍한 여자였는데 공개적으로 나에게 연민의 시선을 쏟았다. 어느날 아침 샬로트(나의 불실한 친구의 이름)가 먼저 들어가고, 내가 나중에 들어갔을 때, 숙모가 이렇게 말하는 것을 들었다. 나는 나뭇잎 그늘에 멈추어 서서 귀를 기울였다.

「샬로트, 너는 웨이드 아가씨한테 들볶여 죽게 될 거야. 이런 일은 못하게 해야지.」

나는 들은 그대로 숙모의 말을 여기에 기록하고 있는 것이다. 그런데 이 말에 대해서 그녀가 뭐라고 대답했을까. 『오히려 그 쪽이 나한테 들볶여 죽게 될 거예요. 내 쪽이 그 쪽을 괴롭히는 처형인이에요. 그런데도 그애는 매일 밤처럼 나 때문에 괴로움을 받는다는 것을 알면서도 마음으로부터 나를 사랑해 줘요.』라 말했을까. 그렇지 않다. 나의 잊을 수 없는 최초의 경험은 그녀에 대한 나의 판단 그대로였으며 내가 경험한 모든 것 그대로였다. 그녀는 흐느껴 울며(숙모의 동정을 확고하게 붙잡아 놓기 위해서) 이렇게 말했다.

「숙모님, 그애는 동정이 가는 성격이에요. 나 뿐만 아니라 학교의 다른 아이들도, 어떻게 해서든지 그애가 좀더 좋은 애가 되게 하려고 열심히 노력하고 있어요. 모두 노력하고 있단 말예요.」

이 말을 듣자 숙모는 그애를 다정하게 끌어안았다. 마치 그애가 천박한 거짓말을 하는 것이 아니라 뭔가 고귀한 말을 하고 있는 것처럼. 그리고는 파렴치한 연극을 계속하기 위해 이렇게 말했다.

「그렇지만 어떤 일이든 한도라는 것이 있어요. 그렇듯 불쌍하고 언짢은 아이가 언제나 네게 괴로움을 안겨다 주는 것을 보면, 그러한 훌륭한 노력도 다 쓸모없다는 생각이 들어.」

그 『불쌍하고 언짢은 아이.』는 (독자도 아마 예상할 수 있겠지만) 그늘에서 나가자,

「날 집에 가게 해줘.」 하고 말했다. 나는 그 둘의 어느 쪽에서도, 아니 가족의 누구에게도 「날 집에 가게 해줘. 그렇지 않으면 밤낮을 계속하여 걸어서 갈 테니까.」라고는 말한 적이 없었다. 나는 집으로 돌아오자 할머니에게, 그 아이가 돌아오기 전에 나를 어디든 다른 학교에 보내 줘요. 가증스러운 그 아

이들의 얼굴을 대할 바엔 차라리 스스로 난로에 뛰어들어 눈에 화상을 입게 할 거예요..」라고 말했다.

그 후 나는 나이가 좀더 든 소녀들이 다니는 학교에 들어 갔지만 사정은 모두 비슷비슷했다. 아름다운 말과 겉치레뿐이었다. 그렇지만 나는 이와 같은 겉치레 뿐인 일을 뚫고 지나가서는 그 이면에는 나에 대한 경멸이 있는 것을 감지해 낼 수 있었다. 그것도 비슷비슷한 것들이었다. 그 학교를 졸업할 때까지 나는 할머니도 친척다운 친척도 나에게는 없다는 것을 알게 되었다. 이와 같은 사실을 가지고 나는 자신의 과거와 미래를 비추어 보았다. 그러자 남이 나를 염려해 주고 친절을 베푸는 체하면서 우월감에 차 있는 예가 새롭게 얼마든지 머리에 떠올랐다. 나를 위해 남겨진 얼마 안 되는 재산을 어떤 사업가가 위탁 관리하고 있었다. 나는 어떤 집에서 먹고 자면서 가정교사가 될 예정이었다. 그리하여 나는 어느 가난한 귀족의 집에서 생활하게 되었다. 그 집에는 어린 두 딸이 있었는데, 부모는 가능하면 한 명의 가정 교사의 손에 의해 성인으로 키우려고 했다.

아이들의 어머니는 젊고 미인이었다. 처음부터 그녀는 내게 대해 자잘한 일에까지 신경을 써주었다. 나는 분노를 억제하고 있었지만, 이것이, 나는 당신의 주인이에요, 그럴 마음만 있으면 하인에 대해서는 좀더 다른 태도를 취할 수가 있어요, 하고 과시하며 즐기는 것이 그녀의 수법이라는 것을 잘 알고 있었다.

나는 화를 내지 않았다. 화를 내지는 않았지만 그녀의 비위를 맞추지도 않았다. 그녀의 뻔한 속마음을 훤히 알고 있다는 것을 보여주기 위해서였다. 제발 맛보라고 포도주를 권하게 되면 나는 물을 마셨다. 식탁에 뭔가 맛있는 요리가 나오게 되면 그녀는 언제나 나에게 주었지만, 나는 한사코 거절하며 다른 것을 먹었다. 그녀의 얕잡아 보는 듯한 친절에 실망을 추가하여 뼈아픈 보복을 하며 나는 자립심을 키웠다.

나는 아이들을 사랑했다. 그들은 수줍었지만 나를 잘 따랐다. 그런데 그 집에는 유모가 있었다. 불그레한 얼굴로 나서길 잘 하는 여자로, 언제나 명랑하며 사람이 좋은 체했으며, 내가 오기 전까지는 두 아이의 애정을 독점하고 있었다. 이 여자만 없다면, 나는 가난한 가정 교사의 운명을 감수해도 좋다고 생각했을 것이다. 그녀가 아이들 앞에서 언제나 나와 경쟁하려고 하는 교묘한 책략에 꼼짝못하고 당한 교사도 많았을 것 같다. 그렇지만 나는 처음부터 꿰뚫어 보고 있었다. 나의 방을 청소하겠다느니, 뭔가 볼 일이 없느냐는 등 혹은 내 의복에 대해 시중을 드는 등(이러한 일들은 바쁜듯이 해치웠다.)의 구실을 만들어 그녀는 항상 나에게 왔다. 그녀의 많은 책략 중에서 가장 교활한 것은, 아이들로 하여금 좀더 나에게 따르게 하려는 듯이 보여주는 수법이었다. 어떻게 해서든지 아이들을 나에게 가도록 하려고 솔깃한 말을 멋대로 했던 것이다.

「상냥한 웨이드 선생님한테 가 봐요. 친절한 웨이드 선생님한테 가 있어요. 예쁜 웨이드 선생님한테 가 봐요. 선생님은 너희들을 귀여워해 주실 거예요. 선생님은 현명하셔서 많은 책을 읽으셨으므로 나보다 훨씬 재미나는 이야기를 해주실 거야. 자아, 웨이드 선생님한테 가서 이야기를 듣도록 해요.」

내가 그렇듯 뻔한 책략으로 화가 나 있을 때, 내가 어찌 아이들의 주의를 끌어들일 수 있겠는가. 그들의 순진한 얼굴이 내게서 뒷꽁무니를 빼고는 나 대신 유모의 목을 감고 매달리는 것을 보았을 때, 나에게는 그런 일이 이상할 것이 없었다. 그러면 유모는 자기 얼굴에 걸린 아이의 머리카락을 떨쳐 버리면서 나를 올려다 보곤 이렇게 말하는 것이었다.

「아마 곧 아이들은 웨이드 선생님을 따르게 될 것입니다. 솔직하고 상냥한 아이들이니까요. 그러니까 너무 낙심하지 마세요.」

——나에게 이것 보라는 듯이 행동하면서.

이 여자가 사용하는 또 하나의 수법이 있었다. 그런 식으로 나를 꼼짝 못하게 하여 절망의 늪으로 던져 넣은 다음, 아이 들로 하여금 그것을 주목케 하여, 그녀와 나와의 차이를 보여준 적이 여러 번 있었다.

「조용히들 해요, 딱하게도 웨이드 선생님의 기분이 언짢으 셔. 그러니 귀찮게 해 드리지 말아요. 얘들아, 선생님이 머 리가 아프시대, 가서 위로해 드려. 이젠 괜찮으시냐고. 쉬 시라고도 하고. 선생님, 뭔가 근심이라도 있으십니까. 그렇게 슬픈 얼굴을 하지 마세요라고!」

드디어 더 이상 참을 수 없게 되었다. 더 이상 견뎌내기 어 렵다고 판단한 나는 어느 날, 내가 혼자 있을 때 나의 고용주인 영부인이 왔으므로, 나는

「그만두겠습니다.」 하고 말했다.

「유모인 도즈하고는 도저히 함께 생활할 수가 없습니다.」

「어머 웨이드 선생님! 불쌍한 도즈는 선생님의 완전한 심복 (心腹)이에요. 선생님을 위한 일이라면 물 속, 불 속이라도 뛰어들 마음이던데요!」

영부인이 뭐라고 할지는 처음부터 알고 있었다. 예상했던

대로였으므로 나는 이렇게만 대답했다.

「고용주의 말씀에 제가 말대답을 할 수는 없습니다. 하여간 저는 그만두겠습니다.」

「글쎄, 웨이드 선생.」

그녀는 언제나 속이 들여다 보이는 수법을 숨기고는 우월감에 넘치는 말투로 말했다.

「선생님이 우리 집에 계신 이후 우리들이 한 말이라든가 한 일에 뭔가 거슬리는 것이 있어서, 『고용주』 어쩌구 듣기 거북한 말을 사용하시는 것이지요. 우리들로서는 자기도 모르게 그랬는지도 모릅니다만, 제발 지적 좀 해주세요.」

나는 대답했다.

「고용주에 대해서는 아무 불만도 없습니다. 단지 그만두게만 해주십시오.

그녀는 한동안 망설이고 있다가 내 옆에 앉아 내 손 위에 손을 얹었다. 이렇게 해주면 상대방이 감격하여 괴로웠던 기억을 모두 물로 흘려 버릴 것이라고 생각한 모양 같았다.

「웨이드 선생님은 가엾은 분이십니다. 그렇지만 그 원인을 우리로서는 어떻게도 할 수 없는 일일 테고.」

나는 그 말을 듣고는 그 전의 경험을 생각해 내어 쓴웃음을 지으면서 말했다.

「저는 불쌍한 성격의 여자일 것입니다, 분명히.」

「그런 식으로는 말하지 않았습니다.」

「그런 식으로 말하면 무엇이든지 간단히 설명이 될 텐데요.」

「그럴지도 모릅니다. 그렇지만 저는 그런 것은 말하지 않았습니다. 제가 말씀드린 것은 전혀 다른 이야기입니다. 주인과 저는 그 점에 대해서는 의논한 일이 있습니다. 선생님이 우리들에 대하여 거북해 하시는 걸 보고 우리 부부는 슬프게 생각했습니다.」

「거북하다고요! 그건 당신들이 고귀한 신분이기 때문이겠죠.」

「아무래도 제가 사용한 말이 불행히도 제 의도와 정반대의 의미로 전해진 것 같습니다──예, 확실히 그렇습니다.」

(부인은 나의 이같은 대답을 예기치 않았으므로 부끄러운 마음이 든 것이다.)

「제가 말씀드린 의미는 우리들과 사이좋게 원만하게 일이 되지 않는다는 점뿐입니다. 이것은 상당히 말하기 거북합니다만 젊은 여자끼리의 일로서──그렇다는 이야기입니다. 선생님에게는 전혀 죄도 책임도 없는 어떤 가정의 사정 때문에 마음이 아픈 것이 아닌가 하고 우리는 걱정하고 있었던 것입니다. 만약 그렇다면 부디 그런 일로 슬퍼하지 않도록 해 주십시오. 주인에게는 모두가 알고 있듯이 이전에 매우 마음씨 착한 여동생이 한 명 있었습니다. 정식으로 법률상의 여동생은 아니었지만 모두에게 사랑을 받고 존경을 받았으며…….」

그 순간 나는 알 수가 있었다. 그 죽은 여자가 누군지는 모르지만 그 여자 때문에 내가 고용된 것이다. 나를 이용하여 자존심과 우월감을 과시하기 위해서다. 유모는 그것을 알고 있었기 때문에 나를 못살게 굴고 들볶으려는 마음이 강해진 게 틀림없다고 깨달았다. 아이들이 나로부터 뒷꽁무니를 뺀 것도 내가 다른 사람들과 다르다는 것을 막연하게나마 느꼈기 때문이라는 걸 알게 되었다. 나는 그날 밤 안으로 그 집에서 뛰쳐 나왔다.

똑같은 경험을 두 차례나 그것도 단기간 동안에 가졌지만 지금 여기서는 관계가 없다. 그 후 나는 또 다른 집에서 교사로서 살게 되었으며 한 명의 학생을 가르쳤다. 이번에는 열다섯 살의 외동딸이었다. 부모는 상당히 나이가 들었으며 그런 대로 신분이 높은 돈 많은 사람들이었다. 그 집에는 방문객이 많았으며 그 중에는 이들 부부가 키워 준 조카가 곧잘 찾아와 나에게 호의를 보여주었다. 그렇지만 나는 단호히 그를 거부할 결심을 했다. 그것은 그 집에서 살게 되었을 때 절대로 누구에게나 연민의 정을 느끼게 하거나 업신여김이 들어 있는 친절 같은 건 받지 않겠다고 굳게 맹세했기 때문이다. 그러나 그는 나에게 편지를 보냈다. 결국 우리는 결혼 약속을 했다.

그는 나보다 한 살 아래였으며, 그런 점까지 고려하여 아직 젊게 보였다. 그는 인도에서 근무하고 있었으며, 그 때는 휴가차 돌아와 있었는데, 얼마 후 승진하게 되어 있었다. 우리는 6개월 후에 결혼하여 함께 인도로 갈 생각이었다. 그때까지 나는 그 집에 머무르기로 했다. 이러한 계획에 대하여 아무도 반대하지 않았다.

그가 나를 칭찬한 것은 사실이다. 그러나 만약 가능하면 그런 말을 나는 하고 싶지 않다. 그것은 허영심 때문이 아니다. 왜냐하면 그의 칭찬이 나를 괴롭게 했기 때문이다. 그는 그와 같은 칭찬을 감추려고 하지 않았으므로 돈 많은 사람들에게 둘러싸인 나는, 마치 그가 나를 미모 때문에 사 버렸는데, 그것이 옳았다는 것을 증명하기 위해, 자기가 고른 물건을 자랑하는 것처럼 느껴졌기 때문이다. 돈 많은 패거리들도 각각 머릿속에서 나의 진짜 값이 어느 정도인가 확인하려 한다는 것을 나는 이내 알 수 있었다.

나는 절대로 그들에게 나의 진짜 값을 알게 하지 않겠다고 결심했다. 그들 앞에 나가면 나는 입을 다물고 말을 하지 않았다. 그들의 환심을 사기 위해 자기 자신을 자랑할 정도면 차라리 그들에게 죽음을 당하는 것이 낫다고 생각했던 것이다.

나의 약혼자는 내가 진가(眞價)를 발휘하지 않고 있다고 말했다. 그래서 나는 현재의 자신이 나의 진가입니다, 내가 자신 본래대로의 모습을 끝까지 나타내려고 하기 때문에 바로 그들 앞에서 비위를 맞추고 아부하려고 하지 않는 것입니다, 라고 대답했다. 그러므로 당신도 나에 대한 애정을 그들 앞에서 과시하지 않기를 바랍니다, 라고 내가 한 마디 덧붙였을 때, 그는 근심스러워 했을 뿐만 아니라 충격을 받은 얼굴이 되었다. 그러나 그는, 당신을 불안케 하지 않기 위해서라면, 나의 정직한 애정의 충동까지 희생해도 좋다고 대답했다.

그것을 구실로 그는 나에게 보복을 하기 시작했다. 몇 시간씩이고 나에게서 떨어져 있었으며, 나 이외의 사람하고만 대화를 하였다. 하룻밤의 절반 가량을 나는 어느 누구에게도 상대를 받지 못하고 외톨이가 되어 있었으며, 그는 그의 사촌 여동생인, 내가 가르치고 있는 아이와 이야기를 나누었다. 그렇게 하고 있으면 사람들의 눈에 그는 나보다 그녀들과 함께 있는 것이 더 어울린다고 생각한다는 것을 나도 잘 알고 있었다. 사람들의 생각을 신중히 헤아리며 앉아 있는 동안에 나는 그가 바보같이 생각되고 그의 젊은 용모가 바보처럼 보이는 것 같아서, 그런 남자를 사랑한 자신에 대해 무척 화가 났다.

그것은 예전에는 그를 사랑하고 있었기 때문이다. 사랑할 만한 가치가 없는 사나이였으며 또한 내 마음 속의 괴로움을 전혀 이해해 주지 않는 사나이——그러한 괴로움을 만약 알고 있었다면, 그는 평생 동안 감사하며 몸과 마음을 모두 내게 바쳐도 당연했을 것이다——였지만, 나는 그를 사랑하고 있었다. 내가 가르치고 있는 아이가 나의 면전에서 그를 칭찬했는데, 사실은 그것이 내 가슴을 심하게 괴롭히는 것이 된다는 걸 알고 있으면서도, 표면적으로는 나를 기쁘게 해주고 있는 척하는 것을 차분히 견뎌냈다. 그를 위해 참아낸 것이다. 그의 면전에 앉아서 지금까지 내가 받은 굴욕이나 피해를 생각해 내고는 즉시 그 집을 뛰쳐나가, 영원히 그와 인연을 끊어 버릴까 하고 생각했을 때에도 나는 그를 사랑하고 있었던 것이다.

그의 큰어머니(나의 고용주라는 것을 상기해 주기 바란다.)는 심술 사납게 나의 고뇌와 울화통이 증가되도록 옆에서 부추겼다. 인도에서 우리들은 어떤 생활을 하게 될까. 그가 승진하게 되면 어떤 집에서 살게 될까, 어떤 사람을 초대할 수 있을까 등등의 일에 대한 이야기를 자꾸만 되풀이해서 말했다. 당시의 나의 낮고 자활할 수 없는 신분에 비교하여, 나의 결혼 생활이 어떤 식으로 달라질 것인가를 노골적으로 말하자 나의 자존심이 뒤집힐 지경이었다. 노여움은 간신히 억제했지만 그의 의도가 충분히 내게 전달되었다는 것을 나타내 주었으며, 겸허한 척하면서 그녀의 무례에 보복해 주었다.

아주머니의 이야기를 듣고 있으면 저에게는 지나친 영광이라는 것을 확실히 느끼게 된다고 말해 주었다. 그렇듯 신분이 크게 달라지게 되면 도무지 대처해 나갈 수 없는 게 아니겠습니까. 일개 가정 교사, 아주머님의 딸의 가정 교사에 불과한 내가 그렇듯 멋있는 영예를 누린다니! 내가 이런 식으로 응대하자, 그녀를 비롯한 일족 모두가 다 같이 불안해 하게 되었다. 내가 그녀의 의도를 충분히 이해하고 있다는 것을 일동이 알게 되었던 것이다.

나의 고뇌가 최고조에 이르렀을 무렵, 연인을 위해 내가 이렇듯 고통과 굴욕을 참고 있는데, 그는 나를 전혀 보살펴 주지 않는 데 대해 나의 노여움이 최고조에 달했을 무렵, 가우완 씨가 그 집에 나타났다. 오래 전부터 친한 친구였는데 그때까지 외국 여행을 하고 있었던 것이다. 그는 오자마자 단번에 모든 상황을 알아차리고 나를 진심으로 이해해 주었다.

태어난 이래 나를 처음으로 이해해 준 사람이 그였다. 그는 그 집에 겨우 세 번 정도 방문했는데도 내 마음의 움직임을 다 이해한다는 것을 나는 알게 되었다. 그는 누구에게나, 나에 대해서도, 그리고 어떤 문제에 대해서도 냉정하고 무사 태평한 태도를 취했지만 나는 그것을 알 수 있었다. 그가 나의 장차의 남편을 경묘한 말투로 칭찬했을 때, 우리들의 약혼과 미래에 대해 열의를 가지고 말했을 때, 우리들의 앞으로의 부(富)에 대해 축하하고, 그 자신의 가난에 대해 무거운 어투로 언급했을 때 나는 그것을 깨닫게 되었다. 그는 흡사 독일의 그림《죽음의 무도(舞蹈)》(16세기 화가 한 스 홀바인의 그림) 속의 인간의 모습을 한 사신(死神) 같았으며 어떤 모양으로 있든 젊은이의 모습을 취하건 노인의 모습이 되어 있건 아름다운 모습이든 추한 모습이든, 또는 함께 춤을 추든 놀든 기도하든지간에 언제나 기분나쁜 모습이 되었다.

그러므로 가우완 씨가 나에게 축하한다고 했을 때는 사실 위안하는 말을 한 것이며, 나의 고통을 위로해 주고 있을 때는 사실 나의 상처 전부에 대해 의식적으로 건드리고 있었던 것이다. 『당신의 충실한 연인은 세계에서 가장 사랑할 만한 남자요 제일 상냥한 마음씨를 지닌 사람』이라고 했을 때는,

사실 내가 바보 취급을 당하고 있는 게 아닌가 하는 나의 의심을 뒷받침해 주고 있었다는 것을 알 수 있었다. 그렇지만 그것이 나에게 기뻤던 것은 나 자신의 생각을 그대로 반영했으며 나 자신의 지식을 분명히 뒷받침해 주었기 때문이다. 얼마 안 되어 나는 어느 누구보다도 가우완 씨와 어울리는 것을 좋아하게 되었다.

이 때문에 질투가 생긴 것을 알게 되었을(그것을 알게 된 것은 그 직후라고 할 수 있다.) 때 더욱더 그와 어울리고 싶어졌다. 나 역시도 이전에 질투로 시달림을 받지 않았던가. 나만 괴로워해야 한단 말인가. 그럴 수는 없다. 나의 약혼자에게도 괴로움이 어떤 것인지 맛보게 해 줘야지. 그가 그것을 알게 되면, 더 이상 싫다고 할 정도로 뼈아프게 느끼게 되면 나는 좋겠다고 생각했다. 그렇게 되었으면 좋겠다고 생각을 굴렸다. 그 정도가 아니었다. 가우완 씨와 비교하면 그는 따분한 사나이였다. 가우완 씨는 평등한 입장에서 나와 대화를 나누는 법을 알고 있었으며, 우리들 주위의 경박한 사람들을 분석할 줄 알았다.

이러한 상태가 계속되고 있을 때, 마침내 고용주인 큰어머니가 나에게 이야기를 하러 왔다. 굳이 말할 필요도 없고, 당신에게 어떤 의도가 없다는 것은 잘 압니다. 그렇지만 나는 약간 당신에게 말해 둘 필요가 있다고 생각되어, 나의 자발적인 의사로서 말해두려는 것입니다. 즉 가우완 씨와의 교제를 삼가는게 좋지 않을까요.

나의 의도에 대해서 어떻게 그렇듯 보장할 수 있습니까, 하고 나는 반문했다. 그녀는 대답했다. 당신에게 아무런 의도가 없다는 것은 언제고 보장할 수가 있습니다. 감사합니다라고 내가 말했다. 그렇지만 나 자신이나 자신의 의도에 대해서는 나 스스로 책임을 지고 보장하고 싶습니다. 당신의 다른 하인들이라면 좋은 인간이란 말을 듣게 되면 감사할는지 모릅니다만, 저는 별로 당신에게 보증을 받지 않아도 괜찮습니다.

이러한 대화는 그 후에도 계속되었다. 그리하여 나는 물었다. 어째서 아주머니는 그러한 것을 내게 말할 필요가 있으며, 나로 하여금 따르게 할 필요가 있다고 생각하시는 겁니까. 저의 출생이 미천하기 때문에 혹은 아주머니의 고용인이기 때문에 그렇게 생각하신 건가요. 하지만 저의 모든 것을 산 것은 아닐 것입니다. 아주머니의 훌륭한 조카님이 노예 시장에 가서 아내를 사온 것이라고 생각하시는 것 같습니다만.

늦건 빠르건 어차피 그런 결과가 되었을 것이라 여겨진다. 그리고 그녀는 단숨에 그와 같은 결말로 직진했다. 그녀는 그야말로 동정 어린 말투로, 당신은 참으로 딱한 성격을 가지고 있습니다, 라고 말했다. 지난 날의 모욕이 거듭되자 나는 더 이상 참을 수가 없게 되었다. 나는 그녀의 조카와 약혼을 하게 된 불쌍한 입장에 빠진 이래 무척 마음 속으로 괴로워한 일, 그녀의 태도나 속마음을 모두 읽을 수 있었다는 것을 털어놓고 말았다.

나의 굴욕적인 입장에서 가우완 씨만이 나의 구세주였으며, 나는 너무 오래도록 참았으며, 지금에 와서 폭발시켜도 이미 때가 늦은 것이다. 그러므로 당신들의 그 누구하고도 앞으로는 두 번 다시 만나고 싶지 않다고 말해 주었다. 그리고 실제로 두 번 다시 만난 적이 없었다.

가우완 씨는 내가 숨어 있는 곳까지 찾아와, 관계가 단절된 일을 우스꽝스러운 농담으로 말했다. 그 훌륭한 사람들(그들은 그들 나름으로, 내가 여지껏 만난 사람들 중에서 제일 좋은 사람일 것이란다.)도 안 되었다고 생각합니다. 집에 있는 파리를 잡기 위해 일부러 능지처참을 할 수레를 사용하게 된 것은 정말로 유감이군요.

얼마 후 그는 내가 생각하는 것보다 훨씬 진지하게 말했다. 나는 당신같이 두뇌가 명석하고 강한 의지를 가진 부인에게는 적합하지 않은 사람입니다——허어 참!

가우완 씨는 자기 마음대로 나를 웃겼으며 또한 자신도 재미있어 했지만, 그 후 이런 말을 했다. 우리들은 두 사람 다 세상을 잘 알고 있고, 인간이라는 것을 잘 알고 있으므로 세상에 로맨스 같은 것은 존재하지 않다는 걸 이해하고 있지요. 그러므로 우리는 분별력을 갖춘 인간답게 각자의 길을 걸어 운명을 개척해야 한다는 것을 각오하고 있는 것입니다. 그러므로 앞으로 둘이 만났을 때는 최상의 친구로서 만나게 될 것입니다. 그의 말에 대해서 나는 별로 반대를 하지 않았다.

얼마 후 그가 지금의 부인을 열심히 쫓아다니게 되었는데, 그녀는 부모에 의해 그의 손이 닿지 않는 외국으로 데려가졌다는 이야기를 들었다. 그때 나는 그녀가 미웠다. 지금 미워하고 있는 것과 거의 같은 정도로 심하게 미워했다. 그러므로 당연한 일로 그녀가 그와 결혼하기만을 바랬다. 그렇지만 나는 그녀를 보고 싶다는 호기심에 사로잡혀, 마음이 안정되지 않았다——그리하여 이제는 나에게 남겨진 얼마 안 되는 즐거움의 하나에 잠겨 보려고 여행을 했다. 그녀와 만날 수 있을 때까지 여행을 계속했다.

그녀와 함께 한 소녀를 만났다. 그녀의 경우는 여러 가지 사정에 있어서 나의 경우와 이상할 정도로 흡사했다. 나는

그녀의 성격에 흥미를 느꼈으며, 친절, 보호, 자선 그밖에 온갖
미명(美名)을 붙여 자기 만족에 부풀어 올라 자기 멋대로
베푸는 인정에 대하여 그녀가 크게 반역하고 있는 것을 보고
크게 기뻐했다. 그것은 여태까지 기술해 놓은 것처럼 내 마음
속에 태어나면서 생긴 성격이므로. 게다가 그녀가『딱한 성격』
의 아이라 불리는 것도 자주 듣게 되었다. 그렇듯 하기 좋은
말로 모두가 말하려 한 것을 나는 잘 알고 있었고 또 내가
알고 있는 것을 진심으로 이해해 주는 친구가 필요했으므로,
나는 그녀를 노예의 입장과 피해자의 의식으로부터 구해내
보려고 생각했다. 이에 성공했음은 새삼 말할 필요도 없을 것
같다.
  그로부터 우리는 언제나 함께 생활하고 있으며 나의 얼마
안 되는 재산을 나누어 쓰고 있다.

막다른 골목에 몰려

1

우리는 인생을 살아가는 동안에 여러 가지 로맨스를 목격하게 된다. 생명보험회사의 총지배인으로 있는 나 역시, 얼핏 보면 이러한 직책으로는 로맨스 같은 것 하고는 인연이 없겠다고 생각할는지 모르지만, 지난 30년 동안에 보통 사람들 이상으로 로맨스를 목격했노라고 말할 수 있다.

지금은 퇴직하여 마음편히 지내고 있으므로 지금까지 내가 보아 온 것들을 차분히 생각해 볼 수 있는 여유, 지난 날에는 혜택받지 못했던 그런 여유를 가질 수 있다. 나의 경험을 이런 식으로 되돌아 보게 되면, 체험 자체가 일어났을 그때보다 훨씬 더 흥미로운 양상을 보여주게 된다. 지금이야말로 인생이라는 연극으로부터 돌아와 극장의 화려한 조명과, 흥분, 웅성거림 등에 시달림을 받는 일 없이, 조금 전에 막이 내린 연극의 장면을 다시 생각해 볼 수가 있다.

이와 같이 실재로 있었던 로맨스 한 가지를 다시 생각해 보자.

태도와 관련시켜 고찰할 경우의 인간의 용모, 이보다 더 나은 진리란 이 세상에 없다. 『영원의 지혜』가 각자 한 사람 한 사람에게 명령하여 각각 고유의 글자를 사용해서 각기 고유의 한 페이지를 쓰게 하여 싣는 책, 이것이 인간의 용모이다. 이 책을 독파하는 기술을 획득하기란 대단히 어려운 것인지 이것을 연구하는 사람은 별로 없다. 독파하는 데는 어떤 하늘이 내린 재능과 그리고 (어떤 경우든 다 그렇지만) 어느 정도의 인내와 노력이 필요한지도 모른다.

이와 같은 인내와 노력을 일반적으로 기울이지 않은 일—— 많은 사람이 인간의 얼굴 표정에 대해서 정해진 두셋의 해설을 그대로 믿고 그것이 전부라고 생각하여, 진짜 비결을 익히려고도 하지 않고 또한 알지도 못한다는 일——예를 들면 당신이 음악, 그리스 어, 라틴 어, 프랑스 어, 이탈리아 어, 헤브라이 어 등 무엇이든지 좋아하는 공부에 시간과 주의를 기울이면서, 당신의 어깨너머로 기웃거리며 그것들을 가르쳐 주는 선생님의 얼굴을 읽을 수 있는 기술을 터득하지 못하고 있다는 것, 이것은 우선 99 퍼센트가 틀림없는 사실이라고 생각해도 좋을 것이다.

아무래도 이러한 사태의 밑바닥에는 약간의 자만심이 존재하는지도 모른다. 얼굴의 표정 같은 걸 의식적으로 공부할 필요까지는 없다고 여러분은 생각할지도 모른다. 그런 지식 같은 건 자연적으로 몸에 익게 되는 거야, 속아 넘어가다니, 그런 일은 없어, 하고.

사실을 고백하자면 나는 여러 차례에 걸쳐 속아 넘어간 일이 있다. 그것도 아는 사람한테 속아 넘어간 일이 있다. (그리고 물론) 친구한테 속아 넘어간 적도 있다. 다른 어떤 종류의 인간보다도 친구한테 속아 넘어간 적이 훨씬 많다. 어째서 나 자신이 그렇듯 쉽게 속아 넘어간 것일까. 그들의 얼굴을 잘못

읽은 때문일까.

그렇지는 않다. 맹세코 말하지만 이들 인간에 대하여 얼굴과 태도만을 재료로 하여 내가 얻은 첫인상은 언제나 옳았었다. 내게 잘못이 있다면 나에게 접근하여 그들의 입으로 직접 설명하는 것을 허용한 일이었다.

2

시티 구에 있는 내 사무실은 두꺼운 유리판으로 둘러쳐져 있다. 유리판을 통해서 나는 다른 사무실에서 무엇을 하고 있는지 모두 환히 들여다 볼 수가 있었다. 여러 해 동안 계속 ——이 건물이 세워진 이래 계속 있었던 벽을 부숴 버리고 그곳에 유리판을 설치하게 한 것은 바로 나였다. 내 사무실에 용건이 있어서 찾아오는 낯선 얼굴에서 받는 첫인상을, 그 사람의 말을 통해 영향을 받지 않겠다는 생각에서 내가 이런 구조변경을 했는지 어떠했는지는 아무래도 좋다. 어쨌든 나는 유리판을 그런 식으로 이용했다. 그리고 그것은 생명보험회 사라는 것이 수많은 사람들을 상대하는 것이기 때문에 언제 어느 때 아주 교활하고 잔인한 패들에게 이용당할는지 모르기 때문이라는 것을 말해 두는 것으로 충분할 것이다.

이제부터 내가 이야기하려고 하는 인물을 최초로 본 것도 바로 이 유리판을 통해서였다.

그는 내가 알아차리지 못하는 사이에 들어왔다. 폭이 넓은 카운터 위에 모자와 우산을 내려 놓고는 사무원한테서 뭔가 서류를 받으려고 몸을 구부리고 있었다. 나이는 사십 세 정도 돼보였으며 머리카락은 검었고 매우 훌륭한 검은 옷——상중

(喪中)인 모양——을 입고 품위있는 태도로 내민 손에는 꼭
맞는 새끼양의 가죽 장갑을 끼고 있었다. 머리카락은 정성들여
기름을 발라 빗질을 했으며, 한복판에 가리마를 타고 있었다.
그는 선명하게 타진 가리마를 사무원에게 들이대고 있었는데,
그 모습은 마치 이렇게 말하는 것처럼 (나에게는) 생각되었다.
　『자아, 내가 보여주는 대로 받아들이지 않으면 안 되네.
곧바로 이곳을 통과하여 자갈길까지 걸어가게나. 잔디로
들어가서는 안 되네. 그곳은 출입금지야.』
　나는 이 사나이를 본 순간 심한 혐오감을 느꼈다.
　그는 사무실에서 인쇄할 신청용지를 달라고 했으며, 사무
직원이 그것을 건네주며 무언가 설명을 하고 있었다. 그러자
그는 만면에 미소를 띠고 차분히 사무원의 말에 귀를 기울이고
있었다. (악한 사람은 상대방의 얼굴을 똑바로 보지 않는다, 어
쩌고 하는 바보스러운 이야기가 있다는 것을 나는 알고 있다.
그렇듯 판에 박은 말을 믿어서는 안 된다. 만약 이익이 되는 일
이라면 언제 어느 때고 정직하지 못한 인간은 정직한 사람의
얼굴을 지켜봄으로써 상대방을 무색하게 만들어 버릴 것이기 때
문이다.)
　내가 그를 쳐다보자, 그는 곁눈으로 나의 시선을 알아차린
것 같았다. 그는 이내 머리카락의 가른 부분을 유리창 쪽으로
향하게 했다. 웃는 얼굴로 흡사 이렇게 말을 하고 있는 것처럼.
　『부디 이쪽을 곧바로 걸어가 주십시오. 잔디에 들어가는
것은 거절합니다！』
　이내 그는 모자를 머리에 쓰고 우산을 집어들고는 나가
버렸다.
　나는 그 사무직원을 내 사무실로 불러 물었다.

「애덤스 군, 그 사람 어떤 사람인가?」

그는 손님의 명함을 손에 들고 있었다.

「미스터 줄리어스 스링크턴. 미들 템플(법률가가 많이 살고 있는 지역).」

「변호사인가?」

「아닌 것 같습니다.」

「난 목사라고 생각했는데. 그렇지만 명함에는 레버런드(목사의 경칭)라 씌어 있지 않군.」

「차림새를 보면 그렇게 생각하시는 것도 당연할 겁니다.」

애덤스 군이 대답했다.

「목사의 자격을 따기 위해 공부하고 있는 중이랍니다.」

손님이 그야말로 멋을 부린 흰 넥타이와 셔츠를 입고 있었다는 것을 말해 두지 않으면 안 될 것 같다.

「어떤 용건이었는가?」

「신청용지와 보증인 용지가 필요하다고만 했습니다.」

「누구의 소개로 왔지? 그런 말은 안 했나?」

「예, 소장님의 친구로부터 소개를 받았다고 했습니다. 소장님을 알고 있는 것 같았지만, 아직 면식(面識)이 없으므로 뵙는 걸 주저하는 것 같았습니다.」

「내 이름을 알고 있었나?」

「예, 『아아, 심프슨 씨가 계시는 것 같군요!』하고 말했으니까요.」

「어투가 정중한 사람이었나?」

「예, 대단히 정중했습니다.」

「태도는 공손했나?」

「예, 대단히 공손했습니다.」

「아아, 그랬었군!」 내가 말했다.

「아, 애덤스 군, 이제 됐어요.」

그 날로부터 2주일도 되기 전에, 나는 어떤 친구의 집에 식사초대를 받아갔다. 그 친구는 장사꾼이며 취미가 다양했고 많은 그림과 책들을 사 모으고 있었다. 그 집에서 제일 먼저 만난 사람이 줄리어스 스링크턴 씨였다. 난로 앞에 서서 크고 사람 좋아보이는 눈과 개방적인 표정을 짓고 있었지만, 그 태도는 누구에게든지, 내가 마련해 놓은 길로만 걸어서 와주십시오, 다른 곳으로 들어오는 것은 거절합니다, 라고 말하는 듯했다. (그런 것처럼 나는 생각했다).

나는 그가 내 친구를 보고 나를 소개시켜 달라고 부탁하고 있는 것을 알아차렸다. 나는 친구가 부탁하는 대로 했다. 스링크턴 씨는 만나뵙게 되어 대단히 기쁘다고 나에게 말했다. 매우매우 기쁘다느니 어쩌느니 하지는 않았다. 그의 행동에서는 지나친 점이 조금도 없었다. 대단히 좋은 집안에서 자란 것과 같은 자연스러운 태도로 자신의 기쁨을 표시했다.

「자네들은 전에 이미 만난 일이 있는 줄 알았는데.」

내 친구가 말했다.

「아니.」

스링크턴 씨가 대답했다.

「자네에게 소개를 받아 심프슨 씨의 사무실에 들른 적은 있었네만, 대단치 않은 일이었기 때문에 심프슨 씨에게 번거로움을 끼칠 일이 아니라고 생각해서.」

그래서 나는 친구가 소개하는 분이라면 언제든 기꺼이 시중을 들겠다고 말했다.

「그것은 잘 알고 있습니다.」

그가 말했다.

「깊이 감사하고 있습니다. 다시 찾아 뵙게 될 때에는 좀더 허물없이 들어가게 해주십시오. 그렇지만 진짜로 볼 일이 있을 때 그러겠습니다. 이렇게 말씀드리는 것은, 심프슨 씨, 근무 중인 시간이란 것이 얼마나 귀중한 것이며, 또 세상에는 얼마나 뻔뻔스러운 사람이 많은가를 잘 알고 있기 때문입니다.」

그의 그와 같은 염려에 대해서 나는 가볍게 고개를 숙였다.

「당신은 자신의 생명보험을 들려고 하시는지요?」

하고 내가 물었다.

「아닙니다, 그렇지 않습니다! 저는 심프슨 씨가 생각하시는 것처럼 그렇듯 사려 분별에 뛰어난 사람이 못 됩니다. 저는 단지 친구를 대신해서 문의했을 뿐입니다. 그렇지만 이러한 일에서는 친구라는 것이 어떤 것인지 잘 아시겠지요. 결국 아무것도 안 될는지도 모릅니다. 친구가 결국 수속을 밟지 않을 것이라는 확률이 구십구 퍼센트가 된다는 것을 알고 있기 때문입니다. 그래서 그런 문의로 실무자를 방해하는 일이 내키지 않았던 것입니다. 사람이란 그야말로 변덕이 심하고 자기 멋대로이며 남을 생각해 주지 않으니까요. 심프슨 씨도 그런 일을 하고 계시니까 매일 그런 것을 느끼시겠지요?」

나는 반드시 그런 것만은 아니라고 대답하려 했다. 그런데, 그가 매끈하게 나 있는 가리마를 내 쪽으로 향하게 하고는 『이곳을 곧바로 걸어가 주십시오!』하고 말했으므로 그만 「예.」하고 대답해 버리고 말았다.

「심프슨 씨.」

얼마 후 그가 다시 말을 걸어 왔다. 친구집의 요리사가 신참내기라서 제시간에 식사가 나오지 않았기 때문이다.

「당신네 업계가 최근 큰 손실을 입은 것으로 알고 있습니다만.」

「금전상의 일입니까?」

내가 물었다.

내가 손실이란 말을 듣고 이내 돈의 일과 연관시키는 것을 보고, 그는 웃으면서 대답했다.

「아닙니다. 재능과 에너지에 관한 것입니다.」

그가 말하려는 내용을 재빨리 이해할 수가 없어서, 나는 한동안 생각에 잠겼다.

「그러한 종류의 손실이 있었습니까?」

내가 말했다.

「저는 모르고 있었는데요.」

「심프슨 씨께서 알지 못하셨다구요? 설마 또 은퇴하시는 건 아니겠지요? 설마 그렇듯 지독하지는 않겠지요. 그렇지만 멜섬 씨는…….」

「아아 그렇군요!」

하고 내가 말했다.

「멜섬 군은 이네스티마블 보험회사의 젊은 계리사였습니다.」

「그렇습니다.」 그는 위로하는 말투로 대답했다.

「그의 은퇴는 큰 손실입니다. 그는 제가 아는 한 생명보험 업계에서 가장 심원하고 독창적인 동시에 정력적인 인물이었으니까요.」

내가 힘들여 이렇게 말한 것은 내가 평소에 멜섬 씨를 높이 평가하고 있었으며 경험했기 때문이다. 그렇지만 나의 상대는 멜섬 씨를 비웃어 주려고 한 것이 아닌가 하는 기분이 나에게 전달되었다. 그의 머릿속의 질서정연한 통로, 기분나쁜 느낌을 주는 『잔디에는 들어가지 마시오…… 자갈길을 걸어가 주십시오』라는 주의를 내 쪽으로 향하게 했기 때문에 나의 경계심이 다시 일어난 것이다.

「스링크턴 씨께선 그를 알고 계십니까?」

「명성을 들었을 뿐입니다. 그의 지인(知人)이나 친구가 된다는 것은, 만약 그가 계속 사회에 머물러 있어 준다면 말입니다만, 저 역시도 쟁취하고 싶어하는 명예겠지요. 저처럼 보잘 것 없는 사람으로서는 그런 명예는 바라볼 수조차도 없었겠지만요. 그는 고작 삼십 전후로 보였습니다.」

「삼십입니다.」

「인생이란 얼마나 허무한 것입니까!」

그는 계속 위로하는 듯한 말투로 말을 하고는 한숨을 내쉬었다.

「한창 나이에 좌절하여 일도 할 수 없게 되다니! 그렇듯 처참해져야 할 이유가 있는 것입니까?」

(『흥!』나는 상대방을 바라보면서 마음 속으로 콧방귀를 뀌었다.『그렇지만 그렇게는 안 될 걸. 절대로 자갈길 따위는 걷지 않을 거야. 잔디 안으로 들어갈 거야.』)

「스링크턴 씨, 어떤 이유가 있다고 들으셨는지요?」

나는 단도직입적으로 물었다.

「아무래도 잘못 판단한 탓이라고 여겨집니다. 심프슨 씨, 세상의 소문이란 어떤 것인지 잘 알고 계시겠죠? 저는 귀에 들은 소문은 절대로 되풀이해서 입에 담지 않기로 하고 있습니다. 이것이 소문의 손톱을 뽑고 머리카락을 깎는 유일한 방법이니까요. 그렇지만 멜섬 씨가 사회에서 매장되게 된 이유로서 어떤 이야기를 들었느냐고 당신이 물으신다면 이야기는 달라지지만요. 저는 부질없는 소문에 부채질하는 것은 아니니까요. 심프슨 씨, 제가 들은 바에 의하면, 멜섬 씨가 그의 모든 직위와 장래를 포기하게 된 것은 상심 때문이라고 합니다. 다시 말해 실연 때문이라는 것입니다……하긴 그 사람처럼 우수하고 매력적인 인물의 경우 있을 법한 일로 생각됩니다만.」

「아무리 우수하고 매력적이라 하더라도 죽음한테는 이길 수 없습니다.」

내가 말했다.

「아니, 그럼 상대방 여자분이 죽은 것입니까? 그런 이야기는 듣지 못했습니다만. 그건 참으로 슬픈 이야기군요. 멜섬 씨도 불쌍하게! 죽은 겁니까! 그것 참 슬픈 일이군요.」

그렇지만 나는 그의 동정이 완전히 순수하다고는 생각할 수 없었다. 아직도 그 이면에 이해하기 어려운 조소(嘲笑)가 숨어 있는 것 같은 생각이 들어 견딜 수가 없었다. 그러던 중 식사준비가 되었다고 알려 왔으므로 담소하고 있는 다른 일행과 마찬가지로 우리들도 일어서려 했을 때 그가 말했다.

「심프슨 씨, 남의 일에 제가 이렇듯 마음이 흔들리는 것을 보시고 틀림없이 놀라셨을 겁니다. 그렇지만 이것은 당신이 생각하듯이 남의 일만은 아닙니다. 저 역시도 최근에 그러한 죽음을 가까이서 경험했습니다. 저와 함께 살고 있는 두 명의 귀여운 조카딸 중 한 명을 잃은 것입니다. 젊어서…… 스물 셋이었습니다. 하나 남은 조카딸 역시 몸이 약합니다. 이

　세상은 모두 무덤과 같다고 생각됩니다.」

　그의 말에는 그야말로 깊은 감회가 서려 있었으므로, 나는 자신의 냉랭한 태도를 질책하는 것 같이 느껴졌다.

　그와 같은 냉담성과 불신감은 나의 여태까지의 불유쾌한 경험에서 생긴 것이며 태어날 때부터 나에게 갖추어진 게 아니란 것은 내 자신이 잘 알고 있었다. 남을 믿지 않았기 때문에 내가 살아가는 데 있어서 얼마나 손해를 봤는가, 또한 경계심을 굳힘으로써 득을 보았다고 해도 별것이 아니었다는 것을 가끔씩 스스로도 생각한 바 있었다. 이러한 정신상태에 익숙했으므로, 그와 앞서 나눈 대화를 계속 생각하게 되었다. 나는 식사를 하면서 그의 담소에 귀를 기울였다. 남들이 그의 말에 매우 가볍게 응답했으며 또는 그가 대단히 품위를 갖춘 직관으로 화제를 상대방의 지식이나 관습에 맞추고 있다는 것을 알게 되었다. 나와 이야기를 하고 있을 때 내가 가장 잘 이해하고 가장 관심을 가지고 있는 듯싶은 화제를 쉽게 끌어내듯이, 그는 남들과 이야기를 나누고 있을 때에도 똑같은 방법을 구사했다. 그 자리에는 여러 종류의 사람들이 있었지만, 내가 느낀 범위내에서는, 그는 누구하고라도 이야기를 잘 맞춰나갈 수가 있었다. 그는 각각의 인간의 직업에 대하여 유쾌한 담소를 나누는 데 충분한 꼭 그런 정도의 지식을 가지고 있었으며, 그런 화제가 나오게 되면 겸허하게 상대방에게 가르침을 청하는 것이 자연스럽게 여겨질 정도로만 알고 있었다.

　그가 계속 지껄임에 따라――그렇다고 하더라도 지나치게 많이 지껄이는 정도는 아니었다. 다른 손님이 오히려 그로 하여금 입을 열게 하려는 것으로 보였으므로――나는 자신에 대해 화가 났다. 나는 머릿속에서 그의 얼굴을 시계처럼 완전히 분해하여 정밀하게 조사를 끝냈다. 그의 이목구비 하나하나에 대해서 각별히 반감을 가진 것은 아니었다. 그를 전체로서 늘어놓았을 때는 반감이 한층 더 줄어들었다. 『이건 엉망이 아닌가.』 나는 자신에게 물었다. 『누군가가 우연히 머리카락의 한복판에 가리마를 탔다고 해서 그 사람을 불신의 눈으로 보고 반감을 가지다니 ! 』

　(나는 여기서 잠시 이야기를 중단하고, 이렇게 말해도 나의 분별의 증명이 되지 못했다는 것을 털어놓으련다. 남의 얼핏 보아 형편없는 점에 대해 계속 반감을 느끼는 관찰자가 그 점을 중대하게 생각한다고 해도 잘못은 아니다. 그것이 모든 수수께끼를 푸는 실마리가 되는지도 모르기 때문이다. 한두 개의 털만으로 사자가 숨어 있는 곳을 찾아낼 수도 있다. 보잘 것 없는 작은 열쇠가 무거운 문을 열게 할 수도 있는 법이다.)

　얼마 후부터 나도 그와의 담소에 끼여들었으며, 우리 둘은 대화가 서로 잘 통했다. 응접실에서, 나는 그 집 주인에게 언제부터 스링크턴 씨를 알게 되었느냐고 물었다. 아직 몇달 밖에 안 됐다고 그가 대답했다. 지금 이곳에 와 있는 어떤 유명한 화가의 집에서 처음 그를 만났다는 것이었다. 그 화가는 그가 두 명의 조카딸의 건강을 위해 이탈리아로 여행하고 있을 때 사귀게 되었다고 한다. 그 중 한 명의 조카딸이 죽었기 때문에 그의 인생의 희망이 깨어져 버려, 형식만의 연구를 위해 대학으로 돌아갔으며, 학위를 딴 후에는 성직자가 될 생각이라는 이야기였다. 그가 불쌍한 멜섬 군에게 관심을 기울인 일에 대한 설명은 이로써도 가능하다고 할까. 이런 간단한 점에 대하여 불신감을 가진 내가 오히려 부끄럽다고 나는 생각했다.

3

그 다음다음 날, 내가 전과 마찬가지로 유리판 안쪽에 앉아 있을 때 그가 조용히 사무실로 들어왔다. 그의 모습을 본 순간, 나는 전보다 더 그가 밉게 생각되었다.

그러나 그런 기분도 불과 한순간이었다. 내가 그쪽을 바라보자, 그는 장갑 낀 손을 흔들며 곧바로 내 쪽을 향해 걸어왔기 때문이다.

「심프슨 씨, 안녕하십니까? 댁의 친절하신 말을 핑계삼아 일을 방해하러 왔습니다. 하긴 그때도 말씀드린 것처럼 당신 자신의 손을 번거롭게 할 정도로 중요한 용건이 생긴 것은 아닙니다. 저의 용건은…… 이런 말을 사용하는 것 자체가 말의 모독인지 모르겠습니다만…… 그건 무척 보잘 것 없는 일이기 때문입니다.」

뭔가 도와드릴 일이 없을까요, 하고 나는 물었다.

「감사합니다만 아무것도 없습니다. 제가 여길 들른 것은 밖의 사무실에서 나의 동작이 뜬 친구가 언제고 그답지 않게 분별과 실천력을 발휘했는지 어떠했는지를 알아보고 싶었기 때문입니다. 그것뿐입니다. 그렇지만 그 친구는 아무것도 해놓지 않았더군요. 제가 신청서류를 넘겨 주었을 때만 해도 그는 완전히 응할 기세였습니다만, 역시 그는 아무것도 해 놓지 않았습니다. 인간이란 것은 흔히 꼭 해야 될 일을 하고 싶어 하지 않는 성질이 있는데 생명보험에 든다는 것이 아무래도 언짢은 기분이 되는가 봅니다. 말하자면 자신의 유언장을 쓰는 것으로 생각하는 모양입니다. 사람이란 미신에 사로잡히기 쉬운 존재여서 그런 일을 하게 되면 곧 죽을 것으로만 생각되는가 봅니다.」

『자 이 길을 곧바로 가 주세요, 심프슨 씨. 오른쪽이나 왼쪽으로 벗어나면 안 됩니다.』

나는 그가 정말로 이렇게 속삭이는 것을 들은 것 같은 기분이 되어 하마터면 신음소리를 낼 뻔했다. 내 코의 정면에 참을 수 없이 혐오스러운, 머리의 가리마를 들이대놓고 사나이가 연신 싱글벙글 웃고 있었기 때문이다.

「그런 기분이 되는 사람도 물론 있겠죠.」

내가 대답했다.

「그 범위가 그다지 넓지는 않겠지만요.」

「어떻든.」

그는 어깨를 한 번 으쓱하고 웃으면서 말했다.

「친절한 천사가 그에게 올바른 방향으로 감화를 시켜 주면 좋겠습니다만. 나는 조급하게 노포크 주에 있는 그의 모친과 여동생에게 보험 수속을 하겠다고 미리 약속해 버렸습니다. 물론 그 역시 두 사람한테 수속을 밟겠다고 약속했구요. 그렇지만 그는 결코 수속을 밟지 않을 것입니다.」

그 후 1, 2분 정도 이런저런 이야기를 한 다음 그는 돌아갔다.

다음 날 아침 책상 서랍을 열쇠로 막 열려고 했을 때 그가 다시 찾아왔다. 그가 유리문 칸막이 쪽 문으로 곧바로 왔으며, 밖의 사무실에서 발을 멈추지 않았다는 것을 나는 알 수 있었다.

「심프슨 씨, 이 분쯤 틈을 내 주시겠습니까?」

「예, 그러죠.」

「정말로 죄송합니다.」

그는 모자와 우산을 테이블 위에 올려 놓으면서

「일을 방해해서는 안 된다고 생각하여 일찌감치 왔습니다. 사실은 제 친구가 보험신청을 했으므로 저는 깜짝 놀라고 있는 형편입니다.」

「신청을 했답니까?」

내가 말했다.

「예, 예.」

그는 똑바로 나의 얼굴을 쳐다 보면서 대답했지만, 퍼뜩 뭔가 생각이 났는지

「그가 그렇게 말하기는 했습니다만, 어쩌면 그 장소를 모면하기 위한 새로운 수법인지도 모르지요. 내가 그걸 알아차리지 못했다니!」

애덤스 군이 밖의 사무실에서 그 날 아침에 도착한 우편물을 정리하고 있었으므로 내가 물었다.

「스링크턴 씨, 친구의 이름이 뭐라고 했지요?」

「베크위스입니다.」

나는 칸막이로 된 문 쪽에서, 그러한 이름의 신청서가 있으면 가져 오라고 애덤스 군에게 부탁했다. 그는 신청서를 카운터 위에 늘어놓고 있었으므로 금세 찾아내어 나에게 넘겨 주었다. 알프레드 베크위스. 이천 파운드의 생명보험 신청서로 날짜는 어제로 되어 있었다.

「스링크턴 씨, 제출한 사람의 주소는 미들 템플입니다만.」

「그렇습니다. 친구는 제방의 바로 맞은편에 살고 있습니다. 그런데 저를 자신의 보증인으로 하리라고는 꿈에도 생각하지 못했습니다.」

「그렇지만 그건 매우 자연스러운 일로 여겨지는데요.」

「그건 그렇지요. 그런데 저는 꿈에서도 생각해 본 적이 없지 뭡니까, 글쎄.」

그는 호주머니에서 인쇄된 서류를 꺼냈다.

「어떤 식으로 이 질문에 대답해야 좋을까요?」

「물론 그것은 진실에 따라 하면 됩니다.」

「물론 그렇겠죠.」

그는 서류에서 얼굴을 들고는 미소를 띄우면서 말했다.

「즉 제가 말씀드리는 것은 그야말로 많은 질문사항이 있다는 뜻입니다. 그래도 자세한 것까지 정확하게 하는 것이 옳겠지요. 자잘한 것까지 옳게 하는 것은 이치에 맞는 일이구요. 죄송합니다만 펜과 잉크를 빌려 주시겠습니까?」

「예, 사용하십시오.」

「이 책상도.」

「예, 쓰십시오.」

그는 모자와 우산 사이를 왔다갔다 하며 쓸 장소를 찾다가 종이와 잉크병이 놓여있는 내 책상 앞에 앉았다. 그리고는 난로에 등을 돌리고 서 있는 나의 바로 정면에 머리 중앙의 긴 보도를 정확히 위치시켰다.

여러 가지 질문에 대답하기 전에 그는 그것을 읽으면서 신중히 생각하는 것 같았다. 알프레드 베크위스 씨를 언제부터 아셨습니까. 그는 손가락으로 1년, 2년 하고 계산하였다. 그의 습관은 어떻습니까. 이것은 쉬운 질문이군요. 매사에 있어서 지극히 중용(中庸). 굳이 지적한다면 지나치게 운동을 한다. 대답은 모두 만족할 만한 것이었다. 이렇게 모든 질문에 대한 대답을 적어넣자, 그는 다시 읽었으며 마지막으로 깨끗한 필체로 사인을 했다.

이것으로 볼일은 끝난 것 같습니다, 더 이상 당신을 괴롭히는 일은 없으리라 생각합니다, 라고 내가 말했다. 이 서류는 여기에 놓고 갈까요? 예, 좋습니다. 괜찮으시다면. 정말로 감사했습니다, 안녕히 계십시오.

나에게 그 날 아침, 그보다 앞서 또 한 사람의 손님이 찾아왔었다. 그것은 사무실이 아니고 나의 집에서였다. 겨우 날이 밝아 올 무렵 내 침대까지 찾아온 손님을 나의 충실한, 뭐든지 털어놓고 있는 하인 외에 그 누구도 본 사람은 없었다.

제2의 보증인(보증인은 두 사람이 필요하다.)의 회답용지는 노포크 주로 보내어져 우편으로 반송되어 왔다. 이것도 회답은 모든 점에서 만족할 만했다. 수속이 완료되어 신청을 접수한 다음 1년분의 계약금이 지불되었다.

4

6, 7개월 정도 나는 스링크턴 씨를 만나지 못했다. 그가 한 번 우리 집으로 찾아온 일이 있었지만 그때는 내가 집에 없었다. 또 한 번은 템플의 그의 방으로 식사 초대를 받았는데 그때도 내 형편이 좋지 않았다. 그의 친구의 보험증서가 효과를 나타낸 것은 3월이었다. 9월 말인지 10월 초에 내가 바다의 공기를 마시기 위해 스카보라(영국 동해안에 있는 휴양지)로 갔을 때 해안에서 우연히 그를 만났다. 따스한 저녁때였다. 그가 모자를 손에 들고 내 쪽으로 걸어왔으며, 내가 그의 지시에 따르지 않고 달려 가는 것을 무척 싫어했다. 문제의 보도가 다시금 내 코 앞 정면에 정확하게 제시되었다.

그는 혼자가 아니고 젊은 아가씨의 팔을 잡고 있었다. 그녀는

상복(喪服)차림이었다. 나는 커다란 관심을 가지고 그녀를
바라보았다. 겉보기에 그녀는 매우 병약해 보였는데 얼굴이
창백하고 우수의 빛깔마저 감돌고 있었지만 대단한 미인이
었다. 그는 그녀를 조카딸인 미스 나이나라고 소개했다.

「심프슨 씨, 산책입니까? 당신도 그렇듯 어슬렁어슬렁 다닐
  때가 있습니까?」

『그런 일도 있습니다. 나는 산책을 하고 있는 중입니다.』

「함께 산책하실까요?」

「예, 좋습니다.」

젊은 아가씨가 우리들 사이에 끼게 되었다. 우리는 밟을
때마다 섬칫한 느낌을 안겨다 주는 모래 위를 걸어갔다.

「차가 지나간 흔적이 있는데.」

스링크턴 씨가 말했다.

「아니, 이것은 휠체어의 흔적이야! 마가렛, 분명히 이것은
  너의 그림자야!」

「나이나 양의 그림자라고요?」

나는 이렇게 말하면서 발밑을 내려다 보았다.

「그, 그림자가 아니구요.」

스링크턴 씨가 웃으면서 말했다.

「마가렛, 심프슨 씨에게 설명해 드려라.」

「그건 대단한 이야기는 아닙니다.」

아가씨가 내 쪽을 보면서 말했다.

「저는 어디를 가든 항상 몸이 부자유한 노인과 마주치곤
  합니다. 이것을 숙부에게 말했더니, 숙부는 그분을 저에게
  붙어서 떨어지지 않는 그림자라고 부르셨습니다.」

「그분은 스카보라에 사십니까?」

내가 물었다.
「휴양차 와서 묵고 있는 손님입니다.」
「당신은 스카보라에서 사시나요?」
「아닙니다. 저 역시도 휴양차 와서 머물고 있는 중입니다.
숙부가 이곳에 있는 어떤 가족에게 저를 맡겼지요. 저의
건강을 위해서요.」
「그렇다면 당신의 그림자는요?」
내가 웃으면서 말했다.
「제 그림자요?」
그녀도 웃으면서 대답했다.
「…… 저와 마찬가지로…… 몸이 튼튼하지 않은 모양입니다.
가끔씩 저는 제 그림자를 잃어 버릴 때가 있어요. 우리 두
사람 다 집 안에 틀어박히는 일이 종종 있기 때문이지요.
그래서 며칠이고 제 그림자를 보지 못한 채 지낼 때가 있
습니다. 그런데 기묘하게도 여러 날을 계속하여 제가 어디든
가면 그 노인도 똑같은 장소에 있는 경우가 있습니다. 아무도
가지 않는 이 해안의 끝에서도 만난 적이 있습니다.」
「그게 저분입니까?」
나는 앞쪽을 가리키며 말했다.
차의 흔적은 물가에 이르도록 내내 계속되어 있었으며, 거
기서 모래 위에 커다란 동그라미를 그리고는 방향이 바뀌어
있었다. 그리고 한 남자가 이끄는 휠체어가 그 동그라미로부터
이쪽으로 곧바로 오고 있었다.
「그렇습니다.」
나이나 양이 대답했다.
「숙부님, 저것이 진짜 제 그림자입니다.」

　휠체어가 우리 쪽으로 다가오는 동안, 우리도 휠체어 쪽으로 다가갔다. 가까이 감에 따라 여러 겹으로 옷을 두르고 머리를 깊숙이 앞으로 숙인 채 그 안에 앉아 있는 노인의 모습이 보였다. 수레를 끌고 있는 것은 온유하면서도 매우 날카로운 얼굴에 백발이 섞인 빳빳한 머리카락을 가진, 다리가 성치않은 사나이였다. 우리가 옆을 스쳤을 때, 휠체어가 멈추었으며 그 안에 있던 노인이 팔을 내밀고 내 이름을 불렀다. 나는 스링크턴 씨와 조카딸에게 먼저 가라고 이르고는 되돌아와서 한 5분 정도 이야기를 나누었다.

　내가 앞서 간 두 사람을 따라붙자 스링크턴 씨가 먼저 입을 열었다. 아니, 내가 따라붙기 전에 큰소리로 내게 말을 걸어왔던 것이다.

「심프슨 씨가 더 늦지를 않아서 다행입니다. 더 늦으셨다면 조카딸은 그 그림자가 누구인지 알고 싶어서 죽어 버렸을지도 모르니까요.」

「본래 동인도회사의 중역이었습니다. 당신을 내게 소개해준 그 친구의 친구입니다.」

내가 말했다.

「반크스 소령이라고 합니다. 이름을 들어보신 적이 있는지요?」

「한 번도 없습니다.」

「대단한 부자였습니다. 나이나 아가씨. 그렇지만 나이가 들자 다리가 말을 잘 듣지 않게 되었지요. 대단히 호감이 가는 사람이고 또 일의 이치를 잘 아는 사람으로 당신들에게 큰 관심을 가지고 있었습니다. 당신과 숙부님이 서로 무척 사랑하고 있는 것으로 보였다고 말하더군요.」

스링크턴 씨는 다시 모자를 잡고, 곧바로 가리마에 손을 집어넣었다. 마치 나의 뒤를 따라 그 자신이 걸어갈 것처럼.

「심프슨 씨.」

그는 다정하게 조카딸의 팔을 당기면서.

「우리는 본래 친척이 많지 않았습니다. 그래서 피차에게 강한 애정을 갖고 지내 왔습니다. 지금은 더 적어졌습니다. 우리를 이어주는 추억은 이미 이 세상 것이 아니니까요. 마가렛.」

「숙부님!」

아가씨는 작은 소리로 말하면서 옆을 보는 체하고 눈물을 닦았다.

「조카와 저는 많은 추억과 슬픔을 함께 나누어 가지고 있습니다. 우리 둘 사이가 냉랭해지거나 서로를 모르는 체한다면 오히려 그게 더 이상할 것입니다. 언젠가 우리가 이야기한 것을 상기해 주신다면, 제가 어떤 이야기를 하고 있는지 충분히 이해하실 수 있을 겁니다. 마가렛! 기운을 내라! 그렇듯 풀이 죽어서는 안 돼. 마가렛! 그렇듯 기운 없는 모습을 난 도저히 볼 수가 없단 말야!」

가엾은 아가씨는 마음이 산란해진 모양이었지만 자신을 잘 억제했다. 그 역시도 무척 흥분해 있었다. 그는 마음을 가라앉히지 않으면 안 된다고 생각했는지 해수욕을 하고 오겠다며 나와 아가씨를 바위가 삐죽 나온 곳에 남겨 놓고는 가 버렸다. 그 동안에 조카딸이 성심성의껏 숙부에 대해 칭찬해 줄 것이라고 생각해서일 것이다. 일종의 자화자찬이겠지만, 그 정도는 눈감아 쥐도 좋지 않겠느냐고 말씀하실 분도 있을 것이다.

실제로 그녀는 숙부를 입에 침이 마르도록 칭찬했다! 이것저것 털어놓으면서, 그가 죽은 언니의 시중을 잘 들어준 일 등을 칭찬했다. 언니는 매우 서서히 쇠약해졌으며 임종 무렵에는 미친 사람처럼 무서운 망상에 사로잡혔지만 숙부는 조바심을 치거나 당황해 한 적이 한 번도 없었습니다. 언제나 상냥하고 침착하게 잘 간호해 주었습니다. 그것은 저뿐만 아니라 죽은 언니도 잘 알고 있을 겁니다. 숙부는 세상에서 둘도 없이 좋은 분이며 친절한 분이라는 것을. 게다가 우리들의 불쌍한 생명이 계속되는 한 우리들의 약한 마음을 떠받들어 주는 공고한 탑이 될 수 있는 훌륭하고 강한 마음의 소유자라는 것을 말입니다.

「심프슨 씨, 저도 곧 숙부와 이별하게 될 것입니다.」

아가씨가 슬픈 듯이 말했다.

「제 목숨이 이제 얼마 남지 않았다는 것을 저도 잘 알고 있습니다. 그리고 제가 죽게 되면 숙부는 결혼을 하여 행복해지겠지요. 여태까지 독신으로 지내 온 것은 틀림없이 저와 불쌍한 언니 때문이었으니까요.」

조그마한 휠체어가 축축한 모래 위에서 커다란 동그라미를 그렸다. 그리고 반 마일 정도의 길이가 되는 가느다란 8자를 그리면서 점차로 이쪽을 향해 돌아오고 있었다.

「아가씨!」

나는 주위를 둘러보면서 그녀의 팔을 손으로 잡고 낮은 소리로 말했다.

「시간이 다가오고 있습니다. 저 바다의 부드러운 속삭임이 들리지요?」

그녀는 깜작 놀라며 겁먹은 것처럼 나를 쳐다보며 대답했다.

「예!」

「폭풍이 일면 어떤 소리로 변하는지 아십니까?」

「예!」

「지금 우리들 앞에서는 무척 온순하고 평온해 보입니다만, 오늘밤이라도 무자비한 무서운 광경으로 변할는지도 모른다는 것을 알고 있겠지요?」

「예!」

「그렇지만 만약 아가씨가 바다의 잔인한 모습을 보거나 듣거나 또는 소문으로라도 들은 적이 없다면, 바다가 살아 있는 모든 것을 산산이 부숴 버리고 살아 있는 것을 가차없이 파괴시켜 버리는 것을 믿을 수 없을 겁니다.」

「어마, 그런 말씀을, 전 무서워요!」

「당신을 구하기 위해서입니다. 아가씨, 당신을 구하기 위해서 하고 있는 말입니다. 부탁이니 정신을 차리고 기운을 내주십시오. 만약 당신 혼자 이곳에 내버려 두고 밀물이 아가씨의 머리 위로 오십 피트까지 덮쳐 온다고 해도, 현재 당신이 놓여 있는 위험, 그리고 이제부터 당신을 그 속에서 구해 내지 않으면 안 되는 위험은 그것의 몇 배나 큰 위력을 갖고 있습니다.」

모래 위의 8자가 완성되었다. 거기에서 짧게 구부러진 꼬리가 삐져 나오더니 곧장 우리들 가까이로 왔다.

「하늘에 계신 신들과 전인류의 재판관 앞에서 당신의 친구, 죽은 언니의 친구로서, 나이나 아가씨, 당신에게 엄숙하게 부탁합니다. 한 시각도 헛되이 하지 말고 나와 함께 이분을 따라가 주십시오!」

만약 그 작은 휠체어가 좀더 멀리 있었다면, 내가 그녀를 데려갈 수 있었을지 아무래도 의심스럽다. 그렇지만 바로 가까이 와 있었으므로 아가씨가 삐죽 나온 바위를 내려가는 분주함 속에서 제정신을 차릴 틈도 없는 가운데 휠체어의 옆에 도착했다. 아가씨는 2분도 채 되기 전에 나와 헤어졌으며 다시 5분도 채 되기 전에 나는——앞서 둘이 앉았던 장소로 돌아가 그곳에서——그녀가 원기 왕성한 한 남자에 의해 거의 안기듯이 또는 거의 떠받들어지듯 하며 절벽에 새겨진 거칠은 돌계단을 올라가는 모습을, 형언키 어려운 만족감을 가지고 바라보았다. 그 남자가 옆에 있는 한 그녀는 어디를 가도 안전하리라는 것을 나는 알고 있었기 때문이다.

나는 혼자 바위 위에 앉아 스링크턴 씨가 돌아오기를 기다렸다. 황혼이 깊어져 그림자가 보이지 않게 된 무렵, 그가 삐죽 나온 바위 저쪽으로부터 모습을 나타냈다. 모자를 옷의 호주머니 구멍에 매달고는 한 손으로 물에 젖은 머리카락을 쓰다듬으며, 또 한 손으로는 주머니 빗으로 문제의 보도를 만들고 있었다.

「심프슨 씨, 조카딸이 없는데요 ?」

그는 주위를 둘러보면서 말했다.

「나이나 아가씨는 해가 진 후 공기가 싸늘해진 것 같다며 집으로 돌아갔습니다.」

그녀는 그가 없이는 아무것도 할 수 없으며, 극히 작은 행동도 할 수 없는 습관을 가졌던 듯 그는 깜짝 놀라는 얼굴이 되었다.

「제가 나이나 아가씨를 설득했습니다.」

내가 설명했다.

「아, 그랬었군요.」

그가 말했다.

「조카딸은 설득을 잘 당하는 성질이라…… 게다가 자신에게
도움이 되는 일이었으니까요. 감사합니다, 심프슨 씨. 집 안에
들어가 있는 게 낫겠죠. 사실은 해수욕장이 생각했던 것보다
상당히 먼 곳에 있었습니다.」
「나이나 아가씨는 몸이 아주 쇠약하더군요.」
내가 말했다.
그는 머리를 흔들면서 한숨을 토했다.
「정말, 정말 그렇습니다. 제가 언젠가 그렇게 말씀드린 것을
기억하시는지 모르겠습니다만, 그 후 시간이 지났는데도
조금도 튼튼해지지 않았습니다. 그애 언니에게 다가왔던
어두운 그림자가 이제는 그애 위에도 다가온 것이 아닌가고,
아니 그보다 더 어두운 그림자가 아닌가고 걱정하고 있는
제 눈에는 그렇게 생각되는 것입니다. 불쌍한 마가렛! 그
렇지만 우리들은 희망을 버리지 않습니다.」
우리들의 훨씬 앞쪽을, 걷지 못하는 병자를 싣고 있는 점으로
봐서는 어처구니없을 정도로 난폭스럽게 휠체어가 모래 위에
매우 어지러운 흔적을 남기면서 나아갔다. 스링크턴 씨는 손
수건으로 눈을 씻은 후에 이렇게 말했다.
「제가 보기에는 댁의 친구는 곧 뒤집어질 듯싶습니다만.」
「아무래도 그럴 것 같습니다.」
「하인이 술에 취한 것 같군요, 틀림없이.」
「저 노인의 하인은 가끔씩 술에 취하는 일이 있습니다.」
「소령은 대단히 몸이 가벼운 사람입니다.」
그러고 있는 가운데 휠체어는 어둠 속으로 사라져 버렸으
므로 나는 크게 마음이 놓였다. 우리들은 한동안 말없이 모래
위를 걸었다. 마침내 그는 조카딸의 건강상태로 마음이 어지

러워진 상태에서 아직 벗어나지 못한 말투로 이렇게 물었다.

「심프슨 씨는 이곳에 오래 머무르실 생각입니까?」

「아닙니다, 오늘밤에 돌아갑니다.」

「아니, 그렇게 빨리요. 하긴 당신은 언제나 일에 묶여 있는 신분이니까요. 심프슨 씨와 같은 분은 남들에게 중요한 분이므로 자신의 즐거움이나 기분풀이 등으로 시간을 쪼갤 틈이 없으시겠지요.」

「그 점은 잘 모르겠습니다.」

내가 말했다.

「그러나 어쨌든 저는 돌아가야 합니다.」

「런던으로 말입니까?」

「예, 런던으로.」

「저도 얼마 후 당신을 뒤따라 런던으로 돌아갈 생각입니다.」

그것은 나도 잘 알고 있었다. 그렇지만 그에게는 그렇게 말하지 않았다. 또한 그와 나란히 걷고 있는 동안에 호주머니 속에 넣은 나의 손이 어떤 방어용의 무기를 쥐고 있었는지도 그에게 말하지 않았다. 또한 어둠이 내렸을 때 내가 그의 바다 쪽을 걷지 않은 이유에 대해서도 말하지 않았다.

해안을 벗어난 지점에서 우리들의 길이 둘로 갈라졌다. 안녕히 주무십시오 하고 인사를 나눈 다음 헤어지려 했을 때, 그가 뒤로 돌아와 말했다.

「심프슨 씨, 조금 여쭈어 볼 것이 있는데, 지난 날 이야기했던 불쌍한 멜섬 씨는…… 죽었는지요?」

「내가 마지막 소식을 들었을 때에는 살아 있었습니다. 그렇지만 완전히 기운을 잃고 있었으므로, 살아 있다 해도 이제 얼마 살지 못할 것입니다. 그가 본래의 일터로 복귀하는 일은 거의 절망적이지요.」

「원 저런!」

그는 매우 침통한 어조로 말했다.

「슬픈 일이군요. 정말로 슬픈 일이에요! 이 세상은 무덤
입니다.」

그러고나서 그는 멀어져 갔다.

만약 이 세상이 무덤이 아니라고 하더라도 그것은 그의 죄가
아니다. 그렇지만 나는 그의 뒷모습을 향해서 소리치지는 않
았다. 또한 앞서 든 것과 같은 일에 대해서도 말하지 않았다.
그는 가버렸다. 나도 서둘러 걷기 시작했다. 이런 일이 일어난
것은 앞서도 말한 것처럼 9월 말이 아니면 10월 초였다. 그
다음 그를 마지막으로 만난 것은 11월 말에 가까운 무렵이었다.

5

나는 템플에서 매우 중대한 아침 식사 약속을 해놓고 있었다.
그 날 아침은 매우 쌀쌀한 북동풍이 불었으며 거리에는 녹기
시작한 진눈깨비가 몇 인치나 고여 있었다. 마차를 구하지
못했으므로 나는 이내 무릎까지 온통 젖고 말았다. 그렇지만
목까지 진눈깨비에 묻혔다고 하더라도 나는 약속을 충실히
지켰을 것이다.

그 약속에 따라 나는 템플에 있는 어떤 집을 찾아갔다. 그
집은 템스 강을 굽어보는 쓸쓸한 한 모서리에 위치한 건물
꼭대기에 있었으며, 알프레드 베크위스라는 이름의 문패가
붙어 있었다. 바로 건너편 문에는 줄리어스 스링크턴의 이름도
보였다. 두 집의 문은 열려 있어서 한 쪽 집에서 떠들면 상대방

집에 곧바로 들렀다.

나는 전에 한 번도 이곳에 온 적이 없었다. 통풍이 잘 안 되고 음산하며 눅눅하여 기분이 우울해지는 그러한 방이었다. 가구도 고급품이었고 그렇게 오래된 것 같지도 않은데 몹시 퇴색했으며 지저분했다. 방은 정리가 안 된 채 아편과 브랜디 및 담배의 강한 냄새가 진동하고 있었으며 난로의 방화망이라든가 용구류에는 온통 지저분한 녹이 슬어 있었다. 아침 식사 준비가 되어 있는 방의 난로 옆 소파 위에 이 집의 주인인 베크위스 씨가 누워 있었는데 구제불능의 주정뱅이의 모습이 역력했으며 무절제한 생활을 계속해 온 탓에 앞으로 얼마 살지 못할 것으로 보였다.

「스링크턴은 아직 안 왔어.」

내가 들어가자 그 사나이는 비실비실 일어서면서 말했다.

「불러야지…… 이봐! 줄리어스 시저! 술 마시러 오라고!」

이렇게 쉰 목소리로 소리치고는 미치광이처럼 화젓가락과 석탄집게로 탕탕 하고 두드렸다. 이것이 친구를 부를 때 늘 사용하던 버릇인 것처럼.

이와 같은 소음에 섞여 건너편으로부터 스링크턴 씨의 목소리가 들렸으며, 곧 그가 들어왔다. 그는 나를 여기서 만나리라고는 꿈에도 생각지 못한 것 같았다. 나는 지금까지 몇 사람인가의 책사(策士)들이 꼼짝 못하고 당하는 것을 본 일이 있었지만, 그의 눈이 나를 발견했을 때처럼 얼굴 색깔이 변하는 것을 본 적이 없다.

「줄리어스 시저.」

베크위스가 우리들 두 사람의 사이로 비틀거리며 걸어오

더니 소리쳤다.

「이쪽은 심프슨 군이고. 심프슨 군, 이쪽은 줄리어스 시저야. 줄리어스는 나의 마음의 친구로서, 아침이건 낮이건 밤이건 가리지 않고 나에게 술을 제공해 주지. 정말 내겐 은인이라 할 수 있지. 옛날 내가 차나 커피를 마시고 있으면, 그런 건 창문으로 내던지고는, 또 주전자의 물을 모두 쏟아 버리고는 그곳에 술을 넣어 주었지. 나의 나사를 감아 주어 멈추지 않도록 해줬어…… 줄리어스 시저, 브랜디를 끓이라고!」

난로의 재——여러 주일 동안이나 쌓인 채 내버려 둔 것 같다——안에 녹슬고 물때가 낀 냄비가 놓여 있었다. 베크위스는 우리들 두 사람 사이를 비집고 들어와 머리를 난로 속에 쑤셔넣듯이 하여 냄비를 꺼내고는 그것을 스링크턴에게 내밀었다.

「줄리어스 시저! 브랜디를 끓이라고! 자아, 언제나처럼 자네의 일을 하라고. 브랜디를 끓여!」

냄비를 든 그의 손길이 매우 사나워지며 금세라도 스링크턴의 머리를 후려칠 것 같았으므로 내가 손으로 그를 막았다. 그는 비실비실 소파에 주저앉자, 누더기가 된 속옷에 가려진 몸을 한 번 부르르 떨고는 숨을 할딱이며 새빨갛게 핏기가 돈은 눈으로 우리 두 사람을 쳐다보았다. 그때서야 알아차린 것이지만 테이블 위에는 마실 거라고는 브랜디밖에 없었으며 먹을 것이라고는 청어의 소금절임과 후추가 많이 들어가 구토가 일어날 것 같은 매운 스프 두 가지뿐이었다.

「어쨌든 심프슨 씨.」

스링크턴이 문제의 평탄한 자갈길을 내 쪽으로 향하고는

(이것이 마지막이었다.) 이렇게 말했다.

「저를 이 불쌍한 사나이의 폭력으로부터 막아준 데 대해 감사를 드립니다. 어떻게 해서 당신이 이곳에 오게 되었건 또는 어떤 동기로 오셨건간에 최소한 이 점에 대해서는 감사를 드리지요.」

「브랜디를 끓여!」

베크위스가 중얼중얼 말했다.

어떻게 되어 이곳에 오게 되었는지 상대방에게 가르쳐 주지 않고 나는 부드럽게 물었다.

「스링크턴 씨, 조카따님은 어떻게 됐습니까?」

그는 한동안 나를 노려 보았다. 나도 그를 노려 보았다.

「심프슨 씨, 참으로 유감이지만 조카딸은 은공도 모르고 자신의 가장 좋은 보호자를 배반했습니다. 한 마디 예고도 설명도 없이 내 곁에서 사라져 버렸습니다. 물론 누군가 악당의 책략에 걸려든 게 틀림없습니다. 아마 이것은 당신도 들어서 알고 계시는 일일 겁니다.」

「그 아가씨가 누군가 악당의 책략에 걸렸다는 것은 저도 들은 일이 있습니다. 사실을 말하면 저도 그러한 확증을 쥐고 있습니다.」

「틀림없습니까?」

「틀림없습니다.」

「브랜디를 끓여!」

베크위스가 또다시 투덜거렸다.

「줄리어스 시저! 아침 식사를 같이 하자고. 언제나처럼 자네 일을 하라고…… 언제나처럼 아침 식사, 점심 식사, 차, 저녁 식사 준비를 하라고. 브랜디를 끓이라니까!」

　스링크턴 씨의 눈이 그로부터 내 쪽으로 이동했으며, 조금 생각한 다음 말했다.

「심프슨 씨, 당신은 세상 경험이 많은 분입니다. 저도 역시 그렇습니다. 그래서 나는 당신에게 모든 걸 솔직하게 말하려고 합니다.」

「설마 그런 것은 무리겠죠.」

　나는 고개를 옆으로 흔들며 말했다.

「나는 지금 당신에게 솔직하게 털어놓겠다고 말하고 있는 것입니다.」

「그래서 저도 그것은 무리일 것입니다라고 말하고 있는 것입니다.」

　내가 말했다.

「당신의 일에 대해서는 이것저것 다 알고 있습니다. 당신이 누구에게 솔직하게 말한다는 건 넌센스입니다.」

「심프슨 씨, 솔직하게 말하겠습니다만.」

　그는 냉정하다고 할 수 있는 태도로 말을 계속했다.

「당신의 속셈을 알고 있습니다. 당신은 당신의 재산을 지키겠다고, 보험금 지불의 의무를 모면하려고 생각하고 있는 것입니다. 장사꾼들이 흔히 하는 수법이죠. 그렇지만 그렇게는 안 될 겁니다. 이쪽에서 절대로 허용하지 않을 것이니까요. 상대가 제가 될 때는 그렇게 간단히 되지 않을 것입니다. 베크위스 군이 언제 어떤 식으로 해서 지금과 같은 못된 습관에 빠졌는지 적당한 때에 조사를 해야 할 것입니다. 이 점만을 말씀드리고, 이 불쌍한 사나이의 주책없는 헛소리는 그만 듣고자 합니다. 실례하겠습니다. 이 다음에는 좀더 좋은 계약을 체결하십시오.」

그가 이런 말을 하고 있는 동안에, 베크위스는 유리컵에 브랜디를 따르고 있었는데, 그가 말을 끝낸 순간 브랜디를 스링크턴의 얼굴에다 뿌렸으며 유리컵까지 던져 버렸다. 스링크턴은 손을 들었지만 눈은 브랜디 때문에 보이지 않게 되었고 이마에서는 생채기가 났다. 유리 깨지는 소리가 나자 네 번째 사나이가 방으로 들어와 문을 닫고 그의 앞을 막아섰다. 그는 부드러웠지만 얼굴이 뾰죽하게 생겼으며, 백발이 섞인 뻣뻣한 머리카락을 가진, 다리가 다소 불편한 사나이였다.

스링크턴은 손수건을 꺼내어 눈을 닦았다. 쓰린 눈의 통증이 어느 정도 가시자 그는 이마의 피를 씻었다. 그가 오랜 시간을 두고 그렇게 하고 있는 동안에 무서운 변화가 그에게 일어난 것을 나는 알아차렸다. 그 변화란 베크위스의 변화에 의해서 일어난 것이었다——베크위스는 숨을 할딱이는 것도 몸을 떠는 것도 멈추고는 자세를 바로 하고 앉은 채로 스링크턴을 차분히 노려 보고 있었다. 그때의 베크위스의 얼굴만큼 혐오감과 결의가 확고한 얼굴을, 나는 출생 이래 본 일이 없었다.

「악당 같은 놈! 내 얼굴을 똑똑히 보라고.」

베크위스가 말했다.

「있는 그대로의 나를 보라고. 난 이 방을 너를 함정에 빠뜨리기 위해 빌렸던 말야. 네놈을 함정으로 유도해 오기 위해, 나는 주정뱅이가 되어 가지고 이곳에 온 거야. 네 놈은 이제 완전히 함정에 걸렸어. 이제는 절대로 살아서 이곳을 나가지 못할 거야. 네 놈이 심프슨 씨의 사무실을 마지막으로 찾아간 그 날 아침 나는 처음으로 심프슨 씨를 만났던 거야. 그로부터 네 놈의 못된 계획을 우리 둘은 모두 알고 있었어. 그 이후 네 놈은 반대로 우리들의 함정에 걸려 들었던 거야.

뭐라고? 이천 파운드의 큰 돈을 네 놈의 수중에 들어 가게끔 만들어 놓고 나는 브랜디에 절어서 저 세상에 가게 되어 있었다고 말하고 싶은가. 아니면 브랜디만 가지고는 안심할 수 없으므로 보다 간편하고 빠르게 처치할 방법을 찾고 있었다고 말하고 싶은건가. 내가 정신을 잃고 있다고 네 놈은 생각했겠지만, 이 작은 병에서 무언가를 꺼내 내 유리컵에 집어넣는 것을 나는 똑똑히 보았단 말이다. 이 살인자, 사기꾼놈. 한밤중에 네 놈과 둘이서만 있을 때 네 놈의 머리를 꿰뚫어 주려고 권총의 방아쇠에 손을 댄 게 스무 번이 넘는단 말야!」

어리숙하게만 생각했던 사나이가 갑자기 자신을 몰아세워 죽음으로 처넣으려는 의지가 강고한 사나이로 변신했으므로 그는 더 이상 충격을 이겨내지 못했다. 비유적인 표현이 아니라 글자 그대로 그는 충격을 받아 휘청거렸다. 그렇지만 못된 계획을 짜는 범죄자는 막판에 몰려도 항상 자기 바탕에 충실하게 진짜 성격에 어긋나지 않는 행동을 취하게 된다. 이런 사나이에 있어서 일련의 행동이 자연적으로 유도하는 최종적인 단계는 살인이다. 그것도 얼굴색 하나 변하지 않고 오히려 잘난 체하며 당당하게 살인을 하는 것이다.

흔히 악명 높은 범죄자가 저지른 범행을 보고 양심에 가책을 느끼면서 어떻게 그런 짓을 해냈을까 하고 놀라는 것이 하나의 유행이 되어 있는 것 같지만, 정말로 죄 때문에 양심에 가책을 느꼈다고 하면, 아니 가책을 느낄 만한 양심을 가지고 있다고 한다면 과연 그런 범죄를 저질렀을까.

그렇듯 못된 친구들은 모두 그렇겠지만, 이 스링크턴도 과연 그의 본성에 어긋남이 없이 침착을 되찾자, 냉혹하고 아무렇지도 않은 것처럼 뻔뻔스러움을 보여 주었다. 얼굴은 창백하고 눈이 쑥 들어가 딴 사람 같았지만 큰 돈을 건 엉터리 도박꾼이 반대로 속아 넘어가 돈을 잃었을 때와 같은 태도였다.

「악당 같으니, 내 말을 잘 들어.」

베크위스가 말했다.

「나의 한 마디 한 마디가 네 놈의 사악한 심장을 찌르겠지. 내가 이 방을 빌려 네 놈의 눈에 띄는 곳에 모습을 나타냈을 때, 나의 겉모습이나 겉에 나타난 성격이나 습관 등이 네 놈 같은 악마에게는 틀림없이 어떤 못된 계획을 생각케 한다는 것쯤은 나도 알고 있었어. 어떻게 해서 내가 알았다고 생각하는가. 그건 네 놈은 내게 있어 생판 모르는 남이 아니었기 때문이야. 난 네 놈을 잘 알고 있었던 거야. 네 놈을 마음 속으로부터 믿고 있던 한 명의 죄없는 소녀를 돈 때문에 살해했으며, 또 한 사람의 죄없는 소녀를 하마터면 죽일 뻔했다는 것을 알고 있었던 거야.」

스링크턴은 코담배를 꺼내어 한 차례 냄새를 맡은 다음 다시 빈정대기 시작했다.

「그렇지만 잘 보라고.」

베크위스는 시선을 피하지도 않고 목소리를 높이지도 않은 채, 또한 표정을 누그러뜨리지도 않고 불끈 쥔 주먹을 펴지도 않은 채 말했다.

「결국 네 놈이 얼마나 허술했는지 잘 보라고! 약간 바보인 주정뱅이는 네 놈이 열심히 부어준 술의 오십 분의 일도 마시지 않고 이곳저곳, 도처에…… 네 놈의 눈앞에다 버렸던 거야. 감시하면서 열심히 술을 권하라고 네 놈이 고용한 사나이를, 일을 시작한 지 삼 일도 채 되기도 전에 네 놈보다 더 많은 뇌물을 주고 매수해 버렸지…… 네 놈은 그 주정뱅이에 대해서는 주의를 기울이지 않은 모양이지만, 그는 네 놈을 야수처럼 이 지상에서 말살해 버리겠다고 맹세한 사나이였지. 그러므로 가령 네 놈이 좀더 신중했다 하더라도 너는 틀림없이 당하고 말았을 거야…… 수없이 여러 차례 이 방바닥에 쓰러진 채 네 놈이 돌아가는 것을 보았으며, 네 놈에게 발에 채이면서도 얌전히 네 놈을 살려 둔 거야…… 하룻밤에 아니 한 시간에, 아니 수분 동안에 네 놈이 눈을 뜨는 것을 차분히 지켜봤고 네 놈이 잠들어 버리면 베개 밑으로 손을 들이밀어 서류를 읽었고, 네 놈의 약병과 가루약 봉지를 비워 버리고 대신 다른 것을 집어넣는 식으로 네 놈의 생활의 비밀을 모두 다 훔쳐 본 거야!」

스링크턴은 또다시 코담배를 손에 꺼내 들었는데 그것이 손가락에서 빠져나와 바닥 위로 떨어지자, 아래를 굽어보고는 발로 비볐다.

「그 주정뱅이는 네 놈의 방에 자유로이 출입을 할 수 있었던 거야. 네 놈이 일찌감치 나를 처치하려고 방 안, 내 눈에 띄는 곳에 독한 술을 놓아두고 자유로이 마시라고 말했기 때문이지만, 네 놈하고 사이좋게 지내려면 차라리 호랑이와 사이좋게 지내는 것이 좋다고 생각했지. 주정뱅이는 네 놈의 자물쇠를 다 열 수 있는 마스터 키를 가지고 있었지. 그리고 독약을 다 시험해 봤지. 네 놈의 암호해독의 열쇠도 알고 있었지. 일을 완료하는 데 어느 정도의 시간이 소요되며, 어느 정도의 간격을 두고 얼마만큼의 분량을 마시게 해야 좋은지, 정신과 목에 어떤 식으로 증상이 나타나며, 어떠한 망상이 일어나고, 어떠한 변화, 어떠한 육체적인 고통이 나타나는지, 네 놈과 마찬가지로 전부 알고 있었단 말야. 장차 써먹을 때를 위한 교과서로서 그와 같은 경험의 기록을 매일 하고 있었다는 것도 빠짐없이 알고 있었지. 그 기록이 이 순간 어디에 있는가는 네 놈보다 더 잘 알고 있었던 거야.」

스링크턴은 바닥을 비비던 것을 중단하고 베크위스를 물끄러미 쳐다보았다.

「그게 아냐.」

베크위스는 마치 상대방으로부터 질문이라도 받은 것처럼 대답했다.

「스프링 조작으로 열게 되어 있는 자네 책상 서랍이 아냐. 그곳엔 없어. 두 번 다시 그곳으로 돌아가는 일은 없을 걸세.」

「그렇다면 네 놈은 도둑놈이잖아!」

스링크턴이 말했다.

베크위스의 불굴의 결의는 내가 봐도 겁이 날 정도였다. 이 악당도 도저히 도망치지 못한다고 각오케 할 정도로 강력했다. 그러한 결의를 그대로 유지한 채 그가 말했다.

「그리고 네 놈 조카딸의 그림자이기도 했지.」

스링크턴은 「빌어먹을.」 하고 말하면서 손으로 머리카락을 쥐어뜯었다. 때문에 매끄럽게 나있던 보도(步道)가 사라져 버렸다. 그가 쥐어뜯어 없애 버린 것이다. 그런 길은 이미 쓸모가 없다는 것을 그는 즉각 이해했던 것 같다.

베크위스가 말을 계속했다.

「네 놈이 이곳을 떠나게 되면 나도 곧 떠났지. 네 놈이 목적을 달성하기 위해 의혹을 빗나가게 하기 위해 일시 중단해야 겠다는 필요성을 느꼈다는 것을 나도 잘 알고 있었지만, 그래도 네 놈과, 그 불쌍하고 조금도 사람을 의심할 줄 모르는 소녀를 계속 감시하고 있었단 말야. 내가 네 놈의 일기를 입수하여 한 귀절 한 귀절 다 읽었을 때…… 네 놈이 최후로 스카보라로 출발하기 하루 전날 밤이었어…… 그날 밤의 일을 기억하고 있는가. 네 놈은 손목에 작고 납짝한 약병을 묶어 놓고 잠자고 있더군…… 나는 나의 그늘의 협력자인 심프슨 씨를 불렀지. 입구 옆에 있는 사람은 심프슨 씨의 충실한 하인이야. 우리 셋이서 네 놈의 조카딸을 위험 속에서 구해 낸 거야.」

스링크턴은 우리들 세 사람을 바라본 다음 비틀거리며 한 걸음 두 걸음 내딛었다. 그리고는 다시금 본래의 자리로 돌아와 매우 기묘한 태도로——흡사 하등동물에 속하는 파충류가 숨을 구멍을 찾고 있는 듯한 태도였다——주위를 힐끔 둘러 보았다. 그와 동시에 그의 모습에서 이상한 변화가 일어나기 시작한 것을 나는 느끼게 되었다. 마치 옷 속의 몸이 졸아든 것 같았으며, 그 결과 옷이 헐렁해져 기묘한 모양이 된 것 같았다.

「또 한 가지만 더 가르쳐 주지.」

베크위스가 말했다.

「이것을 알게 되면 네 놈은 그야말로 비참해질 뿐만 아니라 무서워질 거야. 한 사나이를 그렇게까지 막다른 골목에 몰고 간 이유는 무엇일까. 심프슨 씨가 속해 있는 보험회사에서는 네 놈을 추적하기 위해서라면 얼마라도 비용을 대주었을 텐데, 오직 혼자서 네 놈을 죽을 때까지 몰고 간 것은 무엇 때문일까. 네 놈은 이따금씩 멜섬 씨의 이름을 들먹였다면 서.」

앞서 말한 변화에 더하여 갑자기 그의 호흡이 정지한 것을 나는 알아차렸다.

「네 놈이 그 착한 아가씨를 무덤으로 몰고 간 계획을 실행
하려고 외국으로 데리고 나가기 전에(어떠한 감언이설로
가능성이라든가 상황을 꾸며냈는지 네 놈 자신이 더 잘 알고
있을 거야.) 아가씨를 멜섬의 보험회사로 가게 했지. 멜섬은
결국 그녀를 구해 낼 수가 없었어. 그는 틀림없이 그것을
위해서라면 자신의 생명도 기꺼이 내던졌을 거야. 그는 그
녀를 존경했으며…… 아니, 깊이 사랑했지. 네 놈은 사랑한
다는 말의 의미를 모를 거야. 그녀가 희생되었을 때 그는
네 놈의 소행이 틀림없다는 것을 깨달았어. 그녀를 잃은 뒤
그에게는 사는 목적이 딱 한 가지밖에 없었어. 그녀의 원수를
갚고 네 놈을 말살시키는 일이었어.」

악당의 코가 벌름거리며 경련하고 있는데도 입은 전혀 움
직이지 않는다는 것을 나는 느낄 수 있었다.

「이 사나이, 멜섬은」

베크위스는 다부진 어투로 말을 계속해 나갔다.

「자신이 성심 성의를 다해 네 놈의 말살에 헌신하면, 그리
하여 그것만을 생애의 유일한, 신성한 일로 수행하게 되면
절대로 네 놈이 벗어날 수 없다는 것을 확신하고 있었지. 또한
이것을 이루게 되면 자기는 하느님이 할 일을 조금 도운
것이 되므로, 네 놈을 이 세상으로부터 없애 버린 일은 천
국에서 훌륭하게 변명할 수 있다고 확신하고 있었어. 그
사나이야말로 바로 나란 말야. 나는 훌륭하게 이 일을 해낼
수 있었던 것을 하느님께 감사하네!」

만약 스링크턴이 발이 빠른 야만인에게 십이 마일이나 쫓겨
간신히 생명을 보전할 수 있었다고 해도, 이렇듯 인정사정없이
자기를 막다른 골목으로 몰고 간 추적자를 지켜보고 있는

지금만큼 심장도 터질 것 같고 숨이 멎을 것 같은 모양은 하지 않았을 것이다.

「지금까지 네 놈은 나를 진짜 이름으로 본 일은 한 번도 없었지. 이제야말로 진짜 이름으로 나를 보는 게 좋을 거야. 네 놈이 살인범으로서 재판에 회부될 때 다시 한 번 내 모습을 똑똑히 보도록. 교수대의 밧줄이 네놈의 목에 걸리고 군중들이 네 놈에게 욕을 퍼붓고 있을 때 다시 한 번 내 모습을 망령으로서 보는 게 좋을 거야!」

멜섬이 이렇게 말했을 때, 악당이 갑자기 얼굴을 돌리면서 손바닥으로 입을 탁 친 것처럼 보였다. 그 순간 갑자기 몸을 굽혀 달리는가 하면 깡충깡충 뛰었으며 혹은 뛰어올랐다가는——그때의 경련을 뭐라고 불러야 할지 나는 모른다——무거운 옛날의 문과 창문을 뒤흔들 정도로 쾅 하고 소리를 내면서 쓰러졌다.

이것은 그야말로 악당에 걸맞는 최후였다.

그가 죽은 것을 보고 우리가 방에서 나가자, 멜섬이 내 손을 쥐면서 완전히 미친 듯이 말했다.

「나는 더 이상 이 세상에서 할 일이 없습니다. 그렇지만 저 세상에서 다시 그녀를 만날 수 있게 되겠지요.」

나는 그로 하여금 기운을 차리게 하려고 했지만 소용없었다.

「저는 그를 구할 수 있었는데도 구하지 않았습니다. 저는 자신을 꾸짖고 있습니다. 그녀를 잃은 나는 영혼을 상실한 빈 껍질입니다. 이제 나를 떠받들어 주었던 목적이 끝난 것입니다. 그러므로 제 생명을 연장시켜 줄 것은 아무것도 없습니다. 저는 살아가기에 적합하지 못한 인간입니다. 몸도 약해졌을 뿐 아니라 생기도 없어져 버렸습니다. 아무런 희망도 목적도 없습니다. 저의 인생은 끝장난 것입니다.」

실제로 이런 것들을 내게 말하는 상심한 사나이가, 목적을 눈앞에 가지고 있을 때에는 그렇듯 원기 왕성했다는 것을 믿을 수 없었다. 나는 가능한 한 온갖 말로 그에게 간청했지만, 그는 계속해서 같은 말만 되풀이하는 것이었다——이젠 더 이상 어쩔 수가 없습니다. 저는 영혼을 잃은 빈 껍질입니다.

그는 다음 해 이른 봄에 죽었다. 그리하여 그는 마침내 그토록 뜨겁게 사랑했고 죽어서도 자신을 불행의 밑바닥으로 처넣은 불쌍한 아가씨 옆에 묻혔다. 그는 전재산을 그녀의 여동생에게 물려 주었다. 여동생은 그후 결혼하여 행복한 부인이 되었고 어머니가 되었다. 그녀는 불쌍한 멜섬의 뒤를 이어 세상을 떠난 나의 누이의 아들과 결혼했던 것이다. 그녀는 지금도 원기 왕성하게 지내고 있으며, 내가 방문하면 그의 아이들은 나의 지팡이를 말삼아 마당에서 뛰어놀았다.

유모의 이야기

어린 시절의 추억이 서려 있는 곳을 한 번 찾아가 봐야겠다고 생각하고 어느 날 달바라(가공의 지명)의 거리를 돌아봤더니, 독서로 키워진 추억 속의 체험 등은 그야말로 이상하게 변해 있었다. 그때 이 고장에서 생각해낸 것은 내가 여섯 살이 채 되기 전, 싫었지만 매일밤 어린이를 돌봐 주는 일로 가게 된 장소와 사람——절대로 있을 수 없는 장소와 사람이었으므로 무서울 정도로 생생한 현실감이 있었다——이었기 때문이다. 만약 내 마음의 구석구석까지를 다 알고 있는 사람이 있었다면, 그렇듯 기분나쁜 장소를 싫으면서도 기웃거리게 된 것은 단지 아이를 돌봐주는 일 때문이었음을 이해하게 될 것이라 생각된다.

나의 유년시대의 평온했던 나날들에 최초로 무례하게 침범한 극악 무도한 놈(그 날 달바라 시에서 회상해 보면)은 살인귀(殺人鬼) 대위라는 사나이였다. 이 비열한 놈은 파란 수염 일족과 선이 닿아 있었지만, 당시의 나는 그러한 혈족이라고는 전혀 알지를 못했다. 불길한 것을 암시해 주는 그런 이름임에도 불구하고 예로부터 편견을 가지고 대하여진 적은 전혀

없었던 것 같다. 그도 그럴 것이 살인귀 대위는 상류사회에서도
받아들여졌으며 대부호였기 대문이다. 살인귀 대위의 사명은
결혼하여 젊은 새색시의 인육(人肉)을 먹음으로써 식욕을 채
우는 일에 있었다. 그는 결혼식 날 아침에는 교회로 가는 길
양쪽에 기묘한 꽃을 심어놓곤 했다. 그리하여 신부가
　「이봐요, 나는 이런 꽃을 한 번도 본 일이 없는데, 이름이
　뭐지요？」
하고 물으면 대위는
　「공양화(供養花)라고 하지요. 키우고 있는 새끼양을 위한
　것이니까요.」
라고 대답하며 자신의 그렇듯 야만스러운 못된 장난을 웃
음으로 얼버무렸는데, 그때 뾰족한 이빨이 살짝 모습을 드러
냈다. 이것을 본 고귀한 신부 일행은 그 섬뜩한 느낌에 몸서
리를 쳤다. 살인귀 대위는 사랑을 속삭일 때는 여섯 마리의
말이 이끄는 마차를 이용했으며, 결혼식 날에는 열두 마리의
말이 끄는 마차로 정해 놓고 있었다. 그가 가지고 있는 말은
모두 유백색이었으며, 마구로 가려 놓아 보이진 않았지만 등
에는 한 개의 빨간 반점이 나 있었다. 살인귀 대위가 이들 말을
샀을 당시는 모두 깨끗한 유백색이었던 것이 그의 소유가
되고부터 모두 그곳에 빨간 반점이 생겨난 것이다. 그 반점은
다름아닌 신부의 피였다.
　(내가 처음으로 온몸이 떨리고 이마에는 구슬과 같은 식은땀을
흘리는 경험을 한 것은 이 소름끼치는 부분 탓이었다.)
　법석을 떨며 먹고 마시는 결혼식의 축하연이 끝나고 고귀한
손님들도 모두 돌아갔다. 그로부터 꼭 한 달이 되는 날, 신부와
둘만 있게 되면 대위는 금으로 된 면봉(綿棒)과 은으로 된

파이용 밀판을 내놓았다. 그것은 살인귀 대위의 좀 색다른 습관이었다. 그리고 대위가 구혼할 때 독특한 항목이 하나 있는데, 그것은 상대방 여성에게 파이 껍질을 만들 수 있느냐고 묻는 일이었다. 만약 선천적으로 재주가 없어서 혹은 배우지 못해서 만들 줄 모르는 경우에는 그 신부에게 신부수업을 받게 했다. 그러므로 신부는 살인귀 대위가 금 면봉과 은으로 된 파이 판을 내놓는 것을 보고 즉시 그 일을 생각해 냈고, 곧 은 레이스가 달린 옷소매를 걷어 올리고는 파이를 만들기 시작하는 것이다. 대위는 은으로 된 커다란 파이 접시와 그리고 밀가루에 버터, 계란, 그밖에 여러 가지 필요한 재료들을 꺼내 놓았다. 그러나 유독 파이 속에 넣을 재료만은 무엇 하나 내 놓지를 않았다. 그리하여 귀엽게 생긴 신부가 물었다.

「이봐요, 살인귀 대위님, 이것으로 어떤 파이를 만들죠?」

「미트 파이야.」

대위가 대답했다.

그러자 귀여운 신부가 다시 말했다.

「이봐요, 살인귀 대위님, 고기가 보이지 않는데요.」

그러면 대위는 우습다는 듯이,

「거울을 들여다 보라고.」

하고 되받아 말했다. '거울을 보고서도 고기를 찾아낼 수가 없었던 신부가 고개를 갸웃거리자, 대위는 키득키득 큰소리로 웃었다. 그리고는 갑자기 이마에 주름살을 모으고 칼을 뽑아 면봉으로 파이 반죽을 밀라고 명령했다. 대위가 화를 냈으므로 신부는 면봉으로 파이 반죽을 미는 동안 내내 눈물을 흘렸다. 그리고는 접시에 파이 껍질을 깔고 위에 얹는 파이껍질이 딱 맞도록 여분의 껍질을 잘라 내자, 대위는,

「거울에 고기가 비치고 있어.」

하고 소리쳤다. 신부가 놀라 거울을 들여다 보자, 대위가
칼을 들고 자기의 목을 막 내려치려고 하고 있었다. 이윽고
대위는 신부의 몸을 잘게 저며 소금과 후추로 간을 맞춘 다음
파이 속에 채워 넣은 뒤에 요리사에게 보냈다. 얼마 후 요리가
완성되어 나오자 대위는 그것들을 하나도 남기지 않고 전부
먹어치웠다. 뼈에 붙은 살까지도 말끔히 뜯어 먹었다.

살인귀 대위는 이런 일을 계속했다. 또한 이 일은 눈이 휘
둥그래질 정도로 잘 돼 갔다. 대위는 마침내 쌍둥이 자매인
신부를 구하게 되었다. 처음에는 어느 쪽을 택해야 좋을지 몰라
한참을 망설였다. 왜냐하면 한 아가씨는 금발이었고 또 한
아가씨는 검은 머리였는데 둘다 대단한 미인이었기 때문이다.
그렇지만 금발 아가씨 쪽이 대위에게 호감을 갖고 있고, 검은
머리 쪽은 그를 싫어했으므로 대위는 금발 쪽을 택하게 되었다.
검은 머리의 아가씨는 어떻게 해서든지 이 결혼을 저지시키고
싶었으나 힘이 미치지 못했다. 결혼식 전날 밤 살인귀 대위가
아무래도 수상쩍었던 검은 머리의 아가씨는 몰래 대위의 집
벽을 기어 올라가 덧문 틈새로 창문의 안쪽을 엿보았다. 대위는
줄로 이를 갈아 뾰족하게 만들고 있는 중이었다.

다음 날은 하루 종일 귀를 곤두세우고 있었으므로, 대위가
키우고 있는 새끼양에 대한 농담을 하고 있는 것도 들을 수가
있었다. 한 달 후 바로 그 날, 대위는 또 신부에게 파이를 밀게
했다. 그리고는 금발 아가씨의 목을 잘라내어 가늘게 저몄다.
그 위에 소금과 후추를 뿌린 다음 파이 속에 채워 넣고 요
리사에게 보낸 다음, 요리가 완성되어 나오자 하나도 남기지
않고 먹어치운 후 뼈에 붙은 살까지도 맛있게 훑어 먹었다.

이를 줄로 갈고 있는 일이라든가 또한 키우고 있는 새끼양에 대한 농담으로 더욱더 대위를 의심하게 된 검은 머리의 아가씨는 동생이 죽었다는 말을 듣고 모든 사정을 종합하여 진실을 알아냈다. 그래서 대위에게 복수할 것을 결심하고 살인귀 대위의 저택으로 갔다. 대문을 두드리고 끈을 잡아당겨 종을 울리자 대위가 문 쪽에 나타났다. 검은 머리의 아가씨는 말했다.

「살인귀 대위님, 이번에는 제발 저를 신부로 맞아 주십시오. 저는 당신을 좋아했습니다. 그래서 당신의 신부가 된 동생을 늘 질투하곤 했지요.」

대위는 이 말을 자기를 칭찬하는 것으로 받아들여 정중하게 대답했으며, 이내 결혼이 결정되었다. 결혼식 전날 밤 신부는 다시금 벽으로 기어올라가 대위가 줄로 이를 갈아 뾰족하게 만드는 장면을 목격했다. 이 광경을 보고 아가씨는 기이한 웃음소리를 내었다. 대위는 피가 얼어붙는 것 같은 충격을 받으며 이렇게 말했다.

「아니, 식중독이라도 일으켰나?」

이 말을 듣고 아가씨는 훨씬 더 소름이 끼치도록 웃었다. 대위는 덧문을 열고 주위를 살폈으나 아가씨가 재빨리 모습을 감춘 뒤였기 때문에 찾아내지를 못했다.

다음 날 두 사람은 열두 마리의 말이 끄는 마차를 타고 교회로 가서 결혼식을 올렸다. 시간은 빠르게 흘러서 한 달 후인 그 날이 되었다. 신부는 면봉으로 파이를 밀고 있었다. 살인귀 대위는 이번에도 가차없이 신부의 목을 쳐서 잘라낸 다음 잘게 저며 소금과 후추를 뿌린 다음 파이 속에 채워 넣고 요리사에게 보낸 후 하나도 남기지 않고 먹어 치우고는 다시 뼈에 붙은 살까지 뜯어 먹었다.

그렇지만 파이를 만들기 전에 이 아가씨는 두꺼비의 눈과 거미의 무릎에서 추출해낸 무서운 독을 마셔 버렸던 것이다. 그래서 살인귀 대위가 마지막 뼈로부터 살점을 뜯어 먹는 그 순간 대위의 온몸은 붓기 시작했다. 얼굴은 삽시간에 흙빛으로 변해 버렸으며 종기 같은 것이 돋아나 얼굴 전체를 덮었다. 대위는 갸악갸악 하고 소리치기 시작했다. 몸은 계속 부풀었으며 얼굴은 점점 더 핏기를 잃어 갔고, 마침내는 몸이 방을 가득 채울 정도로 부풀어 올랐다. 이윽고 밤 1시에 커다란 파열음과 함께 대위의 몸은 산산조각이 나서 날아가 버렸다. 이 소리를 듣고 마굿간의 유백색 말들이 모두 줄을 끊고 날뛰기 시작하여, 살인귀 대위의 저택에 있던 자(처음에는 대위의 이빨에 줄질을 해주던 대장장이었지만)를 짓밟았다. 마침내 모두 죽어 버리자 말들은 달려 나가 어디론지 모습을 감추어 버렸다.

매우 어렸을 때부터 나는 이 살인귀 대위의 이야기를 수백 번도 더 들었다. 그리고 그 두 배의 횟수만큼 침대 속에서 검은 머리의 아가씨가 엿본 것처럼 창을 기웃거려 보았고, 섬칫한 느낌을 주는 대위의 집을 찾곤 했다. 그때마다 방 안 가득히 부어올라 흙빛으로 변하고 종기가 툭툭 튀어나온 얼굴로 갸악갸악 소리를 지르는 대위의 환영을 보고 있는 듯한 강박 관념에 사로잡혔다. 내게 처음으로 살인귀 대위의 이야기를 들려주었던 젊은 유모는 내가 겁을 먹고 떠는 것을 보고는 매우 잔인하게 기뻐했으며 곧 귀신처럼 두 팔을 들어 하늘을 할퀴는 시늉을 하고 길고 낮은 신음소리를 내고는——일종의 서곡으로서——이야기를 시작했던 것이다. 이와 같은 사전 의식은 악마와 같은 대위와 함께 나를 심하게 괴롭혔으므로,

때때로 나는 아직 어린애인 데다가 심장이 튼튼하지 않다는 이유를 들어 이야기를 중단해 줄 것을 요청하기도 했다. 그렇지만 이와 같은 나의 주장은 한 번도 받아들여지지 않았다. 그러기는커녕 오히려 『검은 고양이』——한밤중에 이 세상을 방황하며 아기의 숨통을 빼앗아 가 버린다고 하는, 특히 (점차 알게 된 바에 의하면) 내 숨통을 원하고 있다는, 기분나쁘게 번쩍거리는 눈을 가진 요괴——에 대비하기 위해 과학이 탄생시킨 유일한 방비약이라고 하면서 내 입술에 쓴 잔을 들이대는 것이었다.

이 여류 음유시인은——그때 내가 체험해야 했던 악몽과 식은땀에 대해 감사하고 싶구나——내 기억 속에서는 배를 고치는 목수의 딸로서 다시 등장하게 된다. 이름은 마시라고 했다. 하긴 그녀는 내게 조금의 자비도 베풀어 주지 않았지만. 다음의 이야기는 조선(造船)과 다소 관계가 있다. 이는 언제고 설사와 희미하게 연결되어 생각되기 때문에, 약을 마시고 내가 기분이 나빠져 우울한 밤을 보내게 될 것을 고려해서 별도로 놔둔 것이라 생각된다.

옛날에 한 사람의 목공이 있었다. 그는 해군 조선소에서 일을 했으며 이름은 칩스라고 했다. 부친의 이름도 칩스였고 그의 할아버지 이름 역시 칩스였다. 게다가 대대로 배목수였다. 아버지인 칩스는 쇠단지 한 개와 삼 인치의 못 한 부셸과 구리 반 톤과 말을 할 줄 아는 쥐 한 마리를 받고 자신의 몸을 악마에게 팔아 넘겼다. 한편 할아버지인 칩스도 역시 쇠단지 한 개와 삼 인치의 못 한 부셸과 구리 반 톤과 말을 할 수 있는 쥐와 교환하는 조건으로 자기몸을 악마에게 팔아 넘겼던 것이다. 증조 할아버지 또한 똑같은 취지로 몸의 처신을 결

정하고 있었다. 이와 같은 거래는 오랫동안 가풍처럼 이 집
안에서 계속 이어져 왔던 것이다. 어느 날 아들 칩스가 조선
대에 수리를 위해 끌어올려진 구식의 함포 74문인 전투 함정의
어두운 선창으로 내려가 혼자서 일을 하고 있을 때, 악마가
나타나 이렇게 말했다.

레몬에 들어 있는 것은 씨앗.
조선소에 들어가 있는 것은 배.
내 손에 들어오는 것은 칩스지 !

(왠지는 모르지만 악마 따위가 운(韻)을 맞춰 의사 표시를 한
것에 나는 몹시 기분이 상했다.)
이 말을 들은 칩스가 올려다 보자 그곳에는 접시 같은 눈을
둥그렇게 뜬 악마의 모습이 보였다. 그것은 대단히 화려한
사팔눈이었는데, 거기에서는 계속해서 파란 불꽃이 일고 있
었다. 악마가 눈을 깜빡일 때마다 파란 불꽃이 홍수처럼 확
하고 넘쳐 흘렀으며, 눈썹은 불을 켜는 도구처럼 툭툭 소리를
내며 피어오르고 있었다. 한쪽 팔에는 쇠항아리의 손잡이를
늘어뜨리고, 겨드랑이에는 한 부셸의 삼 인치짜리 못을 안고
있었으며, 또 한쪽 겨드랑이 밑에는 반 톤 가량의 구리, 어깨
위에는 말을 할 줄 아는 쥐가 납작 엎드려 있었다. 악마가 다시
한 번 말했다.

레몬에 들어 있는 것은 씨앗.
조선소에 들어가 있는 것은 배.
내 손에 들어오는 것은 칩스지 !

(악마가 이와 같은 무서운 말을 여전히 되풀이하고 있었으므로 나는 한동안 실신하고 말았다.)

칩스는 한 마디도 대답하지 않고 묵묵히 일을 계속했다.

「뭐하고 있는 거야, 칩스.」

말을 할 줄 아는 쥐가 물었다.

「너와 네 동료들이 갉아 먹은 곳에 새로운 판자를 갈아 끼우고 있는 거야.」

하고 칩스가 대답했다.

「그렇지만 우리들은 또 갉아 먹을 거야. 그래서 구멍으로 물이 새어들어와 승무원들이 빠져 죽으면 그들 역시 갉아 먹을 거야.」

칩스는 볼품없는 배목수에 지나지 않았으며 군함을 탈 수 있는 인간이 아니었으므로,

「마음대로 하라고.」

하고 말했다. 그렇지만 눈은 반 톤의 구리라든가 한 부셸의 삼 인치 못에서 잠시도 떼지 않고 있었다. 왜냐하면 구리와 못은 배목수에게 있어서 말하자면 연인과 같은 것이어서 그렇게 할 수만 있으면 배목수는 언제라도 그것들과 함께 도망칠 수가 있기 때문이었다.

악마가 말했다.

「무엇을 보고 있는지 나는 알고 있지, 칩스. 방법을 강구하는 것이 몸에 이로울 거야. 조건은 알겠지. 네 부친은 사리를 분별할 줄 아는 사나이였어. 너의 할아버지나 증조 할아버지 역시 그랬지만.」

「난 구리를 좋아하고 못도 좋아해. 항아리도 마찬가지고.

그렇지만 쥐는 싫어.」

「쥐가 싫다면 나머지 쇠붙이도 주지 않겠어…… 이건 진품
(眞品)들이야. 그럼 나중에 보자고.」

　하고 악마는 거칠게 대답했다. 그러자 칩스는 구리 반 톤과
못 한 부셸을 받지 못하게 되면 큰일이라 생각하여,

　「자아, 이리 줘.」

　하고 말했다. 그러자 구리와 못과 단지 및 말을 할 줄
아는 쥐를 내려놓고 악마는 모습을 감추었다. 칩스는 구리와
못과 단지를 팔아 버리고 싶었지만, 팔러 나갈 때마다 쥐가
언제고 안에 들어와 있었다. 그리하여 상대방 장사꾼은 정
해놓고 이를 떨어뜨려 사겠다는 말을 하지 않았다.

　칩스는 쥐를 죽여 버리기로 결심했다. 오른쪽 겨드랑이
에는 뜨거운 피치가 들어 있는 큰 냄비를, 왼쪽 겨드랑이에는
쥐가 들어 있는 쇠로 된 단지를 끼고 조선소에서 일을 하던
어느 날의 일이었다. 부글부글 끓어 오르는 피치를 단지에
부어 채웠다. 그리고 한 20일간 피치를 식게 하여 굳어질
때까지 그대로 두었다. 그리고는 다시 피치를 뜨겁게 하여
이번에는 반대로 냄비에 붓고 20일 동안 단지를 물 속에
담그어 두었다. 그리고는 제련공에게 부탁하여 20일 동안
용광로에 넣도록 했으며, 그 후 다시 새빨갛게 달군 것을
꺼내었다. 이것은 쇠가 아니라 빨갛게 단 유리처럼 보였다—
—그런데 그곳에는 먼저 번처럼 쥐가 있었다. 쥐는 배목수와
시선이 마주치자 바보 취급을 하면서 이렇게 말했다.

　레몬에 들어 있는 것은 씨앗.
　조선소에 들어가 있는 것은 배.

내 손에 들어오는 것은 칩스지.

(이 노래를 처음 들은 이 후로 나는 줄곧 까닭을 알 수 없는 공포에 떨면서 언제 다시 나올까 조마조마하게 기다리고 있었는데 다시 나타나자 나는 공포의 절정에 다다랐다.)

『쥐는 내게 붙어서 절대로 떨어지지 않을 거야.』하고 칩스는 마음 속으로 체념했다. 마치 이에 대답이라도 하듯이 쥐가 말했다.

「암, 그렇고말고, 칩스처럼 말야.」

쥐는 이런 말을 내뱉고 항아리에서 뛰어나가 어디론지 도망쳐 버렸으므로 칩스는 약속을 지키지 않았으면 좋겠다고 생각했다. 그렇지만 다음 날 무서운 일이 일어났다. 식사 시간을 알리는 조선소의 종이 울렸을 때의 일이었다. 일을 중단하고 바지의 호주머니에 자를 쑤셔 넣으려고 하자, 그곳에 쥐가 한 마리 들어 있지 않은가——전의 그 쥐가 아니고 전혀 다른 놈이. 그리고 모자 속에도 한 마리, 손수건에도 한 마리가 있었으며, 그리고 식사하러 가려고 윗도리에 팔을 집어넣는 순간 그곳에도 두 마리가 들어 있었다. 그때부터 칩스는 조선소 안에 있는 모든 쥐들과 사귀게 되었다. 쥐들은 작업 중에는 다리로 기어 올라왔으며, 도구를 사용하고 있는 동안에는 그 위에 걸터 앉아 있었다.

쥐들은 자기들끼리 서로 이야기를 나눌 수가 있었으나, 칩스로서는 쥐들이 무슨 이야기를 하고 있는지 통 알 수가 없었다. 쥐들은 하숙집까지 쫓아와서 침대나 티포트나 맥주 또는 신발 속에까지 기어들어 왔다. 심지어는 칩스가 얼마 후 아내로 맞이하기로 되어 있는 잡곡상의 딸에게 선물한 손수 만든 재봉상자 속에서도 튀어 나왔다. 칩스가 팔로 아가씨의 허리를 휘감았을 때에도 쥐는 아가씨의 주위에 딱 달라 붙어 있었다. 그런 이유 등으로 하여 결혼 예고를 이미 두 차례나 교회에 냈는데도 그들의 결혼은 파기돼 버렸다——교회 서기는 이 일을 잘 기억하고 있었다. 두 번째로 결혼 이의 신청을 냈을 때 목사에게 성서를 건네주자 한 마리의 통통한 쥐가 펼쳐진 성경책 위를 쪼르륵 하고 지나갔던 것이다.

(이때에는 더 많은 쥐들이 나의 등에서 폭포처럼 마구 떨어져 내렸으며, 열심히 귀를 기울이고 있는 나의 작은 몸은 온통 쥐에 파묻혀 있었다. 그 후부터 나는 손을 더듬을 때마다 그 빌어먹을 놈들이 한두 마리 잡혀지게 되는 것은 아닐까 하는 생각에 소름이 끼칠 정도로 두려워서 재빨리 손을 주머니에 집어넣곤 했다.)

이런 일들은 칩스한테 자못 겁나는 일이었을 것으로 짐작되지만 아직 최악의 상태는 아니었다. 게다가 그는 어디에 있건 쥐들이 지금 무엇을 하고 있는지 알고 있었다. 그 때문에 밤에 클럽에서 큰소리로 떠들어대는 일이 종종 있었다.

「이봐, 죄수 묘지로부터 쥐들을 쫓아 버리라고, 그 놈들에게 그런 일을 시키지 말라고.」

「밑에서 쥐서방 한 마리가 치즈를 갉아 먹고 있어.」

라든가,

「쥐새끼 두 마리가 다락방에서 아기의 냄새를 맡아냈어.」

하는 식이었으며, 그밖에도 여러 가지가 있었다. 마침내 칩스는 미쳤다고 판명되어 조선소에서 쫓겨나는 신세가 되었고 다른 곳에서도 일자리를 찾아내지 못했다. 그렇지만 그즈음 조지 국왕 폐하가 병사를 모집하고 있었으므로 칩스는 얼마 후 수병(水兵)으로 징용되었다. 어느 날 저녁 그는 출항 준비를 끝내고 스피트헤드에 닻을 내리고 있는 본선(本船)으로 보트를 타고 갔다. 배에 접근함에 따라 제일 먼저 눈에 띈 것은, 지난 날 자신이 악마를 만난 일이 있는 문제의 구식 함포 74문 전투함의 선수상(船首像)이었다. 배는 알고노트 호라고 했으며 보트가 제1 마스트의 바로 밑에 닿자 그곳에는 알고노트 호의 선수상이 손에는 양피를 쥐고 파란 외투를 걸친 채 바다 쪽을 향하고 있었는데, 그 이마에는 말을 할 줄 아는 문제의 쥐가 앉아서 힐끔힐끔 쳐다보고 있었다. 이윽고 쥐가 이렇게 말했다.

「이봐 칩스, 우리는 이 배도 마음껏 갉아 대어 고물을 만들어 버렸으니까 이 배에 타고 있는 친구들은 머지않아 모두 바다에 빠져 죽게 될 거야. 그렇게 되면 그치들까지 갉아 먹어야지.」

(이 부분에서 나는 언제나 정신을 잃고 말았다. 말을 할 수만 있었어도 물 좀 달라고 부탁했을 것이다.)

배는 서인도제도로 가게 되어 있었다. 만약 그곳이 어딘지 모른다면 꼭 알도록 하지 않으면 안 된다. 그렇게 하지 않으면 천사님의 사랑을 받지 못할 테니까.

(그래서 나는 저 세상으로부터 배척당하는 모양이라고 생각했다.)

그날 밤 안으로 배는 출항하여 항해를 계속해 나갔다. 칩스는 두려움으로 가슴이 죄어드는 기분이었다. 이와 같은 공포와 비교한다면 아무것도 두려울 것이 없을 것이다. 그것도 당연했다. 그리하여 칩스는 어느 날 함장한테 요청했다. 함장 각하는 쾌히 면회를 허락했다. 칩스는 화려하게 꾸며진 함장실에서 무릎을 꿇고 호소했다.

「각하, 한시도 지체하지 마시고 이곳에서 가장 가까운 육지에 배를 대십시오. 이 배는 죽음의 저주를 받고 있습니다.
그러므로 『관(棺)호』가 되어 버릴 것입니다.」
「이봐, 헛소리 그만 하라고.」
「아닙니다, 각하. 그치들은 우리의 배를 마구 갉아먹고 있
습니다.」
「그치들이라니, 누구를 가리키는 것인가 ?」
「각하, 그것은 섬칫하게 만드는 쥐새끼들을 말합니다. 탄
탄한 오크 판자가 있는 곳은 사실 거의 대부분이 구멍투성
이입니다. 쥐들이 이 배를 승무원 전원의 무덤으로 만들고
있는 것입니다. 각하는 사모님이나 귀여운 자녀를 소중하게
생각하시겠지요 ?」
「아, 그야 물론이지.」
「그렇다면 제발 부탁입니다. 가장 가까운 육지에 배를 대
십시오. 왜냐하면 지금 이 순간 쥐들은 모든 작업을 중단하고
이를 드러낸 채 각하를 노려 보고 있습니다. 각하로 하여금
두 번 다시 사모님이나 자녀들을 만나지 못하게 해준다며
서로 이야기를 나누고 있습니다.」
「군의한테 가야겠군. 이봐 보초, 이 사나이를 끌어내게.」
칩스는 그렇게 해서 만 6일 동안 방혈(放血)요법을 당하는가
하면 물푸대를 뒤집어 쓰는 등 갖가지로 혼이 났다. 그럼에도
이에 굴하지 않고 칩스는 다시금 함장을 찾아가 면회를 요
청했다. 각하가 좋다고 허락했다. 칩스는 다시금 훌륭한 함
장실에서 무릎을 꿇고는 호소했다.
「각하, 이제 죽음을 피할 수는 없습니다. 각하는 제 말에
귀를 기울이지 않았으므로 죽음을 당할 수밖에 없습니다.
쥐새끼들의 계산은 조금도 오차가 없습니다. 그치들은 오

늘밤 열두 시에 모든 작업이 끝난다고 말하고 있습니다. 그러므로 이제 우리는 죽음을 모면할 수가 없게 됐습니다…… 저를 포함한 모든 사람들이.」

밤 12시에 물이 새들어온다는 보고가 있었다. 그리고 얼마 지나지 않아 이내 둑이 무너진 것처럼 바닷물이 콸콸 쏟아져 들어왔다. 그러나 이것을 막을 만한 아무런 방도도 없었다. 마침내 배도 사람도 그밖의 모든 것이 가라앉기 시작했다. 쥐새끼들은——물쥐였으므로——달려들어 칩스의 시체를 갉아 먹었다. 쥐가 갉아 먹고 남은 잔해는 둥둥 떠서 드디어 기슭에 당도했다. 그 위에는 통통하게 살이 찐 쥐가 웃으면서 앉아 있었는데 시체가 뭍에 당도하자마자 바다로 뛰어들어가 두 번 다시 모습을 보이지 않았다. 칩스의 시체에는 엄청난 해초가 뒤얽혀 있었다. 그 해초 열세 가닥을 끊어내어 말린 다음 불에 얹게 되면 아마 열세 마디의 말이 또렷하게 솟아오를 것이다.

레몬에 들어 있는 것은 씨앗.
조선소 안에 들어가 있는 것은 배.
내 손에 들어 오는 것은 칩스지.

이와 같이 여류시인은——아무래도 인간이 언어를 연구하려는 단계가 되면 반드시 머릿속을 혼란케 하는 것을 삶의 보람처럼 여기는, 그렇듯 격렬한 고대 스칸디나비아의 웅창 시인들의 피를 이어받은 것만 같았다——판에 박은 듯한 허풍을 늘어 놓았으므로, 어떻게 해서든 도망치고 싶었던 나는 왠지 무시무시하게 느껴지는 장소에 억지로 끌려가고 말았다.

『다시 말해서 내가 하는 유령 이야기란 모두 내 마음 속에서 일어난 거야.』하고 말하는 것이다. 그래서 훌륭한 집안에 대한 예의로 의심할 수는 도저히 없었으며, 더구나 그야말로 전통적인 족보에 의한 집안으로 보였으므로, 이 때문에 나의 위는 그 기능을 제대로 발휘하지 못하게 되고 말았다.

죽음을 예감케 하는, 이 세상 일이 아닌 괴물의 이야기를 해준 적이 있었다. 그건 저녁 식사 때 내놓을 『맥주를 사러 나간』 하녀가 큰길에서 보았다는 것이다. 최초에는 (지금 생각해 보면) 검은 개를 닮은 모양이었는데, 점차적으로 뒷다리로 일어서자 서서히 몸이 부풀어 올라 하마보다도 더 큰 네 발 달린 짐승이 되었다. 어린애였던 나는 이 괴물——절대로 있을 것 같지 않다고 생각해서가 아니라 실제로 너무 커서 뒷다리로는 도저히 몸을 떠받들 수 없다고 느꼈기 때문에——에 대해 뭔가 설명을 해주려고 열심히 애를 썼지만, 완전히 체면을 잃은 마시한테서 그 하녀는 나의 여동생이야 하고 분풀이를 당해 마침내 두 손을 들고 말았다. 결국 그와 같은 동물학적인 희귀종을 인정해 주었으며 내게 붙은 도깨비가 또 하나 생겼구나 하고 체념했다.

젊은 아가씨의 유령이 등장하는 이야기도 해준 적이 있었다. 그 아가씨는 벽에 붙여놓은 거울 속에서 나와 또 다른 젊은 아가씨한테 썩어 버렸다. 그리하여 마침내 그 다른 아가씨가 캐물어 알아낸 것은 다음과 같았다. 나의 유체(유령이 되었으며 아픈 것, 가려운 것 등에 대해 말할 수도 없을 텐데)는 벽에 붙여 놓은 거울 안쪽에 묻혀 있지만 이십사 파운드 십 실링을 내고 그런대로 무사히 장례식을 치루어, 다른 적당한 장소에 매장해 주기를 원했다. 이 이야기는 엉터리였지만 내 자신이 증명해 주고 싶어졌다. 왜냐하면 벽에 붙여 놓은 거울은 우리 집에 여러 개 있었으며, 가령 하나밖에 없었다고 하더라도 당시 1주에 이 펜스밖에 용돈을 받지 못하는 내가 어떻게 이십사 파운드 십 실링의 매장요금을 내고 젊은 여자 유령으로부터 도망칠 수가 있단 말인가. 그렇지만 조금도 자비를 베풀어 주지 않는 유모는 내가 그 또 하나의 젊은 아가씨이기 때문이라며 나에게 이야기함으로써 나를 납작하게 굴복시켜 버렸다. 그 때문에 나는 그런 이야기 따위는 믿지 않는다 어쩐다 하고 말할 수 있는 처지가 아니었다. 그런 건 도저히 할 수가 없었다.

신 호 수

「이봐! 거기 밑에 있는 사람!」

이렇게 내가 큰소리로 불렀을 때, 그는 짧은 막대기에 감은 기(旗)를 손에 들고 오두막집 입구에 서 있었다. 지형을 생각해 보면 그렇게 부르는 소리가 어느 방향에서 들려 왔는가는 금방 알 수 있었지만, 그는 거의 그의 머리 위라고 할 수 있는 급한 절벽 위에 서 있는 내 쪽을 올려다 보지도 않고 선로(線路) 끝 쪽을 계속 쳐다보고 있었다. 그와 같은 태도는 어딘지 모르게 이상한 데가 있었다. 하긴 그것이 무엇인지 나는 전혀 알 수가 없었다. 그렇지만 어쨌든 나의 주의를 끌 정도로 이상했다는 것만은 알 수가 있었다.

깊이 우묵하게 패여 있는 바닥에 서 있는 그의 모습은 아주 조그맣게 보였으며 그늘이 져 있었다. 때문에 그보다 훨씬 위에서 노한 것 같은 색깔의 저녁노을에 감싸여 있었던 나로서는 눈에 손으로 차양을 하지 않으면 그의 모습이 전혀 보이지 않았다.

「이봐! 거기 밑에 있는 사람!」

선로를 바라보고 있던 그는 다시 시선의 방향을 바꾸어

이번에는 위를 올려다 보았다. 그리하여 마침내 머리 위에 서 있는 나의 모습을 알아차렸다.

「당신 쪽으로 내려가서 이야기를 하고 싶은데 내려가는 길이 있습니까?」

그는 대답을 하지 않고 나를 계속 올려다 보고 있었다. 나 역시도 그다지 중요치도 않은 질문을 거듭하여 대답을 촉구하는 대신 계속 그를 내려다 보았다. 바로 그때 땅과 공기에 희미한 진동이 전달됐다 싶자 이내 큰 진동으로 변하여 무서운 세력으로 무엇인가가 돌진해 왔다. 그 힘은 그야말로 내가 휘말려 들어갈 것 같이 생각되어 순간적으로 뒤로 물러섰을 정도였다.

그렇듯 빠르게 질주하는 열차에서 내뿜는 증기가 순식간에 내 옆을 통과하여 먼 풍경 속으로 날아가자, 나는 다시금 밑을 내려다 보았다. 그는 열차가 통과하고 있는 동안에 내려놓고 있던 기를 다시 감고 있는 중이었다.

나는 다시 한 번 똑같은 질문을 했다. 그는 잠시 동안 나를 똑바로 응시하는 것 같더니, 내가 서 있는 지면에서 수평으로 이,삼백 야드쯤 떨어져 있는 지점을 감아놓은 기로 가리켰다. 나는 「알았습니다.」 하고 소리를 지른 다음, 그쪽으로 가서 둘러보았다. 지그재그로 내려가는 길이 난폭하게 나 있는 것을 발견하고 나는 그쪽으로 내려갔다.

상당히 높은 절벽으로 경사도 대단히 급했다. 게다가 점토질의 바위였으므로 밑으로 내려감에 따라 물이 배어나와 땅은 축축하게 젖어 있었다. 비탈을 내려가는 데 상당한 시간이 걸렸으므로, 그가 이 길을 가리켰을 때의 태도가, 싫은 표정으로 물었기 때문에 어쩔 수 없이 대답한다는 식이었다는 것을 생각해 냈다.

지그재그의 비탈길을 내려가니 다시금 그의 모습이 보였다. 그는 방금 전에 지나간 두 개의 철로 사이에 서서 나의 모습이 나타나는 것을 기다리고 있었던 것 같았다. 한 손으로는 턱을, 또 한 손으로는 팔꿈치를 괸 채로. 그 자세는 기대와 경계하는 빛이 짙게 나타나 있었으므로 나는 이상한 생각이 들어 잠시 발을 멈추었다.

내가 다시 비탈을 내려가기 시작하여 선로 근처에 있는 그에게로 다가갔다. 그는 머리카락이 검고 얼굴빛이 좋지 않은 사나이였으며 검은 콧수염이 나 있었고 눈썹이 굵었다. 그의 일터는 내가 지금까지 본 일이 없는 쓸쓸하고 음산한 장소였다. 양쪽은 물이 줄줄 새는 울퉁불퉁한 바위의 벽이었으며, 눈에 보이는 것은 좁은 하늘 뿐이었다. 한 쪽을 바라보자 커다란 교도소와 통해 있었으며, 또 한 쪽은 보다 가까운 곳에 음산한 빨간 신호등과 더욱 음산한 검은 터널의 입구로 끝나 있었다. 터널 입구의 육중한 모습에는 어딘가 야만스럽고 음산하여 사람을 가까이 오지 못하게 하는 점이 있었다. 햇빛은 거의 들어오지 않았으며 기분나쁜 흙냄새를 풍기는 눅눅한 곰팡이 냄새가 났다. 잘라낸 길을 따라 찬바람이 지나갔으므로 흡사 저 세상에 온 것 같은 기분이 들었다.

손을 뻗으면 그의 몸에 닿을 정도로 가까이 갔을 때에야 비로소 그는 움직였는데, 그때에도 나의 얼굴을 계속 응시한 채로 한 발짝 뒤로 물러나 한 쪽 손을 들어 올렸다.

이곳은 대단히 쓸쓸한 곳이군요, 그래서 저기 위에서 바라보았을 때 특히 저의 주의를 끈 것입니다(라고 나는 말했다.) 이곳을 찾아오는 사람이란 거의 없겠죠. 그러니 간혹 사람이 찾아오게 되면 기분이 후련해지지 않겠습니까. 저 역시 일생을 좁은 직장에서 지냈지요. 하지만 이제 비로소 그곳으로부터 해방되었으므로 철도라고 하는 위대한 일에 새롭게 관심을 갖게 된 것입니다, 라고.

이와 같은 내용의 말을 그에게 했지만 어떤 말을 사용했는지에 대해서는 잘 기억이 나지 않는다. 그도 그럴 것이 나는 말을 꺼내는 방법이 서툴었으며 또한 상대방의 태도에도 나를 당황하게 만드는 점이 있었기 때문이다.

그는 터널 입구에 가까운 신호등 쪽을 묘한 눈길로 바라보자, 뭔가 그곳에 딸려 있는 것이라도 있는 것처럼 주변을 둘러보면서 나를 보았다.

「그 신호등은 당신의 일의 일부입니까?」

그는 낮은 소리로 대답했다.

「모르셨습니까?」

내가 그의 차분히 가라앉은 눈과 음산한 얼굴을 바라보고 있자, 이는 인간이 아니고 유령이 아닐까 하는 어처구니없는 생각이 머리에 떠올랐다. 똑같은 생각이 그의 머릿속에도 있어 그것이 나에게로 옮겨 온 것이 아닌가 하고, 그 후 나는 생각했다.

이번에는 내 쪽이 뒷걸음질쳤다. 그러나 그 역시도 나를 은근히 겁내고 있음을 알 수 있었다. 그것으로 조금 전의 어처구니없는 생각은 완전히 사라져 버렸다.

「저를 두려워하고 있는 것 같군요.」

나는 억지로 웃는 얼굴을 하며 말했다.

「저는 이전에 당신을 만났는지 어떤지를 생각하고 있었습니다.」

그가 대답했다.

「어디서요?」

그는 계속 쳐다보고 있던 신호등 쪽을 가리켰다.

「저쪽에서?」

계속 내 얼굴을 응시하면서 그는 (말은 하지 않고) 고개를 끄덕였다.

「농담이 아닙니까, 제가 그런 데서 할 일이 없잖습니까? 그러나 그것은 그렇다치고, 저는 그곳에 한 번도 간 일이 없습니다. 그렇게 생각하지 않으시나요?」

「그럴 것이라고 저도 생각합니다만.」

그가 말했다.

「예, 분명히 그렇다고 생각합니다.」

그의 얼굴이 밝아졌으며 나 역시 기분이 후련해졌다. 그는 나의 질문에 척척 품위 있는 말로 대답했다. 이곳에서의 일은 많습니까? 예. 그것은 상당히 중요한 책임을 짊어지고 있다는 이야기입니다. 그렇지만 저에게 요구되고 있는 것은 정확과 긴장이며, 실제의 일…… 몸을 움직이는 노동……은 거의 영점에 가깝습니다. 저 신호를 바꾸어 주고 신호등을 손질하고 가끔씩 이 쇠의 핸들을 움직이는 것이 노동이라면 노동일 수 있지요.

외톨이로 오랜 시간을 보내야 한다는 일에 대해서 당신은 크게 신경을 쓰고 있는 것 같습니다만, 지금까지 그렇게 살아 왔으므로 이제는 완전히 익숙해졌습니다. 그것뿐이죠. 저는 여기서 독학으로 어학을 공부했습니다…… 하긴 교과서를 눈으로 읽을 뿐 발음도 엉망인 터에 학습이라 부를 수 있을지 의심스럽습니다만. 분수나 소수 공부도 했으며 대수도 조금은

했습니다. 저는 어릴 적부터 산수를 잘 못했습니다.

당신은 근무 시간 중엔 언제나 이 공기가 축축한 곳에 있어야 합니까? 이 높은 바위의 절벽을 통해 햇빛이 비치는 곳으로 올라갈 수는 없습니까? 그것은 시간과 사정에 따라 다릅니다. 열차가 통과하는 일이 적은 때가 있지요. 밤낮에 관계없이 그러한 시간대가 있습니다. 날씨가 좋을 때는 그러한 시간을 골라 어두운 바닥에서 나와 조금 위로 올라 가기도 합니다만, 언제 전기 벨에 의해 호출될는지 알 수가 없고, 그런 때는 언제보다 긴장하여 귀를 기울이기 때문에 당신이 생각하는 것처럼 마음이 편치는 않습니다.

그는 나를 오두막 안으로 안내했다. 안에는 불이 타고 있었으며, 그가 기록해야 할 장부가 놓인 책상이 있었으며, 원판과 바늘이 달려 있는 전신기 및 좀전에 말한 조그마한 전기 벨이 있었다. 내가, 이런 말씀을 드리면 실례가 될는지 모르지만, 당신은 상당한 교육을 받은 (부디 화내지 말아 주십시오.) 편으로 현재의 지위에는 어울리지 않는 사람인 것 같다고 말하자, 그는 커다란 조직에서는 이렇듯 걸맞지 않는 일이 적지 않다고 대답했다. 그리고 비단 이곳 뿐만 아니라 빈민 수용소나 경찰 혹은 몰락해 버린 자의 마지막 도망처인 군대도 그렇다는 말을 들었으며 큰 철도 회사의 직원들도 정도의 차이는 있지만 사정이 비슷하다는 것을 알고 있다고 말했다.

젊었을 때 자연과학을 공부하여 학교에서 강의를 들은 적도 있지만(이런 오두막에 앉아 있는 사람이 설마, 하고 생각하시겠죠. 저 역시도 믿을 수 없을 정도니까요.) 방탕한 짓을 하다가 좋은 기회를 놓쳐 버리고 두 번 다시 일어설 수가 없었다. 그래서 할 말은 없다. 자업 자득이니까. 처음부터 다시 시작하려 해도 이미 시기를 놓쳐 버렸다.

이상은 그가 조용한 어투로 안정되었지만 다소 음산한 시선으로 나와 난로를 번갈아 바라보며 이야기한 것을 요약한 것이다. 그는 가끔씩 지나치게 겸손하여 나에게 경어를 사용했는데, 특히 자신의 젊었을 때의 이야기를 할 때 더욱 그랬다. 그것은 마치 현재 자신은 당신이 직접 보고 있는 그대로의 인간이므로 그 이상으로 높이 평가하지 말아 달라고 하는 것 같았다. 이야기하고 있는 도중 가끔 벨이 방해했으며, 그때마다 그는 통신을 읽어내는가 하면 대답을 타전해야 했다. 한 번은 밖으로 나가 통과하는 열차에 기를 흔들어 주었으며 기관사에게 말로 무엇인가를 전해 주는 것 같았다.

이러한 임무를 수행할 때의 그는 놀라울 정도로 정확했으며 정성이 깃들어 있었다. 벨이 울리면 대화를 나누고 있는 도중에도 즉시 중단하고 일을 처리했으며, 일을 하고 있는 동안에는 한 마디도 딴 소리를 하지 않았다.

이를테면 그는 이러한 직에서 일하기에는 가장 안전한 사람이라고 생각했으나, 딱 한 가지 다른 것이 있었다. 그가 나를 보고 이야기하고 있는 동안에 두 차례나 이야기를 중단하고 얼굴빛이 변하여 울리지도 않은 벨 쪽을 향했고, 오두막의 문 (몸에 해로운 습기로부터 몸을 지키기 위해 언제나 닫아 두었다.) 을 열고는 터널 입구 한 쪽의 빨간 신호등 쪽을 바라보았던 것이다. 두 번 모두, 난로 옆으로 돌아온 그는 조금 전에 위에 서 있을 때 느낀, 나로서는 정확하게 정체를 알 수 없었던 그와 같은 이해하기 어려운 태도를 나타냈던 것이다.

나는 돌아가려고 일어서면서 말했다.

「뵙기로는 당신은 아무런 불평 불만도 없는 사람같이 보입니다만.」

(고백하면 나는 상대방으로 하여금 다음 이야기로 이어주길 바라면서 그런 말을 했던 것이다.)

「이전에는 확실히 그랬습니다.」

그는 처음과 마찬가지로 낮은 목소리로 대답했다.

「그렇지만 현재 저는 고민하고 있습니다.」

그는 곧 이러한 말을 하지 말았어야 했다고 후회하는 것 같았다. 그렇지만 이미 말해 버렸으므로, 나는 곧 맞장구를 쳤다.

「무엇을 말입니까, 무엇으로 고민하고 있습니까 ?」

「설명하기 어렵습니다, 대단히요, 대단히 말하기가 어렵습니다. 다시 한 번 찾아 주시면 그땐 어떻게든지 설명을 해드리지요.」

「저도 사실은 다시 한 번 찾아뵙고 싶었습니다. 어느 때가 좋을는지요 ?」

「이른 아침에 일이 끝나고, 밤 열 시부터 다시 근무입니다.」

「그럼 열한 시에 오겠습니다.」

그는 고맙다는 말을 하고는 나와 함께 밖으로 나왔다.

「올라가는 길이 발견될 때까지 램프로 비춰 드리겠습니다.」

하고 그의 특유의 낮은 소리로 말했다.

「길을 찾아내도 저를 부르지 마십시오 ! 그리고 위에 다 올라간 후에도 저를 부르지 마십시오 !」

그의 이와 같은 말을 듣고 있으면 주위의 기온이 실제보다 더 차가워지는 것처럼 나에게는 느껴졌다.

나는 단지 「알았습니다.」라고밖에는 말하지 않았다.

「내일 밤 내려올 때도 저를 부르지 마십시오 ! 한 가지만 여쭈어 보겠는데, 어째서 당신은 오늘밤 『이봐! 그 밑에 있는 사람!』하고 부르신 것이지요?」

「어째서라뇨!」

내가 말했다.

「분명히 나는 그런 일을……」

「그런 일이 아닙니다. 글자 그대로 그렇게 부르셨습니다. 저는 그 말을 잊지 않고 있습니다.」

「글자 그대로 제가 그렇게 소리쳤다고 합시다. 그렇지만 그건 당신이 밑에 있는 걸 보았기 때문입니다, 틀림없이.」

「그밖의 이유는 없습니까?」

「그밖에 어떤 이유가 또 있다는 겁니까?」

「초자연적인 이유로 해서 그 말을 했다는 것으로 생각지는 않으시는지요?」

「아니, 그렇게 생각지 않습니다.」

그는, 안녕히 가십시오, 하고는 램프를 위로 들어 올렸다. 하행선 선로를 따라 (뒤로부터 기차가 오는 것이 아닌가 하는 언짢은 기분을 느끼면서) 걷자, 올라가게 되어 있는 길 모서리에 당도했다. 오르는 길은 내려오는 길보다 편했으며, 도중에 아무런 위험에도 부딪치지 않고 숙소에 당도했다.

약속대로 나는 다음 날 밤 멀리서 교회의 시계가 11시를 쳤을 때 지그재그의 비탈길을 내려가기 시작했다. 그는 램프를 들고서 비탈의 맨 아래에서 기다리고 있었다.

「나는 당신을 부르지 않았습니다만.」

그와 마주서게 되었을 때 내가 말했다.

「이제는 말을 해도 좋습니까?」

「예, 좋습니다.」

「안녕하셨습니까? 자, 우리 악수나 합시다.」

「안녕하셨어요, 자아 그럼…….」

그와 나란히 걸어 오두막까지 갔다. 그리고 안으로 들어가서는 문을 닫고 난로 옆에 앉았다.

「저는 마음을 정했습니다.」

의자에 앉자마자 그가 몸을 앞으로 내밀고는 거의 속삭임에 가까운 어조로 말했다.

「내가 무엇 때문에 고민하는지 독촉을 받기 전에 설명을 하죠. 어젯밤 저는 당신을 다른 사람과 혼동한 것입니다. 그것으로 고민하고 있는 것입니다.」

「단지 혼동한 것 때문에 말입니까?」

「아닙니다. 전연 다른 사람입니다.」

「그게 누굽니까?」

「모릅니다.」

「저랑 닮았나요?」

「모릅니다. 얼굴을 본 일이 없으니까요. 왼쪽 팔로 얼굴을 가리고 오른쪽 팔을 흔들고 있었으니까요. 격렬하게 흔들고 있었습니다. 이런 식으로요.」

나는 그의 동작을 눈으로 쫓았다.

「어느 달밤의 일이었습니다.」

그가 말했다.

「제가 여기에 앉아 있는데,『이봐, 거기 밑에 있는 사람!』하고 외치는 소리가 들렸습니다. 저는 깜짝 놀라 일어나서 이 문을 통해 밖을 살펴 보았습니다. 그런데 누군가가 터널 가까이에 있는 빨간 신호등 옆에 서서, 방금 보여드린 것과 같이 팔을 흔들고 있는 것이 보였습니다. 소리치고 있는 목소리가 다소 쉰 듯했습니다.『조심해! 조심하라고!』그러고나서 다시『이봐! 거기 밑에 있는 사람, 조심하라고!』나는 램프를 집어 들고는 그것을 붉은색으로 한 다음 그 사나이 쪽으로 달려가면서 말을 걸었습니다.『무엇 때문에 그러지. 뭔가 사고라도 났나, 어디야?』그는 터널의 어둠 속 바로 바깥에 서 있었습니다. 내가 바로 가까이까지 달려 갔는데도, 소매를 눈에 댄 채 가만히 있는 그가 이상하게 생각되었습니다. 그래서 내가 소매를 떼 놓으려고 손을 뻗치자 곧 사라져 버렸습니다.」

「터널 안으로 말인가요?」

「아닙니다. 저는 그대로 터널 안으로 뛰어들어 갔습니다. 한 오백 야드쯤 가서 멈추어 서서, 램프를 머리 위로 들어 올려 거리를 표시해 놓은 숫자를 보고 있는데 터널 천장벽으로부터 물이 배어나와 뚝뚝 하고 떨어지는 것이 보였습니다. 나는 달려들어 갔을 때보다 더 빠르게 달려 나왔습니다.(왠지 기분나쁘고 무서웠기 때문입니다.) 그리고는 빨간 신호등 주위를 샅샅이 조사했습니다. 철사다리를 타고 꼭대기의 발판까지 올라 갔으며, 다시 내려와서는 이곳까지 달려 왔습니다. 그리하여 상행선과 하행선의 양쪽 방향으로 전신을 쳤습니다.『경보 있었음. 사고 있었는가?』양쪽 방향에서 대답이 있었습니다.『이상 없음.』」

등을 무언가 얼어붙은 손으로 만지는 것 같은 기분나쁜 느낌을 억제하면서, 나는, 분명히 당신이 잘못 본 것이라고 말했다.

눈의 기능을 관장하는 섬세한 신경의 병 때문에 사물의 모습이 눈에 비쳐 환자를 괴롭히는 예가 곧잘 알려져 있습

니다라고. 그 중에는 자신의 증상을 자각하고 있어서 자신을
실험대로 하여 증명한 환자까지 있습니다. 그리고 환상의 외
침에 대해서인데, 하고 내가 말했다.

「우리가 이렇게 작은 소리로 말하고 있는 이 순간, 이 인공의
계곡으로 불어오는 바람에 전신선이 미친 하프처럼 울리고
있는 소리에 귀를 기울여 보십시오!」

「그것은 말씀대로입니다.」

잠시 귀를 기울이고 나서 그가 말했다.

「나는 여기서 혼자 잔뜩 긴장을 하고 긴 여름밤을 보낸 일이
여러 번 있으므로 바람이나 전선에 대해서는 다소 알고
있다고 생각합니다. 그렇지만 실례가 될는지 모르지만 제
이야기는 아직 끝나지 않았습니다.」

내가 사과를 하자, 그는 나의 팔을 잡으면서 천천히 이야기를
계속했다.

「그 유령이 나타난 지 여섯 시간도 채 되기 전에 이 철도선의
역사에 남을 만한 큰 사고가 일어났으며, 열 시간도 되기
전에 사상자가 이 터널을 빠져 나와 유령이 서 있던 그
장소를 지나서 운반돼 나왔던 것입니다.」

기분나쁜 떨림이 나의 온몸에 엄습해 왔지만, 나는 열심히
그것과 싸웠다. 그것은 놀라운 우연으로 당신의 마음에 깊은
인상을 심어준 것도 무리는 아니라고 내가 말했다. 그리고
놀라울 만한 우연도 실제로 곧잘 일어나는 것이 사실이므로
이것도 고려에 넣지 않으면 안 될 것입니다. 그야 물론 (그가
뭔가 이의를 제기하려고 했기 때문에 내가 말을 덧붙였다.) 상식이
있는 인간이 일상생활에 대한 계획을 세울 때는 우연을 계산에
넣는 일은 그다지 없습니다만.

그는 다시금 아직 자신의 이야기는 끝나지 않았다고 말했다.

나는, 그만 자기도 모르게 이야기를 방해해서 죄송하다고 사과했다.

「이것은 꼭 일 년 전의 일입니다.」

그는 다시 나의 팔을 잡고는, 움푹 들어간 눈으로 힐끔 뒤를 돌아다 보면서 말했다.

「그로부터 육,칠 개월이 지나 어느 정도 충격이 가라앉아 가고 있던 무렵의 어느 날 아침, 마침 날이 밝으려 했을 때, 제가 문께에 서서 빨간 신호등 쪽을 보고 있는데 다시금 유령의 모습이 보였습니다.」

그는 말을 끊고는 한동안 나를 쳐다보았다.

「뭐라고 소리치던가요 ? 」

「아니오, 아무 말도 하지 않았습니다.」

「팔을 흔들었나요 ? 」

「아닙니다. 단지 신호등에 기대어 선 채 두 손을 얼굴에 대고 있었습니다. 이런 식으로 말입니다.」

다시 한 번 나는 눈으로 그의 동작을 쫓았다. 그것은 한탄 하고 슬퍼할 때 취하는 자세였다. 묘 앞에 서 있는 석상이 그런 자세를 하고 있는 걸 본 일이 있었다.

「가까이 가봤습니까 ? 」

「저는 너무도 무서워서 이 오두막 안으로 들어와 바닥에 주저앉았습니다. 마음을 안정시키기 위해서이기도 했지만 기절 직전에 있었기 때문입니다. 다시 한 번 문께로 가보았을 때는 이미 날이 완전히 밝아 있었으며 유령의 모습도 사라져 보이지 않았습니다.」

「그렇지만 그 후에는 아무 일도 없었겠죠 ? 아무것도 일어나지 않았겠죠 ?」

그는 손가락을 두세 번 나의 팔 위에 놓으며 그 때마다 기분나쁘게 끄덕였다.

「바로 그 날 열차가 터널에서 나왔을 때, 창으로부터 손과 머리가 뒤섞인 것 같은 것이 나와 흔들고 있는 것이 보였습니다. 나는 이를 보고 즉각 기관사에게 정지하라는 신호를 보냈습니다. 증기를 끊고 브레이크를 걸었습니다만 이곳을 백오십 야드 정도 통과한 다음에야 간신히 섰습니다. 내가 뒤쫓아 가는 동안에 무서운 비명소리가 들려 왔습니다. 객실 하나에서 젊고 아름다운 여자 손님이 즉사했던 겁니다. 그 여자의 시체는 이곳으로 운반되어 바로 우리들 사이인 이 곳에 놓여졌습니다.」

나는 자신도 모르게 의자를 뒤로 물리고는 그가 가리킨 바닥을 바라보다가 다시 그를 향해 눈을 움직였다.

「정말입니다. 정말이에요. 나는 일어난 그대로를 말씀드리고 있는 겁니다.」

나는 제대로 말을 할 수가 없었다. 입 안이 완전히 말라 있었던 것이다. 바람과 전선이 슬픈 신음소리를 내고 있었다.

그는 다시금 이야기를 시작했다.

「아시겠습니까, 잘 들어 주십시오. 그리하여 제가 얼마나 괴로워하고 있는지 이해해 주십시오. 그런데 유령이 일 주일 전에 다시 돌아온 것입니다. 그 후 생각난 듯이 가끔씩 그 곳으로 옵니다.」

「신호등이 있는 곳 말입니까 ?」

「위험 신호등이 있는 곳입니다.」

「무엇을 하고 있는 것처럼 보입니까 ?」

그는 조금 전에 보여 주었던『위험해, 비키라고!』의 동작을 한층 더 격렬하게 되풀이했다.

그리고는 다시 말을 이어갔다.

「덕택으로 저는 마음편한 날이 없습니다. 유령은 괴로워하며 몸부림치듯이 몇 분 동안이나 계속해서 저를 부르는 겁니다. 『거기 밑에 있는 사람! 조심하라고! 조심해!』선 채로 나를 향해 팔을 흔들며, 저의 벨을 울리게 하며……」

나는 퍼뜩 생각이 떠올랐다.

「어젯밤 내가 이곳에 있을 때 당신은 문 쪽으로 갔는데 그때도 유령이 벨을 울린 것입니까?」

「예, 두 차례 모두 그랬습니다.」

「그렇다면 알겠습니다.」

내가 말했다.

「당신이 그야말로 망상의 포로가 되어 있다는 것을. 나의 눈은 계속 벨을 향해 쏠려 있었고, 내 귀 또한 제대로 들을 수 있는 위치에 있었습니다만, 그때는 틀림없이 벨이 울리지 않았습니다. 아니 다른 때도 울리지 않았습니다. 역에서 당신에게 통신이 왔던 때처럼 이 세상의 자연스러운 현상으로 울렸을 때 외에는.」

그는 머리를 흔들었다.

「이 점에 대해서는 저는 지금껏 실수를 한 적이 없습니다. 유령의 모습과 인간의 모습을 혼동한 일이 한 번도 없습니다. 유령이 울리는 벨 소리는 어떤 것과도 다른 아주 독특한 진동이 있습니다. 그리고 저는 벨의 진동이 눈에 보인다고는 말하지 않았습니다. 그러므로 당신이 듣지 못한 건 이상할 게 없습니다만, 그렇지만 저는 분명히 들은 것입니다.」

「그러면 당신이 밖을 기웃거렸을 때 유령은 그곳에 있었습니까?」

「확실히 있었습니다.」

「두 번씩이나 말입니까?」

그는 분명하게 말했다.

「두 번 다 그랬습니다.」

「그럼 이제부터 나와 함께 문께로 가서 한 번 봅시다.」

그는 그다지 마음이 내키지 않는 것 같았으며 아랫입술을 깨물고 있었지만, 이윽고 일어섰다. 내가 문을 열고 입구의 계단에 서자, 그는 문께에 섰다. 위험 신호등이 보였다. 음산한 터널의 입구가 보였다. 절단해 낸 높고 축축한 바위의 절벽이 있었다. 그리고 그 위로 별이 총총히 빛나고 있었다.

「보입니까?」

하고 물으며 나는 그의 얼굴을 주시했다. 그의 눈은 튀어나올 것처럼 긴장해 있었다. 그렇지만 나의 눈 역시 같은 방향을 열심히 주시하고 있었을 때는 그의 눈과 별로 다르지 않았을 것이다.

「아니오.」

그가 대답했다.

「없습니다.」

「그렇죠?」 내가 말했다.

우리들은 다시 오두막으로 들어와 문을 닫고 의자에 걸터 앉았다. 가령 지금의 일이 좋은 기회라고 한다면 그렇듯 좋은 기회를 어떤 식으로 활용하면 좋을까 하고 생각하고 있는데, 그가 다시 말을 계속했다. 그 말투가 사실에 관해서는 두 사람 사이에 아무런 의심도 없는 것 같이 지극히 자연스러웠으므로 나는 완전히 내 입장을 상실해 버렸다.

「이제 다 아셨으리라 생각합니다만.」

그가 말했다.

「내가 크게 고민하고 있는 것은 그 유령이 무엇을 의미하느냐 하는 문제입니다.」

나는, 말씀하시는 내용을 잘 모르겠는데요, 하고 말했다.

「무엇을 경고하고 있느냐 하는 것입니다.」

그는 깊이 생각에 잠겼다가는 가끔씩 난로의 불을 쳐다보거나 내 쪽으로 시선을 돌렸다.

「어떤 위험이 있는 것인가. 어디에 위험이 있는가 하는 문제입니다. 이 철도선의 어디엔가 위험이 몰려오고 있는 것입니다. 뭔가 무서운 사고가 일어날 것입니다. 이전에 있었던 일을 생각해 보면, 세 번째가 틀림이 없습니다. 그렇지만 이런 식으로 내 앞에 유령이 모습을 나타낸다는 것은 잔혹한 이야기입니다. 도대체 내가 무엇을 할 수 있다는 겁니까!」

그는 손수건을 꺼내 열이 오른 이마에 밴 땀을 닦아냈다.

「설사 제가 상행선이든 하행선이든, 혹은 양쪽으로 위험의 전신을 보낸다고 해도 제시할 만한 이유가 아무것도 없지 않습니까!」

그는 양쪽 손바닥을 닦으면서 말을 계속했다.

「번거로운 일을 일으킬 뿐 아무런 도움도 되지 않습니다. 도리어 그들은 내가 미쳤다고 생각하겠지요. 이런 식이 될 것입니다. 송신.『위험, 주의하라!』발신.『어떤 위험인가? 장소는 어딘가?』송신.『모른다. 그러나 부탁한다. 주의를 부탁한다!』이로써 나를 해고시키겠죠, 그밖에 어떻게도 할 수 없을 테니까요.」

그가 마음아파 하는 것은 보기에도 딱했다. 양심적인 인간이 정체를 알 길이 없는 인명에 관계되는 책임에 대한 중압감으로 인해 인내의 한계 이상으로 고민하고 정신적으로 고통받고 있기 때문이다.

「유령이 처음으로 위험 신호등 밑에 섰을 때.」

그는 말을 계속하면서 손가락으로 검은 머리카락을 쓸어 올렸으며, 열병을 앓는 사람처럼 가쁜 숨을 몰아 쉬며 두 손으로 관자놀이를 여러 차례 문질렀다.

「어째서 사고가 일어나는 장소를 내게 가르쳐 주지 않은 것일까요…… 이미 일어나기로 정해져 있는 것이라면, 어떻게 하면 사고를 피할 수 있는가를 왜 가르쳐 주지 않았을까요…… 만약 피할 수 있는 것이라면. 두 번째 나타났을 때도 얼굴을 가릴 게 아니라, 왜 이렇게 말하지 않은 것일까요. 『그녀는 죽게 돼. 그러니 집 밖으로 나가지 못하게 해.』라고 말이죠. 두 번 다 유령이 나타난 목적이 경고를 하기 위함이었고, 또 경고가 모두 틀리지 않았습니다. 그리고 이번에도 세 번째 경고를 각오하라고 나에게 전해 주려 했다면, 어째서 분명히 경고해 주지 않는 것입니까. 게다가 저는 어떻게도 할 수 없습니다! 쓸쓸한 신호소에 근무하는 일개의 불쌍한 신호수에 불과하니까요! 어째서 남에게 신뢰를 받고 있고 행동의 권한을 가지고 있는 그런 사람한테 가지 않는 것일까요?」

이러한 상태에 놓인 그를 보게 되자, 나는 불쌍한 이 사나이를 위해, 또는 공공의 안전을 위해서도 우선 내가 할 일은 그의 마음을 안정시키는 일이라고 생각했다. 그리하여 그것이 실제의 일인가 아니면 망상인가 하는 것을 따지는 것은 제

쳐두고 나는 그를 설득하기 시작했다. 자신의 임무를 훌륭히 완수하는 인간은 그가 누구이든간에 훌륭한 일을 하는 인간이며, 당신이 그렇듯 저주스러운 유령을 이해하지 못한다고 하더라도 자신의 임무를 이해하고 있다는 것은 최소한 자신에 대한 위안이 되지 않겠느냐고. 그의 유령이 실재했다는 확신을 이론으로 번복시키는 것보다 이와 같은 설득 쪽이 훨씬 더 큰 효과를 거두었다. 그가 침착해지고, 밤이 깊어짐에 따라 자신의 직무에 보다 더 전념해야 했기 때문에 나는 새벽 2시에 그와 헤어졌다.

내가 경사가 급한 비탈길을 올라가면서 여러 차례 뒤돌아본 일. 그리하여 빨간 그 신호등을 바라본 일. 그 빨간 신호등이 영 싫어졌다는 사실. 만약 나의 침대가 그 밑에 있었다면 영 잠을 이룰 수 없었을 것이라는 일 등. 위와 같은 일에 대해서는 굳이 숨길 필요가 없다고 생각한다. 또한 열차 사고와 죽은 여자 승객의 두 가지 관련성도 매우 기분이 언짢았다. 이것 역시 숨길 필요는 없을 것이다.

그렇지만 내 머릿속에서 더 많이 생각한 것은, 그로부터 그와 같은 고백을 들은 지금 내가 어떤 식으로 행동해야 할 것인가 하는 점이었다. 그가 머리가 좋고 조심스러우며 근면하고 정직한 사람이라는 것은 알고 있었지만, 그러한 정신상태로 그와 같은 장점이 언제까지 계속될 것인가. 신분은 비록 낮지만 매우 중요한 자리를 위임받고 있으므로, (예를 들면) 내가 내 자신의 생명까지 걸고, 그가 언제까지 그 일을 정확하게 수행해 나갈 수 있을 것인지 보장할 용기가 나지 않았다.

그가 내게 말해 준 내용을 철도회사의 윗사람에게 알려준다는 것은, 사전에 그에게 정직하게 전달한 다음 온건하고 적절한 방법을 강구하지 않는다면, 배반행위와 같다는 기분을 떨쳐 버릴 수 없었으므로, 결국 나는 그 근처에서 명의(名醫)라고 소문난 사람한테 그를 데리고 가서 (당분간은 그 이외의 사람에게는 비밀로 하기로 하고) 의견을 구하면 어떨까 하고 그에게 제안하기로 결심했다.

그의 말에 따르면 그의 근무시간의 교대는 내일 밤이라고 했다. 해가 솟아 오른 1, 2시간 후에는 비번이 되고 해가 진 후 조금 시간이 지난 다음에 다시 근무하게 되는 셈이므로, 나는 그때 다시 오겠노라고 약속을 했다.

다시금 저녁이 되었고, 매우 기분이 좋은 저녁이었으므로 나는 일찍부터 밖으로 나가 산책을 즐겼다. 그 절벽에서 가까운 들판에 이르렀을 때까지 아직도 해는 지지 않고 있었으므로 1시간 정도 산책을 연장하려고 생각했다. 가는 데 30분, 오는 데 30분을 잡으면 꼭 그 신호수의 오두막으로 가는 시간이 될 것이다.

산책을 시작하기 전에 절벽 쪽으로 접근하여 맨 처음 그의 모습을 발견했던 장소에서 아무 생각없이 밑을 기웃거려 보았다. 그때 나를 사로잡은 전율을 무어라고 설명해야 좋을지 모르겠다. 터널 입구 바로 옆에서 오른쪽 소매로 눈을 가리고 격렬하게 팔을 흔들고 있는 사람의 모습을 보았기 때문이다.

무엇이라 말할 수 없는 두려움이 나를 덮쳐왔다. 그러나 그것은 아주 짧은 순간에 불과했다. 그 순간 나는 그 사람의 모습이 현실의 인간이었으며, 그곳에서 조금 떨어진 언저리에 한 무리의 사람들이 서 있고, 그 사나이가 자신의 몸짓을 재연하고 있는 것 같다는 것을 알았기 때문이다. 위험 신호등에는 아직 불이 들어와 있지 않았다. 그 기둥 바로 앞에 나무기둥과 방수포로 된 작은 텐트가 쳐져 있었는데, 이것은 내가 처음 보는 물건이었다. 그것은 침대만한 크기였다.

뭔가 좋지 않은 일이 발생한 게 틀림없다는 불길한 생각이 억제할 수 없이 치솟아 올라 왔으므로——내가 그를 그곳에 혼자 남겨 두고 그의 행동을 감시하거나 바로 잡아 줄 사람을 그곳에 오지 못하게 했기 때문에 사람의 목숨에 관계되는 사고가 일어난 것이 아닌가 하는 자책의 마음과 공포가 번뜩였다——나는 될 수 있는 한 서둘러 절벽에 새겨진 비탈길을 내려갔다.

「어떻게 된 겁니까?」

나는 모두에게 물었다.

「오늘 아침 신호수가 차에 치었습니다.」

「설마 그 오두막에서 일하는 사람은 아니겠지요?」

「바로 그 사람입니다.」

「혹시 내가 아는 사람은…….」

「얼굴을 보면 확인할 수 있겠지요.」

다른 사람들을 대표하여 이렇게 말한 사나이가 엄숙한 태도로 모자를 벗고는 방수포의 천막 끝을 들어 올렸다.

「대단히 침착한 표정을 하고 있군요.」

「아니, 어떻게 해서 이런 일이, 어째서 이런 결과가 돼버린 것입니까?」

천막이 내려지자, 나는 사람들의 얼굴을 둘러보며 물었다.

「기관차에 치인 겁니다. 영국내에서 그만큼 자기 일을 잘 알고 있는 사람도 없었는데, 어찌된 일인지 모르겠습니다. 마침 날이 샌 그때였습니다. 불이 들어온 램프를 손에 들고 있었습니다. 기관차가 터널을 빠져 나갔을 때, 그는 등을 돌리고 있었으므로 그만 치이게 된 것입니다. 이 친구가 기관사였으며, 지금 그때의 상황을 설명하고 있는 중입니다. 톰, 이 분에게 그때의 상황을 설명해 드리라고.」

허름한 검은 옷을 입은 사나이는 터널의 입구의 앞서 서 있던 장소로 돌아갔다.

「터널 안의 커브를 돌았더니.」

그가 말했다.

「마치 망원경의 끝에 보이는 것처럼, 이 사람의 모습이 저쪽 앞에 보였습니다. 이미 속도를 늦출 여유도 없었습니다. 그리고 이 사나이가 조심스런 남자라는 것은 잘 알고 있었으니까요. 기적을 울려도 전혀 알아차리지 못하는 것 같았으므로, 증기를 끊은 그때 치일 것만 같았으므로 큰소리로 외쳤습니다.」

「어떤 말로요?」

「이렇게 말했습니다. 『이봐, 거기 밑에 있는 사람, 조심하라고! 조심하라니까! 위험해, 비켜요!』」

나는 흠칠 놀랐다.

「아아, 끔찍했습니다. 나는 계속 소리쳤지요. 도저히 볼 수가 없었으므로, 이 팔로 눈을 가리고서 마지막까지 팔을 흔들었습니다만 아무 소용이 없었습니다.」

지금까지 나는 기묘한 사정을 계속 늘어놓았고 더 이상 이야기를 연장시킬 마음은 없지만, 마지막으로 다음과 같은 우연의 일치에 대해 지적해 두고자 한다. 즉 기관사의 경고가 불행한 그 신호수가 유령의 말이라고 여러 번 되풀이한 바로 그 말이었을 뿐만 아니라, 기관사가 취했던 몸짓이 그가 보았다고 주장했던 바로 그 유령의 모습 그대로였다는 사실을.

조지 실버맨의 해명

제 1 장

일의 발단은 이렇게 되어 있었다.——그렇지만, 이 문장을 다시 한 번 확인하고, 거기서 이어지는 말의 실마리를 얻지도 못하면서 손에 펜을 쥐고 차분히 앉아 있으면, 이것은 매우 당돌한 서두(序頭)처럼 생각이 된다. 그렇지만 이것을 남겨두면, 자신의 해명의 시작이 얼마나 까다로운 것인지 자각하고 있다는 것을 엿보게 하는데 도움이 될는지도 모른다. 아무래도 명쾌하지 못한 표현이지만 나로서는 이보다 더 재치있게 표현할 수는 없을 것 같다.

제 2 장

일의 발단은 이런 식이었다.

——그렇지만, 이 문장을 차분히 지켜보고, 다시 앞서의 서두와 비교해 보면 완전히 똑같은 말이 되풀이된 것을 알게 된다. 이 말을 완전히 새로운 맥락에서 사용하고 있으므로 더욱 더 나에게는 놀라움이었다. 사실을 말하면, 나의 의도는 최초에 생각했던 서두를 집어치우고, 내 인생의 처음으로 거슬러 올

라가 설명을 하는, 전혀 종류가 다른 서두로 시작할 생각이었기 때문이다. 이 두 번째 실패를 말소함도 없이 나는 세 번째에 도전하기로 한다. 그것은 마음이건 두뇌이건 어느 한 가지로 자신의 나약함을 숨긴다는 것은 나의 의향에 맞지 않는다고 말하고 싶기 때문이다.

제 3 장

현재로 봐서는 그 일이 어떻게 발생했는가에 대해 직접 부딪치지 않고, 점차적으로 그것에 접근하려 한다. 결국 자연의 순리대로라는 이야기다. 왜냐하면 바로 자연의 진행에 따라 나에게 일이 덮쳐 왔기 때문이다.

나의 양친은 매우 비참한 생활을 해왔다. 나는 어린시절을 프레스턴에서 보냈는데, 그때 우리 집은 지하실이었다. 위의 보도를 아버지가 바닥이 나무로 된 랭카셔의 신발을 신고 쿵쾅대며 걸어오는 발소리가 지금도 생각이 난다. 이어 어머니가 지하실의 계단을 따라 내려올 때는, 과연 그 발밑에 기분좋은 빛깔이 보일 것인가 아니면 기분나쁜 빛깔이 보일 것인가——무릎에는…… 허리에는, 하고 떨면서 차분히 관찰했으며 마침내 얼굴이 보이게 되면 그 문제는 깨끗이 해결되었다는 것이 생각난다. 이상의 사실은 내가 겁이 많았다는 것, 지하실의 계단이 급경사였다는 것, 그리고 출입구의 위치가 매우 낮았다는 것을 짐작하게 해 줄 것이다.

어머니는 그 얼굴과 손가락, 특히 목소리에서 가난의 냄새를 물씬물씬 풍기고 있었다. 울툭불툭 뼈마디가 돋아난 손가락으로 가죽 주머니에 힘껏 압력을 가했을 때 나는 소리처럼 비명과 같은 높은 음의 가락으로 갖가지 말이 그의 몸에서 쥐어짜듯 쏟아져 나왔다. 그리고 늘상 시끄럽게 잔소리를 해대면서 지하실의 여기저기를 흘겨 보았으며 야윌 대로 야윈 모습을 하고 항상 배고픈 표정을 짓고 있었다.

아버지는 등을 동그랗게 굽히고는 삼각의자에 앉아 아무 말 없이 텅비어 있는 화상(火床)을 지켜보고 있었는데, 마침내 어머니에게 의자를 엉덩이 밑으로부터 잡아 채이며, 그렇게 멍청히 앉아 있지 말고 어디 가서 돈이라도 벌어오라고 야단을 맞았다. 그러면 부친은 비참하게도 터벅터벅 계단을 올라갔으며, 나의 경우는 한 손으로(이것이 나의 오직 하나의 멜빵 역할을 한다.) 누덕누덕 기운 와이셔츠와 바지의 양쪽을 한꺼번에 끌어올리고, 나의 머리카락을 휘어잡으려고 뻗어 온 어머니의 손을 재치있게 피했던 것이다.

교활한 놈 같으니라구, 하고 어머니는 곧잘 나를 그렇게 불렀다. 어둡다고 울어도, 춥고 배가 고프다고 소리쳐도, 불이 타고 있을 때 따뜻한 한쪽으로 파고 들어가도, 먹을 것이 있을 때 당차게 먹어 치워도, 언제나 변함없이 「네 놈은 교활한 놈이야.」라는 말을 들었다. 그리고 이러한 말이 아픔을 수반하여 내 가슴에 전해져 오는 것은 자신이 교활한 어린애라는 것을 잘 깨닫고 있었기 때문이다. 제대로 된 집에서 살며 따스하게 지내고 싶다고 생각하는 정도의 교활함이나 먹을 것이 필요하다고 생각하는 정도의 교활함, 당시에 이런 좋은 일은 거의 손에 들어오는 일이 없었지만, 그래도 우연히 들어왔을 때, 부친과 모친이 독점한 몫과 내가 나누어 갖게 된 몫을 뱃속에서 비교해 보고, 내가 욕심쟁이였다고 생각할 정도의 교활함에는 적절한 방법을 강구하지 않는다면 배반행위와 같다는 기분을 뛰어났다.

이따금 양친이 모두 일을 찾으러 나가고 나면, 나는 하루나 이틀간 계속해서 이 지하실에 갇혀 있게 되었다. 그렇게 되면 나는 최고로 교활한 아이가 되었다. 외톨이로 있게 되면 무엇이든지(비참한 기분이 아니라면) 잔뜩 동경한다고 하는 교활함에 홀딱 빠져 버린다. 예를 들면 버밍엄에서 기계제조업을 하고 있는 외할아버지가 어서 빨리 죽어줬으면 하고 바라는 일 같은 것이다. 그것은 외조부가 죽게 되면 「만약 당신에게 권리가 있으면」 안마당을 둘러싸고 있는 집 전체를 완전히 상속받을 수가 있는 것이라고, 언젠가 어머니가 말하던 것을 엿들었기 때문이다.

교활한 아이인 나는 생각에 잠기면서 균열이 나 있는 벽돌이라든가 숨겨진 지하실 바닥의 갈라진 곳에 냉랭해진 맨발을 집어넣고 멍청히 서 있었다——말하자면 할아버지의 시체를 서슴치 않고 짓밟고는 안마당을 둘러싸고 있는 집 안으로 들어가 일체를 팔아 버리고는 그 돈으로 먹을 것과 마실 것 및 옷의 비용으로 써 버리는 것이다.

마침내 우리 지하실에도 변화가 일어났다. 세상의 변화가 그렇듯 낮은 곳까지 떠밀려 온 것이다. 때문에 인간이 살 수 있는 어떤 높이까지라도 기어 올라가는 모양이다. 그리고 그와 함께 다른 변화까지 안겨다 준 것이라 할 수 있다.

방의 가장 어두운 한쪽 구석에는 지저분한 볏짚이 산더미처럼 쌓여 있었는데, 우리는 이것을 가리켜 『침대』라 부르고 있었다. 3일 동안이나 어머니는 침대에서 일어나지 않고 계속 누워 있으면서 가끔씩 웃기만 했다. 만약 이전에 그 웃음소리를 들었다고 하더라도 극히 드문 일이었으므로, 그와 같은 기묘한 웃음소리를 듣자 그만 등골이 오싹해졌다. 그 점은 부친도 마찬가지였다. 그래서 우리는 교대로 어머니에게 물을 마시게 했다. 그 후 어머니는 머리를 좌우로 흔들며 노래를 부를 정도로 회복되었다.

그러나 그 이상 어머니의 건강은 좋아지지 않았다. 그런데 설상 가상으로 아버지마저 병에 걸려 웃기 시작했으며 이어 노래하게 되었다. 그래서 두 사람에게 물을 마시게 하는 일은 내가 맡아서 해야 했다. 얼마 후 두 분은 세상을 떠났다.

제 4 장

지하실로 한 남자가 내려와 안을 기웃거렸다. 그러더니 허둥대며 달려가 또 한 남자를 데리고 와서 나를 밖으로 끌어냈다. 나는 밝은 거리가 눈이 부셔서 견딜 수가 없었다. 차도에 주저앉아서 거리와 나를 둥글게 둘러싸고 있는 사람들을 눈을 껌벅이며 바라봤으며, 이어 그야말로 교활한 아이의 진면목을 그대로 보여주듯이, 최초에 한 말이란 것이 「난 배가 고프고 목이 말라 죽을 지경이란 말야.」였다.

「이 아이는 부모가 죽은 걸 알고 있는 것일까?」

한 사람이 다른 사람을 보고 물었다.

「너는 어머니와 아버지가 열병으로 돌아가신 걸 알고 있니?」

세 번째 사나이가 엄숙한 어조로 나에게 물었다.

「죽는다는 게 무슨 말인지 난 몰라요. 컵에 이가 부딪쳐 딱딱 소리가 났으며 물이 넘쳐 흘렀다는 말인가요. 난 배가 고프고 목이 말라요.」

이것이 내가 할 수 있었던 유일한 대답이었다.

주위를 둘러보니 사람의 수가 점점 더 불어나고 있었고, 초 냄새가 나는, 나중에 그것이 캄프르라는 걸 알았지만, 이것을 내가 앉아 있는 곳에 뿌렸다. 곧 누군가가 뭉게뭉게 연기가 피어오르는 초가 담긴 커다란 그릇을 내 옆에다 가져다 놓았다. 이어 또 누군가가 가져다 준 음식을 내가 허겁지겁 먹고 있는 동안, 사람들은 호기심 어린 표정으로 숨을 죽여 가며 나를 지켜보고 있었다. 그때 나는 모두가 나를 꺼려하고 있다는 것을 알고 있었지만, 어떻게도 할 수가 없었다.

그래도 여전히 먹고 마시고 있는데, 사람들 사이에서 나를 어떻게 했으면 좋겠는가 하고 의논하는 소리가 새나왔다. 그 러자 뒤쪽에서 높은 소리로

「나는 호크야드, 서(西) 브로미지의 베리티 호크야드라는 사람입니다.」라고 말하는 소리가 들렸다. 그리고는 곧 사람 들이 양편으로 갈라서면서 그곳에 노란 얼굴에 코가 뾰죽하고 발끝에 이르기까지 모든 게 철회색(鐵灰色) 차림인 한 신사가, 경관과 또한 어딘지 관리 같아 보이는 사나이와 함께 사람들을 밀어 제치고 앞으로 나왔다. 뭉게뭉게 연기가 피어오르는 초의 용기 바로 옆에까지 오자, 신사는 자신에 대해서는 정성들여, 그리고 나에게는 듬뿍 그것을 흩뿌렸다.

「버밍엄에 있는, 이 아이의 조부도 오늘 마침 죽어 버렸습 니다.」

호크야드 씨가 말했다.

나는 말한 사람에게 시선을 주고 목마른 것처럼 물었다.

「아저씨 집은 어디 있죠?」

「아, 무덤에 한 발을 집어넣고 있으면서도 대단히 약아빠

졌구나!」

호크야드 씨는 이렇게 말하고, 내 안에 있는 약아빠진 점을 쫓아내기라도 하려는 듯이 더 많은 초를 나에게 뿌렸다.

「저는 이 아이를 위해서 약간의, 극히 약간의 유산관리를 맡았습니다. 완전히 자발적인 행위입니다. 한 조각 정에 끌렸기 때문은 아닙니다만, 인간으로서 보기에 하도 딱해서죠. 저는 스스로 팔을 걷어붙이고 나섰습니다. 그렇기 때문에 반드시 책임을 지고 실행을 하겠습니다(물론 책임을 지고 실행하고말고요!).」

구경하는 사람들은 나보다도 이 신사에게 훨씬 더 호감을 갖는 것 같이 보였다.

「이 아이에게 교육을 받게 하겠습니다.」

호크야드 씨가 말했다.

「(물론 이 아이에게 교육을 받게 하고말고요!) 그렇지만 이 아이를 어떻게 하면 좋겠습니까? 이 아이는 열병에 감염됐는지도 알 수 없습니다. 그리하여 전염병을 유행시킬지도 모릅니다.」

그즈음엔 사람들이 한층 더 늘어나 외곽지대까지 빽빽이 들어찰 정도였다.

「이 아이를 어떻게 하면 좋겠습니까?」

그는 두 사람의 공무원과 무언가를 협의했는데, 나는 『양자』라는 말 이외에는 아무것도 들을 수 없었다. 그밖에 또 하나 몇 차례인지 되풀이되는 단어가 있었는데, 그때는 어떤 의미인지 전혀 알지 못했지만 그 후 그것이 『호튼 타워』라는 것을 알았다.

「그게 좋겠군.」

호크야드 씨가 말했다.

「그건 가능성이 있다고 생각해요. 기대할 수 있을 것 같아요. 그럼 이 아이를 하룻밤이나 이틀밤, 구급병원의 독방에 처넣으면 된다는 이야기죠?」

이 제안은 경관이 한 것 같았다. 왜냐하면 『좋아요.』하고 대답한 것이 그 사나이였기 때문이다. 그리고 이윽고 내 팔을 잡아 일으켜 세운 뒤 거리를 지나서 텅비어 있는 건물 안의 칠을 한 방으로 걸어들어 가게 한 것도 바로 그 사나이였다. 그곳에는 의자도 테이블도 침대와 고급 매트리스도, 그리고 위에 덮는 모포와 덧이불도 있었다.

여기서는 음식도 충분히 제공되었다. 나는 날라 온 양철로 된 접시를 닦는 방법도 배워 마침내는 얼굴을 비춰 볼 수 있을 정도로 반들반들 윤이 나게 되었다. 게다가 나는 목욕도 했으며 헌 누더기옷을 소각하는 대신 새양복도 공급받았다. 그리고 캄프르도 뿌려졌으며 초도 뿌려졌고 여러 가지 잡다한 방법으로 철저하게 소독되었다.

이런 모든 일이 끝나자──여러 날이 지났는지, 불과 얼마 안 되는 기간인지는 구분할 수 없었지만, 그건 아무래도 상관없다──호크야드 씨가 와서 문 옆에 선 채 말했다.

「저쪽 벽으로 가서 이쪽을 보고 서도록. 조지 실버맨. 가능한 한 저쪽 끝으로. 그래, 그만하면 됐다. 기분은 어떤가?」

춥지도 않고 배도 고프지 않으며 목도 마르지 않다고 대답했다. 여기에는 내가 알고 있는 매를 맞는 아픔 이외에 인간이 가질 수 있는 모든 감정이 망라되었다.

「자아, 이제 나가는 거야. 조지. 건강한 농가에서 심신을 정화하는 거야. 될 수 있는 한 그곳 공기와 친해지는 거야.

다시 데리러 갈 때까지 그곳에서 야외생활을 즐기고 있거라. 말은 많이 안 하는 게 좋다. 실제로는 아무 말도 하지 않도록 조심하는 게 좋아. 네 부모가 무엇 때문에 죽었는지에 대해서 말이야. 그렇게 되면 너를 아무도 돌봐 주지 않게 될는지도 모르니까 말야. 얌전히 있어야 해. 그렇게 해주면 학교에도 보내줄 거야(물론 학교에 보내주고말고!). 하긴 내게는 그러한 의무가 없지만. 조지, 나는 하느님의 종이야. 이렇게 삼십오 년간 충실한 종이었지(암 그렇고말고). 하느님도 나를 충실한 종으로 인정해 주셨어.」

하고 호크야드 씨가 잔소리를 늘어놓았다.

그때 나는 그가 무엇 때문에 이런 말을 하는지 전혀 짐작할 수조차 없었다. 그보다 그가 어떤 무명의 교파든가 종파의 유력한 회원이라는 것을 언제부터 이해하기 시작했는지 확실치가 않다. 어쨌든 그곳 회원은 마음만 내키면 누구든, 심지어 다른 회원에 대해서도 설교를 했던 것이다. 그곳에서는 그를 호크야드 형제라 부르고 있었다. 병동에서 나온 그 날, 나에게는 길 한 쪽 끝에서 농군의 짐마차가 나를 기다리고 있었다는 것을 알게 된 것만으로도 충분했다. 짐마차에 올라타는 데는 조금도 꾸물거리지 않았다. 왜냐하면 나는 출생 이래 처음 타보는 짐마차였기 때문이다.

나는 짐마차에 올라타자 이내 잠이 들어 버렸다. 처음에는 프레스턴의 길이 계속되는 한 이곳저곳으로 눈길을 쏟았지만, 마음 한 편으로는 우리가 살던 지하실은 어디쯤에 있을까 하고 생각했는지도 모른다. 그렇지만 그것은 의심스러웠다. 나는 그렇듯 약아빠진 어린아이였으므로 과연 누가 부모를 묻어줄 것인가, 언제 어디에 장사지내 줄 것인가 등에 대해서는 그다지 신경을 쓰지 않았다. 나를 사로잡은 것은 그보다는 오히려 이제부터 가게 되는 농가에도 병동에서처럼 풍족한 음식과 폭신한 침구가 갖추어져 있을까 하는 것이었다.

짐마차가 자갈길을 덜컹덜컹 흔들리며 가는 바람에 나는 잠을 깨었다. 짐마차는 경사가 급한 언덕길을 오르고 있었는데, 길은 들판을 가로질러 바위 자국이 많이 나 있는 사잇길이었다. 이어 옛 정원의 잔해 옆과, 지난 날 요새였던 바위투성이인 몇 채의 집 옆을 빠져 나갔다. 그리고 황폐한 아치 밑을 지나자, 우리는 호튼 타워의 안마당을 둘러싸고 있는 투박한 돌울타리로 둘러쳐진 오래된 농가에 도착했다.

얼빠진 사람처럼 나는 그곳을 바라보았지만 특별한 어떤 것도 발견할 수 없었으며, 특별히 오래된 집이구나 하는 느낌도 받지 못했다. 다만 농가란 다 이와 비슷한 것이라고 생각하며, 눈에 띄는 퇴락의 원인은 분명히 내가 알고 있는 모든 황폐의 유력한 원인——즉 가난 때문이라고 믿고 있었다. 나는 지붕 위를 날아다니고 있는 비둘기나 외양간에 매어져 있는 소, 연못의 오리, 그리고 마당의 이곳저곳을 부리로 쪼며 돌아다니는 닭들을 똑바로 쳐다보면서, 여기에 머무는 동안 나의 저녁 식탁에 오르기 위해 희생될 이들의 운명에 대해 생각해 보았다. 햇볕에 말리고 있는 중인 갓 닦아낸 착유장의 용기와 주인이 배부르게 먹을 수 있도록 깊이 패인 접시는, 식사한 다음에는 언제나 반짝반짝 윤이 나도록 닦곤 하던 병동을 생각나게 했다.

화창한 봄날 저 높이 솟아있는 언덕의 상공을 지나가는 검은 그림자는 보는 사람을 순간적으로 떨게 하는, 지저분하고 무시무시한 얼굴을 한 괴수가 아닌가 하여 몸이 조여들었다.

그때까지 나는 단 한 번도 아름다움에 대해 감명을 받은 적이 없었다. 이 세상에 그렇듯 아름다운 것이 있다는 사실을 전혀 모르고 있었던 것이다. 가끔 살짝 지하실을 빠져나와 거리의 쇼윈도를 노려 봤을 때에도 그곳에 있는 지저분한 강아지와 늑대 새끼를 어떻게 화나게 해줄까 하는 정도의 시시껄렁한 생각을 가진 데 불과했다. 또한 지금까지 누구와 대화다운 대화를 나누어 본 적도 없었고, 자신의 마음과 나누는 대화란 것도 자신의 이해에 관계되는 것뿐이었다는 것도 사실이다. 나는 늘 외톨이로 있었지만 사색에 잠긴 적은 없었다.

이것이 그 날 농가의 부엌에 차려진 저녁 식탁에 앉았을 때의 나의 상태였다. 이것이 그날 밤 오래된 농가의 침대 위에서, 칸막이를 한 좁은 창과 마주앉아서 냉랭한 달빛에 비친 아이 홉혈귀처럼 큰 대자로 자고 있을 때의 나의 상태였다.

제5장

지금 내가 호튼 타워의 일에 대해 알고 있는 것은 무엇일까. 거의 아무것도 없다. 그것은 나의 감사에 가득찬 첫인상을 파괴하고 싶지 않았기 때문이다. 이 집은 수세기 전에 지어진 것으로 프레스턴과 블랙번을 연결하는 도로에서 일 마일 정도 안쪽으로 들어간 곳에 위치해 있다. 준남작(准男爵)이라는 것을 만들어 한 재산을 만들고자 했던 영국왕 제임스 1세는, 아마 몇 사람에겐가 많은 돈을 받고 이러한 작위를 주었을 것이다.

이 집은 수세기 전에 지어진 것이기 때문에 낡을대로 낡아 군데군데 허물어져 내렸으며, 숲이나 정원은 이미 옛날에 대초원이나 경작지로 바뀌어져 있었다. 리브르 강과 다웬 강이 눈 아래 펼쳐져 있었으며, 하늘에는 뿌옇게 안개 같은 것이 끼어 있었다. 안개는 스튜어트 집안의 초대 군주(제임스 1세를 가리킴)의 초자연적인 예측의 힘을 가지고도 대책을 강구하지 못했던, 멀리 보이는 두 도시에 세워진 강력한 힘을 자랑하는 증기 기관의 존재를 가르쳐 주고 있었다.

당시 나는 호튼 타워에 대해서 무엇을 알고 있었을까. 생기가 없는 안마당의 문을 통해 처음 안을 기웃거려 보았을 때, 무너져 가고 있는 조상이 마치 이 집의 수호신처럼 느껴져서 나는 그만 흠칠 놀라고 말았다. 농가의 뒤쪽으로 살짝 빠져나가 돌아보다가, 몇개의 낡은 방으로 들어가게 됐는데, 그 대부분은 천장도 바닥도 무너져 버렸으며 대들보나 서까래도 위험스럽게 늘어져 있었다. 한 발짝 들어설 때마다 칠이 후둑후둑하고 떨어졌으며 오크 재로 된 벽의 널빤지는 벗겨져 있었고 창은 무너진 벽으로 막혔거나 부서져 있었다. 오래된 부엌을 굽어보는 회랑을 찾아냈을 때 나는 그 난간의 기둥 사이로 육중한 테이블과 긴 의자를 엿볼 수 있었다.

나는 문득 정체를 모르는 옛날의 높은 분이 다시 살아나서 여러 사람이 자리에 앉자, 정체를 알 수 없는 얼굴을 이쪽으로 돌려 나를 올려다 보는 것이 아닌가 하여 겁을 먹었다.

집의 이곳저곳에는 지붕이 무너져 내렸으며 벽이 갈라지고 그 틈새로 하늘이 슬픈듯이 나를 지켜보고 있었다. 새가 지나가는가 하면, 덩굴 잎이 바스락바스락 소리를 내기도 하였고, 또한 겨울의 음산한 날씨가 썩은 바닥 위에 점점이 얼룩을 이룬 것을 보고는 무서워진 적도 있었다. 계단이 무너져 함몰함으로써 생긴 어두운 구멍의 안쪽에서 새파란 잎이 하늘거렸고, 나비가 팔랑팔랑 날았고, 그리고 벌이 붕붕 소리를 내며 망가진 문께를 나갔다 들어왔다 하고 있었다.

해마다 다시 소생하는 푸른 잎이나 새싹, 기타 동식물이 만들어내는 감미로운 광경이 이 폐옥으로 화한 집을 감싸고 있었다──꿈에도 생각해 보지 못했던 이런 광경은 나의 어리석은 마음에 이해가 되었을 정도이며, 이런 것들을 어렴풋하게 느끼기 시작한 그 당시 내가 호튼 타워에 대해서 어떤 것을 알고 있었던 것일까.

『하늘은 슬픈듯이 나를 지켜보고 있었다.』고 조금 전에 적어놓은 그 말로써 나는 이미 대답을 해놓고 있었다. 이러한 모든 것들이 슬픈듯이 나를 지켜보고 있었음을 나는 알고 있었다.『불쌍하고 약아빠진 어린이』라고 나를 가엾게 생각하여 한숨을 짓기도 하고 소곤소곤 이야기를 했을 것이란 걸.

무너진 계단으로 해서 생긴 작은 구멍 안쪽을, 목을 길게 뽑고 들여다보니 거기에는 쥐 두세 마리가 있었다. 쥐들은 먹이를 둘러싸고 한바탕 싸우는 중이었다. 쥐들이 나를 알아차리고 흠칫 놀라며 어둠 속으로 몸을 숨겼을 때, 나는 지하실에서 보냈던 옛날(이미 옛날의 일이 돼버렸다.) 일이 퍼뜩 생각났다.

어떻게 하면 교활한 아이가 되지 않을 수 있을까. 어떻게 하면 쥐에 대해서 느낀 것과 같은 혐오감을 자기 자신에 대해서 갖지 않을 수 있을까. 조그마한 방의 한쪽 구석에 숨어, 자기 자신이 무서워져 울면서(이것은 순수하게 육체상의 고통 이외의 이유로 내가 울었던 최초의 일이었다.) 나는 이러한 것들을 생각하고 있었다. 마침 그때 농장의 쟁기 한 대가 시야에 들어왔는데, 두 필의 말로 하여금 끌게 하여 밭을 갈고 있는,

왔다갔다 하는 여유있는 광경에 의해 나는 구원받은 것 같은 기분이 들었다.

그 농사꾼 집에는 내 나이 또래의 여자아이가 한 명 있었다. 식사 때에는 좁은 테이블에 나와 마주앉았다. 처음 저녁 식사 때, 이 아이에게 나의 열병이 전염되지나 않을까 하고 잠깐 생각한 적이 있었다. 그렇지만 그것 때문에 불안해 하지는 않았다. 병에 감염이 되면 어떤 모양이 될까, 그리고 죽게 될 것인가 하고 생각해 봤을 뿐이었다. 지금에 와서 생각해 보니 그 아이에게 접근하지 않음으로써 나는 열병을 전염케 하지 않으려고 했던 것인지도 모르겠다. 그 아이에게 병을 옮기지 않으려면 불규칙하게 식사를 하도록 하면 된다. 이렇게 함으로써 나는 훨씬 교활하지 않은 인간이 될 수 있는 것이다. 그때 이 후 나는 아침 일찍부터 황폐한 그 집에서 사람의 눈에 잘 띄지 않는 곳으로 가서 그 아이가 잠자리에 들 때까지 숨어 있었다. 처음에는 식사 준비가 다 됐다며 나를 부르는 소리를 곧잘 들을 수 있었다. 그럴 때면 자신의 결의가 동요하기도 했지만 그때마다 나는 폐허의 더 안쪽으로 들어가 그 소리가 들리지 않도록 함으로써 한층 더 결의를 공고히 했다. 흐린 유리창을 통해 나는 그 애를 여러 차례 관찰했다. 그리하여 그 아이가 원기왕성하고 볼이 장미빛인 걸 확인하자 나는 매우 기뻤다.

나 자신 인간다워지기 위해서 그 애를 그런 식으로 생각해 줌으로써 내 마음 속에는 어린애다운 사랑이 싹텄다고 여겨진다. 그 애를 감싸 주려고 하는 자랑스러움, 그 애를 위해 희생이 되고자 했던 자랑스러움을 느끼게 되자, 나는 어느 정도 고상해진 것처럼 생각되었다. 그와 같은 새로운 배려로 가슴이

터질 것처럼 되자 어느 새 나의 아버지나 어머니에 대해서도
애정을 갖게 되었다. 이전에 얼어붙어 있던 마음이 이제야
서서히 녹기 시작한 것 같았다. 이 폐허의 집과 그 주변의
일체의 아름다운 것들이 나에 대해서 뿐만 아니라 아버지와
어머니에 대해서도 비애의 정을 부채질해 주어 나는 수없이
울었다.

  이 농가의 사람들은 내가 말이 적고 무뚝뚝한 성격이라고
생각하여 나를 상냥하게 대하지 않았다. 그렇지만 정해진 식
사 시간 이외에 내주는 식사에 대해선 결코 인색하게 굴진
않았다. 어느 날 밤 내가 언제나와 같은 시간에 부엌의 빗장을
벗기자 실비아(이것이 그 애의 귀여운 이름이었다.)가 마침 방
에서 나가고 있었다. 나는 문께에 한동안 서 있었다. 빗장의
덜컹 하는 소리를 듣고 그 애는 이쪽을 돌아 보았다.

「조지.」

기뻐하는 목소리로 그 애가 나를 불렀다.

「내일은 나의 생일이야. 바이올린을 켜는 사람이 오게 돼
있어. 그리고 짐마차를 타고 많은 친구들도 올 거야. 난, 너를
초대하겠어, 조지. 이번만은 함께 친하게 지내자.」

「아가씨, 정말 미안하지만…… 그렇지만 난…… 그렇지만
안 돼요. 난 갈 수가 없어요.」

「너는 정말로 성미가 까다롭구나.」

그 애는 멸시하듯 말했다.

「초대 같은 건 하는 게 아니었는데. 앞으론 두 번 다시 너
같은 사람하곤 말도 하지 않을 거야.」

그 애가 나가 버린 후 한동안 난로의 불을 지켜보며 서 있자,
주인 아저씨가 언짢은 얼굴로 내 쪽을 노려 보았다.

「이봐, 조지. 실비아의 말이 맞아. 너처럼 애교가 없고 무뚝뚝한 아이는 지금껏 본 적이 없어.」

악의는 없었다고 해명했지만 냉랭한 대답이 돌아왔을 뿐이었다.

「아마 그렇겠지. 물론 그럴 거야. 자아, 어서 저녁 식사나 하라고. 저녁 식사나 해. 그렇게 되면 다시 한 번 마음껏 마음이 뒤틀릴 수 있을 테니.」

아아, 만약 다음 날 즐거움에 들뜬 어린 손님들로 가득찬 짐마차의 도착을 폐허 안에서 기다리고 있는 내 모습을 그들이 보았다면, 만약 밤이 되어 유령과 같은 조상(彫像)의 그늘에서 살그머니 나와 음악이나 댄스의 스텝을 밟는 소리에 귀를 기울였으며, 폐허가 어둠에 푹 잠겼을 무렵 불을 밝힌 농가의 창문을 안마당에서 계속 응시하고 있던 내 모습을 보았더라면, 뒷길을 통하여 살짝 자기 침대로 파고 들어가, 『나 때문에 기분이 나빠지지는 않았겠지.』 하고 생각하며 스스로 마음을 달랬을 때의 내 마음을 조금이라도 헤아려 주었더라면, 나를 애교가 없고 무뚝뚝하기만 한 아이라고는 생각하지 않았을 텐데.

이렇게 해서 나는 점차 소극적인 아이로 변해 갔고, 매우 무뚝뚝한 아이로 오해를 받았다. 그래서 나는 어떻게 하면 욕심 많고 교활하다는 말을 듣지 않을까 싶어 말로 표현하기 어려울 정도로 거의 병적으로 겁을 먹었던 것이다. 나의 성격은 가난한 학자의 연구와 은둔생활의 영향을 받기 훨씬 이전부터 이미 이렇듯 현재와 같은 모양으로 형성되었던 것이다.

제 6 장

호크야드 형제는(나로 하여금 그렇게 부르도록 끈질기게 강요했다.) 나를 학교에 집어넣고 열심히 공부할 것을 역설했다. 「조지, 너는 이제 건강해졌어. 이 삼십오 년 동안 하느님을 섬긴 자 가운데 나는 제일 우수한 하느님의 종이었어(암, 그렇고말고). 하느님은 나의 충성을 인정하고 계셔(암 그렇고말고. 하느님은 잘 알고 계셔!). 그리하여 하느님은 상의 일환으로서 너의 학교 교육을 성공적으로 이끌어 주실 거야. 이야말로 하느님의 은총이지. 조지, 하느님은 나를 위해 그렇게 해주시는 거야.」

호크야드 형제는, 자기가 숭고하고 헤아릴 길 없는 전능한 하느님이 방법을 잘 알고 있다고 입버릇처럼 말했지만, 나는 처음부터 그를 좋아할 수가 없었다. 조금씩 지혜가 생기고 그 지혜가 점차 늘어감에 따라 나는 더욱더 그가 싫어졌다. 부연 설명을 통해 자신의 말을 확인해 나가는 그와 같은 방법도—— 마치 자신을 너무나도 잘 알고 있어서, 자기 자신의 말을 의심이라도 하고 있는 것처럼——나는 정말이지 싫었다. 이와 같은 혐오의 정 때문에 나는 자신에 대해서 얼마나 많은 걱정을 했는지 모른다. 왜냐하면 이러한 혐오감이 내 교활한 성질에서 비롯된 것이 아닌가 하고 생각했기 때문이다.

시간은 흘러, 나는 훌륭한 재단의 장학생이 되어, 호크야드 형제한테는 더 이상 금전부담을 주지 않게 되었다. 이것도 열심히 공부한 결과 얻어진 것이지만, 나는 최종적으로 대학의 학위와 특별연구원의 지위를 따내고 싶어서 한층 더 열심히 공부했다. 나는 몸이 튼튼하지 못했다.(프레스턴의 그 지하실에 고여 있던 안개와 같은 것이 내 몸에 달라 붙어 있기 때문이라고 생각한다.) 그래서 온힘을 다 기울인 공부라든가 허약체질 등으로 인해 나는 다시금 사람과의 교제에서——즉 학우(学友)들로부터——붙임성이 없고 고약하다는 평을 받게 되었다.

장학생으로 생활하고 있을 무렵에는 계속 호크야드 형제의 종파의 교회로부터 이,삼 마일 떨어진 곳에서 살고 있었기 때문에 일요일에 외출허가를 받을 때마다, 명령을 받은 대로 나는 그곳으로 갔다. 그 집회장소 바깥에서는 자신이 다른 사람과 조금도 다름이 없는 나약한 인간——그래도 대범한 표현을 한 것으로 생각하지만, 다른 인간과 다름이 없는 악당으로서 저울의 눈금을 속이거나 거짓말도 아무렇지도 않게 행한다——이란 사실을 알게 되기까지, 그 장시간의 설교와 정도를 벗어난 자만, 후안 무치(厚顔無恥), 그리고 자신들의 불쌍하고도 한심스러움을 강조하여 하늘과 땅의 최고 지배자인 하느님에게 좋은 아들이 되고자 하는 그 뻔뻔스러움에 나는 커다란 충격을 받고 말았다.

더욱더 놀라운 것은 자신들이 하느님의 은총을 받은 숭고한 상태에 있음을 알아차리지 못한 마음의 상태를 가리켜 그들은 『교활한』 상태라고 부른다는 것이었다. 그래서 나는 한때 이 사람들의 존귀함을 이해하지 못하는 근본 원인이, 어린 시절 내가 『교활한 아이』였던 데 있지 않을까 하고 자기 자신을 추궁했던 적도 있다.

이 집회에서 호크야드 형제가 맡은 역할은 성도들에게 강의하는 일이었으므로, 일요일 오후에는 대개 제일 먼저 연단을 (설교단 대신 테이블을 놓은 작은 단이었다.) 점거했다. 그가 하는 장사는 건물상(乾物商)이었다. 신경질적인 얼굴을 한 노인인 긴브레트 형제 역시 건물상을 하고 있었는데 그는 성경의 강의를 특기로 했으며 크게 구겨진 커다란 칼라를 하고 목에 감은 파란 물방울 무늬의 네커치프는 뒤에서 머리 꼭대기까지 닿고 있었다. 긴브레트 형제는 호크야드 형제를 존경해마지 않았고, 자신의 입으로도 그런 말을 서슴없이 했지만, 사실은 호크야드를 질투했고 원한을 품고 있었다(고 나는 여러 차례 생각하고 있었다).

여기서 나는 하늘에 맹세하고 말하는 거지만, 앞으로 교회의 말투라든가 규율에 대해서 쓰는 것은 내 양심을 걸고 있는 그대로의 사실만을 기록한 것임을 밝혀 둔다.

오랫동안 얻고자 노력해 온 것을 획득하여 마침내 대학진학이 확정된 최초의 일요일, 호크야드 형제는 긴 설교를 이런 식으로 끝맺었다.

「자아, 나의 친구인 동시에 똑같은 죄인인 여러분, 최초에 저는 여러분에게 말씀드리려고 한 것은 단 한 마디도 머리에 들어 있지 않았다고 말씀드렸습니다(암 그렇고말고!). 그렇지만 그것은 어차피 똑같은 일입니다. 왜냐하면, 하노님은 제가 바라는 말을 제 입술에 쏟아주신다는 것을 알고 있었기 때문입니다.」

(「그래 맞았어!」 하고 긴브레트 형제가 중얼거렸다)

「그리하여 하느님은 내가 원하는 말을 제 입술에 퍼부어 주신 겁니다.」

(「물론이지!」 하고 또 긴브레트 형제가 중얼거렸다).

「그렇지만 어째서.」

(「아아, 그것을 들어야지.」 하고 긴브레트 형제가 중얼댔다).

「왜냐하면, 저는 삼십오 년 동안 하느님의 충실한 종이었기 때문입니다. 삼십오 년 동안이란 말입니다. 그리고 하느님은 그 일을 알고 계십니다. 아시겠습니까, 저의 충성에 대한 대가로서 내가 원하는 그러한 말을 내 입술에 내려 주신 겁니다. 저와 똑같은 죄인인 여러분, 저의 이 말은 하느님이 내려주신 겁니다. 아시겠습니까.『여기에 받아도 당연한 대가가 듬뿍 있으며 이것을 팔겠으니 현금으로 무엇이든 입수하겠습니다.』고 말씀드렸습니다. 그리하여 나는 돈을 주고 입수하여 여러분에게 넘겨 준 것입니다. 그러므로 여러분은 냅킨이나 타올, 또는 손수건 등에 싸지 말고 충분히 이자를 받고 빌려 주는 것입니다(신약성서 누가복음 19장 20~33절 참조). 대단히 좋습니다. 그럼 나의 동포이면서 똑같은 죄인인 여러분, 한 가지 질문을 드리고 저는 끝을 맺으려 합니다만 매우 알기 쉬운 것으로 합시다(삼십오 년 간이나 섬겼으므로 하느님의 가호로 그렇게 되면 좋겠습니다만). 악마에게 여러분의 머릿속을 휘젓게 해서는 안 됩니다. 그렇게 되면 그야말로 악마가 원했던 대로이므로 크게 기뻐할 테니까요.」

(「그렇지, 그야말로 원했던 대로지. 질적으로 못된 나쁜 놈이니까.」라고 긴브레트 형제가 중얼거렸다.)

「이제 질문을 드리겠습니다만, 천사한테는 학문이 있었습니까?」

(「없지, 절대로 없을 거야.」 하고 대단히 자신 만만한 긴브레트 형제가 중얼거렸다.)

「없단 말입니까? 그렇다면 그 증거는 어디에 있습니까? 하느님의 손에 의해서 그때그때 주어진 것입니까? 그건 그렇고 오늘날 하나에서 열까지 철저하게 채울 수 있을 만큼 모든 학문을 익힌 자가 우리들 가운데 있습니다. 내가 철저하게 머릿속에 집어넣을 수 있을 만큼의 학문을 익히게 한 것입니다. 그의 조부는.」

(나는 한 번도 들은 적이 없었다.)

「우리들의 동포였습니다. 파크숍이라는 이름이었습니다. 바로 그 당사자였습니다. 파크숍. 파크숍 형제. 이 세상에서의 이름은 파크숍이었으며, 이 교회의 신부였습니다. 그렇다면 그 사람이 파크숍 형제가 아니었다고라도.」

(「그게 틀림없을 거야. 그렇지 않을 이유가 없어.」 하고 긴브레트 형제가 중얼댔다).

「그런데 그 사람은 오늘 우리들 속에 출석한 저 사람을 죄인의 손에 맡겼습니다(그리하여 생존 중에는, 아시겠습니까, 그 동포의 죄인은 여러분의 어느 사람보다도 큰 죄를 저질렀던 것입니다, 하느님을 찬양하십시오.). 호크야드 형제, 이 제가 사례비나 보수도 받지 않고…… 벌집은 말할 것도 없고, 한 입의 몰약(沒藥)이나 유향도(구약성서 아가서, 3장 6절), 더구나 호박 같은 것은 물론이고…… 집어넣을 수 있는 학문을 모두 다 몸에 익히게 한 것입니다. 학문은 그 정신에 있어서, 그 아이를 우리들의 신전으로 유도해 주신 걸까요? 아닙니다. 우리들은 동그란 O와 구부러진 S의 구별도 할 줄 모르는 형제나 자매도 우리들의 친구로 받아들이지 않았나요? 그야말로 많은 사람들을. 그렇습니다, 그러므로 천사에게는 학문 같은 건 없습니다. 그렇습니다, 따라서 알파벳조차도 모릅니다. 저의 친구인 동시에 똑같은 죄인인 여러분, 이것은 결말이 난 것이며, 아무래도 여기에 출석한 형제 중 어느 분이…… 긴브레트 형제께서…… 우리들을 위해 작은 기도를 드리겠습니다.」

긴브레트 형제는 소매로 입을 닦은 다음, 그와 같은 신성한 역할을 자신에게 맡긴 것을 투덜댔다.

『자아, 이 언저리에서 모두를 꼼짝없이 신음케 할는지도 모르겠군.』

남몰래 미소지으며 이렇게 말하고는, 크게 외치기 시작했다. 그와 같은 절절한 호소에 의하면, 특히 우리가 절대로 잘못 빠져 들지 않도록 하느님의 손에 의해 지켜져야 할 큰 죄란, 고아의 권리를 박탈하거나 부친이라든가 (예를 들면) 조부나 그들의 유언의 뜻을 묵살하거나 그 고아의 집의 재산을 횡령하고 당연히 받아야 할 것을 받지 못하고 학대를 받는 그 고아에 대해 자비를 공언(公言)해 보인다거나, 이와 같은 부류의 죄를 저지르는 일이었다.

「우리에게 편안함을 주옵소서.」로 기도의 마지막을 장식했지만, 내게 말을 하게 한다면 20분이 넘는 절규 끝에 던진 이 한 마디야말로 꼭 필요한 말이었다.

땀을 뻘뻘 흘리며 무릎을 꿇고 있던 긴브레트 형제가 일어서면서 호크야드 형제를 힐끔 쳐다본 것을 내가 목격하지 않았더라도, 그리고 절규의 박력에 대해서 멋있다고 칭찬했을 때의 호크야드 형제의 말을 내가 듣지 못했다 하더라도, 그 기도에는 악의(惡意)가 담겨 있었다는 것은 당연히 알아차려야 했을 것이다. 똑같은 취지의 의심이 아직 막연한 형태로서 갓 학교에 입학할 그 무렵에 가끔씩 내 마음을 스쳐갔고 그것이 지금은 큰 고민이 되어 있었다. 그것은 본질적으로 교활한 자의 의심 암귀(疑心暗鬼)로서, 실비아에 대해 취했던 희생적 정신

과는 매우 거리가 먼 것이었기 때문이다. 그야말로 부끄러워
해야 할 못된 사람의 짐작에 불과했으며, 손톱만큼의 증거도
없었다. 불건전한 그 지하실로부터 뿌리 박혀진 것이라고 할
수 있는 것이었다. 이에는 증거가 없었지만 반증은 있었다.
그것은 바로 내 자신이 호크야드 형제가 행한 일에 대한 살아
있는 증거가 아닌가. 그리고 그 사나이가 없었더라면 호튼
타워에서 하늘이 그렇듯 딱한 소년을 슬프게 지켜보고 있었
다는 것을 내가 느낄 수 있었을까.

허기진 것 같은 자기 본위의 상태로 역행하는 것이 아닌가
하는 공포는 어른이 되어가면서 점차 약해져 갔으며, 더욱 더
독립된 행동을 취할 수도 있게 되었지만, 이러한 역행의 기미에
대해서 나는 늘 경계했다. 이와 같은 의심에 의해 좌우되기
시작한 후부터는 호크야드 형제의 행동이라든가 공언하는
신앙 같은 것을 좋아할 수 없게 되었고, 또 그것 때문에 나는
고민했다.

어느 일요일 오후 집으로 돌아가면서, 만약 대학에 들어가기
전에 자신에게 제공해 준 친절에 대해 넘치는 감사와 충분한
사의(謝意)의 말을 편지로 써서 건네주면, 내가 의심 암귀에
의해 본의아니게 그에게 끼쳐 버린 상처를 완전히 보상하는
행위가 될 것이라고 생각했다. 이는 성경을 강의하는 일에 대해
시기하는 라이벌이나 그밖의 계통에서의 속이 검은 스캔들에
대하여 암묵 속에 그 사람을 지켜주는 데 도움이 될는지도
모른다.

그런 이유로 해서 나는 만전을 기하여 글을 썼다. 감동해
서라고 첨기해도 좋다. 왜냐하면 이 글을 쓰면서 나는 크게
감동했기 때문이다. 재단 장학생을 끝내고 케임브리지로 진

학하는 짧은 기간 동안에는 꼭 해야 될 공부도 없었으므로 그 사람의 일터까지 가서 직접 건네주기로 결정했다.

천장이 낮고 비좁은 가게의 제일 안쪽에 있는 작은 카운터의 문을 내가 노크한 것은 겨울날의 오후였다. 그곳에는 통이나 상이 쌓여 있었는데, 『카운터 출입금지』라는 표찰(標札)이 붙어 있는 뒷마당으로부터 들어가자, 카운터에 앉아서 바삐 일하고 있던 점원이 내게 말을 걸어왔다.

「긴브레트 형제와 함께 계십니다.」

역시 같은 교회의 성도인 점원이 말했다.

나의 방문 목적으로 봐서는 오히려 잘되었다는 생각이 들어, 염려하지 않고 다시 한 번 문을 두드렸다. 두 사람은 목소리를 낮추어 이야기를 하고 있었으며, 돈을 주고 받기도 하는지 돈을 셈하는 소리가 밖에까지 들려 왔다.

「누군가?」

호크야드 형제가 무섭게 물었다.

「조지 실버맨입니다.」

문을 열면서 내가 대답했다.

「들어가도 좋겠습니까?」

나를 보고 두 사람은 매우 놀란 것 같았으며, 나는 그 바람에 평상시보다 더 당황하고 말았다. 초저녁 무렵 가스등에 비쳐진 두 사람의 얼굴은 분명히 흙빛이었는데, 아무래도 가스등의 불빛에 두 사람의 얼굴이 실제보다 더 음산하게 보였던 것 같다.

「어찌된 일인가?」

호크야드 형제가 물었다.

「아아, 어떤 일로 왔냐고?」

긴브레트 형제도 물었다.

「조금.」

나는 주저주저하며 편지를 내밀었다.

「저는 그저 편지를 가져왔을 뿐입니다.」

「자네 편지를 말인가?」

호크야드 형제가 소리를 질렀다.

「당신에게 드리기 위해서입니다.」

「내게 주려고?」

호크야드 형제는 더욱더 창백지면서 당황하는 가운데 편지를 펴보았다. 대충 훑어 보고 나서 편지의 내용을 파악한 후에야 그의 얼굴은 정상으로 되돌아갔다. 그는 편지를 접고는 이렇게 말했다.

「하느님을 찬양할지어다.」

「바로 맞았어!」

긴브레트 형제가 소리쳤다.

「잘 말했어, 아멘.」

이어 호크야드 형제는 보다 원기왕성한 어투로 이렇게 말했다.

「알아 두라고, 조지. 긴브레트 형제와 나는 동업을 할 생각이야. 우리는 공동 경영을 시작하게 되는 거지. 지금 그것을 결정하고 있는 중이었어. 긴브레트 형제와 나는 각각 이익의 절반씩을 받게 되지(그렇지. 그걸 하자고. 마지막 하나까지 하는 거야!).」

「하느님이 허용하신다면.」

오른손으로 주먹을 쥐면서 긴브레트 형제가 말했다.

「조지, 이론(異論)은 없겠지.」

호크야드 형제가 덧붙였다.

「내가 이 편지를 소리내어 읽어도!」

그것은 어제 기도 후 내가 원했던 것이므로 소리내어 읽어 주십시오 하고 나는 군말 없이 부탁했다. 호크야드 형제가 소리내어 읽자 긴브레트 형제는 심술사나운 웃음을 떠우며 귀를 기울였다.

「내가 지금 이곳에 온 것은 운이 좋았군.」

눈 언저리에 주름을 모으면서 긴브레트 형제가 말했다.

「게다가 어제는 나쁜 짓을 한 자를 두려워 한 나머지 호크야드 형제와 정반대인 인물을 그리려고 했던 것도 운이 좋았어. 그렇지만 그렇게 해준 것은 하느님이야. 나는 땀을 흘리면서 하느님의 뜻을 느꼈어.」

이어, 대학으로 출발하기 전에 다시 한 번 교회에 오라고 두 사람이 다 같이 권유했다. 특히 이 때문에 설교를 당하고 기도를 드리게 되면 소극적이고 마음을 터놓을 줄 모르는 자신이 마음 아프게 된다는 것은 사전에 짐작이 갔다. 그렇지만 이것이 마지막이 될 것이며 이로 인해 내 편지의 무게도 더해질 것이라 생각했다. 교회의 형제 자매들은 그들의 천국에 나를 위해 준비된 자리 같은 건 없다는 것을 잘 알고 있었으므로 악명이 높은 나의 죄많은 성질을 억눌러 호크야드 형제에 대한 경의(敬意)의 최후의 증거를 보여주게 되면, 호크야드 형제가 나의 은인이며 크게 감사한다는 뜻을 기록한 편지를 보강하는 데 조금이라도 도움이 될지 모른다.

그런 이유로 나를 그 교단에 끌어넣는 특별한 노력——이것은 형제나 자매가 몇 사람 바닥을 구르면서 몇 파운드나 되는 죄의 무게가 왼쪽 옆구리에 걸려 있는 것처럼 느껴진다

(신약성서 에스겔서 4장 4절 참조)고 주장하는 화가 나는 종교 의식을 나는 지금까지 보아 왔기 때문에 잘 알고 있다——은 절대로 하지 않는다는 조건부로 나는 가겠다고 약속했다.

나의 편지를 읽은 후 긴브레트 형제는 가끔 파란 물방울 무늬의 네커치프의 가장자리로 한 쪽 눈을 씻으며 혼자 빙글빙글 웃고 있었다. 그렇지만 그렇듯 불쾌하게 웃는 것은 그 형제의 버릇으로 성경을 강의하고 있는 동안에도 여지없이 나타나곤 했다. 특히 미워할 만한 사악한 인간(이 교회의 신자 이외의 모든 사람을 의미한다.)이 받게 되어 있는 고통에 대해서 연단에서 자세히 설명하고 있을 때의, 그 대단히 기뻐했던 외침이 생각난다.

나는 공동 경영에 대한 규약을 정하고 돈을 셈하고 있는 둘을 남겨두고 돌아왔으며, 다음 일요일까지 만나지 않았다. 호크야드 형제는 그로부터 2, 3년도 채 되기 전에 죽었다. 그리고 그 날짜(내가 들은 바에 의하면)의 유언장에 따라 소유하고 있던 그의 전 재산은 긴브레트 형제의 손에 넘어갔다고 한다.

그 일로 인해 나는 자신의 의혹을 떨쳐 버렸다. 또한 라이벌의 편견의 눈으로부터 호크야드 형제의 명예가 회복되었다는 것을 알게 되자, 일요일이 와도 훨씬 기분이 가벼워졌으므로 하치의 예배당에 가서도 거의 신경질적으로 되는 일은 없었다. 그러나 만지고 가까이 오기만 해도 질려 버리거나 움츠러들 만큼 섬세하고 아무래도 병적인 내 마음의 한 구석이 예배 전체의 논제가 되리라고 내 어찌 예견할 수 있었겠는가.

이 날의 예배에서는 호크야드 형제에겐 기도가, 긴브레트 형제에게는 설교가 할당되었다. 예배의 처음에 기도, 그 다음에 설교를 하게 되어 있었다. 호크야드 형제와 긴브레트 형제는 함께 연단으로 올라 갔다. 호크야드 형제는 테이블에 무릎을 꿇고는 곧 보통과 다른 기도를 드리려 하고 있었으며, 긴브레트 형제는 벽에 등을 돌리고 금세라도 웃음을 터뜨릴 것 같은 표정으로 설교하려 하고 있었다.

「나의 동포인 동시에 똑같은 죄인인 여러분, 기도의 제물을 바칩시다.」

과연 옳은 말이다. 그렇지만 그 제물이란 바로 나를 두고 한 말이었다.

「열성스럽게 기도를 드릴 수 있는 것은, 여기에 출석하고 있는 불쌍하고 죄가 많으며 교활한 한 형제를 위해서입니다. 이 아직도 각성하지 못하고 있는 형제는 이제 막 평생의 직업을 정하면서, 영국 국교회라고 하는 곳의 목사가 될는 지도 모릅니다. 이것이야말로 그 사나이가 목표로 하는 것이겠지요. 영국 국교회란 말입니다. 우리의 예배당이 아닙니다. 우리의 예배당에는 교구 목사도 부목사도 대집사(大執事)도 주교도 대주교도 없습니다만, 아아 하느님이여, 영국 국교회에는 여러 사람이 있습니다. 우리들의 죄많은 형제가 돈 모으는 일에 정신이 빠지지 않도록 지켜주소서. 아직도 깨닫지 못한 형제의 가슴으로부터 그 교활한 죄를 깨끗이 씻어 주소서.」

기도를 드리고 있는 자는 멈출 줄을 모르고 계속 말을 했지만, 뭔가 이해할 수 있는 뜻의 내용은 이것으로 끝나 있었다.

기도에 긴브레트 형제가 앞으로 나와 성구(聖句)로서, 우리 나라는 이 세상의 것이 아니다(신약성서 요한복음 18장 36절)를 (그렇게 할 것으로 내가 짐작한 것처럼) 취했다. 아아, 그렇지만 누구의 것일까요. 나와 똑같이 죄인인 여러분, 누구의 것일까요. 물론 여기에 출석한 우리들의 형제의 것입니다. 이 사람이 생각할 수 있는 유일한 나라란 현세의 것입니다. (바로 「그렇습니다!」하고 몇 명의 신도들이 동의했다.) 은화를 잃어버린 여인은 어느 분이십니까(신약성서 누가복음 15장 8절). 가서 그것을 찾았습니다. 우리들의 형제가 길을 잃었을 때는 어떻게 하겠습니까. (「가서 길을 찾지요.」하고 한 자매가 말했다.) 가서 길을 찾겠지요. 바로 그렇습니다.

그렇지만 올바른 방향과 잘못된 방향에서는 어느 쪽 길을 찾아야 하겠습니까. (「올바른 방향입니다.」하고 이번에는 한 남자 성도가 말했다.) 이것은 또한 예언자의 말씀입니다. 올바른 방향에서 길을 찾지 않으면 안 될 것입니다. 그렇지 않으면 길을 찾지 못할 것입니다. 그런데 이 사나이는 올바른 방향에 등을 돌려 버렸기 때문에 길을 발견하지 못할 것입니다. 그리고 나와 똑같이 죄인인 여러분, 교활한 것과 교활함을 초월하는 차이, 이 세상의 것이 아닌 나라와 이 세상의 나라의 차이를 보여주기 위해 우리들의 교활한 형제조차도 호크야드 형제 앞으로 편지를 쓰지 않을 수 없었던 것입니다. 여기 그 편지를 소개하겠습니다. 이 편지를 읽는 것을 듣고서 호크야드 형제가 얼마 전 하느님의 마음에 내맡긴 충실한 종(신약성서 누가복음 12장 42~48절 참조)인지 아닌지 부디 판단해 주십시오. 그때는 바로 이 장소에서 하느님은 충실하지 못한 종의 모습을 그려주셨습니다. 이렇게 말씀드리는 것은, 그렇게 하신 것이 하느님이었으며 제가 아니었기 때문입니다. 의심하지 말아주십시오.

그러고나서 긴브레트 형제는 싱글벙글 웃으면서 큰 목소리로 나의 편지를 읽었다. 그 결과 1시간이 지나서야 나를 향해 형제들이 이구 동성으로 외치고 자매들이 이구 동성으로 비명을 지르는 찬송가로 예배를 끝냈다. 그리하여 교활한 나는 돈을 버는 계획에서 완전히 실패했으며, 그 패들은 기분 좋고 사랑으로 감싸인 홍수 위에서 흔들거리고 있었다. 이렇게 해서 나는 어둠 속에서 재물의 신과 싸우고 있는데, 그들은 제2의 노아의 방주에 흔들리며 물 위를 떠돌고 있었다.

나는 상처입은 마음과 지쳐버린 정신을 이끌고 그 아수라장으로부터 퇴각했다. 그렇듯 편입한 인간들을 하느님의 위엄과 영지의 해석자로 간주해 버릴 정도로 내가 약한 인간이었기 때문만은 아니었다. 내 안에서 그야말로 교활한 마음이 조금이라도 고개를 들려는 것을 억제하려고 했던 바로 그때, 그리하여 정성스러운 노력으로 마침내 성공했다고 느끼기 그 직전에, 그들이 사실을 왜곡시켜 말했으며 또한 의미를 잘못 이해하게 되었다는 것은 자신의 불운 탓으로 돌릴 정도로 내가 나약한 인간이었기 때문이다.

제 7 장

나는 내성적이며 돋보이지 않는 성격이었으므로 대학에서도 안에 틀어박히는 일이 많았다. 나를 찾아오는 친척 한 사람 없었다. 내게는 친척이 한 사람도 없었기 때문이다. 나의 공부를 방해하는 친구도 없었다. 친구를 한 사람도 만들지 않았기 때문이다. 나는 장학금으로 자립해 나가면서 많은 시간을 독서하면서 보냈다. 그밖의 생활에 있어서는 호튼 타워에서 보냈던 시절과 별 차이가 없었다.

나는 사회의 떠들썩하고 홍청거리는 생활에는 맞지 않는

다는 것을 잘 알고 있었다. 그렇지만 영국 국교회에 조그마한 지위라도 얻게 된다면 열성스럽게, 그러나 극단적으로 치우침이 없이 본분을 다하기에는 안성맞춤이라고 생각했으며, 성직자의 자리에 취임할 수 있도록 전념했다. 순조롭게 성직에 취임하여 목사로 임명을 받은 나는 일자리를 찾기 시작했다. 우수한 성적으로 학위를 땄으며 특별 연구원의 자격도 얻었으므로, 사람을 피한 생활을 한다면 수입은 충분했다. 그리고 이 무렵까지는 몇 명인가 후배들의 개인지도 교사로 일했는데, 이 일을 통해서도 수입이 늘었고 동시에 자신에게 많은 흥미를 안겨다 주었다. 언젠가 우리 대학에서 제일 높은 학감이 이렇게 말하는 것을 우연히 듣고 크게 기뻐한 적이 있었다.

「실버맨은 부드럽게 설명하는 재능, 인내력, 성품, 양심적이라는 점에서 가장 우수한 개인지도 교사라는 보고를 받고 있다.」

이 나의 『부드럽게 설명하는 재능』이 지금 이 글 속에서도 내가 생각하는 것 이상으로 잘, 그리고 유효하게 발휘되기를 바란다.

이 시대를 돌이켜 보면, 자신이 언제나 부드러운 그늘 속에 있었다고 생각되는 것은 어느 정도까지는 대학에서의 나의 방(햇빛이 잘 들어오지 않는 구석에 있었다.)의 위치 탓도 있었는지 모른다. 그렇지만 그보다는 나 자신의 정신 상태 쪽이 훨씬 큰 영향력을 가지고 있었을 것이다. 종종 나는 대학 동료들이 햇빛을 받고 있는 것을 볼 수가 있었다. 우리 대학의 보트부의 친구들이나 그밖에 스포츠부에 들어간 친구들이 반짝반짝 빛나는 물 위라든가, 양광을 받아 산들산들 흔들리는 나무그늘에서 유쾌한 시간을 보내는 것을 볼 수가 있었다.

그렇지만 나 자신은 언제고 그늘에서 방관만 하고 있었다. 결코 냉담해서가 아니라——천만에, 절대로 그렇지 않다！——오직 혼자서 계속 방관하고 있었다. 그것은 마치 그 폐허의 그늘에서 실비아를 지켜보고 있었던 것과 똑같이, 아니면 그날 밤 폐허가 온통 어둠 속에 잠겨 있었을 때, 농가의 창문에 밝혀진 빨간 불빛을 바라보며 안마당에서 춤을 추는 스텝 소리에 귀를 기울였던 것과 똑같았다.

그런데, 조금 전에 나에 대한 학감의 칭찬을 인용한 까닭을 나는 여기서 밝히려고 하다. 이유도 없이 그것을 인용한 것이라면 아니꼽고 밉살스러운 자랑이 돼 버릴 터이므로.

내가 개인지도를 한 학생 중에 가스턴 페어웨이 준남작(准男爵)의 미망인인 레이디 페어웨이의 둘째 아들인 페어웨이 군이 있었다. 이 청년의 실력은 충분히 평균 이상이었지만 부유한 집안에서 자랐기 때문에 게으르고 사치스러웠다. 그래서 그가 나의 지도를 받게 되었을 때는 이미 늦어 버려 학위를 취득할 가능성이 없는데다, 그 후에도 수업출석 상황이 지극히 나빴으므로 나로서는 그다지 지도할 일이 없었다. 결국 절대로 합격할 가능성이 없는 졸업시험을 단념케 하는 일이 나의 의무라고 생각했다. 그 청년은 학위도 따지 못한 채 대학을 중퇴하고 말았다.

얼마 후 레이디 페어웨이한테서, 당신은 아들에게 거의 도움이 되지 못했으므로 개인지도비의 절반을 반환하는 게 당연하다는 편지가 왔다. 내가 알고 있는 한 다른 어떤 경우에도 그런 요구가 있었던 예가 없었을 뿐 아니라, 솔직히 고백하면, 그런 지적을 받았을 때까지 그것이 당연하다고는 조금도 생각지 않았었다. 그렇지만 나는 이내 그것을 알아차리고는 상대방의 말대로 돈을 반환했다.

페어웨이 군이 나간 지 2년이나 그 이상의 세월이 지나, 나도 까맣게 잊어버리고 있었던 어느 날, 내가 공부하고 있는 방으로 페어웨이 군이 느닷없이 찾아왔다.

인사를 나눈 후 그가 말했다.

「실버맨 선생님, 제 어머니가 지금 이곳에 오셔서 호텔에 묵고 계십니다. 그런데 저보고 선생님을 소개해 달랍니다.」

나는 첫 대면의 사람과 자연스럽게 응대를 하지 못하는 성격이었으며 아무래도 기가 죽어서인지 그러한 기미를 자기도 모르게 내보였던 것 같다. 청년은 대답도 하기 전에 재빨리 이렇게 말했다.

「만나시게 되면, 선생님이 원하시고 계신 국교회 안에서의 취직에도 도움이 될지 모른다고 생각합니다만.」

자신에게 득이 된다는 말에 얼굴이 달아 올랐지만, 나는 즉각 일어섰다.

그와 어울려 걷고 있는 동안에 페어웨이 군이 말했다.

「선생님은 비즈니스는 잘 하십니까?」

「잘 못한다고 생각하는데.」

「우리 어머니는 잘 하십니다.」

「정말인가?」

「예, 어머니는 흔히 세상에서 말하듯 남자를 뺨칠 정도로 능수 능란합니다. 예를 들면, 외국에 있는 우리 형이 돈을 쓰는 것에서부터 거친 습관까지도 절대로 손해되지 않도록 해주고 있습니다. 한 마디로 남자를 뺨치는 재치를 가지고 계십니다. 이건 비밀입니다.」

한 번도 내게 비밀 이야기를 한 적이 없는 사나이였으므로 나는 놀랐다. 물론 나는 비밀은 지키겠다고 약속했으며, 그 이상 자세한 것에 대해서도 묻지 않았다. 얼마 걷지 않아서 페어웨이 부인을 만났다. 페어웨이 군이 나를 자신의 어머니에게 소개하자 그녀는 내게 악수를 청했다. 페어웨이 군은 자신의 임무가 끝났다는 듯, 그럼 두 분은 이야기를 나누십시오, 하고는 나가 버렸다.

페어웨이 부인은 단정한 용모에 몸집이 컸으며 나이에 비해서는 젊어 보이는 여성이었다. 그녀가 검고 큰 눈동자로 나를 응시하자 나는 그만 당황하고 말았다.

「아들한테서 들은 것입니다만, 실버맨 선생은 국교회의 자리를 구하고 싶어하신다면서요 ?」

그렇다고 나는 대답했다.

「선생님이 알고 계신지는 알 수 없습니다만 우리들에게는 성직록(聖職祿)에 대해 추천권이 있습니다. 지금 우리들에게란 표현을 썼지만, 좀더 명확하게 말하면, 저에게 그 권한이 있습니다.」

나는 모르고 있었다고 대답했다.

「그렇습니다. 저는 성직 추천권을 두 개 정도 가지고 있습니다. 하나는 연수 이백 파운드이며, 또 하나는 육백 파운드가 됩니다. 두 가지 다 우리 주…… 아마 아시고 계시리라 믿습니다만…… 북 데번셔지요. 현재 이백 파운드 쪽이 공석입니다만, 어떻게 생각하시는지요 ?」

부인의 눈길이라든가 갑자기 하늘에서 떨어진 것 같은 행운 등으로 나는 완전히 당황해 버렸다.

「액수가 많은 쪽이 아니어서 유감이군요.」

부인은 그런 대로 냉담하게 말했다.

「물론 실버맨 선생은 유감이라고는 생각하지 않으시겠죠?
그렇게 생각하는 것은 개인의 욕심만을 앞세우는 것이 되
니까요. 그렇지만 선생님께 빗대어 말할 의도는 전혀 없습
니다…… 선생님은 욕심이 과한 분이라고는 생각지 않으
니까요.」

나는 다시 없는 열의를 가지고 말했다.

「감사합니다. 정말로 감사합니다. 만약 제게 그러한 성격의
일면이 있다고 생각하는 것만으로도 저는 깊은 상처를 입을
것입니다.」

「그렇겠죠. 언제든 그건 언짢은 일이지요. 특히 목사와 같은
경우에는 말이죠. 그런데 선생님은 그 직을 수락할 마음이
있는지 없는지 아직 대답하시지 않았어요.」

나는 즉시 사과했으며 쾌히 수락하겠다고 말했다. 혹시 제가
저도 모르게 지나치게 공치사 하는 꼴사나운 모습을 보였다면
부디 오해하지 말아 주십시오. 그것은 제가 놀라거나 마음으
로부터 감동하게 되면 그 즉석에서 재치있는 답변을 할 줄
모르는 인간이라서 그렇습니다, 라고 말하자

「이것으로 한 건이 낙착됐군요.」

부인이 말했다.

「한 건은 해결되었습니다. 일은 대단히 편한 것이에요. 실
버맨 선생님. 멋있는 집에, 멋지고 아담한 정원에, 그리고
과수원도 딸려 있어요. 제자를 받으셔도 됩니다. 그런데……
아니, 그 건은 나중에 말씀드리기로 하지요. 그런데 제가
무슨 말씀을 드리려고 했던가요?」

마치 내가 알고라도 있는 것처럼 부인은 나를 똑바로 쳐
다보았다. 그래서 나는 다시 당황하고 말았다.

얼마 동안 생각한 다음 부인이 말했다.

「아아, 그렇군요. 나라는 사람은 정말로 멍청이입니다. 전번의 목사님은…… 지금껏 제가 뵌 분 중에서 가장 욕심이 없는 분이셨습니다만…… 이렇듯 일이 편하고 마음편히 지낼 수 있는 집이므로, 그 보답으로 편지나 회계 계산 등 그런 자잘한 일, 아니 사실 그 자체는 아무것도 아니지만, 여성이 처리하기에 골치가 아파지는 그런 일을 도와 주시지 않으면 안 된다고 말씀해 주셨습니다. 실버맨 선생님은 어떠실는지요…… 아니면 이 제가…….」

저와 같은 보잘 것 없는 사람의 도움이라도 좋으시다면 무엇이든 말씀해 주십시오, 하고 나는 말했다.

「저라는 여자는 정말로 운이 좋군요.」

눈을 치켜뜨면서 부인이 말했다.

『욕심쟁이』라는 말에 부인은 몸을 떨었다.

「생각만 해도 견딜 수 없는 그런 분과 가까이 지내게 되어서. 그럼, 이번에는 제자에 관한 이야기를.」

「예 ?」

나는 그야말로 당황해 버렸다.

「실버맨 선생님. 어떤 아가씨가 제자가 될지 선생님은 전혀 짐작도 안 되시겠죠. 그 제자는.」

부인은 내 팔소매를 가볍게 건드리면서 말했다.

「이 세상에서 가장 비범한 아가씨라고 저는 믿고 있습니다. 이미 여왕 젠 그레이(1537~54. 1553년 에드워드 6세가 죽은 후 책략으로 여왕이 되었지만 9일만에 퇴위. 왕위 찬탈자로서 사형되었다. 학문을 좋아하고 특히 그리스 어 및 라틴 어에 조예가 깊었음.)보다 빨리 그리스 어나 라틴 어를 익혔습니다.

그것도 독학으로요. 그렇지만 아시겠습니까, 실버맨 선생의 고전에 관한 해박한 지식으로부터는 아직 조금의 지도도 받지 못하고 있습니다. 수학은 말할 것도 없고요. 반드시 익히겠다고 결심하고 있습니다만. 그리고 (뭡니까, 아들이나 그밖의 사람들에게서 들은 바에 의하면) 실버맨 선생님의 명성은 그쪽에서 대단하다고 하던데요.」

부인이 뚫어지게 쳐다보면 나는 이야기의 맥락도 전혀 알지 못하고 어느 사이엔가 그녀에게 설득을 당해 버렸다. 더구나 어느 부분부터 맥락을 알 수 없게 되었는지조차 알지 못했다.

「아델리나는.」

부인이 말했다.

「나의 외동딸입니다. 자식 사랑에 눈이 멀어 제대로 본 것인지는 모르겠습니다만 게다가 실버맨 선생이 딸을 알게 된 후 딸의 공부를 돌봐 주는 일을 귀중한 특권이라고 생각해 주실지 어떨지, 저로서는 매우 의문입니다만…… 다소 욕심을 부려 이야기를 하면 선생님에게 얼마의 사례를…….」

나는 부인에게 제발 더 이상 말하지 말아 달라고 부탁했다. 부인은 내가 딱한 얼굴이 되어 있는 것을 보고 내 부탁을 들어 주었다.

제 8 장

만약 어쩌면 오빠가 마음내키면 몸에 익혔을지도 모를 지성의 전부와, 그 딸 이외에는 그 누구도 몸에 익힐 수 없는 우아한 매력과 훌륭한 성질의 모든 것——이것이 아델리나였다.

나는 그녀의 아름다움을 길게 늘어놓을 생각은 없다. 나는 그 지성, 빠른 이해, 기억력 등 멋진 재능의 개화(開花)를 돕는 우둔한 교사에게 바친 상냥한 배려 등에 대해서 길게 말할 생각은 없다. 당시 나는 삼십 세였다. 지금은 육십을 넘었지만, 그 무렵에 반짝반짝 빛나며 아름답고 젊으며 총명하고 정열적인 동시에 마음씨도 고왔던 그녀의 모습은 지금도 여전히 내 마음 속에 살아 있다.

내가 그녀를 사랑하게 되었다고 깨달은 것이 언제였는지 나는 말할 수 없다. 첫날이었을까, 첫 주였을까, 아니면 첫 달이었을까. 확실히 알지 못한다. 그녀의 매력과 떼어서 나의 젊은 날의 인생을 상상할 수 없다면(현재 그렇지만), 그러한 자세한 것까지 책임있는 답변 같은 것이 가능할 리가 없다.

언제 깨달았건간에 이것은 나에게 가혹하고 무거운 짐이 되었다. 그렇지만 좀더 후에 짊어지게 될 이보다 훨씬 가혹하고 무거운 짐과 비교하면, 그것은 견딜 수 없을 정도였다고는 생각되지 않는다.

나는 그녀를 사랑하게 되었으며, 평생 동안 사랑했다. 그리고 가슴 속 깊이 나만의 비밀로서 간직하게 되리라는 것을 알면서도 변할 수 없는 기쁨과 자랑스러움, 위안 같은 것이 아픔에 뒤섞여 느껴졌다.

그렇지만 후에 가서——그로부터 1년 후에——별도의 것을 깨닫게 되었을 때의 나의 괴로움과 갈등은 그야말로 대단했다. 이를 깨닫게 된 별도의 일이란——.

이 말은 결코 햇빛을 보지 못할 것이다. 나의 마음이 흙 속에서 잠들 때까지. 그리고 그녀의 생기에 넘치는 영혼이 이 세상의 육체에 깃들어 있는 동안 잠시 보여준 하느님의 나라로 돌아가는 날까지. 또한 우리들의 주변에서 언제나 맥박치고 있는 고동의 모든 것이 오랫만에 조용해지는 날까지. 그리고 우리의 조그마한 가슴에 깃든 사소한 승리와 패배의 슬픔과 기쁨의 온갖 것이 완전히 시들어 버리는 날까지. 내가 깨달은 별도의 일이란 것은 그녀도 나를 사랑한다는 사실이었다.

나의 학식을 과대 평가했는지도 모른다. 그래서 나를 사랑한 것이다. 내가 그녀에 대한 의무를 다한 것을 과대 평가했는지도 모른다. 그래서 나를 사랑한 것이다. 그녀의 말에 의하면, 빛을 가려 한쪽만을 비추고 있는 손전등처럼 세상의 일면만을 바라보는 무지를 가끔씩 일깨워 준 익살스런 배려를 순화하고 있었는지도 모른다. 그래서 나를 사랑한 것이다. 내가 단지 공부만을 하여 간접적으로 받은 빛과, 그 광원(光源)인 순수한 영지(英知)의 빛이 뒤섞였는지도 모른다. 아니, 그렇게 된 게 분명하다. 그렇지만 당시 그녀는 나를 사랑했으며, 그 사실을 내게 말해 주었다.

명문 귀족이라는 자랑과 부를 지니고 있다는 자랑을 잊지 않는 부인의 눈으로 보면, 나는 마치 은혜를 베풀어 길들여진 뭔가 별종의 생물이라도 되듯이 그녀의 손이 닿지 않는 곳에 있다는 이야기가 된다. 그렇지만 근본적으로 나는 자신의 가치와 그녀의 가치를 비교해 보고, 그 이상으로 나는 그녀의 손이 닿을 수 없는 곳에 있다고 자각하고 있었다. 게다가 상상 속에서 그렇듯 고결하고 굳은 신뢰를 틈타 태어난 권리로 그녀가 소유하고 있는 재산을 내가 장악하고, 그녀의 아름다움과 재능의 절정이 가난하고 우둔하며 초라한 나에 의해 묶이는 그림을 상상해 보면 그야말로 어처구니없는 모독 행위로 여겨져 견딜 수 없었다.

아니, 어떠한 희생을 치르는 한이 있더라도 이 점에서는 약삭빨라서는 안 된다. 다른 문제에서도 지금껏 나는 그렇게 노력해 왔으므로, 이와 같은 신성한 문제에서는 한층 더 노력하지 않으면 안 된다.

그렇지만 그녀는 마음이 넓은 관용스러운 성격인 반면에 어딘지 매우 대담한 부분이 있었으므로, 매우 미묘한 국면에서는 세심하게 신경을 써서 여유를 가지고 이야기해 줄 필요가 있었다. 여러 날 괴로운 밤을 보낸 후(아아, 나는 이런 때에도 순수하게 정신적인 고통의 눈물을 흘릴 수가 있었던 것이다.) 나는 결의를 굳혔다.

처음 만났을 때 부인은 무의식 중이었겠지만 멋있는 나의 집의 시설에 대해 과대 선전하고 있었다. 나의 집은 제자를 고작 한 명 받아들일 여유밖에 없었다. 나의 제자인 그 젊은 청년은 곧 성인이 되었다. 그의 친척들은 모두 쟁쟁한 인물들이었는데, 그는 말하자면 그들 가계에서는 이른바 처지는 축에 드는 인물이었다. 부모는 이미 사망하였으므로 그의 생활비와 교육비는 큰아버지가 담당했다. 그래서 청년은 스스로 인생을 개척해 나갈 수 있도록 앞으로 3년 동안은 나와 함께 전력을 다해 공부하기로 했었다. 이 무렵엔 벌써 2년째로 접어들고 있었다.

미모의 청년이었으며 현명했고 원기 왕성한 데다가 열중하는 성격으로 배짱 또한 두둑했었는데, 이와 같은 것들을 좋게 해석하여 그는 아주 전형적인 영국인이었다.

나는 이 두 사람을 결합시켜 주려고 결심했다.

제 9 장

그녀를 체념한 후의 어느 날 밤, 나는 말했다.
「그란빌 군.」
그의 이름은 그란빌 워튼이었다.
「자네는 페어웨이 아가씨와 이미 몇 번 만났겠지?」
「농담이시겠죠, 선생님.」
그가 웃으면서 대답했다.
「선생님은 혼자서만 만나시고 다른 사나이에게는 만날 기
회를 주시지 않으셨잖아요.」
「그건 내가 그녀의 선생이니까 그렇잖은가?」
내가 말했다.
그때의 대화는 그 정도로 끝났다. 그렇지만 나는 얼마 후에
두 사람이 만날 수 있도록 획책했다. 그러나 그것은 그 이전
에도 둘 사이를 더 떼어놓기 위한 것이었다. 왜냐하면 내가
그녀를 사랑하고 있는 동안에는——즉 희생을 결의하기 전
에는——그란빌 군에 대한 질투심이 나의 볼품없는 가슴 속
에서 부글부글 타오르고 있었기 때문이다.

페어웨이 파크의 저택에서 그 두 사람이 일상적인 대화를
나눌 수 있도록 주선했지만, 둘은 한동안 시시껄렁한 대화만
계속했다. 그렇지만 친구는 친구를 부른다고 했다. 게다가 두
사람에게는 많은 공통점이 있었다. 그날 밤 나와 저녁 식사를
하면서 그란빌 군은 나를 보고 이렇게 말했다.

「페어웨이 아가씨는 대단한 미인이더군요, 선생님. 그리고
대단히 매력적이기도 하고요. 그렇게 생각지 않으십니까,
선생님!」

나는 「그렇지.」 하고 말했다. 그리고는 힐끔 쳐다보니 그는

얼굴을 붉게 물들이고 흥분해 있었으며, 황홀한 생각에 잠겨 있는 것 같았다. 나는 무엇보다도 그것을 선명하게 기억하고 있다. 왜냐하면 이렇듯 자잘한 일 때문에 내가 맛본 엄숙한 기쁨과 가슴을 콕콕 찔러 오는 통증이 뒤섞인 복잡한 기분은 그 후에도 오래도록 나를 괴롭혔으며 나의 머리카락을 희게 바꾸어 놓게 되는 희비(喜悲)가 엇갈린 생각을 갖게 된 최초의 일이었기 때문이다.

나는 실제로 그렇게 할 필요가 없었지만 모든 점에서 실제보다 나이가 든 것처럼 꾸몄다(사실 나의 마음은 아직 젊었으면서도). 그리하여 일찍 세상을 포기한 사람 또는 책벌레인 척 자신을 가장했으며 점차적으로 아델리나에 대해서는 아버지와 같은 태도를 보이는 척했다. 마찬가지로 나는 수업에 대해서도 전보다 상상력이 결여된 모습을 보여주었으며, 나와 시인과 철학자를 떼어내어 그들 본래의 영지가 돋보이도록 신경을 쓰면서 그들의 천한 종인 나는 본래의 은둔자의 위치로 물러서려고 했다.

더 나아가서 복장에 대해서도 똑같이 신경을 썼다. 지금까지는 말쑥한 차림을 하려고 노력했다면 이제부터는 가능한 한 깔끔하지 않도록 노력했다.

한 쪽 손으로는 스스로를 함정에 빠뜨리면서 또 한 손으로는 그란빌 군의 용기를 북돋아 주려고 했으며, 특히 그 아가씨가 흥미를 느끼고 있는, 내가 잘 알고 있는 화제에 그가 주의하도록 유도했다. 그리하여 나의 오직 하나의 장점이 그의 내부에서 발휘되도록 만들어 나갔다(이 글을 읽는 미지의 분들이시여, 부디 이와 같은 표현을 오해하지 말아 주십시오. 나 역시도 이런 글을 쓰는 건 괴롭습니다.). 그리하여 점차 내가 의도했던

대로 이루어져 가고 있는 것을 바라보고 있으면, 사랑의 신은
그란빌 군을 끌어당기는 반면 나로부터는 더욱더 멀어져 가는
것을 느낄 수 있었다.

　이런 식으로 다시 1년이 지났다. 2년 동안 나는 매일매일
엄숙한 기쁨과 가슴을 찌르는 아픔이 뒤섞인 혼란 속에서
지냈다. 그 후 성인이 되어 법적으로 자유롭게 행동할 수 있게
된 두 사람은 손에 손을 잡고 (이때는 내 머리카락이 완전히
희어져 있었다.) 내 앞에 나타나 제발 결혼할 수 있게 해달라고
부탁했다.

「정말로 ! 」

하고 아델리나가 말했다.

「처음 만났을 때 선생님이 계시지 않았으면 우리는 절대로
　같이 이야기를 나누지 않았을 것이며, 또한 선생님이 계시지
　않았으면 그 후에도 우리는 이렇듯 자주 만나지 못했을
　것입니다. 이렇게 생각해 보면 우리 두 사람의 결혼식을
　주선해 주실 수 있는 분은 선생님 말고는 아무도 없습니다.」

　이것은 모두 글자 그대로 사실이었다. 그것은 내가 부인에게
사무상의 많은 일을 시중들거나 의논에 응하여 도움이 되어
주고 있었으며, 그때마다 그란빌 군을 저택으로 데리고 가서
다른 방에서 아델리나와 단둘이 있게 해주었던 것이다.

　부인은 자기 딸이 이와 같은 결혼을 하는 것에 대해 아니
오히려 동산, 부동산, 금전의 교환 거래 이외의 어떤 결혼에도
반대하리라는 것을 나는 알고 있었다. 그렇지만 두 사람을
바라보고, 젊고 아름다운 두 사람을 정당하게 평가하고 한동
안의 젊음과 아름다움 이상으로 오래 지속되는 취미나 학식을
가졌다는 점에서 두 사람은 그야말로 잘 어울리는 한 쌍이라는

것을 알게 되었다. 아델리나에 대해서는 지금 자기 자신의 재산으로 여기고 있으며, 더 나아가서 지금은 분명히 그란빌이 가난하지만 프레스턴의 지하실 같은 데서 생활해 본 일이 없는 명문 출신이라고 생각했으며, 또한 서로가 그렇듯 크게 어울리지 않는다고는 생각하지 않았으므로, 두 사람의 사랑은 오래 지속될 것이라 믿고 나는 이렇게 대답했다.

「당신들 두 사람의 부탁을 기꺼이 받아들이지요, 그리하여 두 사람을 기다리고 있는 눈부신 세계로 황금의 문을 통해서 남편과 아내로서 두 사람을 배웅하도록 하겠소.」

이렇듯 일단락을 지은 일에 대해 유종의 미를 장식하기 위해 해 뜨기 전에 일어나 마음을 진정시키려고 한 것은 어느 여름날 아침의 일이었다. 내가 살고 있던 집은 바다에 가까웠으므로, 장엄하기 이를 데 없는 일출 광경을 보려고 바닷가로 내려갔다. 대해와 천공에 퍼지는 깊은 정적, 정연하게 물러가는 새벽별, 고요 속에 다가오는 새벽. 하늘과 바다 표면을 엷게 붉은 빛으로 물들이는 새벽 노을. 이때 갑자기 등장한 형언하기 어려운 장려한 빛이 어지러운 내 마음을 정화시켜 주었다. 내가 본 일체의 것들은, 그리고 내가 바다와 하늘로부터 들은 일체의 것들은 나에게 이렇게 말해 주는 것 같았다.

『죽어야 할 자여, 평안하소서. 너의 생명은 그지없이 짧다. 상상하기도 어려운 오랜 세월에 걸쳐 오게 되어 있는 세상의 준비는 계속되었으며 또한 앞으로도 계속돼 나갈 것이다.』

나는 두 사람의 결혼식을 거행해 주었다. 꼭 쥔 두 사람의 손 위에 얹은 나의 손은 돌처럼 차가웠다. 그렇지만 이와 같은 일에 따라야 할 말을 나는 조금도 더듬거리는 일 없이 계속 지껄였다. 그리하여 마침내 나는 편안한 마음이 되었다.

우리들만의 간단한 아침 식사가 끝난 후 두 사람이 나의 집으로부터 그리고 이 고장으로부터 무사히 떠나가자, 두 사람에게 약속한 나의 임무를 수행해야 할 때가 되었다——부인에게 이 사실을 털어놓는 일이었다.

저택으로 가보니 부인은 언제나와 같이 집무실에 있었다. 그 날은 다른 때와 달리 내게 맡길 일이 산처럼 쌓여 있었기 때문에 한 마디도 꺼내기 전에 나는 서류더미 속에 파묻혀 버리고 말았다.

「부인.」

테이블 옆에 서서 내가 말을 끄집어 냈다.

「예, 뭐 할 말이 있습니까?」

올려다 보며 부인이 물었다.

「대단한 것은 아닙니다. 오히려 부인께서 마음의 준비를 하시고 조금 생각해 본 다음에 하려고 합니다.」

「마음의 준비를 하고서라고요? 그리고 조금 생각해 보고서라고요? 당신 쪽이야말로 마음의 준비가 제대로 돼있지 않은 것 같은데요, 실버맨 씨.」

그녀가 똑바로 쳐다보면 언제나 당황해 버리는 나이므로 이렇게 놀림을 당해도 어쩔 수 없었다.

내가 변명 비슷하게 말을 한 것은 이때뿐이었다.

「부인, 제가 해야 할 일은 자기로서의 의무를 다하려고 노력해 왔다고 해명하는 일뿐입니다.」

「자기로서라고요?」

부인이 맞받아 말했다.

「그렇다면 다르게 관계가 있는 사람이 있다는 이야기군요. 그게 도대체 누굽니까?」

내가 막 대답하려고 했을 때, 부인은 빠른 걸음으로 벨 쪽으로 가서 나의 말을 가로막으며 말했다.

「아니, 아델리나는 어디 있지?」

「용서해 주십시오. 마음을 침착하게 가져 주십시오. 부인, 오늘 아침 저는 따님과 그란빌 워튼 군의 결혼식을 거행했습니다.」

부인은 입술을 꼭 다물고 나를 노려 보더니 오른손을 들어 나의 볼을 철썩 하고 때렸다.

「그 서류를 돌려 줘요, 그 서류를 돌려 달라니까.」

내 손에서 잡아 채간 서류를 부인은 테이블 위로 획 하고 내던졌다. 그리고는 자기 의자에 털썩 주저 앉은 다음, 팔짱을 끼고 뜻밖의 꾸지람으로 내 심장을 찔렀다.

「당신이란 사람은 정말 교활하고 부끄러움을 모르는 사람이군요.」

「교활하다고요?」

나는 큰소리로 외쳤다.

「교활하다고요?」

부인은 나를 빗대어 다시 없이 경멸하는 말투로 말을 이어갔다.

「여기에 있는 사람은 책 이외에는 무엇 하나 흥미가 없으며 사욕(私慾)이 없는 학자 선생님입니다. 여기 있는 이 사람은 어떤 장사꾼한테도 속아넘어가는 마음 착한 사람이지요. 여기 있는 사람은 실버맨 선생님입니다. 이 세상 사람이 아닙니다. 이 세상의 못된 지혜에는 손도 발도 내밀지 않은 착하디 착한 사람입니다. 오직 하나의 목적만을 추구하는 사람이며, 이 세상의 겉과 안에 대해서는 쫓아가지 못하는 사람이지요. 그런데 교환 조건으로 그 사나이한테서 뭘 받았나요?」

「교환 조건으로…… 뭘 받았느냐고요…… 누구한테요?」

「얼마인가요?」

팔걸이 의자에서 몸을 앞으로 내밀며 나를 모욕하듯이 오른손으로 손바닥을 두드리면서 부인이 말했다.

「그란빌 워튼 씨는 아델리나의 돈을 손에 넣는 데 당신한테 얼마의 돈을 내놓겠다고 했나요? 아델리나의 재산 중 당신의 몫은 얼마입니까, 조지 실버맨 목사님. 당신이 결혼을 허가해 주고 그 아이를 그놈의 것으로 만들었을 때, 그 협정에서 당신이 내건 지불액은 얼마였습니까? 그것이 어떤 것이었건 아마 자기에게 유리하도록 요구했겠죠. 당신의 빈틈 없는 점에는 그놈도 거의 승산이 없었을 거예요.」

그야말로 너무하다고 말할 수 있는 부인의 억지에 어처구니가 없어진 나는 그만 멍청해져서 한 마디도 할 수가 없었다. 그렇지만 그건 사실과 다르므로 틀림없이 그때의 나는 결백한 얼굴을 하고 있었을 것이라 생각된다.

「들어 봐요, 마음을 놓을 수 없는 위선자님.」

말을 함에 따라 더욱더 노여움이 커진 부인이 말했다.

「내가 하는 말을 잘 들어요. 당신이라는 사람은 내가 감히 생각할 수도 없었던 늙은 너구리예요. 그와 같은 일을 아무도 모르게 해치운 약아빠진 사기꾼이구요. 딸에 대해서는 내 나름의 계산이 있었지요. 명문과 인척 관계에도 계산이, 그리고 재산에 대해서도. 그런데 당신이 모두 망쳐 놨어요. 나를 속이다니…… 그렇지만 나는 일에 방해를 받거나 사기를 당하고도 아무 보복도 하지 않고 그대로 물러나는 그런 사람은 아녜요. 당신은 이 성직에 계속 머물러 있을 생각인가요?」

「부인께 이런 모욕을 받고, 어찌 한 시간인들 더 머물러 있을 수 있겠습니까?」

「그렇다면 사임하는 건가요?」

「부인, 마음 속으로는 이미 몇 분 전에 사임했습니다.」

「애매한 말은 쓰지 마십시오. 분명히 사임하는 거죠?」

「네, 분명히. 완전하게. 애초에 이런 데 발을 들이지 말았어야 했을 것이라고 생각합니다.」

「그게 소원이라면 제가 그 소원을 이루게 해드리죠, 실버맨 씨. 잘 들으십시오. 만약 당신이 사임하지 않는다면 이 내가 박탈했을 것입니다. 그리고 사임을 했다고 해도 당신이 생각하는 것처럼 그렇듯 간단히 내 손에서 벗어나지는 못할 것입니다. 언제까지나 따라다니면서 괴롭힐 테니까요. 그리고 돈을 목적으로 한, 그와 같은 극악 무도한 음모를 만인에게 공표할 생각입니다. 이 일로 당신은 한재산 만들었겠죠. 그렇지만 동시에 당신은 적을 만들어 버렸어요. 돈이 당신에게서 떠나지 않도록 신경을 쓰도록 하세요. 나도 적이 당신에게 달라붙어 떨어지지 않도록 신경을 쓸 테니까요.」

나는 말했다.

「부인, 저는 슬픔으로 가슴이 찢어질 것 같습니다. 방금 이 방으로 들어올 때까지 부인이 제게 뒤집어 씌운 천박한 악의를 저는 꿈에서도 가져 본 일이 없습니다. 부인의 의심은…….」

「의심이라고요, 흥.」

부인은 분연히 말했다.

「절대로 그렇지 않습니다.」

「부인은 절대로 그렇지 않다고 말씀하시지만, 저는 그것을 부인의 의심이라고밖에 말할 수가 없습니다. 어쨌든 그러한 의심은 완전히 사실 무근이며, 대단히 억울한 처사입니다. 내 자신의 이익이라든가 욕심 때문에 그렇게 행동한 것이 아니라는 것 이외에는 이제 아무것도 말씀드릴 게 없습니다. 이번 일에서 저는 자신의 일 같은 건 조금도 생각하지 않았습니다. 다시 한 번 말하겠습니다. 저의 가슴은 슬픔으로 찢어질 것만 같습니다. 만약 제가 올바른 동기에서였다고 하더라도 본의 아니게 남에게 상처를 입혔다고 하면, 그러한 상처야말로 제가 당하지 않으면 안 될 벌일 것입니다.」

부인은 한층 더 화가 나서 「흥.」 하고 코웃음을 쳤다. 그러고나서 나는 부인의 방을 나왔는데(너무나 흥분한 나머지 앞이 안 보여 두 손으로 더듬어 출구 쪽으로 갔다.), 나의 목소리에는 혐오감을 느끼게 하는 그런 요소가 들어 있어서, 내 자신이 혐오감을 느끼게 하는 인물인가 하고 스스로 반성할 정도였다.

그 후 대단한 소동이 일어났으며, 주교에게 진정되어 나는 엄격하게 징계 처분을 받았다. 아슬아슬하게 성직 박탈만은 모면했지만, 그 일은 여러 해를 두고 나의 생애에 어두운 그림자를 드리우게 했다. 나는 오명을 뒤집어 쓰고 근신해야 했다. 그렇지만 슬픔으로 가슴이 찢어질 것 같다는 일에 죽음까지 포함된다면, 나는 슬픔으로 가슴이 찢어질 정도는 아니었다. 그것은 내가 이를 견디며 끝까지 살아 나왔기 때문이다.

아델리나와 그의 남편은 그 동안 계속 나의 힘이 되어 주었다. 대학에서도 나를 알고 있던 사람들이나, 그곳에서 그저 소문만 듣고 있던 사람들까지도 나의 힘이 되어 주었다. 조금씩, 내가 그런 잘못을 저지를 사람이 아니라고 믿는 사람이 불어갔다. 그래서 마침내 나는 변두리에 있는, 대학이 제공하는 성직에 추천을 받아 지금 그곳에서 이 해명의 글을 쓰고 있다. 여름날 열어제친 창문 밑에서, 건전한 마음이건 상처를 입은 마음이건 또는 슬픔으로 찢어진 가슴이건 똑같이 영원한 안식을 안겨다 주는 장소인 교회묘지를 바라보며 이 글을 쓰고 있다. 글을 읽어줄 사람이 과연 있는지 없는지조차 알 길이 없지만, 나 자신이 마음의 안정을 얻기 위해 나는 지금 이 글을 쓰고 있다.

■해 설 ————————————————————————

《크리스마스 캐럴 *A Christmas Carol*》

　영국 작가 중에서 친근감을 주는 사람을 들라면 어른이나 어린이 할 것 없이 누구나 찰스 디킨스를 들 것이다. 그만큼 그의 문학은 온 세계의 독자들에게 깊은 감명을 주어 왔다. 디킨스는 빅토리아 왕조 시대의 영국의 전형적 작가일 뿐만 아니라 그가 죽은 뒤 1세기가 지난 오늘날에도 영국의 국민적 작가이며 위대한 소설가로서의 명성과 가치를 잃지 않고 있다. 앙드레 모로아는 디킨스를 가리켜 「자기 나라와 민족을 그렇게까지 정확하게 표현한 작가는 드물다.」고 말했다. 디킨스가 영국 문학을 위해 바친 공적은 그것뿐이 아니다. 그가 생존했던 당시 눈부실 정도의 속도로 발전을 거듭한 영국 사회의 이면과 밑바닥에 깔린 모순 때문에 빈곤에 울고 허덕인 사람들의 문제를 정면으로 취급하여 세론을 불러일으켜, 위정자로 하여금 사회 개혁에 이르도록 만드는 것이 그의 문학의 역할이었다는 것은 유명한 이야기다. 그렇다고 디킨스는 급진적인 사회 혁명을 꾀한 일도 없고 이것을 선동한 일도 없었다. 오로지 그는 작품을 통하여 국민 각자의 양식에 기대하여 동포에 대한 사랑과 자비와 관용을 실천할 것을 호소한 인도주의자였다.

찰스 디킨스는 1812년 2월 7일, 영국 남해안의 군항 포츠머드에서 가까운 랜드포트에서 태어났다. 아버지는 해군 경리부의 서기로 있었으며 신사로서의 체면을 갖춘 사람이었다. 그러나 상냥하고 낙천적인 기질에 경제 관념이 없어서 여덟 자녀를 거느린 살림은 넉넉하지 못했다. 이 여덟 형제 중에서 디킨스가 장남이었고 위로 누님이 하나 있었다. 뒷날 디킨스의 대표작 《데이비드 커퍼필드》에 나오는 미코버 씨는 아버지를 모델로 했다고 한다. 어머니는 같은 해군 경리부에서 상당한 지위에 있던 사람의 딸로서 순진하고 마음은 착했으나 다소 허영심이 많은 여자였다고 한다. 디킨스의 《니콜라스 니클비》에 나오는 니클비 부인은 어머니를 모델로 했다고 전해진다. 디킨스의 할아버지는 머슴 신분에서 입신하여 어느 대가의 청지기가 된 사람이고, 할머니 역시 여자 종의 우두머리였다고 한다. 따라서 아들이 정부의 관리가 되고 그들보다 가문이 좋은 집안의 딸과 결혼한 것은 확실히 그들로서는 사회적 지위의 향상을 뜻하는 것이었다.

1817년 디킨스가 5세 때 아버지는 켄트 주에 있는 항구 도시 채텀으로 전근하게 되었다. 어린 디킨스로서 가장 행복한 지절을 보낸 것은 채텀에서 살게 된 몇 해 동안이었다. 이 도시의 큰 해군 시설이나 인접한 로체스터의 큰 회당이나 석고질의 밝은 언덕을 위에 둔 채텀의 거리와 부근의 자연은 다감한 소년의 마음에 깊은 인상을 새겨 주었다. 그 무렵 디킨스네 가족이 살고 있던 집은 지금도 시가지 한쪽 언덕에서 바다를 바라보고 있으며, 그곳에서는 잉글랜드의 정원이라고 불리는 켄트의 아늑한 풍경이 한눈에 보인다. 뒷날 채텀 시절을 거의 유일한 행복했던 추억의 시절로서 그리워했던 것은, 당시 그의 가정 생활이 순조로웠던 때문만이 아니고 이 고장 자체가 매우 아름다웠기 때문인 것 같다. 성공한 디킨스가 만년에 로체스터 근방의 넓은 도버 가도를 내려다 볼 수 있는 개즈힐에 큰 저택을 마련한 것은 결코 우연한 일이 아니다. 이 채텀에서 지낸 마지막 2년간을 디킨스는 누나와 함께 학교에 다녔다. 독서를 좋아하는 소년 디킨스의 마음을 강하게 이끈 것은 교과서보다도 역시 아버지의 서재에 꽂혀 있는 문학서적이었다.

1822년 아버지가 런던으로 전근한 무렵부터 집안 살림이 기울기 시작했다. 아버지의 월급은 빚을 갚기에도 모자랄 정도였다. 어머니는 옷을 전당포에 맡기고 가구를 팔아 겨우 살림을 꾸려가는 형편이었다. 마침내 파탄이 일어났다. 아버지가 빚을 갚지 못해 투옥되었던 것이다.

이 사건이 생기기 열흘 전부터 12세의 어린 디킨스는 구두약 공장에 나가 일하게 되었다. 정부 관리의 아들에서 공장의 소년 노동자로의 전락은 어린 디킨스의 가슴에 참을 수 없는 굴욕과 슬픔을 심어 놓았다. 집세도 지불할 능력이 없어진 어머니는 집을 정리하고, 당시 가족의 동거를 허락했던 감옥으로 거처를 옮겼다. 그 뒤 소년 디킨스는 생활의 무거운 짐을 한꺼번에 짊어지게 되었다. 조금이라도 값싼 음식을 구하려고 런던 거리를 날마다 헤매다닌 절망적인 고독감에 대해 디킨스는, 「만일 하느님의 가호가 없었다면 그 당시 나는 누군가 조금만 눈짓을 해주는 것만으로 도둑이나 깡패의 부하가 되었을지도 모른다.」고 말했다.

그러나 이런 경험은 작가 디킨스를 형성하는 데 있어서 적어도 두 가지 점에서 중요한 공헌을 했다. 첫째는 가난하고 불쌍한 사람들에 대한 깊은 이해와 동정이다. 더욱이 어려운 환경에서 고생하는 어린이에 대한 동정과 그 고통의 원인이 되는 것에 대한 분노는 그의 작품의 여러 곳에 표현되어 독자에게 깊은 감동을 준다. 둘째는 어려운 환경 속에서 스스로 배양한 날카로운 관찰의 눈이다. 주말이면 가족과 함께 지낸 감옥 속에서 그가 보았던 것이, 디킨스의 출세작이 된《피크위크 페이퍼스》속에 선명하게 그려져 있다. 게다가 디킨스가 창조한 특이한 인물들도 그의 예리한 인간 관찰에 힘입은 바가 크다. 악몽에 떨고 있는 어린이의 눈을 통해 이들 인물이 그려져 있는 것도 소년 시절을 어려운 환경 속에 지낸 디킨스의 과거를 여실히 말해 주는 것이다.

몇 달 뒤 아버지가 석방되자 얼마간의 유산도 받게 되어 디킨스는 다시 학교에 들어갈 수 있었다. 1827년 15세 때 그는 어느 변호사 사무실에 근무하게 되었다. 여기서의 생활은 그에게 온갖 인생을 가르쳤고 사무실의 심부름은 런던 거리에 대한 풍부한 지식을 그에게 주었다. 그러나 디킨스는 법률가가 될 생각이 없었다. 마침 아버지가 관청을 그만두고 중의원에서 일하게 된 것이 인연이 되어 디킨스도 속기술을 배워 민법 박사회에서 일을 하게 되었다. 그러다가 20세 때 신문사에 들어가게 되었다. 이윽고 의회 통신 기자가 된 그는 기민하고 재치 있는 재능을 발휘하여 청년 저널리스트로 성장했다.

그가 은행가의 딸 비드넬과의 사랑에 실연한 것도 이 무렵의 일이다. 디킨스가 민법 박사회에 속기사로 있을 때 그녀를 처음 만나 둘은 서로 사랑하게 되었다. 그러나 그녀의 양친은 가난한 청년과의 결혼을 반대하고 딸을 파리로 보냈다. 첫사랑에 고배를 마신 쓰라린 상처는 그의 자서전적 대표작《데이비드 커퍼필드》속에 미화되어 데이비드의 아내 도라의 모습으로 아름답게 그려져 있다. 디킨스의 이상적 여성상이라고 한다.

기자 생활이 익숙해지자 디킨스는 일어난 사건을 그대로 보도한다는 일보다 자기의 눈을 통해 표현해 보고 싶은 욕망을 품게 되었다. 1833년 〈먼슬리 매거진〉 12월호에 그의 최초의 창작을 실었다. 그것은 당시의 생활이나 풍속을 묘사한 스케치였다. 첫 작품이 실렸을 때의 감동에 대해 디킨스는 「기쁨과 자랑으로 눈앞이 흐려져 자기도 모르게 길가에 멈춰서고 말았다.」고 말했다. 이 성공에 용기를 얻어 그는 계속 다른 잡지에도 작품을 발표했으며 그의 청신한 작품은 삽시간에 세상의 주목을 받게 되었다. 이 풍속 스케치는 《보즈의 스케치집》이라는 제명으로 두 권에 수록되어 1836년에 간행되었다. 디킨스가 24세 때의 처녀 작품집이다.

이 처녀 출판이 있기 얼마 전에 디킨스는 한 출판사에서 특이한 글을 부탁받았다. 당시 삽화가로서 유명한 로버트 시머의 그림에 곁들이는 글을 써 달라는 것이었다. 디킨스는 그것이 단순한 첨가물이 되어서는 안 된다는 조건으로 수락했다. 처음 구상은 님로데 클럽이라는 아마추어 사냥꾼 그룹의 여러 가지 모험과 실패담을 엮는 것이었다. 그런데 제2호가 나오기 전에 삽화가인 시머가 자살했기 때문에 그 뒤부터 디킨스의 희망대로 글을 위주로 한 자유로운 작품이 나오게 되었다. 호를 거듭하는 동안에 디킨스는 이 영국의 돈키호테라고 불리는 회장 피크위크 씨에게는 산초와 같은 조역이 필요하다는 것을 깨닫고 샘 웰러라는 하인을 등장시켰다. 이 시도는 적중하여 샘은 피크위크 씨의 인기를 능가할 정도가 되어 4백 부에서 시작되었던 출판이 15호에 가서는 4만 부를 넘게 되었다. 피크위크 씨도 처음에는 단지 유머러스한 인물에 지나지 않았으나 후반에 가서는 포용력과 자애가 깊은 어엿한 영국 신사로 변모하였으며, 우연히 시발했던 이야기는 당당한 폭과 깊이를 갖게 되었다. 18세기의 악한 소설의 수법을 사용한 이 작품은 젊은 디킨스의 재능을 자유롭게 키우는 데 큰 도움이 되었고 마침내 디킨스는 신진 작가로서 이름을 떨치게 되었다. 1836년은 디킨스의 생애에 있어서 가장 기념할 만한 해였다. 처녀작《보즈의 스케치집》이 간행되었고,《피크위크 페이퍼스》의 분책(分册)이 간행되었고, 게다가 캐더린 호가스와의 결혼식이 거행되었다. 장인인 조지 호가스는 〈이브닝 크로니클〉지의 주필이었는데 양양한 장래가 약속된 청년 디킨스에게 자기 딸을 주는 데 서슴지 않았다. 캐더린은 세 자매 중에서 장녀였으며, 약간 침울한 성격의 소유자였다. 디킨스는 결혼한 뒤 언니를 몹시 따르는 처제 메어리를 함께 데리고 있었다. 메어리는 형부를 숭배했고 디킨스도 역시 영리하고 순진하고 아름다운 소녀 메어리를 귀여워했다. 그런데 1년도 지나기 전에 메어리는 17세의 젊은 나이로 갑자기 죽었다. 이 충격에서 받은 디킨스의 슬픔은 너무나 심해 한때《피크위크 페이퍼스》의 집필도 못했을 정도였다. 그의 소설《골동품상》의 네루나《귀여운 도리트》의 여주인공과 같이 천사와 같은 가련한 소녀가 그려진 것은 이 메어리의 모습이라고 한다.

　1836년부터 이듬해까지 〈벤크레즈 매거진〉에 실린 디킨스의 《올리버 트위스트》는 그가 처음으로 소설다운 완전한 줄거리를 갖추어 쓴 작품이다. 고아원에서 자란 고아 올리버가 런던에 나와서 도적단의 마수에 빠져 많은 고생을 겪다가 결국 죽은 아버지 친구의 양자가 된다는 줄거리다. 독자들은, 고

아원의 차디찬 돌마루 위에서 배고픔에 우는 어린이의 모습에 눈물을 흘리고 강도의 정부가 학살당하는 처참한 장면에 몸을 떨 것이다. 디킨스가 이 작품을 쓴 데는 뚜렷한 하나의 의도가 있었다. 즉 고아원에 대한 공격이다. 빈곤의 쓰라림을 뼈아프게 체험했던 디킨스의 박력에 넘친 묘사는 이 제도의 조속한 개혁을 촉진하는 원동력이 되었다. 이러한 디킨스의 강한 사회적 관심은 다음 작품《니콜라스 니클비》에서 더욱 명확하게 표현되었다. 교육이라는 미명하에 어린이들을 학대하는 악덕 교사를 고발한 이 작품은 소설로서는 성공적인 작품이 아니었다. 그러나 유머와 페이소스를 빛과 그림자처럼 엮는 디킨스의 독자격인 새로운 소설 수법이 만들어 낸 작품이다.

이 무렵 디킨스는 새 잡지를 위한 작품을 구상하고 있었다. 마스터 험프리라는 노인이 불가사의한 시계 속에 간직되어 있는 옛 기록을 조금씩 꺼내서 읽어 준다는 형식인데, 그 속에는 소설, 평론, 편지 등을 포함시킬 계획이었다. 이리하여 출판된《마스터 험프리의 시계》는 그가 예상한 만큼의 성과를 올리지 못했다. 그러나 그 중에 포함된《골동품상》이라는 에피소드가 호평이었으므로 그는 이것을 독립된 소설로 다시 쓰기로 했다. 이 작품의 줄거리는 골동품상을 하고 있는 할아버지와 함께 단둘이 살고 있는 가련한 소녀 네루를 중심으로 전개되는 이야기다. 악질적인 친척 때문에 돈을 잃고 궁지에 몰린 노인이 잃은 재산을 손녀를 위해 되찾으려고 애쓰던 나머지 흉포한 악당에게서 돈을 빌었는데 이것을 몽땅 노름으로 잃고 만다. 빌린 돈 때문에 상점도 빼앗기고 가혹한 빛의 독촉에 못 이겨 노인은 손녀 네루와 방랑의 길을 떠난다. 이 두 사람을 구하려는 사람들이, 시골의 쓸쓸한 교회의 교회당

지기를 하고 있는 그들을 찾아 냈을 때는 고생에 지친 네루가 죽은 뒤였다. 노인도 이윽고 손녀의 뒤를 따른다. 이 소설은 우연을 잘 이용하는 디킨스의 다른 작품과는 달리 전체적으로 줄거리의 전개에 무리가 없고 네루의 눈물을 밑바닥에 깔면서 방랑길에서 자아내는 유머러스한 웃음이 조화를 이룬다. 디킨스의 작품 중에서도 가장 짜임새 있는 소설이다.

디킨스가 27세 때에 완성한 이 《골동품상》은 큰 성공을 거두어 그의 명성은 널리 미국에까지 퍼지게 되었다. 이것이 인연이 되어 전부터 얘기가 있었던 디킨스의 미국 방문이 실현되었다. 보스턴에 도착한 디킨스 부부는 어마어마한 군중의 열광적 환영을 받았다. 계속되는 환영회의 연속이었다. 그러나 디킨스의 실망은 컸다. 미국 방문을 통해 그가 기대했던 저작권의 교섭은 조금도 진전이 없었을 뿐만 아니라 이런 문제를 내놓은 그는 심한 공격을 받았다. 미국인의 독선적 태도와 무례, 지나친 낙천주의 등은 디킨스로 하여금 미국에 대해 깊은 환멸을 맛보게 했고, 노예제도의 실정은 혐오의 감정을 느끼게 했다. 디킨스의 《미국 기행》은 이러한 그의 솔직한 견해에 의해 씌어진 것이다. 그러나 디킨스가 이 여행에서 얻은 참다운 수확은 그 이듬해에 발표한 《마틴 처즐위트》였다. 이 소설도 역시 악한 소설식의 작품이다. 이 소설의 줄거리는 다음과 같다. 이기심 때문에 할아버지 집에서 쫓겨난 마틴이 런던에서 온갖 고생을 한 끝에 미국으로 건너간다. 그곳에서 사기 토지회사의 속임수에 걸려 목숨까지 빼앗길 정도의 위험을 겪는다. 이러한 여러 가지 경험은 이 청년을 개심시킨다. 할아버지로부터 돌아와도 좋다는 허락을 받은 마틴은 사랑하는 사람과 행복한 결혼을 한다. 이 작품은 미국인의 심한 반감을 샀으며 한편 당시 영국인의 결점이었던 위선(僞善)에 대해 심한 풍자를 했기 때문에 일반 독자의 환영도 별로 받지 못했다. 이러한 시기에, 개정상의 필요를 느끼고 썩어진 것이 유명한 《크리스마스 캐럴》이다.

디킨스는 자기 소설 속에 몇 번인가 크리스마스 정경을 그렸다. 그러나 그가 어린이에게서 『크리스마스 할아버지』라는 이름으로 불리게 된 것은 『크리스마스 캐럴』이라는 몇 가지 소설을 썼기 때문이다. 첫번째 작품 《크리스마스 캐럴》을 발표하자 그 반응은 대단히 좋았다. 그러나 그가 기대했던 정도의 경제적 수입을 올릴 수는 없었다. 여태까지의 생활 양식을 런던에서 더 이상 유지하기 어렵다는 것을 깨달은 디킨스는 온 가족을 데리고 유럽 대륙으로 건너가 살 결심을 했다.

1844년, 32세 때 이탈리아의 제노바 근방에 집을 마련한 디킨스는 처음 결심과는 달리 영국을 떠나서는 안착할 수 없는 자기 자신을 발견했다. 제노바의 종소리에 힌트를 얻었다고 하는 《크리스마스 책》의 두 번째 작품 《종소리》는 이 밝은 남국의 하늘에서 먼 안개의 도시 런던에 부치는 디킨스의 애절한 향수가 담긴 노래였다. 다시 런던에 돌아온 디킨스는, 당시 창간된 〈데일리 뉴스〉지의 진보적 편집 방침에 공명하고 동사의 부탁을 받아 주필이 되었다. 이 신문에는 뒷날 그의 여행기 《이탈리아 정경》이 연재되지만 번거로운 주필의 직무에 디킨스는 견디지 못했다. 3주일 뒤에 그 자리를 친구이며 그의 전기 작가로서 유명한 포스터 씨에게 양도했다. 그리고 그는 다시 영국을 떠나 스위스의 로잔에 있다가 그 뒤 파리에서 지냈다.

여기서 얻은 수확이 《돔비 부자(父子)》라는 작품이다. 아내를 잃은 교만한 영국 상인 돔비는 딸 플로렌스를 미워하고 병약한 아들 폴을 편애한다. 이 아들이 죽자 그는 재혼하지만 이 후처가 상냥한 플로렌스와 친밀해지는 것을 보고 더욱 딸을 미워하여 집에서 내쫓는다. 그러나 아내에게마저 배반을 당하고 사업에도 실패한 그는 자기 잘못을 깨닫고 행복한 결혼 생활을 하고 있는 딸 부부와 함께 살게 된다. 인간성 속에 숨은 교만이라는 악덕을 공격한 이 소설은 크게 독자의 환영을 받았다. 이로써 디킨스는 경제적 불안을 회복하고 온 가족이 함께 런던에 다시 안착하게 되었다.

직업 작가로서의 지위를 확보한 디킨스는 이제 자기가 새로운 전환기에 섰다는 것을 느끼게 되었다. 그는 친구 포스터 씨의 권유로 여태까지 무의식 중에 피해 온 자기 자신의 과거에 대해 글을 써 보려고 마음먹었다. 이리하여 1850년 그가 38세 때 완성한 것이 《데이비드 커퍼필드》라는 자서전적 소설이다. 이 작품은 그의 머릿속에서 픽션으로 꾸며 낸 여태까지의 소설과는 다르다. 자기 자신의 과거를 풍부한 공상의 힘으로 장식하여 현실적인 평범한 생활과 인생을 그렸다. 특히 주인공 데이비드의 소년 시절에 대한 묘사는 퍽 박력에 넘쳐 있다. 디킨스가 이 작품에서 처음 시도한 로맨티시즘과 리얼리즘의 결부는 이 후 그의 작품에서 더욱 뚜렷하게 나타나 있다. 따라서 문예사가들은 디킨스를 리얼리즘의 선구자로 보고 있다.

《데이비드 커퍼필드》의 출판과 함께 디킨스의 명성은 최고조에 이르렀다. 명실 공히 그는 사회적 명사로서 바쁜 생활을 보내게 되었다. 원고를 쓰다가는 강연에 나가야 하고 문예 주간지 〈하우스홀드〉의 편집을 맡기도 했다. 이러한 바쁜 활동에도 불구하고 그의 정신적 내면은 여태까지의 밝은 낙천성을 잃어 갔다. 다음 작품 《쓸쓸한 집》(1852~53)은 이와 같은 그의 심적 변화를 말해주듯 어두운 그림자가 넘치고 있다. 이야기의 줄거리는 재판의 지연 때문에 곤경에 빠진 한 가정을 배경으로 하여 어두운 과거를 가진 젊은 여성이 결혼하기까지의 경위를 복잡한 주위 환경과 함께 전개한 것이다. 몇 해 동안 쌓이고 쌓인 소송 비용이 싸움의 원인이 된 재산을 모두 무로 화해 버린다는 전반의 이야기는 불합리한 재판 제도와 그것을 허용한 사회에 대한 날카로운 풍자에 넘쳐 있다. 한편 후반에 들어가면 탐정 소설적 색채가 농후하며 디킨스가 작품의 플롯에 대한 관심을 갖게 되었음을 알 수 있다.

다음 소설 《어려운 시대》(1854)는 위의 《크리스마스 책》에서 표현한 디킨스의 인도주의적 사회관을 더 명확하게 나타내고 있다. 사실과 통계 이외에는 모든 것을 믿지 않으려고 하는 실무주의적 사나이를 주인공으로 한 이 작품은 자본주의 사회의 결점을 공격했을 뿐만 아니라 비인간적인 산업 지상주의와 그것에 좀먹힌 인간성에 대해서 비난하고 있다. 여기에 계속되는 《귀여운 도리트》(1855~1857)도 역시 어두운 소설이다. 채무자 감옥에 몇 해 동안 투옥되었던 사람들이 우연히 엄청난 재산을 손에 넣는 순간부터 오만 불손한 인간으로 변모하는 이야기를 그린 것인데, 디킨스는 이 작품 속에서 탐욕과 야심이 인간에게 끼치는 해독을 경고하면서 번잡한 관료기구를 공격하고 있다.

디킨스는 점점 체력과 정신의 피로를 느끼기 시작했다. 그러나 그의 신경을 혼란케 한 원인은 다른 곳에 있었다. 아내와의 불화였다. 첫사랑에 실패한 디킨스의 급히 서두른 결혼은 반드시 성공이라고 볼 수 없었다. 게다가 20년 가까운 부부

생활에 열 명의 자녀를 낳은 아내는 아주 늙어 버렸다. 1858년, 디킨스가 46세 때 아내는 장남만을 데리고 집을 나가 별거했다.

이 사건은 당연히 여러 방면에 큰 충격을 주어 온갖 소문이 떠돌았다. 동거 중이었던 막내 처제 조지아나에 대해 엉뚱한 억측이 계속 난무했다. 그러는 동안 디킨스는 자기 작품의 공개 낭독 강연을 하기 시작했다. 이 일은 대단한 호평을 받았을 뿐만 아니라 그에게 막대한 금전적 수익까지 얻게 했다. 그는 《크리스마스 캐럴》, 《피크위크 페이퍼스》, 《돔비 부자》 등의 한 대목을 골라 낭독했다.

작가로서의 원숙기에 도달한 디킨스는 1859년 〈올 더 이어 라운드〉 지에 《두 도시 이야기》를 연재했다. 이 작품은 《바나비 러지》와 함께 디킨스의 몇 안 되는 역사 소설이다. 그는 같은 시대의 사상가 칼라일의 저서 《프랑스 혁명사》에서 작품의 힌트를 얻었다고 한다. 가련한 루시와 그녀를 사랑하는 두 청년을 중심으로 혁명 중의 파리와 런던을 무대로 전개되는 이 대 로맨스는 극적 효과를 너무 노린 흠도 없지 않으나 그만큼 디킨스의 희망대로 그의 독자층을 넓히는 데 기여했다. 그러나 정말 원숙기의 디킨스를 대표하는 걸작은 《거대한 유산》이다. 이 작품은 이듬해부터 〈올 더 이어 라운드〉 지에 연재하여 그 다음 해에 완성한 것이다. 그의 작품 중에서 가장 교묘한 구성을 갖추었고 이야기도 비교적 간결하고 잘 통일되어 있다.

이 작품은 이상한 매력에 충만되어 있으며, 디킨스의 결점 이었던 심리 묘사가 성공한 작품이다.

디킨스의 창작력은 점점 쇠퇴하기 시작하여 53세 때 《서로의 친구》를 완성한 무렵부터 수면제 없이는 잠을 이루지 못할 정도가 되었다.

이때 미국에서의 낭독회가 그를 기다리고 있었다. 그는 쇠약한 자기 몸에 매질하면서 바다를 건넜다. 그가 55세 때의 일이다. 이 미국 여행은 그의 얼마 남지 않은 여력을 소모시켰다. 이듬해 미국에서 돌아와 개최된 마지막 공개 낭독회 석상에서 디킨스는 첫번째 뇌일혈로 쓰러졌다.

몇 주일 뒤 디킨스는 마지막 작품《에드윈 드루드의 비밀》을 쓰기 시작했으나 완성하지 못했다. 1870년 6월 4일 자택에서 저녁 식사 중 두 번째의 치명적 발작을 일으켜 영영 의식을 되찾지 못하고 58세로 운명했다. 그의 유해는 웨스트민스터 사원에 안치되었다.

머슴의 손자, 가난한 소년 노동자로부터 출발하여 엘리자베드 여왕과 단독 배알을 할 정도의 위대한 국민적 작가로 대성한 디킨스의 생애야말로 하나의 소설이라고 할 수 있다. 디킨스는 이 길을 혼자의 힘으로 개척했다. 독서에 취미를 가진 어린 소년이 갑자기 공장의 노동자로 전락되어 끼니도 겨우 잇는 나날을 보낸 그의 어린 시절의 쓰라진 체험은, 『무지』와 『결핍』이라는 괴물의 모습으로《크리스마스 캐럴》속에 그려져 있다.

디킨스는 이러한 굴욕과 비참 속에서도 비애와 절망에 빠지지 않고 그것을 더욱 파헤쳐 인간의 마음 속에 도사린 이기주의와 한편 사회적 결함을 발견했다. 그의 정확한 관찰의 눈과 뛰어난 기억력과 예민한 감수성은 민중 속에 전개되는 산 인생을 생활하고 응시하고 여기서 얻는 것을 머릿속에 집어넣었다. 디킨스의 문학은 이와 같이 역경 속에서 체험한 것의 발로인 것이다. 어떤 환경에 빠지더라도 마지막까지 희망을 버리지 않고 밝고 굳세게 노력하면 반드시 길은 열린다는 것을 가르쳐 주며, 인생의 웃음과 비애를 혼연 일체로 엮은 문학이다. 디킨스의 《크리스마스 캐럴》을 읽으면 누구나 느끼듯, 사회는 불행한 사람을 만들어서는 안 되며 이미 그런 상황에 놓인 사람들에 대해서는 따뜻한 애정과 구원의 손길을 뻗쳐야 한다는 것이 그의 사회적 정의감이다.

이런 신념에서 씌어진 디킨스의 소설에는 권선 징악의 사상이 뚜렷이 나타나 있다. 따라서 디킨스의 소설은 누구나 알기 쉽게 즐길 수 있다는 것이 특색이다. 흥미 있는 소재, 명암이 뚜렷한 색채, 성격과 특징이 뚜렷한 인물 등이 독자의 기대에 어긋나지 않은 대활약을 한 뒤 해피 엔드로 끝나고 있다.

디킨스의 이러한 점은 독자를 매료하는 요소를 가진 반면 비평가들의 논란을 불러일으키는 약점이기도 하다. 그러나 19세기 영국 문학에서 차지하고 있는 거인 디킨스의 존재는 아무도 부정 못 할 것이다.

《무덤 파는 사나이를 납치한 도깨비 이야기 *The Story of the Goblin Who Stole a Sexton*》

《피크위크 클럽 유문록》에 삽입되어 있는 작품(제29장)이다. 그 앞의 28장은 《크리스마스의 장》으로 옛날의 좋았던 영국을 생각케 하는 시골 신사의 저택에서 벌어지는 화기 애애한 파티의 광경이 그려져 있다. 그리고 크리스마스 캐럴이 노래불려진 후에 그 집의 주인인 윌드 씨가 손님인 피크위크 클럽의 사람들에게 그 부친한테서 들은 이야기를 들려주는데, 그 내용이 바로 이것이다.

즐거운 크리스마스 날 밤에 재수없게 도깨비가 등장하는 괴담을 털어놓다니 하고 혀를 찰지도 모르지만, 영국에서는 예로부터 흔히 있었던 관습이다. 밖은 눈보라가 치고 칠흑처럼 어둡고 쌀쌀한 밤이지만, 집 안에서는 난롯불이 활활 타오르고 있으며, 맛있는 음식을 실컷 먹어 매우 기분좋은 상태에 있는 어린이들에게 예로부터 전해 내려온 괴담을 들려 준다는 것은 확실히 가정의 단란을 위해 빼놓을 수 없는 중요한 요소이다.

또한 《크리스마스 캐럴》을 읽은 일이 있는 사람이라면, 이 짧은 이야기의 주인공인 게이브리엘 그라브가 유명한 스크루지 영감의 원형(原型)이라는 것을 이내 느낄 수 있을 것이다. 그렇듯 사람을 싫어하고 무뚝뚝한 사나이한테 유령이, 마치 텔레비전의 채널을 계속해서 바꾸어 나가듯이, 각종 영상을 보여준다고 하는 취향도 공통적이다. 그렇지만 분명한 차이 또한 있음을 알아야 한다.

7년 후에 씌어진 《크리스마스 캐럴》에는 이 단편에 없는 강한 메시지, 즉 가진 자, 강한 자는 가난한 자와 약한 자에게 구원의 손길을 뻗칠 의무와 책임이 있다고 하는 사회적인 테마가 하나의 줄거리로서 작품을 꿰뚫고 있는 것이다. 그렇지만 이 단편에서는 아직도 초자연적인 환상과 삐뚤어진 근성의 인간을 웃음으로 날려 보내는 우스꽝스러움이 주요한 특징이다.

7년 동안에 디킨스의 사회 의식과 참다운 유머를 만들어내는 능력이 급속도로 성장했다는 것을 이 두 작품을 비교함으로써 충분히 이해할 수 있을 것이다.

《행상인의 이야기 *The Bagman's Story*》

역시《피크위크 클럽 유문록》에 수록돼 있는 작품이다(제14장). 클럽 사람들이 투숙해 있는 여관『공작정(孔雀亭)』의 바에 투숙하게 된 장사꾼의 이야기로서 삽입되어 있다. 백부한테 들었다고 하는 매우 기묘하고 익살스런 이야기에 대해서는 새삼 설명할 필요가 없을 것이다. 아직 24세의 젊은 청년작가의 기운찬 문체와 유머 감각을 즐기는 것만으로 충분할 것이다.

《기묘한 부탁을 한 사람의 이야기 *A Tale about a Queer Client*》

이 작품도 역시《피크위크 클럽 유문록》가운데 제2장으로 어떤 노인이 피크위크 씨에게 말하는 이야기로서 삽입되어 있다.《피크위크 클럽 유문록》은 전체적으로 밝고 대범한 분위기의 코미디인데, 그 중에 갑자기 본편과는 전연 관계가 없는 정반대의 분위기를 지니는 어두운 세계가 샌드위치처럼 삽입되어 있는 경우가 있다. 이것이 바로 그런 작품이며 이것을 읽으면 독자는 한순간 이상한 충격을 받게 될 것이다.

이 작품은 인간의 집념과 증오가 검게 소용돌이치는 음산한 내용을 소재로 하고 있다.

이 이야기의 주요한 무대가 되는 『채무자 교도소』는 1868년까지 영국의 법제도하에서 현존했던 시설이었다. 당시의 법에 의하면 개인에게 돈을 빌렸다가 갚지 못하면, 채권자의

고발에 따라 이 특별한(일반 범죄자를 위한 교도소와는 다른)
교도소에 들어가게 되는 일이 있었다. 디킨스의 부친인 존은
만사 태평인 사람으로 경제관념이나 책임감이 완전히 결여된
사나이였다. 그는 매년 그리고 연중 계속 빚만 지고 있다가
1824년, 마침내 런던 한쪽 끝에 있었던 이 교도소에 수감되
었다. 본인은 그다지 신경을 쓰지 않았던 모양이지만, 가족
——특히 장남이었던 찰스에게는 비참한 체험이 되었다.

가정 형편이 어려워지자 당시 열두 살이었던 찰스는 다니고
있던 국민학교(당시는 아직 의무교육제도가 실시되지 않았으므로
수업료를 내야 했다.)를 중도에서 그만두고, 돈을 벌기 위해
공장에 나갔다. 노동의 괴로움은 견딜 수 있었지만, 부친이
빚을 갚지 못해 교도소에 들어가 있다는 굴욕감과 이를 남에게
숨겨야 한다는 비참함에 대해서, 남달리 감수성이 예민했던
찰스로서는 일생을 두고 잊지 못할 악몽과 마음의 상처가
되었다.

그는 이 교도소를 인간의 마음을 철저하게 오염시키고 때
려눕히는 지옥으로서, 이 작품 속에 거듭하여 등장시켜 이상할
정도의 집념으로 묘사하고 있다. 이것이 가장 잘 나타난 예는
장편소설 《귀여운 도리트 *Little Dorrit*》(1857)이지만, 본편에
서는 이것이 가장 좋은 예이다.

《광인의 수기 *A Madman's Manuscript*》

《피크위크 클럽 유문록》의 제11장으로, 어느 늙은 목사가
정신병원의 의사로 일하고 있던 친구가 죽은 후 유품 속에서

발견된 것이라며 클럽회장인 새뮤얼 피크위크 씨에게 넘겨 준 것이다.

이 작품 역시도 앞의 《기묘한 부탁을 한 사람의 이야기》와 마찬가지로 명랑한 소설 속에 이상한 어두움이 커다랗게 입을 벌리고 있는 무서운 이야기의 예이다. 또 하나 흥미로운 것은, 본편은 디킨스가 즐겨 사용하고 있는(본서나 다른 데서도 볼 수 있는)『극적 독백』의 가장 빠른 예의 하나이다. 여기서 말을 하고 있는 사람은 정말로 광인일까, 아니면 햄릿처럼 일반의 『정상』이라 일컬어지고 있는 인간들의 허위나 무지를 날카롭게 꿰뚫어 보는 특별한 능력과 일반적으로 『성실』이라 불리고 있는 인간들보다 훨씬 성실하고 정이 풍부한, 그래서 상처를 받기 쉬운 마음을 지닌 사람일까.

후에 등장하는 『어떤 자학자』라든가 『조지 실버맨』과 비교해 보는 것도 매우 흥미로울 것이다.

또한 이 본편은 오늘의 『도서형(倒叙刑) 미스테리 소설』이라 불리고 있는 것의 선구가 된다는 점도 쉽게 느낄 수 있을 것이다. 일반적인 미스테리는 범인이 누구인지 마지막 부분에 가서 알 수 있지만, 이런 종류의 작품은 당초부터 범인이 밝혀져 있다(말하는 사람이 범인인 경우가 많다.). 따라서 소설로서의 재미는 범인을 찾는 일이나 수수께끼를 푸는 일에 있지 않고, 인간(주로 범죄자) 심리의 미묘한 분석과 적출에 있다.

도스토예프스키의 《죄와 벌》이나 애드가 알렌 포의 《검은 고양이》 등은 바로 이런 종류에 속하는 고전적인 걸작이지만 이 작품이 그보다 훨씬 빨리 발표되었다. 그러면서도 이들 작품에 뒤지지 않는 멋있고도 무서운 이야기가 전개되어 있다.

《그로그츠비히 남작 *The Baron of Grogzwig*》

　디킨스의 장편소설로서는 제3작에 해당되는 《니콜라스 니클비 *Nicholas Nickleby*》(1839)의 제6장에 삽입된 이야기로 실없고 익살스러운 한 편의 콩트 같은 작품이다. 그렇지만 농담을 전개하는 과정에서 정성이 많이 들어가 있는데, 예를 들면 주인공의 이름이 그야말로 독일 사람 같고 점잔을 빼고 있지만, 글자로 써서 영국 사람이 읽으면 이내 폭소가 터져 나오도록 되어 있다. 그로그츠비히(Grogzwig)는 grog(그로그 술. 럼을 냉수 또는 더운 물에 탄 것)와 swig(벌컥벌컥 마시는 것)가 합쳐진 말이다.

　또한 코욀트베토우트(Koëldwethout)는 cold-without(설탕을 섞지 않은 진에 물을 탄 것. 설탕을 섞고 더운 물을 탄 것은 warm-with이다.)를 당연히 생각나게 한다. 이러한 것들은 모두 당시의 서민들이 즐겨 마시던 값싼 술이다. 슈빌렌하우젠(Swillenhausen)은 『swill(꿀꺽꿀꺽 마시는) 집』이라는 의미가 있다.

《찰스 2세 시대에 교도소 안에서 발견된 고백서 *A Confession Found in a Prison in the Time of Charles the Second*》

　1840년 4월 4일부터 디킨스가 발간한 주간 잡문집 《마스터 험프리의 시계》의 제3호(4월 18일)에 발표된 작품이다. 이 잡문집은 그의 창작 단편만을 모아서 출판할 생각으로 발족했지만, 평이 좋지 않자 이 방침을 제3호에서 끝내고 다음 주의

제14호부터는 장편소설 《골동품상》의 연재로 변경시켜 버렸다. 이 역시 도서형 미스테리의 하나이며, 극적 독백의 형식을 취하고 있다. 살인의 방법, 트릭 등이 대단히 재치있는데, 계속 열등감으로 시달리는 범인의 자기 심리분석, 공포심에 대한 표현 등이 주목할 만하다.

《어느 자학자의 이야기 *The History of a Self-Tormentor*》

앞에서 이미 제목을 든 장편소설 《귀여운 도리트 》(1857)의 제2부 제21장 전부를 차지하는 작품으로, 작중 인물의 한 사람인 미스 웨이드의 수기이다. 그녀의 고독한 영혼의 극적인 독백으로 《광인의 수기》의 필자와는 달리, 높은 지성과 차갑지만 아름다운 용모의 젊은 여성으로서 줄곧 세상의 오해를 받고 있으며(그녀는 확신하고 있다.), 사람들의 무지와 위선에 몸서리치며 외곬으로 사랑을 추구한다(그것이 동성애적인 경향을 띠고 있음을 암시하고 있다.).

이렇듯 복잡하게 굴절된 근대인의 심리를 프로이드 이전에 분석하여 소설로 완성시킨 작자의 독창성, 도덕적인 금기사항(禁忌事項)에 엄격했던 빅토리아 시대에 감히 이를 발표한 대담성 등을 생각하면, 건전 무해한 대중작가 디킨스라고 하는 종전의 명칭을 고쳐 쓸 필요성을 느끼게 된다.

《막다른 골목에 몰려 *Hunted Down*》

미국의 주간잡지 〈뉴욕 레저〉의 1859년 8월 20일, 27일, 9월 3일자에 연재된 것을 시작으로, 후에는 디킨스 자신이 편집하고 있었던 런던 출판의 주간잡지 〈1년중〉의 1890년 8월 4일, 11일자에 다시 수록되었다. 그 후 특히 주목을 받지는 않았지만 미국의 유명한 추리소설 작가인 동시에 서지학(書誌學)에 대한 열성스러운 연구가인 엘러리 퀸(1905~1982, 사실은 두 작가의 공동 네임임이 주지의 사실)이 20세기에 가서 발굴하여 그(들)이 편집한 〈엘러리 퀸스 미스테리 매거진〉에 소개했는데, 본격적인 추리소설의 걸작이라고 절찬하는 바람에 상당히 유명해졌다.

이 작품을 읽으면 퀸의 찬사가 어긋나지 않았음을 이해하게 될 것이며, 민간인인 아마추어가 행하는 탐정수사의 치밀성에 대해서는 현대의 닳고닳은 추리소설 애호가도 만족하게 될 것이다. 범인의 모델이 된 것은 실재의 독살마(毒殺魔) 토마스 그리피스 웨인라이트(1794~1852)이다. 좋은 집안의 출신이며 인텔리이고 글재주, 그림재주까지 겸하였고 신사라는 점에서 사교계의 총아가 된 사나이였다. 그러나 사치스러운 생활이 화근이 되어 돈에 궁하게 되자 조부를 독살하여 막대한 조부의 재산과 집을 상속했다.

그 후 몇 사람인가의 여자(처제까지도 포함)를 보험에 걸어 독살했으며 마지막에는 돈이 목적이 아니라 즐거움을 위해 살인을 저질렀으며(어떤 여자의 발목이 굵고 눈에 거슬린다고 하여 독살했다고 스스로 공언했다고 한다.), 마침내 발각되어 체포된 끝에 종신유형을 선고받고 오스트레일리아의 테즈메이니아에서 죽었다. 오스카 와일드가 그에 대해서 《펜과 연필과 독》이라는 에세이를 썼으며 《의행집(意行集)》(1891) 안에 수록했다.

디킨스는 1837년 6월 27일, 런던의 뉴게이트 교도소를 견학했을 때 교도소 안에 수감돼 있었던 웨인라이트의 모습을 직접 본 바 있다. 똑같이 보험금을 미끼로 한 대량 독살마 윌리엄 파머(1824~56, 사형에 처해짐)의 재판이 세상을 떠들썩하게 한 1856년에, 디킨스는 그 재판에 대한 글을 쓴 바 있으므로 옛날의 웨인라이트의 기억이 파머의 사건으로 되살아나, 이 작품을 쓰게 되는 동기가 되었던 것 같다.

《유모의 이야기 *Nurse's Stories*》

주간잡지 〈1년중〉의 1860년 9월 8일자 호에 처음 발표했으며, 후에는 에세이집인 《비상용(非商用)의 나그네 *The Uncommercial Traveller*》(1868)에 수록되었다. 읽어 보면 알 수 있겠지만 이것은 어릴 적 시대의 추억을 이야기한 것으로 단편소설이라고는 하기 어렵다는 생각이 들기로 한다. 그렇지만 논픽션이라고 하기보다는 디킨스 특유의 허풍과 유머가 섞인 상상력의 소산이라고 보는 것이 재미있을 것 같아서 굳이 여기에 선정해 넣었다.

《신호수 *The Signalman*》

주간잡지 〈1년중〉의 1866년 크리스마스 특집호에 처음 발표되었으며, 후에 《크리스마스 단편집》이라는 한 권의 책에 수록되었다. 디킨스의 단편 걸작으로서 여러 명작집에 수록되었으며, 《세계 괴담 명작집》과 같은 사화집(詞華集)에도 곧잘 선정되었다.

얼핏 보기에 초자연적인 유령의 이야기처럼 생각되며, 다시 생각해 보면 모든 수수께끼가 논리적 종합적으로 해결되는 추리소설이라고도 여겨지지만, 그래도 어딘가 기분나쁜 뒷맛을 떨쳐 버리기가 힘들다. 그 이유는 어디에 있는 것일까——독자 여러분 스스로 잘 생각해 보기를 권하고 싶다.

여기서 디킨스 자신이 경험했던 사건을 한 가지 소개함으로써 참고케 하고자 한다. 1865년, 즉 이 작품이 씌어지기 전해의 6월 9일, 숨겨둔 애인 엘렌 터넌과 함께 프랑스 여행을 끝내고 돌아오는 도중 디킨스 등이 탄 런던행 열차가 큰 사고를 일으켜 많은 사상자를 냈다. 디킨스와 엘렌은 요행히 다치지는 않았지만, 이때 받은 충격은 디킨스의 마음에서 평생을 두고 사라지지 않았다. 그 후 그는 기차여행의 공포에 대한 후유증에서 벗어나지를 못했다. 타고 있는 객차가 덜컥덜컥 흔들리기만 해도 그의 얼굴은 새파랗게 질려 버렸으며 이마에서는 식은땀이 흘렀다고 한다.

그리고 5년 후인 1870년, 기묘하게도 6월 9일에 그는 죽었다. 이것은 단순한 우연이겠지만, 우연치고는 매우 기분나쁜 우연이 아닐 수 없다.

기이한 이 작품은 다른 외국작가들이 이것을 바탕으로 많은 단편을 쓰기도 했다. 무대까지 바꾸어 완전히 독창적인 작품으로 만든 것도 있다.

《조지 실버맨의 해명 *George Silverman's Explanation*》

미국의 월간잡지 〈아틀란틱 먼슬리〉의 1868년 1, 2, 3월호에 처음 게재되었으며, 영국에서는 디킨스가 편집한 주간잡지 〈1년중〉에서 1868년 2월 1일, 15일, 29일자에 실렸다.

이것도 《어느 자학자의 이야기》와 마찬가지로 고독하고 내성적이며 사랑에 굶주려 있는, 굴절된 성격의 (이번에는 여성이 아니고) 남성의 극적 고백이다. 그렇지만 《어느 자학자의 이야기》에 등장하는 주인공 미스 웨이드가 상당히 공격적인 성격인 데 비해, 이쪽은 인종적이며 또한 수동적인 인물이다. 그렇지만 예리한 독자라면 이내 알아차렸겠지만, 과연 주인공 실버맨은 정말로 그러한 인간일까.

그는 진실만을 말하고 있는 것일까. 독자는 그의 해명을 액면 그대로 받아들이기만 하면 좋을 것인가. 작자가 써놓지 않은 부분에 대해서도 독자 스스로 꿰뚫어 보충하고 창조하는 즐거움까지 여기에는 마련돼 있는 것처럼 생각된다.

찰스 디킨스 연보

1812년 2월 7일, 영국 남부의 군항 포츠머드(Portsmouth)의 랜드포트(Landport)에서 해군 경리국의 하급 관리인 아버지 존 디킨스(John Dickens)와 어머니 엘리자베트 디킨스(Elizabeth Dickens) 사이에서 출생.

1814년 아버지 런던으로 전근되다.
(2세)

1817년 디킨스 일가, 채텀(Chatham)으로 이주. 이곳에서 지낸 5년간은 그에게 큰 영향을 미쳤다.
(5세)

1821년 채텀의 윌리엄 자일스 스쿨(William Gile's School)에서 교육받다.
(9세)

1822년 아버지가 다시 런던으로 전근되지만 찰스는 학교 관계로 같이 가지 못하고 연말까지 채텀에서 지내다.
(10세)

1824년 아버지의 낭비벽으로 가계가 점점 어려워져 구두약 공장에 다니게 되다. 이때의 불쾌한 경험은 그에게 많은 굴욕감을 주었다. 부채를 갚지 못한 아버지는 마샬시(Marschalsea) 감옥에 투옥되었다가 몇 달 후 석방되다. 웰링턴 하우스 아카데미(Wellington House Academy)에 입학하다.
(12세)

1827년 5월, 초등 교육을 받은 것을 끝으로 법률 사무소에

414

(15세)	들어가다. 연극에 흥미를 갖고 런던 시내 여기저기의 극장을 돌아다니는 한편 속기를 익히다.
1828년 (16세)	민법 박사 회관(Doctors' Commons)에서 속기사로 근무.
1829년 (17세)	은행가의 딸인 마리아 비드넬(Maria Beadnell)을 알게 되다. 이후 4년간 교제가 계속되었으나 신분의 차이 때문에 헤어지고 말았다.
1832년 (20세)	〈트루 선 *The True Sun*〉지가 발간되자, 그곳의 통신원이 되다. 통신원으로서의 그는 매우 유능했다.
1833년 (21세)	12월, 소품《포플라 워크에서 만찬 *A Dinner at Poplar Walk*》을 〈먼슬리 매거진 *The Monthly Magazine*〉에 게재. 이후 이따금씩 동지(同誌) 및 〈이브닝 크로니클 *The Evening Chronicle*〉지에 단편소설 등을 발표.
1834년 (22세)	〈모닝 크로니클 *The Morning Chronicle*〉지의 기자가 되다.
1835년 (23세)	5월, 〈모닝 크로니클〉지 편집장의 장녀인 캐더린 호가스(Catherine Hogarth)와 약혼.
1836년 (24세)	2월,《보즈의 스케치집 *Sketches by Boz*》출판, 상당히 호평받다. 4월, 캐더린 호가스와 결혼. 8월, 〈벤틀리스 미셀러니 *Bentley's Miscellany*〉지의 편집자가 되다. 소극《기묘한 신사 *Strange-Gentleman*》와

가극《마을의 바람둥이들 *Village Coquettes*》을 써서 각각 9월과 12월에 상연. 평생을 통한 친구이자 유언 집행인, 전기 작가가 된 존 포스터(John Forster)를 알게 되다.《피크위크 페이퍼스 *The Pickwick Papers*》간행.

1837년   1월, 장남 출생. 5월, 처제인 메어리의 사망으로 큰
(25세)   충격을 받다. 처제에 대한 그의 애정은 나중에 그의 작품《골동품상 *The Old Curiosity Shop*》에서 나타나다.《올리버 트위스트 *Oliver Twist*》를 분책 월간으로 〈벤틀리스 미셀러니〉 지에 발표. 당시의 빈민 구조법과 고아원의 미비한 설비를 폭로함으로써 세상의 관심받는 작가가 되다.

1838년   3월, 장녀 출생.《니콜라스 니클비 *The Life and Ad-*
(26세)   *ventures of Nicholas Nickleby*》를 분책 월간으로 〈벤틀리스 미셀러니〉 지에 발표. 교육 시설의 악폐에 메스를 가한 작품이다.

1839년   〈벤틀리스 미셀러니〉 지의 편집자직에서 물러나다.
(27세)   10월, 차녀 출생.

1840년   《골동품상》을 분책 월간으로 발행. 할아버지가 경
(28세)   영하는 골동품 가게를 악한에게 빼앗기고 방황하다 죽는 소녀의 이야기를 그린 작품이다.

1841년   차남 출생.《바나비 러지 *Barnaby Rudge*》간행. 1780
(29세)   년 런던에서 발생했던 반가톨릭 폭동을 주제로 한 것으로 가톨릭 문제에 대한 그의 관심이 나타난

작품이다.

1842년
(30세)

부부 동반으로 미국 방문, 《미국 기행기 *American Notes*》 발표.

1843년
(31세)

12월, 《크리스마스 캐럴 *A Christmas Carol*》 출판. 단 하루만에 초판 6천 부가 매진. 이것은 《크리스마스 책 *Christmas Books*》의 첫번째 작품으로, 이후 그와 크리스마스는 깊은 관계를 갖게 된다. 《마틴 처즐위트 *Martin Chuzzlewit*》를 분책 월간으로 발표. 12월, 3남 출생.

1844년
(32세)

《종소리 *The Chimes*》 출판, 《크리스마스 책》의 두 번째 작품이다. 가족 동반으로 이탈리아 여행. 10월, 4남 출생.

1845년
(33세)

《크리스마스 책》의 세 번째 작품인 《난롯가의 귀뚜라미 *The Cricketon the Hearth*》 출판.

1846년
(34세)

〈데일리 뉴스 *Daily News*〉지가 창간되자 그 주필이 되었다가 3주일만에 그만두다. 이탈리아 여행의 수확인 《이탈리아의 정경 *The Pictures from Italy*》을 발표. 10월, 《돔비 부자 *Dealings with the Firm of Dombey and Son*》를 분책 월간으로 발표. 12월, 《크리스마스 책》의 네 번째 작품 《생존의 투쟁 *The Battle of Life*》을 간행.

1847년
(35세)

4월, 5남 출생.

1848년
(36세)
《크리스마스 책》중의 다섯 번째인《유령에 쫓기는 자 *The Haunted Man and the Ghost's Bargain*》간행.

1849년
(37세)
1월, 6남 출생.《데이비드 커퍼필드 *David Copper-field*》를 분책 월간으로 발표. 반 자서전적 내용의 그의 작품 중에서 최고 걸작이다.

1850년
(38세)
3월, 〈하우스홀드 워즈 *Household Words*〉지 편집 창간. 이 잡지 기고가 중에 윌키 콜린즈 (Wilkie Collins)가 있었다. 8월, 3녀 출생.

1851년
(39세)
《어린이를 위한 영국의 역사 *A Child's History of England*》를 연재. 3월, 아버지 사망. 4월, 3녀 사망.

1852년
(40세)
《황량한 집 *Bleak House*》을 분책 월간으로 발표. 7남 출생.

1853년
(41세)
스위스와 이탈리아를 여행. 처음으로《크리스마스 캐럴》의 공개 낭독회를 가지다.《남학생의 이야기 *The Schoolboy's Story*》간행.

1854년
(42세)
《어려운 시절 *Hard Times*》간행.《7인의 가난한 나그네들 *The Seven Poor Travellers*》간행.

1855년
(43세)
2월, 첫사랑의 여인 마리아와 재회했으나 환멸만 느낀다.《귀여운 도리트 *Little Dorrit*》를 분책 월간으로 발표.

1856년
(44세)
콜린즈의 멜로드라마《얼어붙은 심연 *The Frozen Deep*》을 리허설하다.

1857년
(45세)
무명의 여배우 엘렌 터넌(Ellen Ternan)과 만나 연애에 빠지다. 디킨스 부부의 불화가 시작되다. 콜린즈와 공동으로 《두 견습공 *Two Apprentices*》을 〈하우스홀드 워즈〉지에 발표.

1858년
(46세)
부인과 별거. 자기 작품의 공개 낭독회를 가졌고, 이것이 의외로 많은 수입을 가져다 주었다.

1859년
(47세)
〈올 더 이어 라운드 *All the Year Round*〉지 창간, 죽을 때까지 이 잡지 편집에 참여. 《두 도시 이야기 *A Tale of Two Cities*》를 여기에 게재.

1860년
(48세)
《거대한 유산 *Great Expectations*》을 〈올 더 이어 라운드〉지에 발표. 《비영리적인 여행자들 *The Uncommercial Travellers*》을 발표.

1863년
(51세)
9월, 어머니 사망. 《우리의 공동의 벗 *Our Mutual Friend*》 집필.

1864년
(52세)
2월, 차남 사망. 병으로 인해 왼쪽 다리를 절다.

1865년
(53세)
6월, 열차 사고를 당하다.

1866년
(54세)
자작 공객 낭독을 위한 여행을 하다. 미국을 방문하여 대호평을 받다.

1868년
(56세)
《실버맨 *Silverman*》을 〈하우스홀드 워즈〉지에 발표.

1870년
《에드윈 드루드의 수수께끼 *The Mystery of Edwin*

(58세)   *Drood*》를 분책 월간으로 발표하다가 미완성인 채로
중단. 3월 중순, 빅토리아 여왕을 알현. 6월 8일,
자택에서 하루 종일 집필 중 피로로 쓰러진 후 6월
9일 사망. 6월 14일, 웨스트민스터 사원(Westminster
Abbey)에 안장되다.

1872년   1874년까지에 걸쳐 존 포스터에 의한 결정적 전기
《찰스 디킨스전》이 출판되다.

1879년   아내 캐더린 호가스 사망.

한국 남북 문학 100선

1	소나기 · 이리도	황순원
2	무녀도 · 역마	김동리
3	사랑손님과 어머니	주요섭
4	삼 대	염상섭
5	표본실의 청개구리	염상섭
6	농 민	이무영
7	을지문덕	안수길
8	고향 없는 사람들	박화성
9	남풍북풍	이호철
10	감자 · 붉은 산	김동인
11	운현궁의 봄	김동인
12	무영탑	현진건
13	고향 · 운수좋은 날	현진건
14	상록수	심 훈
15	물레방아	나도향
16	탁 류	채만식
17	레디 메이드 인생	채만식
18	메밀꽃 필 무렵	이효석
19	동백꽃	김유정
20	날 개	이 상
21	순애보	박계주
22	한밤의 목소리	최상규
23	화요일의 사내들	김병총
24	그날의 초록	천승세
25	이상한 토요일	김문수
26	광상곡	구혜영
27	농 지	유승규
28	메아리 메아리	조정래
29	세화의 성	손장순
30	절망 뒤에 오는 것	전병순
31	청동기	장용학
32	수라도	김정한
33	신과의 약속	한말숙
34	때까치	최일남
35	서울 1964년 겨울	김승옥
36	청산을 기다리며	백시종
37	가사자의 꿈	최창학
38	토비아의 집	김의정
39	비	박경수
40	디데이의 병촌	홍성원
41	핏 들	이동희
42	수난이대	하근찬
43	여름사냥	김주영
44	아테나이의 비명	정을병
45	무 정	이광수
46	흙	이광수
47	유 정 · 꿈	이광수
48	사 랑	이광수
49	단종애사	이광수
50	무 명(단편집)	이광수
51	이차돈의 사	이광수
52	마의 태자	이광수
53	소설 이순신	이광수
54	원효대사	이광수
55	난중일기	이순신
56	만세전	염상섭
57	태평천하	채만식
58	백범일지	김 구

일신서적출판사

121-855 서울시 마포구 신수동 177-3호

TEL (02)703-3001~5 / FAX (02)703-3009

東洋 古典 百選

일신서적출판사 121-855 서울시 마포구 신수동 177-3호
TEL (02)703-3001~5 / FAX (02)703-3009

크리스마스 캐럴 • 디킨스 단편선

■ 저　자／찰 스 디 킨 스
■ 역　자／강영길 · 이원용
■ 발행자／남　　　　용
■ 발행소／一信書籍出版社

주소 : 121-110　서울 마포구 신수동 177-3
등록 : 1969. 9. 12. NO. 10-70
전화 : 703-3001~6
ＦＡＸ 703-3009
© ILSIN PUBLISHING Co. 1990.

값 10,000원